I0761366

THE HALF KING

REY ENTRE SOMBRAS

THE HALF KING

REY ENTRE SOMBRAS

MELISSA LANDERS

Título original: *The Half King*

Copyright © 2024 por Melissa Landers
Primera publicación por Entangled Publishing, LLC.
Derechos de traducción gestionados por Alliance Rights Agency y Sandra Bruna Agencia Literaria, SL. Todos los derechos reservados.

Diseño de portada: Alevtina Zainutdinova
Adaptación de portada: Planeta Arte & Diseño / Lisset Chavarria Jurado
Imágenes de portada: © Alevtina Zainutdinova / Gettyimages, Ksyshakiss / Depostiphotos, in8finity / Depostiphotos
Fotografía de la autora: © Blake Landers
Viñetas de interiores: Elizabeth Estrada Morga
Traducido por: Mariana Hernández Cruz
Mapa: Amy Acosta

© 2025, Editorial Planeta Mexicana, S.A. de C.V.
Bajo el sello editorial PLANETA M.R.
Avenida Presidente Masarik núm. 111,
Piso 2, Polanco V Sección, Miguel Hidalgo
C.P. 11560, Ciudad de México
www.planetadelibros.com.mx

Primera edición en formato epub: marzo de 2025
ISBN: 978-607-39-2616-4

Primera edición impresa en México: marzo de 2025
ISBN: 978-607-39-2416-0

Impreso en los talleres de Litográfica Ingramex, S.A. de C.V.
Centeno núm. 162-1, colonia Granjas Esmeralda, Ciudad de México
Impreso y hecho en México - *Printed and made in Mexico*

A Nicole, por no haber abandonado nunca este libro,
y a Liz, por haberle dado un buen hogar.
Gracias.

The Half King. Rey entre sombras es una novela de fantasía romántica ambientada en un reino de maldiciones, dioses y traición. Por lo tanto, la historia incluye elementos que podrían no ser adecuados para todos los lectores, como violencia, sangre, lesiones, muerte, dolor, clasismo, sexismo, enfermedad, pérdida de autonomía, trauma religioso, quemaduras, ahogamientos, consumo de drogas y actividad sexual. Se habla de suicidio, envenenamiento y autolesiones en el trasfondo de la historia. Los lectores que pudieran ser sensibles a estos temas, por favor, estén alerta y prepárense para entrar en la corte mortal del medio rey.

The Half King, Rey entre sombras es una novela de fantasía romántica ambientada en un reino de maldiciones, dioses y traición. Por lo tanto, la historia incluye elementos que podrían no ser adecuados para todos los lectores como: violencia, sangre, lesiones, muerte, dolor, castigo, sexismo, enfermedad, pérdida de autonomía, trauma religioso, quemaduras, ahogamientos, consumo de drogas y actividad sexual. Se habla de suicidio, envenenamiento y autolesiones en el trasfondo de la historia. Los lectores que pudieran ser sensibles a estos temas, por favor, estén alerta y prepárense para entrar en la corte central del medio río.

MORTARA
PICO ASOLADO
HUERTOS
EMBAR-CADERO
TEMPLO
SOLON
MERCADO
PALACIO

CAPÍTULO UNO

—Tráeme una cría de conejo, Cerise, rápido.

Cerise se inclinó ante la Reverenda Madre y se dirigió hacia la *conejera*, situada en el extremo opuesto del patio. A toda prisa, serpenteó por un laberinto de bancas y altares de mármol, deslizando los pies con suavidad —porque las damas del templo jamás corren—, hasta llegar a su destino. Abrió la tapa, que despidió aromas de polvo de madera y hierba dulce, y reveló una nueva camada de conejitos descansando. Los bebés parpadearon somnolientos, moviendo sus orejas peludas y sus naricitas rosadas. Cerise levantó al gazapo más pequeño y lo acunó contra su pecho. Mientras volvía por donde había llegado, acarició la delicada piel del conejo y sonrió cuando él le rozó la palma de la mano.

Vivía para momentos como ese.

Sin embargo, cuando se acercó a la banca donde la esperaba la Reverenda Madre y descubrió la gruesa serpiente que dormía enroscada debajo, sus pasos vacilaron y dejó de sonreír. Acercó el conejo a su pecho, ahora sabía para qué se lo había pedido.

—Ven, siéntate a mi lado —ordenó la Reverenda Madre.

Cerise obedeció, aunque más despacio de lo que debía. Mientras se sentaba en la banca, trató de transmitir la confianza de un oráculo, de disimular su miedo como hacían las otras chicas, pero se le cortó la respiración al exhalar.

La Reverenda Madre pareció ablandarse al oírlo. Extendió una mano marchita, con sus largas uñas brillantes a la luz del sol, y la posó sobre la rodilla de Cerise.

—Dime, niña, ¿qué sientes por este animal?

—Ternura. —Cerise se aclaró la garganta y habló con más claridad—. Cariño.

—¿Algo más?

—Apego.

—¿Sientes un calor en el pecho que te impulsa a protegerlo?

—Sí, Excelencia. Es solo un bebé, me necesita.

—Bien. Quiero que te concentres en ese instinto, la vida del gazapo dependerá de ello. —La Reverenda Madre se apretó el esternón con la palma de la mano y lanzó una mirada mordaz por debajo de su cabello corto y canoso. Tenía tres, quizá cuatro veces los diecinueve años de Cerise, nadie lo sabía con exactitud ni se atrevía a preguntar—. La compasión es la fuente de nuestro don, déjate guiar por ella y verás.

Cerise asintió como si estuviera comprendiendo sus palabras, pero ya las había oído miles de veces. Sus primeros recuerdos eran pasear por ese mismo patio y admirar a las videntes adolescentes mientras perfeccionaban sus habilidades.

Lo hacían parecer tan fácil.

—Arrodíllate ahí —dijo la Reverenda Madre, señalando hacia un adoquín de piedra situado a un brazo de distancia delante de la banca... y de la serpiente que descansaba abajo—. Llévate el gazapo contigo.

Los bordes de los adoquines se sentían afilados contra las rodillas de Cerise cuando se colocó en posición, pero ella apenas notó la incomodidad. Estaba demasiado distraída con la serpiente que tenía enfrente, ya despierta y moviendo la lengua bífida en el aire. El conejo parecía sentir el peligro. Cerise sintió cómo el pequeño corazón del animal latía más rápido que las alas de un ángel.

—Ahora bien... —La Reverenda Madre buscó algo detrás de ella y sacó una pequeña jaula de alambre que puso en el suelo justo enfrente de Cerise. La jaula, de una o dos manos de ancho y profundidad, estaba abierta por arriba. A lo largo de la pared frontal había seis agujeros espaciados de modo uniforme, eran lo suficientemente grandes como para permitir el paso de la víbora, pero demasiado pequeños para dejar que el conejo escapara. Los agujeros estaban orientados hacia la serpiente, dejando un camino corto y recto donde descansaba hasta las seis entradas—. Pon el conejo dentro de la jaula.

Cerise hizo lo que la Reverenda Madre le pidió.

—La serpiente entrará a la jaula por uno de los seis agujeros delanteros —dijo la Reverenda Madre—. No entrará por arriba, lo sé porque es una criatura simple y puedo ver qué camino elegirá. Cierra los ojos, despeja tu mente y también lo verás. Una vez que sepas cuál será la entrada por la que entrará, señálala y le perdonaré la vida a tu conejo. —La Reverenda Madre no mencionó qué pasaría si se equivocaba, pero esa alternativa flotaba en el aire sintiéndose más densa que el polen.

Antes de que Cerise pudiera prepararse, la serpiente se desenrolló y empezó a reptar lentamente hacia su presa, de manera que reveló el patrón de círculos rojos entrelazados de su piel. «Una serpiente de fuego de las tierras bajas». Si había una forma más cruel de morir, no se le ocurría ninguna. Cerró los ojos y se concentró en el calor que sentía en el pecho, aferrándose con fuerza al resplandor antes de que cediera el paso a las punzadas de ansiedad.

«¿Qué camino elegirá la serpiente?», se preguntó.

Solo había oscuridad detrás de sus párpados.

Volvió a intentar que su mente revelara la respuesta. «¿Qué camino elegirá?».

Nada. Ni siquiera un destello de visión pasó por su mente. Cuando exhaló para calmar sus nervios ocurrió algo que le heló toda la sangre.

El gazapo empezó a chillar.

Cerise abrió los ojos horrorizada, nunca había oído chillar a un conejo. Ni siquiera sabía que fuera posible. Era un sonido espeluznante y tan cargado de emoción humana que podía confundirse fácilmente con el grito de un niño. El conejo chilló más fuerte al ver a la serpiente acercarse; luego, presa de un pánico histérico, saltó repetidamente contra las paredes de alambre, lanzando su pequeño cuerpo contra las barreras con un sonoro golpeteo.

—Recurre a tu compasión —dijo la Reverenda Madre.

Cerise volvió a concentrarse, recurriendo no solo a su compasión, sino a todas y cada una de sus emociones, hasta que temió que fuera a estallar por tanta tensión. El sudor le recorría el cuerpo y le provocaba escalofríos. Intentó recobrar calma despejando su mente y abriendo su corazón, pero eso no funcionó, entonces rogó en silencio a la diosa para que le diera una respuesta.

«¿Qué camino elegirá?».

Por más que lo intentaba, no podía ver a la serpiente en su mente. Cuando la serpiente asomó la cabeza por el tercer agujero de abajo y retrocedió para atacar, el conejo lanzó más chillidos mortales.

Cerise metió la mano a la jaula en el momento exacto en que la serpiente se abalanzaba hacia el conejo. Un par de colmillos afilados como agujas se le clavaron en el antebrazo y sintió un dolor tan agudo que no tenía nombre. Gritó desde el fondo de sus pulmones sin importarle su reputación como dama del templo. Deseó que la diosa Shiera se la llevara; la muerte sería misericordia. El fuego le hervía la sangre que recorría sus venas. Un olor a carne carbonizada le llenó las fosas nasales. Esperaba que su manga se prendiera en llamas, pero en lugar de estallar hacia el exterior, el calor se acumuló en su interior, duplicando su intensidad, hasta que se le nubló la visión.

Cuando se dio cuenta, la Reverenda Madre estaba a su lado, utilizando su poder de sanadora para extraer el veneno. La sangre brotaba de sus heridas en un fino chorro que caía al suelo y se coagulaba en un charco escarlata. La serpiente yacía junto al charco de sangre, enroscada, dormida o muerta, no sabía cuál de las dos. El veneno salió de sus venas, llevándose el fuego con él, pero incluso después de que el dolor remitiera, se puso a llorar contra su manga.

—Contrólate —la reprendió la Reverenda Madre, luego, se sentó sobre sus talones y sacudió la cabeza—. Desde luego, no preví que eso fuera a ocurrir. Una vez más, me desconcertaste. No sé qué hacer contigo.

—Lo intenté, Excelencia, se lo juro... —Cerise se interrumpió con la respiración entrecortada, aunque no había nada más que decir. Ambas sabían la verdad y, lo más importante, lo que significaba. Los sacerdotes eran los únicos portadores de la magia. Las videntes eran oráculos que predecían el futuro. Algunas videntes excepcionales, como la Reverenda Madre, también poseían el don de la sanación, pero el único don de Cerise era su capacidad de desconcertar a sus mentores.

La Reverenda Madre dirigió su atención al suelo de piedra y utilizó su energía sanadora para separar el veneno de la sangre. La masa se dividió en dos orbes líquidos, uno amarillo y otro rojo, hasta que el veneno formó una perla de toxina pura. La sangre era gratuita, pero el veneno era demasiado valioso para desperdiciarlo, sobre todo cuando corrían rumores de una guerra inminente. La toxina se convertiría en un arma y se guardaría como defensa.

—No te desanimes —dijo la Reverenda Madre, aunque con una voz carente de esperanza—, todavía tenemos tiempo.

«Tres lunas». Ese era el tiempo que le quedaba a Cerise antes de cumplir veinte años y celebrar el Día de Atribución, la última ocasión en que se manifestarían sus dones, suponiendo que tuviera. Si para entonces no había recibido la visión, jamás la recibiría. Ocurría lo mismo con todos los segundos hijos que habían sido puestos al servicio de la diosa. Sin embargo, en los diecinueve años que Cerise había vivido en el templo, nunca había conocido a una vidente o a un sacerdote que hubiera esperado tanto para recibir su don. Lo más probable era que no poseyera ninguno, y entonces ¿qué iba a hacer? No había muchas opciones para las damas de noble cuna y, como segunda hija, tenía prohibido casarse. Podía quedarse en el templo, pero solo como sirvienta. Se estremecía al imaginar cómo sería eso: cocinar y limpiar para cada nuevo grupo de oráculos, desvaneciéndose con el tiempo mientras ellas permanecían perpetuamente jóvenes y llenas de promesas.

El tiempo la olvidaría, incluso ella podría olvidarse de sí misma.

Pronto se escuchó a lo lejos el débil chasquido de unos zapatos en la entrada norte del templo, donde un sirviente se dirigía hacia ellas. Mientras cruzaba el patio, Cerise estudió su ropa, que era sencilla y gris para demostrar su condición de hijo segundo sin dones. ¿Habría soñado con convertirse en sacerdote? ¿Habría fantaseado con cambiar el mundo con su magia? ¿Y en su Día de Atribución habría tenido el corazón tan roto como ella tendría el suyo?

—Su Excelencia —dijo, inclinándose ante la Reverenda Madre—, la familia Solon espera a su estudiante en la sala de visitas.

Cerise parpadeó sorprendida. ¿Qué hacían sus padres ahí? Ya la habían visitado una vez durante el último ciclo lunar, no esperaba que volvieran hasta su Día de Atribución.

—Hazlos pasar a la sala del jardín y ofréceles algo de beber. —La Reverenda Madre alzó una mano para señalar el vestido manchado de sangre de Cerise—. Su hija se reunirá con ellos una vez que esté presentable.

—Sí, Excelencia.

—Lleva esto al arsenal —señaló el veneno de víbora—, y esto al altar de los sacrificios —señaló la sangre.

—De inmediato, Excelencia.

Después de que el sirviente llenara dos frascos y se los llevara, Cerise se atrevió a mirar a la Reverenda Madre.

—¿Qué les dirá?

—La verdad, Cerise. Aunque estoy segura de que preferirían oírla de ti.

No era así. Lo último que sus padres querían oír era la verdad.

—Ahora, ve a cambiarte el vestido —dijo la Reverenda Madre mientras dejaba algo cálido y suave en las manos de Cerise. Era el conejo, que se había quedado quieto, demasiado quieto—. Calma —añadió la Reverenda Madre con una mirada aguda—. La criatura está viva, pero su corazón sufrió durante la prueba. Devuélvelo a la conejera, donde podrá descansar.

Cerise acarició las largas orejas del conejo.

—¿Sobrevivirá, Excelencia?

En lugar de responder, la Reverenda Madre observó una gota de sangre en un adoquín cerca de la jaula y limpió la mancha con la punta del zapato.

—Ve a cambiarte el vestido.

CAPÍTULO DOS

Cerise bajó desde sus aposentos en el segundo piso por la escalera de mármol, tras haberse puesto un vestido limpio y lavarse la cara y los brazos hasta resplandecer. Se pasó una mano por la falda plisada y, al hacerlo, admiró el sutil cambio de tono: del blanco crudo de la blusa al negro del dobladillo, los tonos se mezclaban tan perfectamente que no podía distinguir dónde terminaba uno y empezaba el siguiente. Como toda su vestimenta, el vestido correspondía a su condición de vidente en formación: menos elaborado que las túnicas doradas de la Reverenda Madre, pero más fino que el lino gris de un sirviente. La tela satinada era tan suave como el cristal y crujía cuando se movía, pero lo que más le encantaba era lo que representaban los tonos: el equilibrio entre la oscuridad y la luz, como la propia diosa Shiera.

Cerise temía el día en que tuviera que renunciar a esa ropa.

Cuando llegó al atrio, al pie de la escalera, miró a la izquierda, hacia el jardín, y se sorprendió a sí misma tensando los hombros. Practicó sus ejercicios de relajación, una respiración profunda tras otra, y mientras sus músculos se relajaban, dirigió la mirada hacia el techo abovedado, donde los murales pintados al óleo narraban la historia de su pueblo.

La primera escena representaba a Shiera creando cuatro masas de tierra y poniendo al mundo en movimiento alrededor del sol. Esas cuatro tierras (Calatris, Mortara, Solon y Petros) albergaban toda la vida conocida, y cada una estaba gobernada por la dinastía del mismo nombre. En cuanto a Shiera, nadie conocía su verdadera forma, su única visita al mundo de los hombres había tenido lugar hace mil años, durante la Gran Traición, y los relatos de aquella época eran muy variados. Aquí se le representaba como una belleza implacable, con miembros fuertes para la batalla y el rostro dividido en dos mitades iguales: una resplandeciente de piedad y la otra contorsionada por la ira. Así era como a Cerise le gustaba imaginarse a la diosa, aunque la mitad oscura le daba escalofríos si la miraba durante demasiado tiempo.

Sintió un escalofrío y apartó la mirada.

Atravesó el atrio hacia la sala del jardín contiguo. Antes de llegar a la puerta, la recibió el dulce aroma de las flores de luna. Una vez dentro, pasó a través de un muro húmedo y se encontró con sus padres sentados en un diván de terciopelo, con las tazas de té y los rostros morenos, casi idénticos al suyo en tono, inclinados entre sí mientras conversaban. Levantaron la mirada y ella esbozó una sonrisa tímida.

—Corazón —la llamó su madre, que enseguida dejó la taza de té sobre la mesa y se le acercó con los brazos abiertos, envueltos en seda. Sus ojos color ámbar, que Cerise había heredado, brillaban tanto de emoción que la niña casi se olvidó de sus preocupaciones. Al menos hasta después del abrazo, cuando su madre se apartó alzando las cejas en una pregunta silenciosa.

—Nada ha cambiado —admitió Cerise.

Su madre se interesó abruptamente por el suelo. Su padre también bajó la mirada. Su decepción era casi tan densa como la humedad del aire.

Sin dejar de mirar hacia abajo, el padre se aclaró la garganta.

—Hay tiempo de sobra, hija.

—Eso dice la Reverenda Madre —respondió Cerise.

—Pues tiene razón —dijo una nueva voz, y la figura de una dama salió de atrás de una celosía cubierta de enredaderas cerca de la pared del fondo. Alta y esbelta, la mujer iba vestida con galas de seda y un velo oscuro que ocultaba cada centímetro de su cabello y su rostro—. Llevo años diciéndoselo.

Cerise ahogó un grito.

—¡Nina!

Olvidando las reglas del templo, Cerise se abalanzó sobre su hermana y la abrazó por el cuello con los dos brazos con tanta emoción que sus cuerpos chocaron contra la celosía. A Nina no pareció molestarle, incluso, apretó más a Cerise antes de hablarle.

—Te extrañé.

—Yo también te extrañé —murmuró Cerise con la boca apretada contra el velo. Ahora entendía por qué habían venido sus padres: Nina estaba de visita. Nadie la había visto desde la primavera pasada, cuando se casó con un acaudalado caballero cuarto hijo de Calatris y se mudó a sus terrenos.

—¿Cuánto tiempo estarás aquí? —preguntó Cerise.

—Lo suficiente para visitarte una vez más antes de irme. —Nina se apartó—. Ahora, déjame mirarte.

—No, déjame mirarte a ti. —Cerise se acercó para apartar el velo de su hermana, y Nina se puso rígida, así que Cerise miró por encima de su hombro para asegurarse de que su familia estaba sola—. Nadie te verá.

—Está bien —Nina suspiró—, pero solo por un momento.

Entusiasmada por la expectación, Cerise levantó el velo de la cabeza de su hermana y enseguida se olvidó de cómo respirar. Su sangre se negó a seguir fluyendo. Las palabras permanecieron latentes en su lengua, lo único que pudo hacer fue contemplar maravillada los contornos impecables del rostro de su hermana, porque Nina era así de impresionante. Siempre lo había sido. Nina había heredado el pelo castaño y los ojos esmeralda de su padre, pero de una forma que hacía imposible no quedarse mirando. Nadie podía apartar la mirada de Nina, y nadie podía resistirse a ella.

Esa era su maldición de primogénita.

Aunque la belleza destructiva no parecía una gran aflicción. También se rumoraba que los primogénitos de Solon tenían mala suerte en el amor, pero ¿no podía decirse lo mismo de la mayoría de la gente? En cualquier caso, Nina afirmaba que su apariencia no le causaba más que problemas, aunque el atractivo de los Solon era sin duda preferible a la sed de sangre de los Petros o al delirio de los Calatris. Los primogénitos de esas familias con gusto se intercambiarían por Nina. Y luego estaba la maldición Mortara, la suya era en verdad escalofriante.

—Ya basta. —Nina dejó caer el velo nuevamente.

Cerise protestó, provocando la intervención de su madre.

—Vengan a sentarse, las dos. La Reverenda Madre llegará pronto.

Como si fuera una señal, oyeron el ruido de las túnicas y la Reverenda Madre entró en la sala con la sonrisa cortés que reservaba para la nobleza. Como vidente suprema, su rango era superior al del padre de Cerise, pero las familias nobles tenían bolsillos profundos y el templo no podía prosperar solo con los impuestos.

—Bienvenidos —dijo la Reverenda Madre—. Que la luz de Shiera brille sobre ustedes.

Todos agacharon la cabeza y respondieron a coro: «Y que su ojo iracundo aparte la mirada».

Cerise se sentó entre sus padres en el diván, mientras que Nina ocupó la silla frente a la Reverenda Madre. Cuando todos se acomodaron, Cerise esperó oír el habitual informe sobre sus progresos, o la falta de ellos. Sin embargo, cuando la Reverenda Madre estaba a punto de hablar, emitió un ruido de dolor, su espalda se encorvó, dejó caer las manos sobre su regazo e inclinó la cabeza hacia delante.

Cerise extendió los brazos por encima de sus padres.

—No la toquen —les advirtió—. Romperían el trance.

—Esto no es un trance ordinario —susurró Nina, viendo cómo la vidente suprema empezaba a temblar.

Nina tenía razón, una fuerza lo suficientemente poderosa como para afectar así a la Reverenda Madre solo podía ser una revelación, un don increíblemente raro. Cerise había vivido en el templo desde su nacimiento y solo había presenciado el fenómeno dos veces. El proceso era más delicado que una burbuja de jabón: un movimiento en falso y la conexión espiritual se rompería.

La Reverenda Madre exhaló un suspiro áspero y habló con una voz gutural que erizó la piel de los brazos de Cerise.

—Como es arriba, así abajo. La llama que buscas apagar te consumirá.

Cuando Cerise se inclinó hacia delante, ansiosa por oír más, su madre la agarró de la mano y la apretó lo suficientemente fuerte como para hacerle crujir los huesos. Cerise soltó su mano. Miró a sus padres y se dio cuenta de que habían palidecido. Ver una revelación era algo aterrador, sobre todo la primera vez.

—No tengan miedo —susurró.

El trance terminó tan bruscamente como había comenzado. La Reverenda Madre se incorporó en su silla, con el pecho agitado y los ojos desorbitados por una emoción que Cerise no sabía cómo interpretar. La Reverenda Madre siempre había mantenido una compostura tan perfecta que le resultaba extraña cualquier muestra de emoción en su rostro.

—Su Excelencia —dijo Cerise—. ¿Está bien? ¿Quiere que vaya por una sanadora?

La Reverenda Madre le devolvió la mirada de un modo extraño, recorriendo deliberadamente las facciones de Cerise, como un artista que trata de memorizar una inspiración que desaparece.

—¿Su Excelencia? —repitió Cerise.

—Ven —le ordenó la Reverenda Madre, señalando a Cerise que se dirigiera a la salida. La Reverenda Madre se levantó de la silla y les dijo a los demás—: Por favor, quédense aquí y disfruten de sus bebidas; Cerise y yo volveremos enseguida.

Sus padres intercambiaron una mirada de confusión, pero no dijeron nada.

Después de que Cerise siguiera a la Reverenda Madre a través del jardín y el atrio contiguo, bajó la voz y volvió a preguntar:

—¿Su Excelencia? ¿Está bien?

—Oh, guarda silencio —le respondió—. Necesito pensar.

Cerise apretó los labios. Debió haber llamado a una sanadora sin pedir permiso, si llamaba a una ahora, sería una desobediencia y se le prohibiría la entrada al comedor para la cena.

—Escúchame —dijo la Reverenda Madre—, tengo una oportunidad para ti.

Al oírlo, Cerise inclinó la cabeza. Hasta ahora, solo había recibido órdenes, jamás oportunidades.

—Puedes quedarte aquí conmigo en el templo —le dijo la Reverenda Madre—, pero no creo que este sea tu lugar. Hoy me he enterado de que mi sirvienta más antigua y de mayor confianza ha muerto. Creo que tu propósito es sustituirla como emisaria del templo ante su majestad Kian Hannibal Mortara.

—¿El medio rey? —preguntó Cerise intempestivamente. Al instante, se le encendieron las mejillas. No debió referirse a él con un apodo tan vulgar—. Quiero decir, ¿el rey?

—¿Hay otro? —bromeó la Reverenda Madre.

No, no había. Por eso el Reino Aliado estaba al borde de la guerra. El rey era el último sobreviviente de la línea real, y todos los sacerdotes estaban obligados a servirle. Sin embargo, era un noble primogénito y llevaba la maldición de su linaje. Cada noche, al atardecer, se convertía en sombra, cada amanecer volvía a la normalidad. Con el tiempo, perdería sus horas de luz, hasta que desapareciera para siempre, como todos los primogénitos Mortara que lo habían precedido, y cuando eso ocurriera, el Reino Aliado se quedaría sin gobernante por primera vez en la historia.

—Pero ¿por qué yo? —preguntó Cerise—. No lo entiendo. —Se estremeció al decirlo, esperando el inevitable regaño.

Pero no llegó, por primera vez en diecinueve años, la Reverenda Madre parecía desgarrada, como si estuviera librando una batalla invisible dentro de su mente. Su indecisión asustaba más a Cerise que su temperamento cotidiano.

Finalmente, la Reverenda Madre admitió en voz baja:

—He visto algo más que la muerte de la emisaria del rey. He visto el posible fin de las maldiciones.

Cerise ahogó un grito.

—¡Es un milagro, Excelencia!

—No, no lo es —espetó la Reverenda Madre. Miró a su alrededor para asegurarse de que nadie las escuchaba—. Todavía no, por eso debemos ser discretas. El camino para obtener ese resultado es estrecho, más estrecho que un cabello. Para romper las maldiciones, hay que apaciguar a la diosa mediante pruebas y sacrificios.

—«Como es arriba, así abajo» —repitió Cerise—. «La llama que buscas apagar te consumirá». ¿A eso se refiere con «la llama»? ¿Es una de las pruebas?

—No lo sé. —La Reverenda Madre exhaló pesadamente por la nariz—. No pude ver nada al respecto con claridad, los detalles de este futuro están nublados porque su camino está entrelazado con el tuyo.

Cerise sintió que abría los ojos al máximo.

—¿Con el mío?

—Sí. Y más ahora que nunca, me desconciertas.

—Pero… —Cerise sacudió la cabeza. Nada de eso tenía sentido. ¿Había enturbiado de algún modo la revelación de la Reverenda Madre? Aunque fuera un completo fracaso como oráculo, seguro que no tenía el poder de afectar las visiones sagradas.

¿O sí?

—¿Hice algo mal? —preguntó.

La Reverenda Madre alzó una ceja.

—Tú dímelo, Cerise. ¿Hiciste algo mal?

—No, Excelencia —juró, aunque no lo sabía con certeza.

—Entonces no tienes nada de qué preocuparte —respondió la Reverenda Madre—. La diosa me ha permitido tener una visión clara de ti.

Cerise se animó.

—En mi visión —susurró la Reverenda Madre—, estabas sentada en un escritorio del palacio, estudiando las notas y los apuntes que te había dejado la antigua emisaria. Estabas aprendiendo su labor, muy concentradamente, debo añadir.

Cerise esperó a oír algo más, pero, al parecer, eso había sido todo. Intentó disimular su decepción, esperaba que la visión le revelara algo emocionante o algo que al menos le ayudara a comprender por qué aquel «estrecho camino» se cruzaba con el suyo.

—¿Es eso todo lo que debo hacer, Excelencia? —preguntó—. ¿Ese es mi único papel en el camino de romper las maldiciones? ¿Ser una emisaria?

—¿Que si eso es todo? —repitió la Reverenda Madre, fulminándola con la mirada—. ¿Acaso perdiste el juicio?

«Oh, no». Había dicho algo incorrecto, otra vez.

—¿Se te olvidaron tus lecciones? —continuó la Reverenda Madre—. Cada elemento de un camino, incluso un simple insecto, es fundamental para su resultado. Puede que no comprendamos el papel del insecto hasta que el futuro se haya realizado. Una avispa puede picar a una bestia y provocar que el animal vaya hacia el campo de tiro de un cazador, proporcionándole alimento y sosteniendo el viaje de docenas de hombres que, de otro modo, habrían muerto de hambre. Tus deberes como emisaria pueden llevarte a descubrir un detalle crítico, hacer un nuevo aliado o inspirar un descubrimiento que acabe rompiendo las maldiciones. Sea cual sea tu función, no es ni más ni menos importante que el de la avispa. ¿Cómo te atreves a preguntarme si eso es todo?

El fuego de diez soles encendió las mejillas de Cerise.

—Lo siento, Excelencia. No quise decir eso…

—Ahórrate las excusas, me haces enfurecer.

Lo último que Cerise quería era hacer otra pregunta, pero no había más remedio. Levantó la mano, como un niño que pide permiso para ir al baño… y se odió por ello. Si tuviera visiones, sabría las respuestas.

—Por favor, Excelencia.

—¿Ahora qué?

—¿Puedo preguntar qué se espera que haga como emisaria?

La Reverenda Madre asintió.

—Nada más allá de tu alcance. Tus deberes incluirán asistir a las reuniones con el rey, aconsejarlo en cuestiones de fe y representar a tu diosa adecuadamente comportándote como una dama del templo.

Eso no ayudó a aclarar el cargo. Cerise no podía imaginarse ninguna de las funciones que había escuchado, excepto la última. Sabía comportarse como una dama, al menos la mayor parte del tiempo.

—¿Entonces? —preguntó la Reverenda Madre—. ¿Aceptas?

Cerise reprimió el miedo que sentía en el pecho. No podía negarse si existía la posibilidad, por pequeña que fuera, de que su labor en la corte pusiera fin a mil años de sufrimiento. No tenía ni idea de cómo ser emisaria, pero su predecesora le había dejado notas y diarios para guiarla, eso era un comienzo.

—Sí, Excelencia —respondió.

—Bien, hay otra cosa. —La Reverenda Madre se inclinó más hacia ella—. En mi visión percibí enemigos de la diosa: hombres sin nombre ni rostro que sirven a falsos ídolos. Puede que no sea fácil distinguirlos, así que cuida en quién confías, incluso dentro de… —Se interrumpió para sopesar sus palabras.

—¿Incluso dentro de qué? —preguntó Cerise.

—Incluso dentro de nuestra propia Orden —susurró la Reverenda Madre, con voz apenas perceptible— hay sirvientes de la diosa demasiado apasionados que creen que el sufrimiento es el único camino a la expiación. Es posible que no quieran que el sufrimiento de las casas nobles termine. La visión estaba fracturada, incompleta. No pude discernir cuál es la voluntad de la diosa en esto, solo que hay una posibilidad. Debemos protegerla en su fragilidad. ¿Entiendes lo que digo?

Cerise no necesitaba las visiones para saber exactamente qué tipo de sacerdote estaba describiendo la Reverenda Madre. La mayoría de los sacerdotes eran tranquilos y amables, pero había otros, hombres de mirada dura y fría que parecían disfrutar más que nada sorprender a un novicio infringiendo una regla. Ella hacía todo lo posible por evitar a esos hombres. Y hasta que la voluntad de la diosa estuviera clara, proteger la visión era su deber sagrado, como si tuviera un gazapo en la palma de la mano.

—Sí, Excelencia.

—Guárdate la revelación para ti —advirtió la Reverenda Madre—, hasta que sepas quiénes son tus aliados.

—Sí, Excelencia. ¿Cuándo me iré?

—De inmediato, ordenaré que un carruaje te lleve al puerto. El viaje a Mortara durará varios días, y no hay tiempo que perder. Ve a despedirte de tu familia. Traeré un equipo de sirvientes para que te ayuden a empacar.

«¿De inmediato?» Cerise se tambaleó. Todo ocurría demasiado rápido.

Aturdida, regresó a la sala del jardín para compartir la noticia con su familia. Apenas se dio cuenta de lo que les decía. Cuando terminó de hablar, nadie respondió. Sus padres permanecieron inmóviles con los labios entreabiertos. El velo ocultaba la expresión de Nina, pero ella también se había quedado extrañamente inmóvil. Cerise comprendió su sorpresa, ella misma la sentía, pero esperaba un poco de emoción de su familia, o por lo menos una muestra de orgullo por su repentino ascenso.

—Sé que no me lo merezco —dijo—. Pero servir en la corte es un gran honor.

Su madre parpadeó como si despertara de un sueño.

—Oh, hija mía, por supuesto que mereces este honor y mil más. El rey sería afortunado de tenerte. Solo estamos…

—Preocupados —terminó su padre.

—Así es —dijo su madre—. El templo es el lugar más seguro para ti.

—Para cualquiera —intervino él.

—Sí, para cualquiera —convino ella—. Y está lo suficientemente cerca para que podamos visitarte.

—El palacio está demasiado lejos para nosotros —dijo su padre—. Deberías quedarte aquí.

Cerise sacudió la cabeza. Se había acabado el tiempo de tomar decisiones.

—Tengo que despedirme, la Reverenda Madre me pidió que me fuera de inmediato.

Se hizo un silencio colectivo, seguido de un intercambio de miradas pesadas. Entonces, su madre forzó una sonrisa y dio unas palmadas sobre el cojín que tenía a su lado. Cerise se sentó entre sus padres y su mamá sacó un objeto de su bolsa de seda.

—Llévate esto. —Su madre puso un disco liso y plano en la mano de Cerise—. Tu papá tiene el otro, puedes usarlo para hablar con nosotros mientras estás lejos.

Cerise miró el objeto y descubrió que se trataba de un espejo de corazón roto, llamado así porque los utilizaban los amantes separados para comunicarse en secreto. Nunca había tenido uno, pero sabía cómo funcionaba. Al levantar el espejo, vio el forro del bolsillo de su padre, después aparecieron sus dedos y luego, cuando su padre sacó el espejo, vio su cara, que esbozó una sonrisa que no le llegó a los ojos.

—Antes no te permitían tener uno de estos —dijo frente al cristal—. Pero ahora que no vivirás en el templo…

Cerise no escuchó nada después de las palabras «no vivirás en el templo», no podía concebir tal cosa. Habría sido más fácil imaginarse vistiendo la piel de otra persona. Jamás había salido del templo, salvo para ir al mercado, ahora se iría a una tierra completamente nueva. Parte de su vida estaba terminando, y ni siquiera lo había visto venir.

Las lágrimas le nublaban la vista.

—Nada de eso —ordenó Nina, que había permanecido tanto tiempo en silencio que Cerise casi se había olvidado de que estaba ahí—. ¿Mamá? ¿Papá? ¿Puedo despedirme de Cerise en privado?

Sus padres asintieron y salieron al atrio.

—Escúchame, porque no tenemos mucho tiempo —dijo Nina mientras se sentaba junto a Cerise en el diván. Metió la mano en el escote de su vestido y sacó una cadena dorada que pasó por encima del velo hasta liberarla. La cadena tenía un eslabón deforme y deslustrado que parecía haber sido un anillo—. Quiero que lleves esto como protección.

Cerise tomó la cadena y observó el colgante maltrecho. Tenía poca experiencia en reliquias encantadas, pero esta no parecía tener nada de especial.

—¿Qué es?

—No puedo decírtelo.

—¿Por qué no?

—Porque cierta magia depende de guardar secretos. Póntelo.

—¿Cómo funciona?

—No importa. —Impaciente, Nina puso la cadena alrededor del cuello de Cerise y luego metió una mano por la parte delantera de su vestido del templo para meter el feo colgante entre sus pechos.

—¡Nina! —Cerise apartó las manos de su hermana.

—Malditos cuervos, Cerise, tenemos las mismas partes corporales.

—¡Eso no significa que quiera que toques las mías!

—Bueno. —Nina levantó las manos—. Solo prométeme que nunca te lo quitarás.

—¿Ni siquiera para bañarme?

—Ni siquiera. Y no dejes que nadie lo vea, ni el rey, ni sus sacerdotes, ni la Reverenda Madre, nadie.

—¿Y mamá y papá?

Nina se quitó el velo y mostró su rostro. Cerise supo entonces que su hermana hablaba en serio.

—A nadie, prométemelo.

—Lo prometo. —Cerise se oyó responder, perdida en la bruma de la belleza de Nina.

Nina se bajó el velo en el preciso momento en que la Reverenda Madre volvió a entrar.

—Vamos, Cerise —ordenó—. Tu carruaje está aquí.

—¿Tan pronto? —Cerise miró hacia su dormitorio. Seguro que tenía más cosas de las que podría haber empacado un sirviente.

—Está listo. Ahora vamos, niña, no me hagas repetírtelo.

—Sí, Excelencia.

Mientras Cerise salía de la sala del jardín y miraba el equipaje que la esperaba al otro lado, tuvo un pensamiento. Se preguntó qué tipo de ropa le habrían preparado los sirvientes. ¿Seguiría vistiendo la ropa de oráculo en formación? ¿Usaría la túnica de una vidente novicia? ¿O esperaría el rey que se vistiera para la corte con las mismas galas de seda que llevaban su mamá y Nina? No interpretaba ninguno de esas funciones. Cerise no era un oráculo, por lo menos, no lo creía, y su condición de segunda hija significaba que pertenecía al servicio de la diosa, no al mundo de los hombres.

¿Qué era ahora?

Quería preguntar, pero ya había puesto a prueba de más la paciencia de la Reverenda Madre como para abordar un tema tan frívolo como la ropa, así que guardó silencio e intercambió besos de despedida con su familia. Cuando se marcharon, la Reverenda Madre puso una mano en el hombro de Cerise y se despidió de ella.

—Aquí es donde nuestros caminos se separan, mi niña. Te extrañaré, aunque me hayas desconcertado hasta casi perder la cabeza.

—Estoy segura de que volveré algún día, Excelencia.

La Reverenda Madre negó con la cabeza.

—No sé dónde termina tu camino, pero jamás volverás a este templo.

Cerise prefirió no señalar todas las veces que la Reverenda Madre se había equivocado acerca de su camino. El futuro podía cambiar, tenía que creer que era posible volver a casa, al templo, cualquier otro resultado era demasiado aterrador para pensar en él.

—Recuerda, mi niña, te guiarán la calma y la compasión. No tengas miedo. Mantén viva la visión, aunque signifique guardártela para ti. —La Reverenda Madre volvió la mirada hacia los murales del techo—. La diosa tiene planes para ti, Cerise.

Cuando Cerise alzó la vista, su mirada se encontró con el lado iracundo del rostro de Shiera: un ojo en llamas, medio labio superior torcido sobre un colmillo letal. Un escalofrío le recorrió la espalda, no tenía ninguna duda de que la diosa había redirigido su camino.

Pero ¿qué lado había trazado el nuevo rumbo?

CAPÍTULO TRES

Como no tenía ventanas en su camarote, Cerise vio Mortara por primera vez cuando el barco atracó y subió a la cubierta. La primera sensación que tuvo fue el calor. «Diosa». Un calor abrasador y seco la envolvió como el fuelle de una llama, cargado con aromas de citronela y almizcle. En el tiempo que le tomó caminar hasta la barandilla, se dio cuenta de que tendría que encontrar un vestuario diferente a los vestidos satinados que usaba en el templo, algo suelto y vaporoso, como la ropa que llevaban los estibadores y los trabajadores, con mangas largas de lino para protegerse del sol.

Las voces resonaban unas sobre otras, creando una cacofonía, mientras los trabajadores utilizaban poleas para descargar cajas y baúles en el muelle. Cerise adoptó su mejor actitud del templo y saludó con la cabeza a algunos marineros, luego apartó la vista del bullicio y observó la tierra que sería su nuevo hogar.

Al oeste, tréboles color marrón verdoso se extendían hasta donde alcanzaba la vista y conducían a una cadena montañosa en el horizonte. Los riscos se alzaban hacia el cielo, picos crueles y escarpados que le provocaron un escalofrío.

Ese era el lugar.

El lugar donde había ocurrido la Gran Traición.

La cima de la montaña en la que las cuatro dinastías nobles se habían reunido y conspirado para asesinar a la diosa. Y fracasaron, lo que tuvo como resultado mil años de maldiciones para los primogénitos nobles y las tierras de Mortara.

Aquí se producían muy pocos productos de valor, con excepción de algunas especias y gemas raras de las montañas. La mayor parte de la vegetación se cultivaba con la magia de los sacerdotes del palacio o se importaba de otras tierras. Cerise miró el agua que golpeaba contra el muelle y no encontró ni un rastro de algas flotantes.

Ni siquiera los peces podían vivir en un lugar tan maldito.

Al este se alzaba una de las murallas de piedra de la ciudad, lo bastante alta como para que por encima solo fuera visible la aguja del templo. No sabía qué tipo de protección proporcionaba la muralla, pero se contaban historias de bestias y anomalías extrañas creadas por la sangre de la diosa que había sido derramada. Cerise suponía que algunas de las historias eran fábulas.

Ahora vivía entre fábulas.

Había caído el atardecer durante el trayecto al palacio, lo que significaba que el rey había desaparecido el resto de la noche. Cerise no podía negar el alivio que sintió a medida que el sol se acercaba al horizonte, no quería encontrarse con el rey hasta que estuviera fresca y descansada, no quería encontrarse con nadie hasta que se hubiera bañado bien. Con suerte, llegaría a la hora de la cena y evitaría las presentaciones hasta la mañana siguiente.

Dos guardias recibieron su carruaje en la puerta, cada uno vestido con un uniforme ligero de color tostado que llevaba el escudo de Mortara: una sola montaña dividida a la mitad por una lanza. Los guardias llevaban espadas de metal en la cadera, Cerise estudió las espadas de hojas afiladas y puntas finas. Nunca había visto un arma de cerca. No eran necesarias en el templo, los sacerdotes proporcionaban tanto defensa como instrucción.

Sus pensamientos sobre las armas desaparecieron cuando las puertas de la reja se abrieron para revelar una multitud de trabajadores del palacio que esperaban al otro lado. Tuvo el tiempo justo para parpadear antes de que la multitud prorrumpiera en un coro de vítores.

El pánico le llenó el pecho. ¿Qué estaba ocurriendo?

—¡Está aquí! ¡El oráculo bendito está aquí! —gritó alguien.

«¿El oráculo bendito?»

¿La habían confundido con alguien más? Lo único que podía hacer era permanecer sentada y no correr a echarse de cabeza al puerto. Había mucha gente alrededor del carruaje: sirvientas, cocineras, mozos de cuadra y jardineros, cientos, por lo menos, y todos se ponían de puntitas y alzaban el cuello para verla a través de la ventana.

Justo cuando creía que el corazón se le iba a salir del pecho, escuchó el grito de un hombre:

—¡Suficiente! —Y en un suspiro, los cientos de voces enmudecieron. Todos los trabajadores del palacio retrocedieron al mismo tiempo, dejando espacio suficiente para que el carruaje avanzara… y para que Cerise respirara.

El carruaje se detuvo, la puerta se abrió y un guardia la ayudó a bajar al jardín real. Miró entre la multitud para identificar al hombre que la había calmado, y lo encontró enseguida. Era imposible confundir su ropaje dorado o los intrincados símbolos entrelazados que mostraban su estatus. El sumo sacerdote de Shiera, posiblemente el hombre más poderoso del mundo, avanzaba con suavidad en su dirección, encabezando dos filas de sacerdotes.

Enseguida, Cerise se puso de pie con respeto: la columna vertebral recta, la barbilla en alto, los dedos entrelazados enfrente, bloqueando a cualquier otra persona en su periferia. Sin embargo, a medida que se acortaba la distancia entre ellos, tuvo que luchar para que no se le notara la sorpresa en la cara.

El sumo sacerdote era alarmantemente joven, apenas con un atisbo de canas entre el rubio de sus sienes y en los bigotes de su barba pulcramente recortada. Incluso en la creciente oscuridad, pudo ver que sus ojos eran más azules que la pluma de un pavo real, en un rostro agradable que irradiaba confianza y calma. Se preguntó qué poderes poseería aquel hombre para tener derecho a un cargo semejante a su edad, su don debía ser increíble.

Se detuvo frente a ella, sonriendo con ternura.

—Bienvenida, niña.

Cerise recobró el juicio y se inclinó en una profunda reverencia.

—Excelencia.

—La Reverenda Madre tenía razón, siento que tienes un espíritu generoso. —Le tocó la mejilla, indicándole que se levantara—. Puedes llamarme padre Padron. Es un placer darte la bienvenida al palacio, Cerise. —Le ofreció su brazo—. ¿Puedo acompañarte adentro?

—Sería un honor, Exce… —se interrumpió y corrigió—, padre Padron.

Aceptó su brazo, pero el calor agobiante hizo que deseara no haberlo hecho. El calor del padre hizo que se le sonrojara el rostro, una reacción que no pasó inadvertida.

—Ah, sí, debes estar sofocada —dijo el padre—. Encargué un nuevo juego de vestidos en el templo de la ciudad y lo hice llegar a tus aposentos.

—Eso fue muy considerado de su parte.

La multitud se apartó y Cerise pasó junto a los trabajadores del palacio, sonriendo y asintiendo. Sintió un jalón en la falda y, al mirar a un lado, vio a una sirvienta anciana que le tocaba el vestido con una mano y le hacía señas con la otra. La anciana se dio unos golpecitos en la frente arrugada y luego se dibujó un triángulo. Cerise no entendía qué significaba ese signo, pero el padre Padron también lo vio y se detuvo en seco, con el brazo tenso bajo la mano de Cerise.

Se le revolvió el estómago. Cualquiera que fuera el signo, no parecía gustarles mucho a los sacerdotes. El padre Padron se excusó y dio un rodeo detrás de ella para hablar en voz baja con uno de sus hombres. Momentos después, se reunió con ella y continuaron como si nada hubiera pasado. Cuando Cerise miró hacia atrás, la anciana y el sacerdote habían desaparecido.

—Las miradas son inofensivas, pero recuerda cuál es tu lugar —le dijo el padre Padron—. Eres una emisaria y una dama del templo, deben respetarte, pero no adorarte.

«¿Adorarme?». ¿Era eso lo que la anciana había querido decir con el signo triangular? ¿Había hecho un gesto de idolatría a la vista de los sacerdotes? No, el signo debía significar otra cosa, nadie en su sano juicio sería tan imprudente.

—Sí, Excelencia —le dijo al Padre Padron—. Yo jamás fomentaría la idolatría.

—Sé que no lo harías, Cerise —le respondió, dándole una palmadita tranquilizadora en la mano—. También quiero que recuerdes que no estás por debajo de ningún laico, todos en la corte se dirigirán a ti como «mi señora», incluso el rey. Si te faltan al respeto, quiero saberlo.

—Gracias, Excelencia —le respondió.

Una vez que dejaron atrás los últimos vestigios de la multitud, por fin tuvo la primera vista del palacio… y se quedó boquiabierta.

El crepúsculo arrojaba sombras a su alrededor y, sin embargo, del palacio emanaba un resplandor lo suficientemente radiante como para cegar los cielos, se protegió los ojos y miró al frente, maravillada. Los últimos destellos de luz solar brillaban como incontables estrellas sobre la fachada de piedra cristalizada del castillo. El diseño del castillo era sencillo, un hexágono de murallas con una torre en cada punta, pero algo más ornamentado le habría restado belleza. Delante de ella, frondosos árboles cargados de todo tipo de cítricos, conseguidos con magia, bordeaban el camino de hierba que conducía a las puertas principales.

Diez generaciones de sacerdotes habían bien servido a este lugar. Incluso parecían haber enfriado el aire en una burbuja de protección alrededor del palacio. Cerise sintió la huella de su magia a su alrededor, aunque vieja y descolorida, notó el poder en su lengua, como el sabor metálico que precede a una tormenta eléctrica. Sin embargo, se guardó la observación para sí misma, nunca había conocido a un oráculo en formación que pudiera saborear la magia, solo a los sacerdotes, y no quería dar a la Orden algún motivo para investigarla por tendencias antinaturales.

—Ah, sí —se rio el padre Padron—. El palacio es espectacular, especialmente para un recién llegado.

El cielo se oscureció hasta convertirse en una neblina púrpura, y en su lugar se iluminaron hileras de globos.

—Así es —convino Cerise—. Gracias por su amabilidad al recibirme.

—No es nada. Recuerdo mi primera excursión fuera del templo. —Sus labios se movieron en una sonrisa melancólica—. Fue una adaptación bastante… desafiante. Ahora hago lo que puedo para que la transición sea más cómoda para los demás.

—¿En qué templo se crio? —preguntó Cerise.

—En Calatris —respondió—. Al noroeste de Calatris para ser exactos, donde el verano es solo una fina capa de nieve bajo tus botas en lugar de una pila que llega a la altura de las rodillas.

Se lo imaginó a su edad, inocente y con los ojos muy abiertos, con la cara afeitada y transpirando bajo el calor de Mortara, la imagen la hizo sonreír. Aún no podía creer lo joven que era, ni que la hubiera honrado acompañándola personalmente al palacio. Incluso, hablar con él era un lujo poco frecuente. La mayoría de las damas del templo, y también los caballeros, pasaban toda su vida sin conocer al sumo sacerdote de la Orden.

—Es importante para tu bienestar mental que mantengas un horario de culto —le aconsejó mientras continuaban el camino, pasando junto a hileras de perales en flor—. Puedes unirte a la Orden en el uso del santuario del palacio. Está en un edificio independiente cerca de los jardines del este, los laicos no pueden entrar.

«Ah». Cerise entendió el mensaje. El santuario era un escape de la corte, se alegró de oírlo, sobre todo con la presión de la gente que habían dejado atrás. Casi podía sentir sus miradas sobre su espalda, no podía imaginar lo que había hecho para merecer tal recepción.

—Y Su Majestad me pidió que te transmitiera su pesar por no haber podido recibirte en persona. —El padre Padron utilizó una mano para indicar las sombras que descendían por los escalones de piedra de la entrada, delante de ellos—. Está indispuesto hasta mañana.

—Anhelo conocerlo —dijo—. ¿Puedo preguntarle por Su Majestad?

—Puedes preguntarme cualquier cosa, Cerise.

—Cuando desaparece por la noche… ¿adónde va? ¿Está en todas las sombras?

Miró la silueta oscura de su propia figura y su imaginación conjuró un par de ojos invisibles que le devolvían la mirada. Había oído historias de que en las noches que el rey había pasado en las sombras había conocido demonios y que había hecho tratos para impedir que sus padres concibieran otro heredero. Ella no lo creía, la verdad no, pero el año pasado también hubo rumores en el mercado sobre muertes antinaturales en el palacio. El rey y la reina anteriores fueron encontrados muertos en sus aposentos, con sus cuerpos rígidos de un idéntico tono gris azulado. Y según los sirvientes del palacio, Kian no había parecido sorprendido por la noticia.

Rumores y tonterías, probablemente.

Cuando el padre Padron respondió se oía en su voz que estaba sonriendo.

—Su Majestad me dijo una vez que no recuerda sus horas nocturnas y que se despierta al amanecer como si solo hubiera parpadeado. No tengo motivos para dudar de él.

Prefería esa respuesta a la idea de que el rey la espiara entre las sombras. Quería hacer otra pregunta más delicada. La maldición de los Mortara difería de la de las demás dinastías nobles. Para los primogénitos de Solon, Calatris y Petros, la maldición se manifestaba plenamente al cumplir los veinte años, el Día de Atribución. Después de eso, los nobles vivían durante muchos años, o al menos sobrevivían, si vivir era una palabra demasiado generosa. Sin embargo, los primogénitos Mortara empezaban a desaparecer al atardecer del Día de Atribución y, a lo largo del año siguiente, la maldición consumía también sus horas diurnas, hasta que el primogénito desaparecía de la existencia. Pocos primogénitos Mortara sobrevivían después de los veintiún años. El rey tenía probablemente seis lunas más antes de desaparecer para siempre y dejar tras de sí una guerra por su trono vacío. El tiempo exacto dependería de cuánto hubiera avanzado la maldición, de lo rápido que lo consumiera durante el día.

—Después del amanecer —comenzó Cerise—, ¿Su Majestad está plenamente presente hasta que se pone el sol?

—¿Plenamente presente? —preguntó el padre Padron—. No, desgraciadamente no es así. La maldición ha trasgredido las horas de luz de Su Majestad, aunque no puedo decir hasta qué punto. Su Majestad es muy reservado durante el día, como es su privilegio.

—Ya veo.

—Puedes preguntarle a su cortesana —sugirió el padre Padron—. Ella sabe mejor que yo cómo pasa el tiempo el rey.

Cerise dudaba que eso le diera una respuesta. Si la cortesana del rey sentía algún aprecio por él, jamás traicionaría sus secretos.

—Llegamos —dijo el padre Padron cuando subieron los escalones y entraron en el vestíbulo del castillo—. Ah, ahí está Daerick. —Señaló con la cabeza a un muchacho alto y moreno que merodeaba al pie de la escalera. Llevaba una camisa de seda azul dentro de unos pantalones ajustados, y parecía tener algo como brotes de frijol colgando de la barbilla. Al verlo más de cerca, Cerise descubrió que era su barba… supuestamente. Él también la observó, pero con una expresión de interés en lugar de fascinación morbosa—. Dejaré que te acompañe a tus aposentos, yo tengo un asunto que atender.

Cerise se preguntó si el «asunto» se refería a la anciana a la que habían echado. El padre Padron parecía amable, pero algunos de sus sacerdotes podían no serlo, y Cerise no quería que la mujer fuera castigada con demasiada dureza por la señal que le había hecho. Sin embargo, a pesar de que el padre Padron la había invitado a preguntarle cualquier cosa, el tema le pareció demasiado fuerte para su primer encuentro. Se lo preguntaría al día siguiente.

—Cerise, él es Daerick Calatris, el historiador privado del rey —presentó el padre Padron—. Nadie sabe más sobre los pergaminos sagrados que él; de hecho, creo que puede recitarlos de memoria…

—En diez idiomas —intervino Daerick—. Aunque no llevo la cuenta.

—Así que si alguien puede ayudarte en tu nueva labor, es él.

—Agradezco la ayuda —respondió Cerise—. Mi nombramiento como emisaria de Su Majestad fue abrupto, tengo mucho que aprender. Espero con ansias trabajar con usted, lord Calatris.

Daerick hizo una reverencia.

—No tanto como yo, mi señora. —Habló sin una pizca de sarcasmo, sonriendo de un modo que le arrugaba la piel alrededor de los ojos. Cerise se dio cuenta de que sus iris eran de un color marrón intenso, rebosantes de una agudeza que reflejaba su inteligencia.

Debía ser un primogénito.

Sintió una profunda compasión. La maldición de los Calatris era una de las más crueles. Los pergaminos sobre la Gran Traición decían que un erudito de esa familia había ideado el método para asesinar a la diosa. Como castigo, sus descendientes primogénitos fueron maldecidos con más conocimientos de los que la mente mortal puede soportar. Cerise no quería imaginar cómo serían los ojos sonrientes de Daerick cuando llegara su Día de Atribución y su mente se llenara hasta el punto de quiebre con todos los secretos del universo.

Él le ofreció el brazo.

—¿Vamos?

Mientras posaba una mano en su antebrazo, su interior se agitó de culpa. Siempre había sentido una profunda conexión con la diosa, incluso con el lado vengativo de Shiera, porque la oscuridad era tan importante como la luz. Sin embargo, después de todo este tiempo, consideró que la diosa debía permitirles romper las maldiciones, seguramente la deuda había sido pagada.

—El rey despidió a su corte hace tiempo —dijo Daerick, guiándola escaleras arriba—, así que hay muchas habitaciones vacías. Yo mismo elegí sus aposentos, están situados en el mejor lugar. Tienen más sombra durante el día, y las ventanas dan al este, así que el amanecer la despertará para sus oraciones matutinas. Conozco sus horarios porque mi hermano vive en un templo de Calatris —añadió.

—¿Es un sacerdote en formación?

—Sí, su don se manifestó en nuestro decimonoveno cumpleaños.

—¿*Nuestro* cumpleaños?

—Somos gemelos, yo soy el mayor por tres minutos. —Daerick soltó una carcajada seca—. Qué suerte, yo heredé la amenaza inminente del delirio, y él heredó la magia. ¿Puede creer que en las familias comunes el hijo mayor es el que tiene ventaja?

Sí, podía creerlo. Solo las familias nobles cargaban una maldición.

—Envidio a los plebeyos, tienen más libertad de la que se dan cuenta. —Daerick cubrió la mano de Cerise con la suya—.

Espero compartir esa libertad. No se imagina lo emocionado que me sentí cuando oí los rumores sobre usted.

—¿Cuáles rumores? —preguntó ella.

—Que está destinada a romper las maldiciones de los nobles.

Cerise se detuvo y lo miró boquiabierta, a punto de tropezar con sus propios pies.

—¿Qué?

—Está destinada a romper las maldiciones de los nobles —repitió él—. ¿No es así?

«Ay, diosa». Eso explicaba la multitud en las puertas.

—¿Quién le dijo eso?

Daerick dirigió la mirada al techo como si quisiera evocar un recuerdo.

—Lo oí del jardinero, que lo oyó de su mujer, que lo oyó de un mozo de cuadra. Creo que él lo oyó de alguien en las cocinas, y creo que ellos lo oyeron de un hombre que hizo un reparto de sidra al templo, y después de ahí, no sé de dónde venga la historia.

Cerise reprimió otro ataque de pánico. Sabía que los rumores corrían como la pólvora en la corte, pero nunca se imaginó que pudiera ser el objeto de ellos antes de su llegada. ¿Cómo había conseguido alguien una versión tan retorcida de la verdad, o cualquier versión de la verdad? Se suponía que la revelación era un secreto. Además, ella era completamente ordinaria. La diosa ni siquiera la había dotado de visiones. Este rumor era un problema, uno grande, porque difundía falsas esperanzas. ¿Cuántos nobles primogénitos quedarían destrozados al saber que ella no había ido ahí a hacer un milagro? ¿Y el rey? ¿Él también lo creería?

Oh, estrellas, esperaba que no. Sus expectativas en ella serían imposibles.

—¿Por eso cree la gente que estoy aquí? —preguntó.

Daerick alzó una ceja.

—¿No es así? Todo el mundo sabe que tiene un don. Si no, ¿por qué la Reverenda Madre enviaría a una joven de diecinueve años para sustituir a la antigua emisaria?

Un don. La palabra la golpeó como un puñetazo en el pecho.

Daerick tenía razón: se suponía que una emisaria debía tener un don, que era una persona que se había ganado el puesto después de décadas de experiencia, no una novata sin más talento que rescatar conejos y desconcertar a las videntes. Así que cuando la gente de Mortara se enteró de que la nueva emisaria tenía diecinueve años, por supuesto que supusieron que era extraordinaria. Ella debió llegar a la misma conclusión, pero, irónicamente, ni siquiera tenía el don suficiente para tener visiones del camino más predecible que tenía enfrente.

Tendría que decepcionar a Daerick de inmediato.

—Lord Calatris —comenzó.

—Por favor, llámeme Daerick.

—Daerick —dijo ella—. No entiendo mi propósito aquí, la Reverenda Madre no pudo verlo por completo, pero sé que el rumor que oyó sobre mí es falso. —El estómago se le hundió junto con la expresión de Daerick, pero se negó a mentirle. Nada era más cruel que una falsa promesa—. Yo creo en la misericordia de Shiera y creo que la diosa está dispuesta a perdonar al mundo de los hombres, pero no sé cómo pueda lograrse. Ni siquiera tengo visiones.

—Aún no tiene veinte años —dijo él—. ¿Cuándo es su Día de Atribución?

—Dentro de tres lunas.

—Entonces todavía hay tiempo.

Suspiró. Estaba cansada de oír eso.

—¿Cuándo es el suyo?

—En cinco lunas y media, poco antes del cumpleaños del rey. —Se quedó pensativo un momento—. ¿La Reverenda Madre dijo específicamente que usted no rompería las maldiciones?

—Pues… no —admitió. De alguna manera, Cerise había vuelto turbia la revelación e impedido que la Reverenda Madre viera quién desempeñaría esa labor—. No lo expresó como tal, pero estoy segura de que no es por eso que estoy aquí.

—¿Le contó cómo murió la anterior emisaria? —preguntó. Cerise negó con la cabeza.

—Supuse que había sido de vieja.

—Oh, era anciana, no hay duda. Pero no fue el tiempo lo que la mató.

—¿Entonces qué fue?

—Fue ella misma.

Cerise sintió que arqueaba las cejas.

—¿Quiere decir que la emisaria acabó con su propia vida?

—Con veneno. Nadie sabe por qué. Dejó una nota, pero no tenía mucho sentido. Creo que la naturaleza de su mensaje podría haber contribuido al misticismo que rodea su llegada. Parecía profética.

—¿Qué decía la nota?

—Solo una línea —respondió Daerick—. «Como es arriba, así abajo. La llama que buscas apagar te consumirá».

Cerise sintió escalofríos en los brazos.

—Al principio, pensé que era una referencia a los pergaminos sagrados —continuó Daerick—. Pero he estado buscando en mis textos alguna mención a llamas disminuidas, y no he encontrado nada.

—¿Cuándo exactamente murió la emisaria? —preguntó Cerise.

Daerick reflexionó.

—Hace cuatro días, a media tarde.

Había sido cuando la Reverenda Madre recibió su revelación. El momento no podía ser una coincidencia, la Reverenda Madre se había referido a la vieja emisaria como su sirvienta de mayor confianza, lo más probable era que ambas compartieran una conexión espiritual. Pero ¿eso qué tenía que ver con Cerise?

Tal vez el diario de la mujer le proporcionara una pista, un descubrimiento que pudiera llevar a romper las maldiciones, como había dicho la Reverenda Madre.

—Usted sabe algo —dijo Daerick—. Me doy cuenta.

Dudó si decir algo más. No le importaba que Daerick supiera que era ordinaria. Su falta de visiones no era ningún secreto. Pero cualquier mención de la revelación de la Reverenda Madre podía sembrar una nueva cosecha de rumores dañinos, y ella no permitiría que eso sucediera.

—No confía en mí —dijo él directamente.

—No es eso.

—No se preocupe, mi señora. —Le dio una palmadita en la mano mientras la conducía hacia el pasillo oriental, a través de salones alfombrados de seda y forrados con espejos enjoyados—. La confianza se gana, pero que conste que estoy tratando de ayudarla. Ya reuní algunas notas de la antigua emisaria y estoy buscando el resto, me temo que la organización no era su fuerte.

—¿Y su diario?

—Está en la lista. Aún no ha aparecido, pero lo encontraré para usted. Hasta entonces, lo único que puedo hacer es prometerle que sus secretos están a salvo conmigo, así como espero que los míos lo estén con usted. La única forma de ayudarnos mutuamente es hablar con libertad. —Bajó la voz hasta un susurro bromista—. Además, me cae bien.

Cerise no pudo evitar sonreír. A ella también le caía bien. Aunque no confiaba plenamente en él, se sentía lo bastante segura como para hacerle la pregunta que le había parecido demasiado fuerte para el padre Padron.

—¿Qué significa esto? —preguntó, imitando el signo triangular que había visto hacer a la anciana.

—¡Infierno en llamas! —Daerick le movió la mano antes de que pudiera completar el signo—. No haga eso. —Miró a su alrededor. Solo cuando confirmó que estaban a solas, exhaló y le soltó los dedos—. No permita que nadie la vea hacer eso.

—¿Por qué?

—Porque es apostasía, por eso.

Cerise ahogó un grito y miró por encima de su hombro. La Orden tenía discreción a la hora de imponer castigos, pero el castigo tradicional por apostasía era la muerte por mil pedradas. Se estremeció al pensar que eso le ocurriría a la anciana. ¿Qué la había poseído para hacer aquella señal delante de los sacerdotes?

Daerick acomodó su mano en su brazo.

—Supongo que no le enseñaron lo de la Tríada.

Cerise negó con la cabeza. Nunca había oído hablar de eso.

—¿No conoce la historia del amante de Shiera? —le preguntó—. ¿De la Gran Traición?

—Por supuesto. —Como una Solon, lo sabía mejor que nadie. Un miembro de su propia dinastía había seducido a la diosa de los cielos y la había convencido de que tomara forma mortal para que los otros nobles pudieran asesinarla. Esa era la razón por la que la maldición de los Solon era una belleza destructiva.

—Bueno, hay un viejo rumor —continuó Daerick— que dice que el seductor de Solon en realidad era una mujer y que Shiera la dejó embarazada y engendró una raza de semidioses. La Tríada supone que los descendientes de Shiera deberían tener el control, no los sacerdotes, ni siquiera el rey. Tienen seguidores en las cuatro tierras, pero la secta es especialmente popular aquí.

Cerise se limpió la mano en el vestido, mortificada por haber hecho un signo tan abominable. Sabía que había no creyentes esparcidos por todo el reino, gente que adoraba la moneda o la carne, pero esto era terrible. No había más dioses que Shiera. Que alguien organizara una secta y reclutara a otros para glorificar a falsas deidades la ofendía en lo más profundo. La Reverenda Madre había tenido razón al advertirle sobre los enemigos en esta tierra.

—Herejes —espetó.

Daerick la miró como si le divirtiera.

—¿Qué? —preguntó Cerise.

—Usted y el padre Padron se van a llevar de maravilla.

Lo que hubiera querido decir con eso, no sonó como un cumplido.

—Llegamos. —Daerick hizo un ademán con la mano frente a la última puerta del pasillo oriental, la abrió y le hizo un gesto para que lo entrara.

—Oh, estrellas —murmuró al entrar en su habitación. No esperaba algo tan amplio. La entrada de sus aposentos se abría a una sala amueblada con un diván afelpado y dos sillones, después de los cuales había una cama con dosel envuelta en una red blanca. Una brisa fresca soplaba en el interior de las puertas que daban a su balcón privado. El aire olía a enredaderas de azúcar, que crecían silvestres a lo largo de la baranda.

—Es cruel, la verdad —reflexionó Daerick con una sonrisa—. Ahora se le ha estropeado cualquier otro tipo de vida.

Cerise se rio porque tenía razón. Sus antiguos aposentos consistían en una cama individual, un armario y un altar en un rincón para rezar. No sabía cuánto tiempo serviría como emisaria ni adónde la llevaría la vida después, pero dudaba que sus habitaciones volvieran a ser tan lujosas.

Cruzó la habitación hasta llegar al balcón abierto. Afuera, el resplandor de la luna bañaba la tierra y le permitía ver la ciudad amurallada que había más allá. En el centro se encontraba el templo. A partir de ahí, las estrechas calles serpenteaban entre estructuras cuadradas de distintas alturas. Estaba demasiado lejos para ver actividad alguna, pero el susurro de unas telas atrajo su atención hacia un jardín, donde una joven paseaba entre hileras de vegetación exótica. Con su larga y brillante cabellera y sus rasgos regios, era casi tan hermosa como para pasar por una primogénita de Solon. Pero lo que más le llamó la atención a Cerise era la prisa con la que caminaba, parecía inquieta, como si diera vueltas por el jardín en lugar de disfrutarlo.

Cerise llamó a Daerick para que se acercara al balcón.

—¿Quién es ella? —susurró.

Mientras miraba hacia abajo, Daerick sonrió.

—Lady Delora Champlain, la cortesana del rey.

—Oh, he oído hablar de ella, o al menos eso creo —dijo Cerise—. ¿Su Majestad tiene alguna otra cortesana?

Daerick ahogó una carcajada.

—Créame, con una basta. Aunque Delora es de baja cuna, el rey le dio un título y prometió casarse con ella si lograba concebir un heredero. Digamos que está muy motivada para ser la próxima reina.

Cerise se alejó del balcón. Era más información de la que quería saber. Tendría que enfrentarse al rey por la mañana, y los rumores sobre él ya la habían puesto bastante nerviosa.

—Gracias por su hospitalidad —le dijo a Daerick—. Creo que ahora descansaré.

—Por supuesto. —Daerick hizo una reverencia después de que ella lo acompañara a la puerta—. Asegúrese de cerrarla cuando me vaya. Y cierre las puertas del balcón.

—¿Por qué? —preguntó Cerise—. Con toda la magia que hay aquí, ¿qué podría pasar?

—Le sorprendería. Buenas noches, mi señora.

CAPÍTULO CUATRO

Cerise durmió agitadamente, soñando con herejes, semidioses y sombras vivientes. Dos veces se despertó al escuchar susurros urgentes en su oído, y se encontró sola y jadeando. La voz le había parecido clara cuando la llamó por su nombre, pero se convenció de que era un truco de su mente y cerró los ojos hasta que volvió a quedarse dormida.

Finalmente se despertó con el sol y se vistió con una de las togas del templo de Mortara, era idéntica a su antiguo vestido, pero estaba hecho de un material ligero y vaporoso que la hacía sentirse expuesta, aunque no lo estuviera. De camino al primer piso, se encontró con que el palacio vibraba de conversaciones nerviosas. El personal estaba tan concentrado en sus rumores que los sirvientes apenas se fijaron en ella. Mientras se deslizaba por el pasillo, captó pedazos de conversación, murmullos sobre «una bestia horrible» y «en su cama». No fue hasta que llegó al vestíbulo y miró a través de las puertas que daban al jardín cuando se dio cuenta de la causa del revuelo.

Un animal yacía de costado sobre la hierba, parecía una pantera del desierto con las patas extendidas, rígidas por la muerte. Sintió una extraña mezcla de pesar y fascinación al contemplar el cuerpo sin pelo de la pantera y sus largas garras huecas, conocidas por extraer la humedad del suelo. Nunca había visto nada tan magnífico, salvo en los libros de la biblioteca del templo.

Bajó los escalones para verla más de cerca y afuera se encontró al padre Padron con varios de sus sacerdotes. Cuando sus miradas se cruzaron, le dedicó una sonrisa sombría, como disculpándose por lo ocurrido durante la noche.

—¿Qué ha pasado, Excelencia? —le preguntó.

—Lady Champlain se retiró a sus aposentos a medianoche y encontró esto —señaló a la pantera— esperándola. Le debe su vida a la debilidad del padre Bishop por los pastelillos. Iba a medio camino de la cocina cuando oyó sus gritos y corrió a ayudarla. Después de matar a la bestia, se necesitaron tres guardias reales para arrastrar el cadáver al exterior.

Cerise se dio cuenta de que no había heridas en la piel curtida del animal. El sacerdote debía de haberlo matado con magia. Ya lo había visto una vez, cuando un tejón se metió bajo el muro del patio para atacar a las gallinas del templo. Con un gesto de la mano, el padre Diaz había detenido el corazón de la criatura, pero después el padre se desplomó y perdió el conocimiento. Tardó un día entero en despertarse. Nada requería más energía mágica que dar la muerte.

—Lady Champlain debería enviarle pastelillos para su recuperación —dijo Cerise. Recordó lo que Daerick le había contado sobre la mujer—. ¿Ella no es...?

—La cortesana del rey, sí —terminó el Padre Padron—. Su Majestad está comprensiblemente molesto. Insistió en acompañar a los guardias a la ciudad para hacer una investigación. —Con el zapato, golpeó los cuartos traseros del felino, donde estaba grabada en la carne una marca circular—. Es la marca de un comerciante local.

Cerise dudaba que el comerciante fuera tan descuidado como para soltar una pantera con su marca a la vista en el palacio, pero supuso que la investigación tenía que empezar en alguna parte.

—¿Cree que Su Majestad regresará antes de la puesta de sol? —preguntó. Acababa de reunir el valor para reunirse con el rey, y retrasarlo un día más haría que volviera a sentirse nerviosa.

El padre Padron negó con la cabeza.

—Probablemente no. Y está perdiendo el tiempo. El comerciante no lo hizo, y dudo que la cortesana fuera el objetivo real.

—¿Quiere decir que Su Majestad era el objetivo? —preguntó Cerise—. ¿Cómo podrían matarlo después de la puesta de sol si desaparece en las sombras?

—Porque despierta al amanecer en donde su espíritu es atraído, que en este momento sería la habitación de lady Champlain.

—Oh, no lo sabía. —Cerise siempre había supuesto que el cuerpo mortal del rey aparecía en un lugar significativo, no en presencia de una persona particular. Que su cuerpo siguiera el deseo de su espíritu era un elemento extrañamente romántico de su maldición que ella no había previsto—. ¿Sucede lo mismo cuando pierde horas del día? ¿Reaparece también al lado de lady Champlain?

—Por el momento, sí —dijo el padre Padron—. Como todos los jóvenes, se sabe que sus sentimientos cambian.

¿Un rey de ojo alegre? No era de extrañarse.

—Pero ¿quién querría que muriera antes del tiempo estipulado? El trono vacío significaría una guerra, que es el mayor temor de todo el mundo.

El padre Padron desvió la mirada hacia el vestíbulo, desde donde se acercaba, cada vez más fuerte, el ruido de unas botas. Su mirada se tensó.

—No es el mayor temor de todo el mundo.

Cuando Cerise volteó para mirar al dueño de aquella pisada, dio instintivamente un paso atrás. Se dirigía hacia ellos el hombre más grande que jamás había visto, al menos dos cabezas más alto que el padre Padron y del doble de ancho. Unas llamas tatuadas cubrían la piel de su cuero cabelludo rasurado, y su pecho sobrepasaba los límites de su uniforme de guardia. Sin embargo, fue su expresión la que dejó helada a Cerise. Tenía los labios duros como la piedra y los ojos desorbitados de furia.

Si la violencia tuviera rostro, sería ese.

El padre Padron apoyó una mano en su antebrazo, no le dijo una palabra, pero su tacto era una promesa de protección.

—General Petros —saludó con frialdad.

Cerise comprendió entonces el comentario del padre Padron sobre la guerra. Había sido un Petros quien había forjado el arma para matar a la diosa durante la Gran Traición. Como castigo, los primogénitos de Petros tenían la maldición de la sed de sangre. A un hombre como el general Petros no habría nada que le gustara más que una batalla por el trono. Lo más aterrador era que su dinastía probablemente obtendría la victoria.

—Excelencia —respondió el general con los dientes apretados—. Acabo de recibir noticias de otro incidente, esta vez en el sur de Calatris. —Miró a los sacerdotes alternativamente y los fulminó con la mirada de fuerza suficiente como para que se le hincharan las venas de las sienes—. Juro por la sangre de Shiera que si ustedes no…

De repente enmudeció y su cuerpo se quedó inmóvil. Cerise paladeó el sabor cobrizo de la energía y miró al padre Padron, que no había movido ni un músculo, se veía tranquilo y relajado, como si paralizar a un hombre que parecía una montaña no le supusiera ningún esfuerzo.

—No me amenazarás a mí —dijo suavemente el padre Padron—, ni a nadie a mi cargo. Por mucho que Su Majestad valore tu consejo táctico, valora más a la Orden. Tienes que recordar tu lugar, o no dejaré de recordártelo.

Soltó el encantamiento y liberó al general, cuyo cuerpo temblaba de rabia. Por un momento, el general cerró los puños y se quedó quieto, luego lanzó un rugido gutural y dio un puñetazo en el suelo con tanta fuerza que Cerise sintió un temblor bajo sus pies. Los huesos del general crujieron. Cuando se levantó, su mano se balanceaba flácida y magullada a su lado, pero no pareció darse cuenta. Giró y se fue caminando, furioso.

—No te preocupes por su mano —le dijo el padre Padron mientras veía al general entrar por la puerta—. Se dirige al templo a visitar a su amante, ella se la curará. —Y añadió en tono sombrío—: Él cree que no lo sé, es una desgracia.

—¿Sabe del amorío? —susurró Cerise—. ¿Y usted...? —«¿No lo ha impedido?». Se contuvo antes de cuestionar tan bruscamente su juicio, y prefirió conservar la información para más tarde. A este paso, no le quedaría espacio en la cabeza.

—Es mejor guardar algunas batallas para el futuro —dijo el padre.

Cerise se mordió la lengua porque no podía añadir nada más. Las videntes del templo, incluso quienes tenían el don de la sanación, no estaban obligadas mágicamente al celibato como los miembros de la Orden. Los sacerdotes no podían tener intimidad física, ni siquiera lo deseaban. Era el precio que pagaban por su don. Pero, aunque el acto del amor no estaba expresamente negado a las videntes en los pergaminos sagrados, atenuaba sus visiones. Por esa razón, la mayoría de las videntes rechazaba la compañía romántica. A las que tenían un amante se les animaba a arrepentirse o se les enviaba a lugares desconocidos hasta que expiaran sus culpas. Cerise nunca lo había visto, solo había oído historias.

—Estoy seguro de que no tengo que preocuparme por tu virtud —añadió el padre Padron, pero en un tono interrogativo que se oponía a sus palabras.

—No —le respondió Cerise. Su ojo interior ya era bastante ciego como para invitar a un amante a que enturbiara su visión.

El padre levantó una mano en señal de disculpa.

—No es mi intención ofenderte, es solo que he vivido en la corte el tiempo suficiente como para saber cómo piensan los laicos. Te considerarán un premio; eres especial, así que piensan que conquistarte los haría especiales a ellos también, pero no les importa para nada tu futuro o lo que podría costarte un devaneo, ¿entiendes?

Cerise asintió, tratando de parecer sobria mientras que sus labios querían sonreír. El sumo sacerdote de Shiera la consideraba especial. No podía imaginarse un cumplido mejor que ese.

—La diosa te pondrá a prueba —continuó—. Solo quiero que estés preparada. —Le ofreció su brazo—. Dejemos este tema atrás. ¿Me acompañarías a la oración matutina?

Como respuesta, lo tomó del brazo y dejó que la condujera al santuario. El pequeño edificio abovedado estaba ligeramente separado del palacio, conectado por un largo pasillo cubierto, pero al aire libre, que bordeaba uno de los jardines del palacio. El santuario se ganó su nombre en cuanto cruzó el umbral. No había alfombras sedosas ni adornos mágicos en la sala de oración, solo el familiar suelo de baldosas blancas y negras que simbolizaban el equilibrio entre la oscuridad y la luz. Cuando se hincó en un cojín del piso y cerró los ojos, sintió algo que ningún encantamiento podría proporcionarle.

Paz.

Cerise pasó ahí la mayor parte del día, rezando para tener una guía y, por invitación suya, almorzó con el padre Padron en su sala. Él la escuchó sin juzgarla cuando le contó la verdad sobre su falta de visiones. Luego, ni siquiera se inmutó cuando le preguntó por la anciana que le había tocado la falda el día anterior.

—Creí que se enojaría si le preguntaba al respecto —le confesó.

—¿Que me enfadaría? —Su rostro se suavizó en una sonrisa—. El hecho de que quieras salvar a los caídos es un testimonio de la pureza de tu corazón. ¿Cómo podría sentir algo más que admiración por ti, Cerise?

Sus mejillas se ruborizaron.

—¿Entonces la mujer no fue… eliminada?

—¿Eliminada? —Se echó hacia atrás—. Cielos, ¿piensas que eso es lo que ocurre bajo mi vigilancia? ¿Abusos? ¿Asesinatos?

—No, Excelencia —respondió, pero la verdad era que la Orden no era conocida por su tolerancia—. Por supuesto que no, no debí suponer lo peor.

—Te aseguro que la sirvienta recibió una advertencia y fue puesta en libertad —le dijo el padre—. Su castigo fue que perdió su puesto aquí en el palacio, pero creo que ya encontró otro destino en la ciudad. Soy misericordioso. ¿Cómo podemos esperar que la diosa perdone nuestros pecados si somos incapaces de perdonar a los demás?

Se sintió aliviada, y no solo por la anciana. El padre Padron era el jefe de la Orden de Shiera, y Cerise se alegró de descubrir que no era cruel, que era un buen hombre. Todavía estaba obligada a proteger la revelación, pero ese día, en su corazón, el padre Padron dio un paso hacia ser un aliado.

Su generosidad le importaba más de lo que él sabía.

—¿Puedo hacer una pregunta más?

—Como te dije, Cerise, puedes preguntarme lo que quieras.

—No me explicaron nada cuando me enviaron aquí —comenzó—. He oído que la gente de la ciudad espera que haga milagros. Voy a decepcionarlos tan solo por ser ordinaria. No quiero ser incompetente también. ¿Cómo puedo impresionar al rey cuando me reúna con él mañana? ¿Cómo será mi primer día como emisaria?

—Permíteme tranquilizarte —le respondió el padre Padron—. En cuanto a orientación política se refiere, el rey esperará muy poco de ti, si es que espera algo. Y en cuanto a guía espiritual, no necesitas malgastar tus esfuerzos.

—¿Qué quiere decir?

—¿Recuerdas cómo pasa sus días Su Majestad?

—En su recámara con su cortesana.

—Al rey se le ve poco y se le oye escasamente —le explicó el padre Padron—. Despidió a la mayor parte de su corte hace varias lunas. Desde entonces, se ha retirado de los asuntos cotidianos del gobierno. Las personas que viste ayer eran principalmente sirvientes del palacio, junto con algunos pocos cortesanos que decidieron quedarse. No hay reuniones a las que debas asistir, ni audiencias públicas, porque las ha cancelado todas.

—¿Está diciendo que no tengo nada que hacer?

—Eso es exactamente lo que estoy diciendo —le respondió—. Trata de no preocuparte.

Extrañamente, saber que no tenía ninguna función en el palacio no hizo que se sintiera mejor. Algo tendría que hacer, de lo contrario, la Reverenda Madre no habría visto su imagen estudiando «muy concentradamente» en el escritorio de la emisaria, pero se guardó ese pensamiento para sí misma, y dejó al padre Padron con sus obligaciones.

No se dio cuenta de cuánto tiempo había pasado en el interior del santuario hasta que percibió la escasa luz del sol que se proyectaba en el vestíbulo. A juzgar por el olor a carne asada, pronto servirían la cena. No tenía sentido dirigirse a su habitación para volver a salir de nuevo, así que se dedicó a buscar el jardín que había visto la noche anterior desde su balcón.

El aire empezó a perder humedad a medida que el sol se acercaba al horizonte, decidió que ese era su momento favorito del día en Mortara. Cuando llegó al jardín, notó con placer que era todo para ella sola. Las flores de Mortara eran diferentes de las de Solon, y florecían en vibrantes tonos azules, rosas y púrpuras, no tan delicados como los que conocía antes. Eran más gruesas al tacto y menos satinadas, con tallos más duros. El feroz clima las había hecho fuertes. Ella también quería ser fuerte.

Un dulce gorjeo atrajo su mirada hacia un emparrado de madera en el que se posaba la rana más pequeña que hubiera visto. Nunca había visto algo parecido en sus libros. La rana era de un color azul intenso y del tamaño de la uña de su pulgar, y de forma delicada, a diferencia de las robustas plantas que la rodeaban. Sus ojos eran grandes para su cara, lo que le daba un aspecto indudablemente tierno. Se acercó lentamente al emparrado, intentando no asustar a la rana. Cuando estuvo lo suficientemente cerca como para tocarla, extendió una mano para recibir a la pequeña criatura en su palma.

Un movimiento repentino y veloz pasó zumbando junto a su oído, seguido de un ruido sordo. Cuando se dio cuenta de lo que había pasado, la rana estaba muerta, clavada en el emparrado de madera por una daga. Cerise ahogó un grito y se volteó para ver quién había lanzado el arma.

Fue entonces cuando conoció a Su Majestad Kian Hannibal Mortara.

Se estremeció al verlo. Había observado muchas veces su retrato oficial: el pelo de ébano hasta los hombros, con raya en medio, que enmarcaba un rostro cobrizo y un par de ojos grises que Cerise consideraba más peligrosos que atractivos. Sin embargo, en persona, tenía una presencia audaz que los óleos no podían captar. En lugar de la casaca militar real, llevaba pantalones de lino y una camisa de seda negra arremangada que dejaba al descubierto unos antebrazos fuertes y bronceados, tensos por la fuerza de apretar los puños. No sonreía en su retrato y tampoco lo hacía ahora. La miraba como si fuera algo vulgar que hubiera descubierto debajo de una roca.

—¿No te enseñaron nada en el templo? —le preguntó. Por un instante, a Cerise le pareció ver algo más que ira en sus ojos. Parecía… decepcionado.

Ella se recompuso enseguida y se inclinó en una reverencia.

—¡Eso no, niña insulsa! —señaló la rana—. Eso.

«¿Niña insulsa?». Separó los labios en señal de ofensa. Ella era de noble cuna y, aunque fuera el rey, ese hombre no tenía derecho a tratarla como a una sirvienta.

—Yo… —Le tembló la voz y levantó la barbilla para intentarlo de nuevo—. Yo soy una dama del templo, y se dirigirá a mí con el debido respeto.

El rey se rio, con una risa lenta y amenazadora que no brindó ni siquiera un poco de calidez a su mirada.

—Veo que ya conociste a mi sumo sacerdote.

A ella no le gustó la forma como dijo «mi» sumo sacerdote, como si la sagrada Orden fuera una mercancía que los laicos pudieran comerciar.

—Conocí al padre Padron, así es.

—Lástima que hubiera pasado más tiempo inflando tu ego que enseñándote qué criaturas debes evitar. —Señaló a la rana con la barbilla mientras avanzaba hacia ella—. Como esa. Esta rana expide toxinas a través de la piel, un toque, y ni siquiera Padron podría haberte salvado a tiempo. —Despegó su daga y le apuntó la cara con la hoja—. Por cierto, de nada.

Cerise se dio cuenta de que estaba retrocediendo y se detuvo. No dejaría que la intimidara.

—Si es verdad, entonces le debo mi gratitud, Su Majestad.

—Es verdad —repitió él mientras le dirigía una mirada desdeñosa—. ¿Eres la emisaria que enviaron aquí para librarme del mal? Perdóname si no tengo fe, *mi señora*, pero no pareces ser la gran cosa. Ni siquiera tienes visiones, ¿verdad?

Cerise apretó la mandíbula, negándose a contestarle. Estaba claro que el rey había oído el mismo rumor del que Daerick le había hablado, y había acertado al predecir que el rey la odiaría cuando supiera la verdad.

La mirada del rey se clavó en el pulso que se apreciaba en la palpitación de la base de su garganta. Una comisura de sus labios se torció hacia arriba. Clavó la daga en el emparrado y empezó a acercarse a ella.

—¿Quieres saber cómo sé que no tienes visiones? —le preguntó—. Las verdaderas videntes poseen una calma interna que proviene de la capacidad de ver los caminos que las rodean. Pero tú estás más asustada que un conejo frente a una víbora, ¿verdad?

Se le cayó la máscara de seguridad; era imposible que él supiera lo del conejo y la serpiente del templo, ¿cierto?

—Permíteme predecirte algo, mi señora del templo. —Su voz, que ya era profunda, se volvió siniestra—. Aquí encontrarás el mal en los lugares más inesperados. Para cuando las sombras me consuman y me disuelva en la nada, desearás poder olvidar todo lo que el templo te ha ocultado.

Cerise tragó saliva y se mantuvo firme al principio, pero cuando él aceleró sus pasos, avanzando hacia ella sin detenerse, retrocedió y casi tropieza con el borde de su vestido. El cuerpo alto y ancho del rey empezó a desvanecerse en los bordes, convirtiéndose en humo. Siguió avanzando hasta que Cerise estuvo segura de que sus cuerpos chocarían. Apretó los puños y cerró los ojos, preparándose para el golpe, pero en lugar del impacto, una brisa fresca corrió sobre ella y le revolvió el pelo.

Abrió los ojos y parpadeó.

Lo único que quedaba del rey era un montón de ropa a sus pies.

CAPÍTULO CINCO

A la mañana siguiente, Cerise se propuso buscar a Daerick Calatris. Su rostro no había dejado de ruborizarse de vergüenza desde su desastroso primer encuentro con el rey, y después de otra larga noche de sueño inquieto, ya no le importaba si Su Majestad había despedido a su corte, si sus reuniones se habían cancelado o si se había retirado de sus responsabilidades y absuelto a Cerise de las suyas.

Estaba harta de sentir que era un fracaso.

A hora le pertenecía el título de emisaria, para bien o para mal, y cumpliría sus obligaciones con honor. Aunque no tuviera visiones, tenía otras habilidades. Leía mejor que nadie en el templo, pues había pasado noche tras noche con la nariz metida en los libros, tratando de encontrar la forma de despertar su don. Con un poco de suerte, le enseñaría lo que implicaban sus deberes.

No tuvo que salir de su habitación para encontrarlo, Daerick apareció en su habitación antes de que hubiera terminado de desayunar. Llamó a la puerta dos veces y se anunció desde el pasillo.

Cuando Cerise abrió la puerta para dejarlo pasar, le tomó un momento reconocerlo, pues iba vestido con el lino vaporoso de un trabajador en lugar de las galas de seda.

—Lord Calatris —lo saludó con un tono que era más bien una pregunta.

—Buenos días, mi señora. —Daerick hizo un ademán hacia su ropa simple y le extendió un montón de prendas parecidas dobladas—. Ya sé lo que está pensando: «¿cómo es posible que Daerick luzca tan endiabladamente apuesto, incluso con el atuendo de un campesino?».

—Sí, me leyó el pensamiento —respondió ella, siguiéndole el juego. Tomó la ropa doblada y la olió, estaba limpia, lo que fue un alivio, ya que parecía que tenía que ponérsela—. Por favor, no me mantenga en suspenso, mi lord.

—Tengo una sorpresa para usted. —Señaló la ropa que le había dado—. Pero primero, tiene que ponerse esta capucha y este vestido.

Cerise alzó una ceja, hacerse pasar por una extraña no parecía una buena sorpresa.

—El rey nos invitó a acompañarlo a la ciudad —le dijo Daerick—. Acepté en nombre de los dos, porque hay un lugar al que quiero llevarla. Y es mejor que no llamemos demasiado la atención en esa parte concreta de la ciudad.

—Por eso quiere que nos vistamos como plebeyos —dijo Cerise—. Pero ¿no llamaremos la atención de todos modos viajando con el rey?

—Sí y no. Él no estará con nosotros mucho tiempo.

—¿Adónde quiere llevarme?

—¡Cuántas preguntas! —se quejó él.

—Y tan pocas respuestas…

—De acuerdo, pero prefiero decírselo cuando lleguemos. Estrictamente hablando, nuestro destino no se considera apropiado para una dama del templo. No quiero ponerla en la posición de tener que mentirle a alguien, como al padre Padron, por ejemplo, en caso de que nos intercepte y pregunte adónde vamos.

—No me gusta cómo suena eso. —Y aunque Daerick no lo supiera, ya la había puesto en la situación de tener que mentir al decirle que iban a un lugar que no era apropiado para una dama de su posición—. Esperaba que me mostrara la oficina de la antigua emisaria y que me ayudara a comprender sus deberes. ¿Encontró su diario?

—Todavía no, pero lo encontraré. Lo prometo. —Daerick se inclinó y la miró con intensidad—. La oficina de la emisaria no irá a ninguna parte, pero solo tenemos el día de hoy para el quehacer que tengo en mente. Hágame este favor y luego le enseñaré lo que quiera.

—¿Me promete que es seguro?

—Le doy mi palabra.

—De acuerdo, entonces. Tenemos un trato.

Invitó a Daerick fuera de su habitación para que pudiera cambiarse la ropa del templo por la de plebeya que él le había llevado. El atuendo era sencillo: un vestido de lino beige con mangas largas y holgadas para proteger los brazos del sol y una larga falda que le cubría las piernas hasta los tobillos. Se recogió el pelo dentro de un gorro del mismo tono, se puso unas sandalias de cuero liso que había usado durante los veranos en el templo y se reunió con Daerick en el pasillo.

Para su alivio, no tuvo que mentirle al padre Padron porque no se cruzaron con él ni con ninguna persona conocida al salir del palacio. Daerick la condujo al exterior, más allá del lugar donde había visto a la pantera del desierto el día anterior, y luego ambos continuaron por el camino de hierba que conducía a la puerta principal. Un pequeño grupo de personas se había formado a la sombra de los árboles frutales que bordeaban el sendero. Al acercarse al grupo, Cerise reconoció a varios guardias reales y con ellos, al rey y a su cortesana, lady Delora Champlain.

El rey estaba sentado en una banca de piedra bajo un árbol de cítricos, con un brazo alrededor de la cintura de lady Champlain y llevándose una cantimplora de cuero a la boca con el otro. Parecía llevar la misma ropa que había abandonado la noche anterior en el jardín: unos pantalones de lino muy arrugados y una camisa de seda negra arremangada.

Por un breve instante, Cerise se preguntó si su cuerpo había reaparecido en el jardín al amanecer, pero luego recordó que se materializaba en donde sentía la atracción de su espíritu, que era la recámara de lady Champlain. Tal vez Delora había recogido la ropa del rey y la había llevado a sus aposentos. En cualquier caso, Su Majestad no se había molestado en vestirse adecuadamente. Y a juzgar por la soltura de sus miembros y la sonrisa descuidada que esbozó cuando sus miradas se cruzaron, estaba borracho.

A la hora del desayuno.

«Medio rey, en efecto».

—Mi señora del templo —balbuceó mientras fingía hacer una reverencia sentado. El líquido escurrió de su cantimplora por la parte delantera de su camisa—. Te ves bastante… —Entornó los ojos y miró su ropa—. Campesinera esta mañana.

—¿«Campesinera»? —repitió Daerick riendo. Quitó una pelusa de la manga de su túnica—. ¿Acaso la Real Academia de Lingüistas añadió esa deliciosa palabra al léxico cuando yo no estaba mirando?

—Ay, cállate —espetó el rey—. Yo puedo inventar las palabras que quiera.

Cerise inclinó la cabeza en una muestra de respeto que no sentía.

—Y usted parece bastante… relajado, Su Majestad.

Kian soltó una risotada desde lo más profundo de su vientre, pero era un sonido falso, no más agradable a sus oídos que la fría carcajada que había utilizado el día anterior como arma contra ella. Al acercarse a él, sintió el aroma de sidra y volvió la mirada hacia Daerick con una pregunta silenciosa. ¿El rey siempre era así? ¿Ebrio e infantil? ¿Grosero y malcriado como un muchacho que creía merecerlo todo?

—Su Majestad nos ha honrado con una invitación a la ciudad —dijo Daerick con un dejo de sarcasmo en la voz—. Incluso canceló todos sus compromisos reales para hacerlo. ¿No es generoso de su parte?

—Larga vida al rey —murmuró Kian. Sacó un pastillero del bolsillo de su pantalón y se echó un puñado de pastillas para el estómago a la boca, luego echó la cabeza hacia atrás, escurriendo dentro de su boca las últimas gotas de la cantimplora, luego le frunció el ceño al recipiente vacío—. Quiero algo más fuerte que sidra, y sé dónde encontrarlo. —El rey se levantó y tropezó antes de ofrecerle el brazo a Delora—. Mi señora, ¿nos ganamos nuestra perversa reputación?

—Será un placer —respondió Delora. Pasó una mano sobre sus curvas envueltas en seda, llamando la atención a la turgencia de sus senos—. Dicen que cuanto más bajo es el escote de una dama, peor puede portarse.

Kian rio entre dientes.

—Entonces tú podrías escaparte con un asesinato, querida.

Mientras que Cerise resistía el impulso de poner los ojos en blanco, captó algo en la sonrisa de lady Champlain: un atisbo de cautela que hizo que la mirara con más atención. Nadie más del grupo parecía darse cuenta; desde luego, no el rey. Si hubiera prestado atención a algo más que a los pechos de Delora, se habría dado cuenta de que su sonrisa no se extendía más allá de la boca, podría haber detectado la rigidez de sus hombros y la forma como se agarraba con demasiada fuerza a su brazo.

La cortesana del rey parecía asustada. ¿Pero de qué? ¿O de quién?

O tal vez había interpretado mal los gestos de Delora. Se puso detrás de la pareja, observando su lenguaje corporal mientras el grupo caminaba fuera de las puertas blindadas y se dirigía hacia la entrada de la ciudad, igualmente custodiada por docenas de soldados uniformados.

Cerise le hizo un gesto a Daerick para que se acercara.

—¿Ya puede decirme adónde vamos? —le preguntó en voz baja.

—Todavía no —susurró él—. Hay demasiados oídos a nuestro alrededor. Pero pronto estaremos a solas. Hay una sala de apuestas a tres pasos de la puerta de la ciudad. El rey no podrá dejarla pasar.

Ella le lanzó una mirada dubitativa.

—Créame —dijo Daerick—. Kian y yo somos amigos desde hace mucho tiempo. Si algo conozco, son sus vicios.

—¿Amigos? —le preguntó Cerise—. No lo trata como a un amigo.

—Hoy no es él mismo.

—¿Era él mismo ayer? —lo desafió—. Porque me lo encontré en el jardín y se presentó con una daga. —Ante la atónita respuesta de Daerick, ella le contó de la rana y de cómo el rey se había burlado de ella después de matarla—. Me odia, no podría haberlo dejado más claro.

Esperaba que Daerick negara lo que le había dicho o al menos que se excusara por el comportamiento del rey, pero no lo hizo. Casi deseó que lo hubiera hecho.

—Mi señora del templo —gritó el rey por encima del hombro mientras avanzaba a trompicones por el camino cubierto de pasto—. Eres una hija segunda de Solon, ¿quién lleva la maldición de tu familia?

—Mi hermana, Nina —le respondió—. Está casada y tiene una propiedad en Calatris.

—¿Son cercanas en edad? —preguntó Delora.

—Oh, no, ella es mucho mayor que yo —dijo Cerise—. Fue hija única durante tantos años, que yo fui una sorpresa.

—¿Es hermosa tu hermana? —preguntó el rey.

Cerise tocó el colgante que llevaba bajo el vestido y se sorprendió a sí misma sonriendo.

—No, Su Majestad, no es hermosa.

El rey se detuvo en seco y desvió la oscura mirada hacia ella, moviendo sus rizos de ébano. Delora miró por encima del hombro, igualmente intrigada.

—Un amanecer es hermoso —les explicó Cerise—, una flor es hermosa, un cielo lleno de estrellas es hermoso; mi hermana es algo totalmente distinto. Proyecta una sombra sobre la belleza. Me olvido de mi propio nombre cuando veo su rostro, lo único que quiero hacer es seguir mirándola, la observaría todo el día si me dejara.

Por alguna razón, al rey no pareció gustarle su respuesta. Se quedó parado frunciendo el ceño, hasta que Delora sonrió y habló:

—Tenemos un primogénito Solon en el palacio, se llama Cole. La mitad de la antigua corte estaba enamorada de él.

El rey soltó una risa seca y siguió andando por un camino retorcido.

—Quizá mi padre fuera uno de ellos, eso explicaría por qué nunca mató al escurridizo bastardo. —Miró a Cerise—. Mi madre y Cole Solon eran amantes.

Cerise sintió que se le abrían mucho los ojos.

—No era ningún secreto —dijo Kian, dándole la espalda de nuevo—. Bueno, no era ningún secreto más que para ti… el bendito oráculo.

Probablemente Cerise debió quedarse callada, pero en lugar de eso, le respondió al rey.

—Bendita como soy, incluso yo tengo mis limitaciones, Su Majestad.

—Cierto —aceptó él—. Dime, mi señora del templo: si te pones una mano enfrente de la cara, ¿puedes verla? ¿O es otra de tus limitaciones?

Lo miró fijamente a la nuca. Tenía en mente un gesto con la mano, pero prefirió comportarse como una dama en lugar de mostrárselo.

Continuaron en silencio hasta que llegaron a la puerta blindada que separaba los terrenos del palacio del mercado de la ciudad.

—Aquí estamos. —El rey extendió los brazos—. Mi gloriosa ciudad, llena de súbditos que me adoran tanto como tú, lord Calatris.

Daerick se rio.

—Entonces es bueno que tus hombres estén armados.

—Y que mis súbditos no lo estén —añadió el rey.

Cerise miró al guardia que tenía delante y la espada que llevaba en la cadera. La ley prohibía que los plebeyos poseyeran armas más mortíferas que una daga, pero incluso la más pequeña de las espadas podía hacer sangrar a un hombre. Seguramente el rey no visitaría la ciudad si no fuera segura para él.

¿O sí? ¿Sería tan imprudente?

Eso explicaría el miedo de su cortesana. Aunque ahora Delora, que ocultaba un bostezo tras su delicada mano, parecía más aburrida que asustada.

La pesada puerta comenzó a levantarse. Cada centímetro que avanzaba lentamente permitía la entrada a un nuevo coro de sonidos: primero el martilleo constante de los mazos y luego voces seguidas del golpe de pezuñas contra la piedra. Cuando el portón llegó a las rodillas de Cerise, percibió olores de carne asada, basura podrida y cuerpos sin lavar. A pesar de lo desagradable que era todo aquello, en sus labios se dibujó una sonrisa, se trataba de un olor familiar que llegaba a los terrenos de su templo de Solon cuando el viento soplaba desde el oeste. Sus visitas al mercado de la ciudad habían sido un placer poco frecuente, estaba ansiosa por ver lo que este le ofrecía.

Un cosquilleo de emoción se agitó en su cuerpo. Antes de que la puerta se levantara del todo, se agachó un poco para mirar por debajo. La ciudad era una delicia exótica, como sacada de un libro de cuentos. Ante ella se extendía una calle amplia y empedrada, bordeada de edificios de estuco de varios altos y anchos. Cada edificio estaba conectado con el siguiente por el segundo piso con un puente de madera que permitía el tránsito tanto desde arriba como desde abajo. La gente iba y venía, vestida con lino fino y sandalias sencillas, o con los pies descalzos y el pecho descubierto. Tanto hombres como mujeres llevaban el pelo recogido con una gorra o cortado lo justo para proteger el cuero cabelludo del sol. Cerise solo vio a dos mujeres con trenzas enrolladas en espiral alrededor de la cabeza, ambas llevaban una faja de lino de colores sobre el vestido. Estaba claro que era la marca de la riqueza, la prueba de que uno podía permanecer en casa y fresco durante la mayor parte del día.

De las vigas del frente de una carnicería colgaban varios pollos decapitados con piel de murciélago en lugar de plumas. Otras criaturas tenían rasgos similares para sobrevivir en el calor de Mortara, como los perros sin pelo que olfateaban las sobras junto a los canales y, por encima de ellos, las ardillas desnudas que bailaban por los tejados. Los animales tenían un aspecto extraño en comparación con los que Cerise había conocido, pero eran tiernos a su manera.

Una gota de sudor se deslizó por su nuca, se secó y levantó la mirada para encontrarse con las de Daerick y Kian, que la miraban uno con diversión y otro con desdén. Apartó la mirada del rey. No sabía qué había hecho para ganarse tan mala opinión de ella. Era cierto que no tenía visiones, pero no era ella la que estaba borracha antes del mediodía.

Tal y como predijo Daerick, el rey no tardó en conducir a Delora a la sala de apuestas más cercana. La mitad de sus soldados lo siguieron al interior, mientras la otra mitad montó guardia junto a la puerta.

—¿Está a salvo en ese lugar? —le preguntó a Daerick—. Dio a entender que no es muy querido por el pueblo.

—Tiene sus detractores, como todos los reyes —afirmó Daerick—. Pero sus partidarios los superan en número, al menos por ahora. Estará bien.

—¿Ahora puede decirme a dónde vamos?

Asintiendo, Daerick la condujo por la calle hasta que llegaron al primer cruce, donde subieron unas escaleras y reanudaron la marcha por el segundo piso. Había menos bullicio por encima de la calle, y también más privacidad.

—Hay un anciano alojado en la ciudad —murmuró Daerick mientras caminaban a paso ligero por los tablones de madera—. Es un viajero, solo pasa por aquí una o dos veces al año, por eso no podíamos esperar más tiempo.

—¿Qué tiene este hombre de especial?

—¿Segura que quiere saberlo? Puede que no le guste la respuesta.

—Dígamelo.

—Es un adivino.

Ella le clavó la mirada.

—Los adivinos no existen. Los oráculos tienen visiones y los sacerdotes, magia, cualquier otro ser engaña con trucos o ilusiones. Usted debería saberlo mejor que nadie.

—De acuerdo —respondió Daerick—. Entonces llamémoslo un individuo sumamente perceptivo con talento para discernir la verdad de la ficción.

—¿Perceptivo cómo? —preguntó Cerise—. ¿Qué verdad espera que le diga?

Antes de que Daerick pudiera responderle, una vidente dobló la esquina enfrente de ellos, seguida por un par de oráculos en formación, y las tres se deslizaban hacia Cerise con una elegancia que ella nunca había llegado a dominar. Una de las novicias llevaba una bandeja con monedas y baratijas, ofrendas hechas a cambio de sanación o adivinación. La otra llevaba un pequeño animal en el hombro, un primate escamoso con una cola larga que se enroscaba en la punta. A medida que la vidente se acercaba a Cerise y Daerick, la mujer fue haciendo sus pasos más lentos hasta que se detuvo para mirar a Cerise con confusión.

La vidente pasó su aguda mirada por el rostro de Cerise hasta que frunció el ceño e inclinó la cabeza a un lado.

—Tu futuro camino…

—¿Sí, mi señora? —le preguntó Cerise.

—¿Por qué no puedo verlo? —le preguntó la mujer a su vez. Señaló a Daerick con un dedo—. Su destino está bastante claro.

Trágico, pero claro. —La miró con más atención—. ¿Pero el tuyo? Nada.

Cerise intercambió una mirada con Daerick, que había palidecido un poco. Le tomó la mano y se la apretó.

—La diosa trabaja de formas misteriosas. Nuestros caminos pueden cambiar según su voluntad. ¿No está de acuerdo?

Nadie contestó.

El mono con escamas emitió un leve chillido y trepó por el brazo de su dueña. Parpadeó mirando a Cerise como un búho y sin previo aviso, saltó a sus brazos. Aunque se sobresaltó, lo atrapó. El mono se agarró a la parte delantera de su vestido y no tardó en frotar su mejilla contra la de ella, el cosquilleo seco de su piel la hizo sonreír.

—Debe ser amistoso —dijo mientras le acariciaba la cálida espalda.

La novicia la miró boquiabierta.

—Yo no vi esto —dijo la niña, volteándose hacia su superior—. El ojo de mi mente me mostró el camino al templo. Diablín solo les susurraba a todos los que nos cruzábamos.

—¿Ves? —dijo Cerise. Cargó suavemente a Diablín y se lo devolvió a su dueña, que tuvo que tentarlo con un higo para que se quedara en sus brazos—. Los caminos pueden cambiar.

—Tiene un don con los animales —le dijo Daerick un rato después, cuando bajaron las escaleras hasta el nivel de la calle y giraron a la izquierda en una intersección donde los edificios eran delgados y estaban más cerca unos de otros.

Cerise frotó las cicatrices con forma de colmillo que tenía en el antebrazo.

—Parece que le agrado a los mamíferos. A los reptiles, no tanto.

—¿Cuál es su secreto? —preguntó él.

—Adoro a los animales —respondió simplemente—, siempre me han gustado. —Con toda su gloria, el templo podía ser un lugar solitario para una niña—. Si quería afecto, sabía que era mejor acudir a un animal que a una vidente. Visitaba la conejera o las perreras. Los cachorros siempre se alegraban de verme. Me daban el cariño que necesitaba, y creo que podían sentirlo.

—Los instintos animales no mienten —dijo Daerick—, es una de las ventajas que tienen sobre la humanidad.

—¿Una de las ventajas? —preguntó Cerise mientras echaba un vistazo calle abajo. El nivel superior era sobe todo residencial. Todo lo que le interesaba estaba abajo. Vio a un vendedor de criaturas aladas del tamaño de una palma que deseó desesperadamente tener en sus manos—. ¿Qué otras ventajas tienen?

—Libertad de la microgestión de la sociedad civilizada. —Dudó antes de añadir—: Y de la Orden.

Cerise se detuvo en seco, sorprendida por sus palabras.

—La Orden Sagrada es un regalo de la diosa. Nos da sacerdotes para enriquecernos y protegernos, y oráculos para curarnos y guiar nuestro camino. La Orden no quita, da.

—Dice la niña que fue arrebatada a su familia al nacer.

—Fue un honor servir en el templo.

—Pero usted no se ofreció voluntariamente para ese servicio. —Daerick miró a derecha e izquierda y bajó la voz—. Se lo impusieron, como a todos los segundos hijos. Nadie debería tener derecho a quitarle a otro la libertad.

—Pero Shiera lo decretó como parte de la expiación por la Gran Traición.

—¿Sí? —preguntó Daerick—. ¿Cómo podemos saberlo? Nosotros no escuchamos sus decretos, solo tenemos la palabra de los sacerdotes que nos dicen lo que Shiera quiere.

—Y los pergaminos —dijo Cerise. Había leído cada palabra y cada línea.

—Y los pergaminos —concedió él—. Pero eso me lleva a una pregunta más profunda: ¿por qué los sacerdotes controlan una Orden dedicada a adorar a una diosa? Shiera es una mujer, entonces, ¿por qué no son las videntes las que están en las posiciones más altas de poder?

—Por equidad —dijo Cerise sencillamente. Había buscado la misma respuesta cuando era niña—. Shiera es la oscuridad y la luz, la ira y la misericordia. Ella crea el equilibrio en todas las cosas, así que si hubiera dado más poder a su propio sexo habría creado inestabilidad.

—Pero yo no veo equilibrio —argumentó Daerick—. Son los sacerdotes quienes deciden qué constituye un pecado. Ellos mismos determinan el castigo por ese pecado, y también ejecutan la sentencia. Las videntes no tienen voz en la Orden. Incluso su Reverenda Madre tendría que inclinarse ante el padre Padron si él se lo exigiera.

Cerise trató de presentar un contraargumento, pero no pudo. Memorizar los pergaminos no la había preparado para debatir con un primogénito de Calatris. Discutir de teología con Daerick era como hacerlo con una biblioteca que había cobrado vida.

Daerick señaló el templo cercano por encima de los tejados. Junto a la aguja del templo había una estatua de Shiera, con los musculosos brazos y hombros de mármol y una lanza en la poderosa mano.

—Mírela —dijo Daerick—. ¿Qué le hace pensar que una diosa tan feroz y poderosa como Shiera, una mujer lo suficientemente fuerte como para crear este mundo y quizá otros, para dar vida y para quitarla, permitiría que su sexo fuera dominado por los hombres?

Cerise solo pudo repetir lo que la Orden le había dicho desde que nació.

—No nos corresponde cuestionar la voluntad de Shiera.

—¿Quién lo dice?

—Los… sacerdotes.

—Bueno, qué conveniente para los sacerdotes —dijo Daerick—. Pueden hacer lo que les plazca en nombre de la diosa y luego prohíben que se les cuestione. Ese tipo de control sin restricciones los convertiría casi en dioses, ¿no cree?

Un destello de ira se encendió en su pecho.

—Eso es un sacrilegio.

—¿Quién dice?

—Los pergaminos.

—Fueron escritos por mortales.

—Mortales inspirados por la diosa.

—¿Quién dice? —repitió Daerick—. ¿Qué pruebas le dio la Orden?

—No necesito pruebas —respondió Cerise—. Tengo fe.

Daerick le sonrió con tristeza.

—Y por eso ganará la Orden.

—¿Ganará? —preguntó ella—. ¿Ganará contra qué? Lo dice como si estuviéramos en guerra.

—Deje que le enseñe algo —dijo Daerick, y empezaron a caminar de nuevo.

Atravesaron dos calles más, pasaron el templo de la ciudad y continuaron hasta un mercado de verduras al aire libre donde las casas y las tiendas eran más pequeñas y empezaban a desmoronarse en las esquinas. Mientras más se alejaban del palacio, menos mercaderes vendían artículos exóticos. Pronto los vendedores desaparecieron por completo, en esa parte de la ciudad no había trenzas ni fajas de colores. La mayoría de los niños apenas llevaba ropa.

Se detuvieron al borde de un patio lleno de tierra, donde dos sacerdotes atendían a un grupo de campesinos. Los avances mágicos estaban reservados para la realeza y la Orden, pero los sacerdotes ayudaban al pueblo llano de otras formas, utilizando sus dones para reparar arados, enriquecer la tierra y lanzar encantamientos de honestidad para resolver disputas.

Daerick la tomó de la mano y la condujo hasta un callejón sombreado detrás de los sacerdotes. Se detuvo y le indicó que escuchara.

Al principio, no oyó nada fuera de lo ordinario. Un hombre quería que su mula se volviera fértil. Otro suplicó que restauraran su telar roto. Ambas peticiones fueron atendidas. Después, un trío de hombres se acercó a los sacerdotes e inclinó la cabeza.

—Que la luz de Shiera brille sobre ustedes —dijo un sacerdote.

—Y que su ojo iracundo aparte la mirada —respondieron en conjunto. El portavoz del grupo se puso de pie y expuso su petición.

—Por favor, padres, se lo suplicamos. Usen su magia para que vuelvan las lluvias. Nuestro huerto de frutas de miel se está muriendo. Nos han dado lluvia durante muchos años, y ahora…

—Sabes que no podemos —lo interrumpió un sacerdote—. El rey lo prohibió.

Se oyeron murmullos airados entre la multitud.

—Pero ¿por qué? —preguntó el hombre—. Toda la magia del reino está a su disposición.

—No nos corresponde cuestionar a Su Majestad —respondió el sacerdote—, solo cumplir su voluntad.

Esa respuesta provocó una reacción aún más virulenta del pueblo, que gritó «¡Injusticia!» y «¡Abajo el medio rey!». Justo cuando Cerise empezaba a temer que la multitud arremetiera contra los sacerdotes, sintió el sabor cobrizo de la magia y la invadió una sensación de calma.

—Vuelvan a sus casas —gritó el primer sacerdote, y luego se tambaleó contra su compañero, debilitado por haber usado su energía para calmar a la multitud.

En unos instantes, la gente del pueblo se dispersó.

El encantamiento desapareció en cuanto se marcharon los sacerdotes. Cerise miró a Daerick en busca de una explicación.

—¿Por qué el rey querría infligir la sequía a su propio pueblo? —preguntó—. Ya hay muchos cultivos arruinados.

Daerick respondió con una pregunta.

—¿Alguna vez ha probado una de las frutas endémicas de Mortara, como el melón de arena?

Cerise negó con la cabeza.

—El melón de arena sabe exactamente como su nombre lo indica. En su lugar, todo el mundo cultiva la fruta de la miel, que no crece aquí de forma natural. La familia real importó los retoños hace cientos de años, cuando empezaron a usar sacerdotes para multiplicar las lluvias.

—¿Entonces? —preguntó ella.

—Pues ahora los agricultores dependen de patrones climáticos que no deberían existir. Ya nadie quiere cultivar productos nativos, quieren cultivar productos importados que necesitan lluvia constante para crecer.

Cerise levantó ambas palmas hacia arriba.

—¿A quién sirven los sacerdotes? —preguntó Daerick.

—A la casa Mortara.

—¿Y cuando el linaje Mortara deje de existir?

—Pues… no lo sé.

—Nadie lo sabe —dijo Daerick—. Ni siquiera yo, y eso es mucho decir. Ni siquiera sabemos por qué los sacerdotes están obligados a servir a la dinastía Mortara. Pero puedo decirle una cosa: los sacerdotes no van a quedarse en este polvoriento agujero infernal cuando sean libres de ir a donde quieran. Si Kian desaparece sin un heredero, es posible que nadie pueda comandar a los sacerdotes. Y si ese es el caso, es solo cuestión de tiempo que se vayan de Mortara.

Ahora Cerise empezaba a entender lo de la lluvia.

Daerick la tomó de la muñeca.

—Un buen rey protege a su pueblo. Y si sabe que su tiempo está llegando a su fin, se asegura de que puedan sobrevivir sin él. Los sacerdotes lo saben, pero no se lo explican así a los campesinos. ¿No le hace preguntarse a quiénes sirven en realidad? Se basan en la fe, pero ignorar el sentido común no es fe, es estupidez.

Cerise reflexionó sobre lo que Daerick le había dicho. No quería creer que los sacerdotes hubieran engañado intencionalmente a nadie, aunque le parecía extraño que no le hubieran explicado su razonamiento a la multitud. Sin embargo, más que eso, no podía conciliar a Kian, el borracho tambaleante, con el desinteresado gobernante que Daerick había descrito.

—¿Un buen rey abandonaría las reuniones de su consejo para beber alcohol y apostar en las peleas de aves?

—Es posible, si es un primogénito al que le quedan solo seis lunas de vida.

Ella tomó aire para discutir, pero Daerick se le adelantó.

—Usted no es primogénita —dijo—. No sabe lo que es contar los días que faltan antes de desaparecer, ya sea en el vacío de su propia mente o en las sombras.

Cerise bajó la mirada a sus pies. Él tenía razón, no conocía ese dolor.

—Intente imaginárselo —le dijo—. Imagine cómo se ha preparado para cumplir con su maldición, cómo se ha endurecido para afrontar su inevitable sufrimiento. Ahora imagine que después de años de haberse desprendido de todos y de todo lo que le da alegría, finalmente obtiene una armadura en el corazón lo suficientemente gruesa como para no temer el final. Está preparado para el final, ha hecho las paces con su destino... hasta que un día recibe la noticia de que un poderoso oráculo viene a salvarlo.

Su sentimiento de culpa se multiplicó.

—Su primera reacción no sería de emoción —continúa Daerick—. Sería miedo, porque le tomó años construir la armadura de su corazón, y le aterra volver a abrir esa herida. Sin embargo, no puede evitarlo. A pesar de su buen juicio, se permite tener esperanza.

—Y después el poderoso oráculo resulta ser alguien común y corriente —terminó Cerise. Recordó cómo la había mirado Kian en el jardín, como si le hubiera fallado. No la estaba castigando por no tener visiones. Los castigaba a ambos porque se había permitido tener esperanzas y, a cambio, había duplicado su dolor—. Ahora ha renunciado a la vida.

—No se lo tome como algo personal —le dijo Daerick—. Me imagino que es difícil tener fe cuando los nobles ya se están matando entre ellos para eliminar la competencia por el trono.

—¿Eso es lo que está pasando?

—Ya hubo dos muertos en Calatris. Habrá más, eso es lo que sabemos hasta ahora. —Daerick alzó un hombro—. Probablemente pueda entender por qué la esperanza es una amante cruel para el rey, casi tan brutal como las sombras.

«Dos muertos en Calatris». Debía ser el incidente al que había hecho referencia el general Petros el día anterior, cuando había confrontado al padre Padron en el jardín del palacio. Sin embargo, antes de que Cerise pudiera seguir pensando en ello, su atención se dirigió a otra cosa que Daerick había dicho.

—¿Brutal como las sombras? —repitió—. El padre Padron me dijo que el rey no recuerda sus horas nocturnas.

—Eso me dijo Kian también —respondió Daerick—. Pero me pregunto... ¿qué persona de veinte años y sana lleva una lata de pastillas para el estómago en el bolsillo? —Alzó una ceja—. Todos los primogénitos nobles sienten ansiedad. Todos tienen sus formas de mitigarla, pero pocos tienen que medicarse.

—¿Usted qué cree que le pasa al rey por la noche?

—No tengo ni idea, pero reconozco a alguien atormentado cuando lo veo.

Cerise no quería oír nada de eso. No quería creer que Kian sufría cuando las sombras lo reclamaban después de la puesta de sol, porque eso significaba que viviría una eternidad de tormentos cuando desapareciera por completo. Según la tradición, los primogénitos de Mortara no morían de verdad, sino que permanecían en la oscuridad para siempre.

—¿Por qué me trajo aquí? —preguntó—. ¿Para qué me contó todo esto? ¿Qué espera que haga, aparte de sentirme terriblemente?

—¿Recuerda al viejo perceptivo que mencioné? —preguntó Daerick—. ¿El hombre que no es un adivino porque usted no cree que los adivinos existan?

—Sí. Y le pregunté cuál era el tipo de verdades que percibe.

—Percibe lo oscuro y lo prohibido. Específicamente las maldiciones de sangre y cómo romperlas. ¿Ahora se da cuenta de por qué me gustaría conocerlo?

Cerise hizo una mueca. Había oído historias de sacerdotes oscuros, miembros caídos de la Orden que habían abandonado sus templos y ahora se escabullían por el territorio, escondiéndose en cuevas y lanzando encantamientos a cambio de unas monedas. ¿Era este el tipo de hombre que Daerick quería que conociera? Si era así, no entendía qué le estaba pidiendo. Encontrarse con un sacerdote corrupto y no denunciarlo la convertiría en cómplice del delito de brujería. Incluso aunque se guardara la verdad, alguien de la Orden acabaría sospechando de ella, y después el padre Padron podría obligarla a confesar con un simple pestañeo.

Sin embargo, cuando abrió la boca, la mirada de avidez de Daerick le robó las palabras. Tenía esperanza, había puesto su fe en ella, a pesar de que no se lo merecía. Ahora no podía quedarse de brazos cruzados a esperar a que el Día de Atribución lo enloqueciera. Tampoco podía ver que el rey desapareciera en las sombras sin mover un dedo para ayudarlo. Si había la más mínima oportunidad de que el «perceptivo» conocido de Daerick pudiera guiarlos para romper las maldiciones de los nobles, tenía que aprovecharla.

CAPÍTULO SEIS

Aunque Cerise no sabía adónde hubiera esperado que la llevara Daerick, un tugurio subterráneo en la periferia del barrio del placer de la ciudad era el último lugar que habría tenido en mente. Frunció el ceño cuando vio los escalones de arcilla desiguales que descendían abruptamente bajo el nivel del suelo. Después de la tierra apisonada al fondo, no podía ver más que sombras. La única pista de lo que podía encontrarse ahí abajo era el ocasional sonido de unas violentas arcadas.

—Qué encantador —susurró Cerise, mientras se acomodaba la tela del escote alrededor de la cara—. No le preguntaré cómo es que conoce este lugar.

—Mejor no —convino Daerick—. Nunca me he reunido con este adivino en particular, pero he hecho muchos tratos aquí, y dudo que usted aprobara alguno de ellos.

—Pensé que usted era un caballero.

—Bueno, a veces la búsqueda del conocimiento se antepone al decoro.

Cerise arrugó la nariz.

—¿Tengo que entrar? Prefiero esperarlo aquí mientras... —Se interrumpió cuando un hombre del otro lado de la calle le silbó y le ofreció una moneda de cobre por cinco minutos de su compañía.

—¿Qué decía? —le preguntó Daerick.

—No importa. Voy detrás de usted.

Se dejó la nariz cubierta y mantuvo la mirada fija en la nuca de Daerick mientras lo seguía hacia las entrañas de la guarida. Atravesaron una sala oscura y amplia, tapizada de cuerpos, algunos inconscientes y otros ocupados en actividades que ella bloqueó de su visión periférica ajustándose la capucha.

Pronto llegaron a una puerta, y Daerick llamó con un código de tres golpes lentos seguidos de dos rápidos. Del otro lado, alguien habló en una lengua que ella no entendía. Daerick respondió en el mismo idioma y la puerta se abrió.

La envolvió el aroma de un incienso almizclado. Entraron en una habitación diminuta, limpia y iluminada de forma brillante por un conjunto de velas que descansaban sobre el suelo pulido. Parecía un lugar de reunión perfecto, hábilmente escondido en un tugurio donde a nadie se le ocurriría buscar. Había cojines acolchados esparcidos por el suelo. Dos de los cojines estaban ocupados, uno por un joven del tamaño de un buey, y el otro por un anciano ajado que claramente era el hombre «perceptivo» que Daerick la había traído a ver. Al acercarse a la pareja, Cerise notó con sobresalto que el anciano no tenía ojos. Sus cuencas estaban cubiertas por la piel y hundidas por la edad, como si hubiera nacido así.

El hombre más joven se tensó de forma protectora y fulminó a Cerise con la mirada.

—¿Quién es ella? Es nueva.

—Es mi prima —dijo Daerick. Señaló la diferencia entre su piel pálida y el tono aceitunado de la muchacha y aclaró—: En segundo grado.

El viejo soltó una carcajada.

—No, no es verdad. Puedo oler la diferencia de sangre.

Cerise miró a Daerick, que la acercó un paso más al hombre.

—Ven —dijo el anciano y le dio una palmada al cojín que tenía enfrente.

Con cierta reticencia, Cerise se sentó junto a Daerick en un cojín, dejando un brazo de distancia entre ella y los dos hombres que tenía enfrente. En cuanto ella y Daerick se sentaron, el anciano se inclinó hacia delante e inhaló profundamente por la nariz.

—Tú eres un Calatris —le dijo a Daerick—. Primogénito. Puedo oler tu maldición.

Eso no impresionó mucho a Cerise. Daerick era miembro de la corte, es decir, una especie de personaje público. Quizá el anciano había reconocido su voz o su perfume.

—Pero la jovencita —dijo el hombre antes de inhalar de nuevo—. Ella es otra cosa.

Cerise esperó a que continuara.

El anciano volvió a respirar hondo por la nariz.

—Detecto una pizca de Solon en tus venas.

—Mi padre es un Solon —dijo.

—¿Querrás decir tu madre? —preguntó el anciano.

—No, mi padre —insistió Cerise.

El hombre hizo un ruido de concentración.

—En tu sangre hay algo más fuerte que tus raíces Solon. Pero no reconozco qué. El olor es… confuso.

—Podría ser mi madre —dijo Cerise. Su mamá y ella se parecían tanto que habrían podido pasar por gemelas nacidas en generaciones distintas—. Mi madre es de una familia común. Un mercader la adoptó cuando era bebé, así que no sabemos nada de su linaje.

El viejo hizo un gesto de indiferencia con la mano, como si no le importara su historia.

Sin embargo, sí parecía importarle a su enorme y joven acompañante. Juntó las cejas en una línea adusta

—No debiste traerla aquí —le dijo a Daerick.

—¿Acaso importa? —le preguntó él. Sacó un saco de monedas de su bolsillo y lo sacudió—. Yo respondo por ella.

—Sí importa —gruñó el joven.

De repente, el anciano se abalanzó sobre Cerise y tomó su mano con una rapidez y una fuerza que la sorprendieron. Antes de que pudiera objetar, el hombre metió la mano bajo su cojín y sacó una daga corta de doble filo. Ella intentó apartar la mano, pero él la mantuvo firme y le picó la yema del dedo índice.

—¡Ay! —gritó Cerise—. ¡Suélteme!

El hombre la ignoró, sacó una gorda gota de sangre a la superficie de su piel y la olfateó. Como no le satisfizo, se metió el dedo de Cerise a la boca y lo chupó hasta dejarlo limpio.

«¡Qué asco!». ¡Esta no era de ninguna manera su idea de mantener la mente abierta!

Él la soltó y ella jaló su mano bruscamente. Estaba tan ocupada tratando de limpiar la humedad de la boca del anciano que no vio su reacción inicial. Cuando levantó la vista hacia él, vio que sus cejas grises estaban muy alzadas por encima de sus cuencas hundidas y cubiertas de piel.

—*Umbra sangi* —le susurró al más joven, que desvió la mirada hacia Cerise y la observó como si de repente le hubieran salido cuernos y cola.

—¿Eso qué significa? —preguntó Cerise.

El anciano escupió su sangre al suelo y se frotó la boca con la mano. Cerise miró a Daerick, que tenía la mirada extraviada y la frente arrugada por la confusión. Era la primera vez que lo veía perplejo.

—¿*Hara «umbra sangi»*? —les preguntó Daerick a los hombres, pero ellos no le hicieron caso y empezaron a susurrar con urgencia entre ellos.

Cerise tuvo un presentimiento, se le hizo un nudo en el estómago. No entendía lo que estaba ocurriendo, pero sus instintos le advertían que debía marcharse. A pesar de eso, se quedó clavada en el suelo por su propia curiosidad.

—¿Qué significa eso? —repitió—. ¿Qué le pasa a mi sangre? ¿Qué saben que no me están diciendo?

—Nada —respondió el viejo con brusquedad—. Ese es el problema, tu sangre no me reveló nada.

—¿Y por qué iba a ser eso un problema?

—Por su don —le murmuró Daerick—. Él puede sentir la historia viva en la sangre, del mismo modo como un oráculo puede ver caminos hacia el futuro.

—Y ninguna sangre se me ha negado jamás. —El anciano volvió a limpiarse los labios—. Ni una sola vez en mis muchos años. Las venas siempre me han revelado sus secretos, con excepción de la tuya. No sé qué hay más allá de tus raíces de Solon, me desconcertaste.

A Cerise se le erizaron los vellos de los brazos. «Me desconcertaste». ¿Cuántas veces había dicho esas mismas palabras la Reverenda Madre? ¿Cuántas videntes se habían quejado de que no podían ver el camino que había ante ella? Las había desconcertado a todas, y ahora también a este hombre. ¿Y si estaba tan lejos de poseer visiones que cegaba el ojo interior de los demás? ¿Y si tenía algo realmente malo?

El joven enorme señaló la puerta.

—Váyanse —les ordenó, pero con una voz más suave que antes—. No son bienvenidos aquí.

El joven gigante sabía algo. Cerise se dio cuenta por el cambio de su comportamiento. Todavía no era amigable con ella, pero ya no era hostil. Parecía que ahora le temía o la respetaba, y ella quería saber por qué.

Miró al joven a los ojos.

—Dime qué escondes.

—Váyanse —repitió él.

Daerick alzó el dedo índice.

—Por favor, responda una pregunta y luego nos iremos. —Hizo tintinear su saquito de monedas—. Prometo compensarlos por su tiempo.

El anciano volteó la cara hacia Daerick.

—Ya sé cuál es tu pregunta, joven Calatris. La he oído en boca de la mitad de los nobles del mercado. Quieres saber si los rumores sobre la emisaria del rey son ciertos.

—Sí —dijo Daerick—. ¿Pueden deshacerse las maldiciones de los nobles?

—Cualquier maldición se puede deshacer —le respondió el anciano—. Hay dos maneras. La primera es acabar con la vida del individuo que la lanzó. Pero no te lo recomiendo, la diosa ha demostrado ser difícil de matar.

El joven alzó una ceja en señal de acuerdo.

—La otra opción —continuó el anciano— es que reviertas la ofensa cometida contra quien lanzó el hechizo.

—Pero él no cometió ninguna ofensa —discutió Cerise.

—Entonces las ofensas de sus antepasados —respondió el hombre—. La solución de las maldiciones generacionales es la misma que de cualquier otra: se debe apaciguar a quien lanzó el hechizo revirtiendo el daño que se le hizo.

Cerise trató de imaginarse la reversión de la Gran Traición. No podía concebirlo.

—¿Está sugiriendo que encontremos la Espada de Petros, hagamos que la diosa descienda de los cielos, la seduzcamos para que adopte forma mortal y luego… la acuchillemos?

—Por supuesto que no —dijo el anciano—. La penitencia es diferente para cada fechoría. Tendrán que descubrir esta por ustedes mismos. Pero puedo decirles que la manera de revertir un derramamiento de sangre casi siempre es un sacrificio de sangre.

—Sangre por sangre —dijo Daerick—. Pero, ¿cómo sería?

—Ojalá lo supiera —respondió el anciano.

El joven acompañante del hombre extendió una mano para recibir el pago.

—Tu pregunta fue respondida. Ahora cumple el trato y váyanse.

Daerick no discutió. Le lanzó el saco de monedas al hombre gigante y luego acompañó a Cerise fuera de la habitación. Los dos salieron de la guarida de la misma forma como habían entrado, sin decir una palabra hasta que subieron los empinados escalones de arcilla que conducían a la calle.

Cerise entornó los ojos para protegerse de la luz del sol mientras su nariz se acostumbraba a los fuertes olores de la ciudad.

—No siento que hayamos aprendido mucho —le dijo a Daerick—. Espero que ese saco estuviera lleno de cobre y no de plata.

—Oh, le pagué una fortuna —dijo Daerick, mientras se rascaba la incipiente barba que parecía de brotes de hierba—. Y se ganó cada moneda.

—¿De verdad lo cree?

Daerick comenzó a caminar en una dirección distinta a la ruta que habían seguido para llegar allí. Cerise fue tras él, aunque antes lanzó una mirada melancólica por encima de su hombro. Esperaba que tomaran la misma ruta de vuelta al palacio para que pudiera inspeccionar las pequeñas criaturas aladas que había visto en el mercado.

—Sí —le respondió Daerick—. Nos dio tres datos valiosos para que los investigue. Primero, nos dijo cómo se pueden romper las maldiciones; y segundo, nos dijo que usted es una anomalía.

A Cerise no le gustaba que la llamaran anomalía, pero no se le ocurría una etiqueta más adecuada para sustituirla.

—¿Cuál es el tercero?

—El término *umbra sangi* —dijo Daerick—. No sé qué significa, pero tengo toda la intención de averiguarlo. Creo que nos explicará por qué el adivino reaccionó como lo hizo hacia usted.

—Y también la reacción del más joven —añadió Cerise—. ¿Vio cómo me miraba?

—¿Como si hubiera brotado un demonio de su pecho? —preguntó Daerick con una especie de sonrisa—. Sí, me di cuenta. No disimuló muy bien su sorpresa.

Daerick aceleró el ritmo y dio pasos más largos, lo que obligó a Cerise a apresurar su andar de una forma poco femenina. Pensó en pedirle que alentara el paso cuando llegaron a un mercado al aire libre, pero él parecía lleno de emoción y energía nerviosa. La perspectiva de que fuera posible romper la maldición claramente le había dado un nuevo propósito, así que no se atrevió a quejarse.

Salieron de la ciudad y regresaron a los terrenos reales. Cuando llegaron a la entrada del palacio, Daerick se detuvo en el último escalón y se volteó hacia Cerise como un caballero.

—Mi señora. —La tomó de la mano, hizo una reverencia y le besó los nudillos—. Gracias por el placer de su compañía. Odio dejarla sola para la cena, pero quiero investigar un poco antes de que empecemos las lecciones sobre el puesto de emisaria mañana.

—Por supuesto —le respondió ella, agradecida por que hubiera recordado la promesa de enseñarle sus deberes. Se miró los nudillos recién besados y sonrió. Nadie le había besado la mano. Lo disfrutó bastante. De alguna manera, aquel acto hizo que se sintiera mayor—. Lo veré por la mañana, lord Calatris.

—Daerick —la corrigió.

—Solo si tú me llamas Cerise.

—Con mucho gusto, Cerise. —Subió las escaleras y se detuvo antes de entrar al vestíbulo—. Todavía es temprano, sugiero que le pidas al padre Padron que te dé una visita guiada a los archivos.

—¿Cuáles archivos?

—Los que están en las catacumbas bajo el santuario. Hay una colección de reliquias y textos. No sabría decirte exactamente qué contienen los archivos porque no se permite que los laicos entren al santuario. —Encogió un hombro—. No estaría de más que echaras un vistazo a ver si encuentras algo de sabiduría popular que nos ayude.

Cerise sonrió.

—Buscaré un libro que se titule *Cómo revertir la Gran Traición: guía para novicias*.

Aunque lo decía de broma, por dentro tenía una sensación oscura y pesada que solo podía describirse como el dolor de la confianza rota. El padre Padron podría haberle mencionado los archivos en cualquier momento durante las horas que había pasado con él en el santuario. Odiaba pensar que le hubiera ocultado los archivos deliberadamente, pero la interacción con los sacerdotes de la ciudad tenía un enorme peso en su mente. Quizá a los sacerdotes de Mortara les gustaban los engaños, aunque trabajaban al servicio de la diosa, seguían siendo humanos.

Siguió a Daerick al interior del palacio y subió por la amplia escalera que llevaba a su habitación, donde se cambió el atuendo de campesina por un vestido fresco del templo. Se lavó la cara y las manos, y se arregló el cabello. Cuando estuvo presentable, regresó al primer piso, atravesó el pasillo al aire libre y abrió las puertas del santuario.

La sala de oración estaba vacía; los sacerdotes habían sido enviados al comedor o a la ciudad para cumplir con sus obligaciones. Cuando se asomó por el pasillo contiguo a la cámara privada del padre Padron, vio que la puerta estaba un poco abierta, lo que indicaba que el padre estaba adentro. Podía pedirle que la guiara en una visita a los archivos, pero ¿y si las catacumbas estaban prohibidas para las novicias? De ser así, no tendría más remedio que aceptar las reglas. Sin embargo, si descubría las catacumbas por su cuenta, antes de saber que estaban prohibidas, podría alegar ignorancia si alguien la descubría.

«Sí», decidió. Era mejor pedir perdón que pedir permiso.

Mientras atravesaba la sala de oración, sus zapatos resonaron sobre las baldosas con un eco que le provocó un escalofrío. Sintió el impulso repentino de detenerse y mirar por encima de su hombro. Se volteó lentamente y miró detrás de ella.

No había nadie.

Suspiró, siguió caminando hacia el altar y avanzó en círculo a su alrededor. Mientras estudiaba la construcción de mármol, arrastró los dedos alrededor para revisar si había bisagras o grietas ocultas. Como no obtuvo resultado, se arremangó la falda del vestido y se arrodilló en el suelo para palpar las baldosas con ambas manos en busca de irregularidades.

—¿Qué estás haciendo?

Jadeó con tanta fuerza que casi se le colapsaron los pulmones. Inclinó el cuello y descubrió a un sacerdote parado a unos pasos de ella, un hombre pelirrojo de mediana edad que parecía haber salido de la nada. Aunque permaneció tranquilo y sereno, con las manos cruzadas frente a él, sus ojos mostraban una frialdad que hizo que Cerise retrocediera unos centímetros. Era exactamente el tipo de hombre que evitaba en el templo.

—Me asustó, padre. —Se llevó una palma al esternón e intentó sonreír—. Debe tener pies silenciosos. Lo envidio, es una habilidad que jamás dominé.

—Te pregunté qué estás haciendo —repitió apretando los dientes.

Cerise se lamió los labios. No podía mentir ni arriesgarse a que él usara magia para sacarle la verdad, así que eligió su respuesta con cuidado.

—Buscaba algo, pero no está aquí. —Antes de que él ahondara en el tema, se levantó del suelo e hizo una reverencia—. No nos conocemos. Yo soy Cerise Solon, emisaria del rey.

El hombre se quitó una pelusa de la túnica.

—Sí, lo sé. Yo soy el padre Bishop.

—Oh, sí. He oído hablar de usted —dijo Cerise—. Usted es el sacerdote que rescató a lady Champlain de la pantera del desierto que entró a sus aposentos. Me alegra ver que se recuperó de esa terrible experiencia. ¿Ayudaron los pastelillos?

El padre alzó una ceja.

—¿Cómo sabes que…?

—El padre Padron me dijo que tiene debilidad por los pastelillos.

—Así es —respondió él, pero la forma como recorrió su rostro dejó claro que la consideraba indigna de esa información.

—Bueno —avanzó hacia la oficina del padre Padron—, debo ir a buscar a Su Excelencia. Fue un honor conocerlo, padre Bishop. Que la luz de Shiera brille sobre usted.

—Y que su ojo iracundo aparte la mirada —respondió él, aunque probablemente solo porque el decoro lo obligaba a ello.

Mientras avanzaba a paso ligero hacia la habitación, se secó las palmas cubiertas de sudor con el vestido. Aún no había decidido si debía mencionarle o no el encuentro al padre Padron cuando llamó dos veces a su puerta, y los suaves golpes la abrieron un poco más. Sin embargo, en cuanto lo vio de pie detrás de su escritorio, de espaldas, su mente se vació de cualquier pensamiento diferente de las manchas de sangre que empapaban sus ropas doradas. Él se volteó y la miró con una sonrisa que se desvaneció al instante cuando ella se abalanzó sobre él.

—¡Padre, está herido!

Sus ojos azul mar parpadearon.

—Le está sangrando la espalda —le dijo.

—Oh, ¿eso? —El padre sonrió de nuevo y se acomodó en su silla—. Solo es una pequeña expiación. Todos somos pecadores a nuestra manera.

¿Una pequeña expiación? Cerise negó con la cabeza. Estaba claro que no sabía lo malherido que estaba.

—Permítame llamar a una sanadora. El templo no está lejos, no tardará mucho en…

—Si necesitara una sanadora —la interrumpió el padre—, soy totalmente capaz de llamar a una, o de curarme a mí mismo. Poseo muchos dones.

—Pero…

—Cerise. —Con solo pronunciar su nombre, le advirtió que recordara su lugar.

Cerise se mordió la lengua, sintiéndose como una niña regañada. Odiaba esa sensación.

—Ahora dime, ¿qué te trae por aquí? —Cruzó ambas manos sobre su escritorio, como si su breve intercambio nunca había ocurrido.

Al no ver otra opción, decidió ser directa con él.

—Lord Calatris me dijo que hay unas catacumbas y unos archivos debajo del santuario. Si es cierto, me encantaría verlos.

Si sus palabras sorprendieron al sumo sacerdote, no lo demostró.

—Así es, pero me temo que las catacumbas no son tan interesantes como parecen. Allá abajo solo hay unas cuantas urnas y polvo y unos pergaminos demasiado antiguos para leerlos.

—A mí me parece interesante…

—¿Te gustaría que te hiciera una visita guiada?

—Sí, padre. Si es tan amable.

—Muy bien —dijo y rodeó su escritorio para ofrecerle el brazo caballerosamente—. Vayamos de inmediato.

La acompañó a través del santuario, que empezaba a animarse con la actividad de los sacerdotes que regresaban para sus oraciones vespertinas. Los hombres se iban arrodillando en el suelo sobre unos cojines. Muy pocos se fijaron en Cerise, ni siquiera el padre Bishop, que tenía los ojos cerrados para adorar a la diosa. Sin embargo, cuando ella y el padre Padron pasaron junto al altar y siguieron hasta el gran muro de piedra que estaba situado al otro lado, tuvo la sensación de que la observaban y se volteó para descubrir que todas las miradas de la sala estaban fijas en ella.

No en ella. En el padre Padron.

—Lo están mirando —le susurró.

Él se detuvo frente a la pared y alzó la barbilla con altivez. Su orgullo sorprendió a Cerise porque ella lo había considerado por encima de él. Era el sumo sacerdote de Shiera, el hombre vivo más poderoso del mundo. ¿Por qué buscaría la aprobación de los sacerdotes ordinarios?

—Les encanta verme abrir las catacumbas —murmuró—. Soy el único que puede hacerlo solo. Los demás tienen que unir su energía.

El aire se cargó de electricidad y a Cerise se le erizaron los vellos de la nuca. Nunca había sentido una magia tan fuerte, la cubrió de escalofríos y provocó que una corriente le recorriera la columna. La amplia sección de piedra que tenía enfrente emitió un chirrido al separarse de la pared. Avanzó un poco y luego se deslizó hacia un costado para revelar una entrada oscura que olía a aire húmedo.

Esa era la entrada a los archivos. Ella jamás la habría encontrado por su cuenta.

Se asomó por entre las sombras y vio que el suelo de pizarra se inclinaba gradualmente hacia las profundidades. Con un último destello de energía del padre, docenas de antorchas de pared se encendieron e iluminaron el pasadizo. Ella avanzó, con la mano apoyada en el antebrazo del padre Padron, que no se había tensado con el esfuerzo de mover la pared.

—¿Puedo preguntarle algo, padre?

Él le dio una palmadita en la mano.

—Ya te lo dije, Cerise, puedes preguntarme lo que quieras.

—Se trata de su don —dijo por encima del ruido que hacían el polvo y los escombros bajo sus zapatos—. ¿Siempre fue tan poderoso o creció con el entrenamiento?

—En cierto modo, ambas cosas —respondió él—. Cuando un sacerdote recibe su don, este se manifiesta con toda su fuerza desde el principio. Cada uno de nosotros nace con una cantidad finita de energía transformable, la mía es mayor que la de la mayoría. El entrenamiento me ayudó a utilizar mi don al máximo, pero solo aumentó mi habilidad y mi eficacia, no mi poder.

Cerise asintió. Lo mismo ocurría con las videntes. El don de visiones de un oráculo, por débil o fuerte que fuera, era constante de por vida.

—¿Su don se manifestó tempranamente?

—En realidad, no, llegó la mañana de mi Día de Atribución. Podría decirse que tardé en madurar. —Le lanzó una mirada cómplice—. Como alguien que conozco.

Una inesperada sacudida de esperanza le aligeró el paso. ¿Quizá ella estaba tardando en madurar en lugar de ser solo una mala hierba?

El pasillo conducía a un arco de piedra construido con bloques de mármol pulido de color blanco y negro alternados. Pasaron por debajo y salieron a lo que parecía un mausoleo. Cientos de placas de plata estaban sujetas a las paredes de mármol en varias filas desde el suelo hasta el techo. En cada placa había un nombre grabado.

—Este es el arco Sanctum —dijo el padre Padron, y su voz resonó en la cámara—. Todos los sumos sacerdotes que han servido a la dinastía Mortara descansan en esta sala. Un día, mis cenizas se unirán a las de los hermanos que me precedieron. Ser enterrado aquí es el mayor honor que la Orden puede conceder a un hombre, aunque no tengo prisa por aceptar tal honor —añadió con simpatía.

Cerise miró a su alrededor a la luz de una antorcha parpadeante, en busca de reliquias o pergaminos, pero solo vio telarañas y polvo. Para ser el mayor honor de la Orden, los sacerdotes no mantenían el mausoleo muy limpio. Tal vez pensaban que a los muertos no les importaban las telarañas.

—¿Mencionó unos pergaminos antiguos?

—Sí, por aquí.

Le soltó la mano y se dirigió a la esquina izquierda del fondo de la cripta, donde utilizó su energía para crear una delgada puerta que daba a otra sala. Ella se reunió con él en la antecámara, que tenía un ligero parecido con la tumba, solo que en miniatura. Las paredes de mármol, también opacadas por el abandono, habían sido ahuecadas para crear estantes, algunos de los cuales estaban tapizados con libros encuadernados en cuero, otros estaban llenos de pergaminos superpuestos. No sabía qué contenían, pero la Orden no debía de considerarlos importantes. A juzgar por la gruesa capa de tierra que cubría el suelo, nadie visitaba la habitación. Aun así, se tomó su tiempo hojeando los volúmenes y descubrió que la mayoría era una recopilación de nombres y fechas.

—Estos no son los pergaminos sagrados originales, ¿verdad? —preguntó.

—Oh, no —dijo el padre Padron, riendo—. Esos están guardados en Calatris, bajo tantos encantamientos de protección que ni siquiera yo podría leerlos. —Señaló las estanterías con su barbuda barbilla—. Estos son registros mundanos que hace tiempo que se transcribieron: nacimientos, muertes y cosas así. Solo los conservamos porque sería una vergüenza destruir algo tan antiguo.

Otro fracaso. Otro callejón sin salida. Si las respuestas no estaban ahí abajo, no podía imaginar dónde más podían estar.

—¿Hay algo más? —preguntó.

—Me temo que esto es todo. —El padre Padron esbozó una sonrisa de disculpa antes de darse la vuelta y salir de la antecámara—. Te advertí que no era interesante.

Con los hombros caídos, fue detrás de él.

—De cualquier manera, le agradezco…

Se interrumpió cuando una llama crepitó en su visión periférica. Una de las antorchas ardía con más intensidad que las demás. No le dio mucha importancia hasta que vio hacia abajo y observó la huella de un zapato en la tierra. Pero solo la mitad de una huella: la parte del tacón cuadrado de una bota o un mocasín. El resto de la huella desaparecía bajo el mármol, como si alguien hubiera abierto la pared y la hubiera atravesado.

Había otra antecámara, una que el padre Padron le había ocultado.

Sintió que se le apretaba el pecho. Intentó decirse a sí misma que quizás él desconociera la existencia de la habitación, pero era mentira, y ella lo sabía en su interior. Sus instintos tenían razón. Él había decidido deliberadamente no hablarle de los archivos porque había algo en la habitación oculta que no quería que ella encontrara.

Quizá, después de todo, algunos callejones sí tenían salida.

Horas después, paseaba por el jardín sin ver ni sentir nada. Deseaba que Daerick estuviera con ella. Mientras él estuviera encerrado en el palacio investigando, no tenía a nadie con quien hablar de los archivos. Deseaba desesperadamente conceder el beneficio de la duda al padre Padron, pero la verdad era que la había engañado, y le dolía. Y también había visto que él aceptaba el sufrimiento como expiación. Justo lo que le había advertido la Reverenda Madre. ¿Qué más era mentira? ¿Estaría también equivocada acerca de su bondad? ¿Era posible que en secreto la mirara con el mismo desprecio que el padre Bishop mostraba tan abiertamente?

No lo sabía, y era desesperante.

Distraída, estiró la mano para rozar un rosal y se picó el dedo meñique. Jadeó y se llevó el dedo a la boca. El dolor volvió a enfocar su atención en el exterior, y fue consciente una vez más de lo que la rodeaba. Oyó un ruido procedente de un laberinto de arbustos al fondo del jardín: un gemido amortiguado, el ruido de alguien que sufre.

Siguió el sonido hasta el centro del laberinto y descubrió que tenía razón. Allí estaba el rey de rodillas sobre el pasto, pálido, más borracho que nunca, agarrándose el estómago e intentando no derramar su contenido. Por extraño que pareciera, Cerise simpatizó con su dolor, pues una vez había bebido demasiada sidra sacramental en el templo. Se arremangó las faldas y se sentó lo suficientemente lejos de él para evitar cualquier incomodidad.

—Su Majestad —le habló—, le diría que se sentirá peor por la mañana, pero no sé si será así. —Tal vez el alcohol de su sangre desapareciera al atardecer, junto con el resto de él. —Su cuerpo es diferente al mío.

El rey soltó una risa ahogada y le dirigió una mirada al pecho.

—Quizá no seas tan ignorante como pensaba.

—Sé por qué lo hace —le dijo Cerise.

—¿Por qué hago qué? ¿Profanar el jardín con alcohol a medio digerir?

—Menospreciarme —respondió ella—. Los rumores que oyó sobre mí animaron sus esperanzas, y le dolió enterarse de que soy una persona ordinaria. Sus insultos son una forma de vengarse de mí y también de usted mismo por haber creído los rumores en un principio. —Cuando él abrió la boca para negarlo, ella continuó—: Me lo dijo Daerick.

—Daerick —refunfuñó el rey—. Uno de estos días su bocota le valdrá una nariz rota.

—Me dijo algo más —siguió Cerise—. Me dijo que usted recuerda sus noches en las sombras. ¿Es cierto?

Por una fracción de segundo, el miedo colmó la mirada de Kian. Si Cerise hubiera parpadeado, se lo habría perdido. Pero no le pasó inadvertido y, en ese momento, vio al rey tal y como era: un joven herido que temía la noche. La compasión le estrechó las costillas, pero ocultó la emoción por temor de que él la confundiera con debilidad y perdiera el poco respeto que le tenía.

—Daerick se equivoca —dijo Kian.

—No le creo.

—¿Así que ahora eres un oráculo?

—Solo necesito los ojos para ver que tiene miedo.

Kian escupió sobre el pasto y luego cambió descaradamente de tema.

—Te equivocaste cuando dijiste que me sentiría peor por la mañana. No importa lo que me haga, incluso aunque perdiera un dedo, que de hecho ha ocurrido, me despierto entero. —Se dio un golpecito en la piel visible en la parte superior del pecho—. Puedes atravesarme el corazón si quieres; mientras siga latiendo cuando se ponga el sol, al amanecer tendré uno nuevo.

—Lo tendré en cuenta —le dijo—. Si puede ser amable y dejar de insultarme, esperaré hasta el crepúsculo para apuñalarlo.

Kian soltó una risita suave y jadeante que hizo que sus ojos se arrugaran en los bordes. Esta vez su risa fue sincera, y Cerise se dio cuenta de que buscaba en su ingenio otro comentario gracioso para volver a oírlo reír.

—Nadie me preparó para mi maldición —dijo Kian—. Después de mi Día de Atribución, tardé quince días en darme cuenta de que mi cuerpo se repone al amanecer. Lo descubrí por las malas cuando me fracturé un codo. —Se frotó distraídamente el pliegue del brazo izquierdo—. Ese día también perdí un dedo.

—Parece que fue un día agitado —dijo Cerise—. ¿Qué pasó?

—Es posible que Daerick y yo hayamos liberado una botella del mejor vino de mi padre y luego la consumimos en los establos. —Kian sonrió—. ¿Sabías que a los caballos no les gusta que los vistan con calzones de hombre?

Cerise se rio.

—No lo había pensado.

—Bueno, ahora ya lo sabes —dijo el rey—. Y lo único peor que una mordida de yegua es tener que acudir borracho, ensangrentado y desnudo con el médico de tu padre.

Sin dejar de sonreír, el rey se quedó mirando hacia los arbustos, como si repitiera el recuerdo. Cerise disfrutó esa versión de él, de Kian, el joven travieso de sonrisa fácil y una historia que contar.

Sin embargo, cuando el viento cambió de dirección, el rey dirigió la mirada hacia el cielo, donde vetas anaranjadas y púrpuras teñían los últimos rayos de sol. Las comisuras de sus labios se torcieron hacia abajo, cualquier rastro de alegría abandonó su rostro, hasta que solo quedó el pavor.

—Su Majestad, por favor, escúcheme. —Cerise se acercó a él y lo tomó de la mano. Al principio, el rey vaciló, pero luego le permitió sostener una de sus manos entre las de ella. Cerise se tomó un momento para deleitarse en el agradable calor de su mano, áspera, callosa y grande—. No tengo visiones, y no sé si alguna vez las tendré. Pero hoy Daerick y yo nos enteramos de algo sobre las maldiciones de los nobles, y él volvió de la ciudad tan lleno de esperanza que prácticamente resplandecía. Usted conoce a Daerick, sus estándares y su inteligencia. No se entusiasmaría con una idea a menos que lo ameritara.

—¿De qué se enteraron? —preguntó Kian.

—De que una maldición puede romperse mediante la expiación.

—¿Y cómo lo haríamos? —La miró a la cara, con esperanza y desesperación en sus ojos grises ahumados.

Cerise se mordió el labio inferior.

—Aún no lo sé.

El rey bajó la mirada, aunque no antes de levantar un muro tras ella. Cerise comprendía que quisiera protegerse, todavía no se había ganado su confianza.

—Pero sí sé una cosa —le dijo—. La diosa me envió aquí por una razón, estoy segura. Ella tiene un plan más grande que todos nosotros.

Kian la miró entre sus pestañas oscuras y clavó sus ojos grises en los de ella. Cerise volvió a percibir un sutil atisbo de emoción, la necesidad de una esperanza y el temor aún mayor a ella.

Le apretó la mano.

—Shiera no comete errores.

—No —coincidió el rey—. El sufrimiento que me inflige es deliberado.

—La diosa puede ser vengativa, es cierto. Pero yo he visto su lado misericordioso.

Kian resopló.

—Es verdad —juró Cerise—. Una vez llegó una niña al templo enferma con la peste infernal: tenía unas horribles escamas rojas en toda la cara y una fiebre descontrolada. Ninguna de las sanadoras pudo ayudarla. Pero después la niña puso su muñeca favorita en el altar en llamas, y así sin más —chasqueó los dedos—, se curó.

—Un milagro —dijo Kian con voz monótona y poniendo los ojos en blanco.

—Sí, fue un milagro —insistió Cerise—. No ocurren a menudo, pero se supone que los milagros son raros por definición. Shiera responde a las plegarias. Incluso cuando la respuesta es no, he sentido su presencia dentro de mí como un segundo corazón.

—¿Cuándo ha respondido a mis plegarias? —En las palabras del rey había un pesado dejo de amargura.

—Quizás cuando me envió aquí para servirle. O esta mañana, cuando guio nuestro camino a la ciudad para que Daerick y yo comenzáramos a entender cómo romper su maldición. Creo que decidió que las casas nobles ya han sufrido suficiente.

—O tal vez está metiendo el dedo en la llaga.

Cerise soltó una carcajada seca.

—¿Cree que me envió a Mortara solo para darle esperanzas y luego quitárselas? Eso es arrogante, incluso viniendo de un rey. Entre todos los hombres que han existido, ¿qué lo hace tan especial a usted como para que nuestra creadora se tome la molestia de divertirse torturándolo?

Kian no tenía una respuesta.

—Esto es más grande que nosotros dos —siguió Cerise—, tiene que serlo. Así que necesito que tenga un poco de fe, o al menos que finja tenerla. Romper la maldición será bastante difícil de por sí, sin que esté peleándose conmigo y haciéndome sentir pequeña.

El rey abrió la boca para hablar, pero vaciló.

—Prométame que no va a rendirse —añadió Cerise—. Prométame que cuando se levante al amanecer, gobernará en serio, como un rey al que le quedan cien años de vida. Su pueblo lo necesita más de lo que cree. Piense en lo que sufrirán sus súbditos si sigue desatendiéndolos.

La garganta del rey se agitó al tragar.

—Necesito oír que lo diga.

—Lo intentaré —murmuró Kian con un lento asentimiento.

Cerise quiso presionarlo para conseguir un poco más que un intento poco sincero, pero la mano del rey se disolvió en las sombras y se deslizó como una brisa de ónix entre sus dedos. Lo último que se desvaneció de su cuerpo fueron sus ojos, redondos y fijos, llenos de súplicas silenciosas que, dentro de su cabeza, sonaron más fuerte que un trueno.

«No me dejes solo y abandonado. No te rindas. No fracases».

Esos ojos se clavaron en los suyos y perduraron mucho después de que hubieran desaparecido.

CAPÍTULO SIETE

«Cerise».

El susurro le hizo cosquillas en el oído, despertándola de sus sueños.

«Despierta, Cerise».

Parpadeó al oír el sonido.

«¡Despierta!».

Volvió en sí con sobresalto y recorrió su habitación con la mirada en busca del dueño de la voz. Al igual que en las noches anteriores en el palacio, solo la rodeaba la oscuridad, el negro profundo que precede al amanecer. Sin embargo, a medida que las brumas del sueño se desvanecían, detectó una ligera diferencia en el aire, un olor que no pertenecía a su habitación. Olfateó de nuevo y se dio cuenta de que era humo.

Se levantó de la cama, atravesó la habitación corriendo y continuó hasta el pasillo iluminado por lámparas, sin molestarse en cambiarse el camisón. Sabía que en Mortara no había chimeneas fuera de las cocinas, así que, si había fuego en el palacio, no era del bueno.

—¡Fuego! —gritó.

Nadie respondió, y recordó que las otras habitaciones que estaban a lo largo del pasillo estaban vacías. En el extremo opuesto se percibía un cierto matiz en el aire, cada vez más denso. El origen del fuego estaba cerca. Aunque el rey había despedido a su corte, quizás algún visitante había llegado durante la noche y estaba atrapado en una habitación en llamas.

Cerise siguió el rastro de olor hasta que llegó a una habitación de la que salía un humo ennegrecido por debajo de la puerta.

—¡Fuego! —volvió a gritar.

Esta vez, alguien escuchó su llamado. Un guardia real dio vuelta en la esquina por el otro extremo del pasillo. Vio el humo y corrió hacia ella, pero a medida que se acercaba, sus pasos se hicieron más lentos y torpes. Llegó a diez pasos de ella antes de caer de rodillas y desplomarse en el suelo. Un momento después, otros dos guardias dieron vuelta en la esquina, pero ambos tropezaron y cayeron inconscientes junto al primer hombre.

Cerise sacudió a los guardias por los hombros, pero no consiguió despertarlos. Como estaba claro que nadie más iba a venir a ayudarla, revisó la temperatura del pomo de la puerta con el dorso de la mano. El metal apenas estaba caliente al tacto, así que abrió la puerta y se estremeció de inmediato cuando el calor le tensó la piel.

Se arrodilló y miró por debajo del humo. Identificó a otros dos guardias inconscientes en el piso de la habitación. En el dormitorio contiguo, una mujer estaba acostada sobre el colchón, como si hubiera perdido el conocimiento al intentar escapar. El origen del fuego estaba cerca del balcón, donde las llamas devoraban las cortinas. El incendio aún no se había extendido a los muebles ni a las alfombras, pero lo haría si no lo extinguía pronto.

Cerise se agachó y entró rápidamente a la habitación. El humo hacía que le picaran los ojos y se le nublara la vista. Parpadeando con esfuerzo, tomó una sábana de la cama y la utilizó para azotar las cortinas. La tela de gasa se desintegró en espirales de ceniza, que luego sofocó con la sábana antes de abrir las dos puertas del balcón para despejar el humo.

Una vez que extinguió las llamas, aspiró una bocanada de aire fresco, luego otra. ¿Alguna vez la brisa le había sabido tan bien? Un viento suave se arremolinó en el interior de la habitación, empujando el humo hacia la puerta y el pasillo. Cerise se limpió los ojos con el camisón y volteó torpemente para examinar los daños.

Aturdida, Cerise observó la habitación. Se sentía como una espectadora en el sueño de otra persona: había escombros por todas partes, sillas volcadas, el resplandor naranja sangriento del amanecer en el horizonte, una nube turbia que entraba por las puertas del balcón. Sin embargo, cuando la nube le alborotó el cabello suelto, con un olor a piel limpia y masculina, se dio cuenta de lo que estaba presenciando.

Había llegado el rey.

Vio que una esfera de sombra se acumulaba a los pies de la cama y se materializaba en carne y hueso. Primero aparecieron los pies, largos y bronceados, seguidos por un par de pantorrillas delgadas y muslos musculosos tan de pronto que, antes de que su corazón pudiera terminar de latir, el rey Kian estaba formado en su totalidad.

Y completamente desnudo.

Se quedó sin aliento. Sabía que debía apartar la mirada, pero sus ojos se abrieron aún más para asimilar lo que tenía enfrente. Nunca había visto el cuerpo de un hombre, no de esa manera, y se sintió cautivada por la capa de vello que cubría su piel. Oscuro y brillante, el vello del rey era escaso en algunas partes, como a lo largo del contorno del pecho, pero convergía en el abdomen y se dirigía hacia el sur, donde rodeaba el ombligo y formaba una espesa estela que atrajo su atención al lugar entre las caderas.

«Oh, estrellas».

Con las mejillas ruborizadas, lo miró a la cara.

Por fortuna, el rey no se había dado cuenta de que lo observaba. Kian miró por fin alrededor de la habitación.

—¿Qué demonios? —Hasta que se encontró con las piernas desnudas de Cerise y alzó una ceja—. Mi señora del templo, no estás vestida.

Ella miró fijamente la alfombra bajo sus pies.

—Usted tampoco, Su Majestad.

Se oyó un crujido de tela cuando arrancó la sábana de cajón de la cama y se la puso alrededor de la cintura.

—Mis disculpas. Supongo que los sacerdotes no andan por ahí desnudos en el templo.

—Solo los niños pequeños —respondió Cerise mirando al suelo—. Se quitan los pantalones cada vez que pueden.

—Un rasgo masculino natural, el desdén por los pantalones —le dijo el rey.

Cerise alzó la mirada con una sonrisa que encontró reflejada en la mirada de Kian. Se miraron un momento hasta que él pareció recordar lo que lo rodeaba, y entonces la acribilló a preguntas.

—¿Qué pasó? ¿Hubo un incendio? ¿Qué haces aquí? ¿Qué hago yo aquí? Normalmente me despierto con…

—Lady Champlain —lo interrumpió Cerise. Corrió al lado de la cama, donde la joven seguía inconsciente—. Debe de ser ella. —Volteó a la mujer boca arriba y vio que tenía razón—. Estaba tan concentrada en apagar el fuego que olvidé ver cómo estaba.

Kian abrió suavemente los párpados de Delora, revelando unas pupilas tan dilatadas que casi eclipsaban el iris. Miró por encima de su hombro a los guardias mientras olfateaba el aire.

—¿Hueles eso?

—¿El humo?

—No solo el humo. Hay algo más, casi… dulce.

Cerise volvió a aspirar y también lo notó: un aroma casi imperceptible bajo la acritud del olor a tela quemada.

—Sí, me recuerda el olor a hojas quemadas en otoño.

El rey se acercó al balcón y recogió lo que parecía un manojo de ramas carbonizadas. Lo olfateó y retrocedió.

—Hierba del sueño —dijo. Señaló a Delora—. Se habría quemado mientras dormía. A todos les habría pasado lo mismo.

—¿Hierba del sueño? —preguntó Cerise—. ¿Es una especie de droga?

—Sí, y muy potente. El tallo es un anestésico cuando se seca y se quema, pero no es fácil de encontrar. —Kian aplastó el manojo carbonizado con el puño—. Aquí hay una docena de ramas por lo menos, alguien se tomó muchas molestias para recolectarlas.

—Así que el fuego fue provocado a propósito —notó Cerise.

—Con la intención de matar a todos en esta habitación.

—¿Cree que haya sido la misma persona que soltó a la pantera?

El rey no parecía estar escuchando, sus ojos seguían fijos en Delora.

—Se suponía que anoche dormiría en mis aposentos. Debió pensar que yo era el objetivo del ataque de la pantera, así que se mudó a otra habitación para protegerse. Incluso puso guardias en la puerta, para lo poco que sirvió.

—Usted es el objetivo —le dijo Cerise—. No es ningún secreto que cada día aparece junto a lady Champlain al amanecer. Y no puede ser una coincidencia que ambos ataques ocurrieran momentos antes de la aurora. Alguien intenta asesinarlo. Si el padre Bishop no hubiera matado a la pantera, lo habría hecho jirones y habría muerto desangrado antes de la puesta de sol, de tal modo que no hubiera podido recuperarse. Y si no hubiera olido el humo desde mis aposentos, se habría materializado en una habitación en llamas, demasiado drogado para…

—Salvarme, lo sé —la interrumpió Kian—. Es una suerte para todos que tú… —Se interrumpió y entornó los ojos, primero viendo a los guardias y luego a Cerise—. Mi señora del templo, ¿por qué no te afectó la hierba del sueño? Deberías estar dormida como los demás.

Cerise se dio cuenta de que tenía razón. Todos los guardias que habían acudido a su llamado se habían desplomado en el pasillo, y ella había inhalado más humo que todos los demás. De pronto se dio cuenta de que el colgante que le había dado su hermana pesaba más entre sus pechos que antes. Tocó el cálido anillo metálico a través de su camisón y se preguntó si era verdad lo que Nina le había dicho acerca de la protección del collar.

—La diosa trabaja de formas misteriosas —fue lo único que dijo.

El rey ladeó la cabeza y la observó con una intensidad que hizo que se le erizara el vello de la nuca. Su mirada se clavó incómodamente en la de ella, casi como si intentara ver por debajo de su piel. Cerise habría jurado que funcionó. Sus ojos grises como la pizarra la hicieron sentirse expuesta y, por primera vez, recordó que no estaba vestida.

Se cruzó los brazos sobre el pecho.

—Debería ponerme algo de ropa.

—¿Es necesario?

Había un tono coqueto en la pregunta que provocó que Cerise se sonrojara. Esperaba que el rey no lo notara, pero probablemente sí lo hizo.

—Sí, y usted también, Su Majestad —dijo Cerise—. Tengo que reunirme con Daerick para que me instruya acerca de mis labores como emisaria. Quiero estar preparada para ayudarle cuando reanude sus deberes hoy. Y los reanudará, ¿verdad? ¿Recuerda nuestra conversación en el jardín?

En lugar de responderle, el rey se quedó mirando en silencio la figura dormida de Delora. Cerise no sabía si le preocupaba su cortesana o simplemente estaba sumido en sus pensamientos. Justo cuando el rey abrió la boca para hablar, Delora empezó a agitarse, gimiendo y agarrándose la cabeza con ambas manos, y Kian se acercó a su lado para consolarla.

—Quédate quieta —le murmuró a Delora, apartándole de la cara los largos rizos castaños con tanta ternura que Cerise tuvo que apartar la mirada. No sabía por qué, pero verlo atender a

Delora hizo que le doliera el pecho. Cuando el rey empezó a arrullarla suavemente, decidió que era hora de volver a su habitación.

—Me retiro, Su Majestad —dijo—. ¿Será tan amable de recordar la promesa que me hizo?

—No la he olvidado —respondió Kian. Tras una larga pausa, añadió—. Disfrute de sus lecciones, mi señora del templo.

Tras una inclinación de la barbilla, Cerise se marchó.

Los rumores sobre el incendio se propagaron por el palacio más rápido que las llamas mismas. Luego de que Cerise se bañó y vistió con un traje del templo limpio para quitarse el olor del humo, tres jóvenes sirvientas llegaron a su habitación para prepararle un desayuno digno de una reina.

Llevaron a su sala una pequeña mesa redonda, cubierta con un mantel blanco almidonado que lucía el escudo de Mortara bordado en oro y la mejor vajilla que Cerise había visto en su vida: cada plato tenía un borde de metales preciosos y arte dorado. Había una jarra de cristal resplandeciente con jugo al lado de una tetera y varias bandejas de plata grabada con un surtido de moras y melones, huevos y carnes saladas, además de pasteles rellenos de crema tan delicados y apetitosos que le hicieron agua la boca. Una de las sirvientas puso una rosa rosada en una esquina de la mesa, junto con una nota que decía:

«Con gratitud de la Guardia Real de Su Majestad».

Cerise se puso una mano sobre el corazón. Recordó los años que había pasado en el templo, la vergüenza y la envidia que había sentido al ver que las demás videntes triunfaban mientras que ella solo fracasaba. Siempre había sido una decepción. Ahora, al contemplar la fastuosa muestra de agradecimiento de los guardias del palacio, se le llenaron los ojos de lágrimas. Parpadeó con fuerza para no ponerse a llorar delante de las sirvientas y se aclaró la garganta.

—Que la luz de Shiera brille sobre ustedes.

—Y que su ojo iracundo aparte la mirada —respondieron al unísono.

Aunque las sirvientas habían terminado su trabajo, no hicieron gesto de abandonar su habitación. Las tres eran jóvenes, de apenas unos catorce años, según Cerise, con pecosas caras redondas y ojos aún más, que la miraban como un niño contemplaría un montón de regalos dejados por el Hada de la Cosecha. Al mismo tiempo, las jóvenes hicieron una reverencia y sus faldas de lino gris rozaron el suelo.

—Si lo desea, mi señora —dijo la primera con voz temblorosa—, ¿me concede el honor de trenzarle el cabello? Sé hacer las mejores trenzas. Todas las damas de la corte solían pedirme que las peinara para las fiestas.

Antes de que Cerise pudiera responder, la segunda muchacha levantó de la mesa un plato dorado.

—¿Puedo servirle, mi señora? —preguntó

—¿Y puedo prepararle el té? —añadió la tercera rápidamente.

La presión de las lágrimas se acumuló detrás de los ojos de Cerise. Mientras se esforzaba por mantener la compostura, se imaginó a la Reverenda Madre de pie frente a ella, alta y regia, entornando la mirada y moviendo la cabeza en señal de desaprobación, reprendiéndola: «¡Cálmate, niña!».

La imagen mental secó sus lágrimas de inmediato.

—Gracias por sus amables ofrecimientos —respondió Cerise—. Nada me hará más feliz que aceptar.

Las tres sirvientas sonrieron radiantes y se pusieron manos a la obra. En unos segundos, Cerise se encontró sentada en una silla acolchada frente a la mesa del desayuno, mientras una muchacha le cepillaba el cabello con ternura y las otras se preparaban para servirle. Se preguntó por un momento qué diría el padre Padron si pudiera verla, recibiendo agradecimientos por su valentía. ¿Se sumaría a las felicitaciones? ¿O la criticaría por disfrutar la atención? No quería que le importara su opinión, pero no podía evitarlo, le importaba.

Afortunadamente, las jóvenes hicieron que fuera fácil olvidarlo. Se enteró de que eran trillizas y de que su madre les había puesto los nombres de sus aves favoritas: Garza, Alondra y Paloma. Mientras la atendían, las niñas se turnaban para contarle sus problemas, desde sueños desagradables y clases molestas, hasta parientes enfermos y propuestas de matrimonio inoportunas, en varias ocasiones le consejo. Cerise no fingió que pudiera ver sus caminos, pero les prometió a Garza, Alondra y Paloma mencionarlas en sus oraciones, y eso pareció reconfortarlas. Luego le contaron algunas de las historias que habían oído sobre el incendio. Cerise tuvo que morderse el labio para contener una carcajada cuando le dijeron que oyeron que había extinguido las llamas con el poder de sus oraciones.

Cuando Cerise terminó su desayuno de pastelillos de frutas, avena con miel y té con especias, llamaron a la puerta de su habitación. Seguían haciéndole la trenza y no podía moverse, así que le pidió a Garza que abriera la puerta.

—Probablemente sea lord Calatris —dijo Cerise—. Lo estoy esperando.

Pero no era el historiador real quien estaba al otro lado de la puerta.

La cortesana del rey había ido a hacer una visita.

Delora Champlain entró a la sala e hizo una reverencia con gracia. Llevaba el brillante cabello suelto en rizos castaños que caían sobre la espalda de su vestido de seda azul rey, que combinaba con sus ojos. Se veía tan encantadora y regia como siempre. De no ser por el ligero enrojecimiento de su mirada, nadie habría adivinado que algo no estaba bien.

—Mi señora del templo —dijo Delora con la voz ronca por el humo.

—Buenos días, lady Champlain —respondió Cerise.

Delora miró a las sirvientas alternativamente.

—Déjennos, por favor.

—Pero, mi señora —objetó Alondra, la doncella que trenzaba el pelo de Cerise—. La trenza apenas está…

—Yo la terminaré —la interrumpió Delora. Se deslizó detrás de la silla donde estaba sentada Cerise y tomó los mechones sueltos con tanta suavidad que Cerise no se dio cuenta de que su cabello había cambiado de manos hasta que Alondra hizo una reverencia y se reunió con sus hermanas a la puerta de la habitación. Delora continuó la trenza en silencio durante unos instantes; sus dedos se sentían ligeros y hábiles al deslizarse por el cabello de Cerise. Finalmente, tosió suavemente y continuó hablando—: Le debo una disculpa, mi señora.

—¿Por qué? —preguntó Cerise.

—El rey me explicó lo que pasó mientras yo estaba incapacitada —dijo—. Y cuando escuché su relato, me di cuenta de que olvidó darle las gracias.

—¿Fue así? —preguntó Cerise—. Le aseguro que no me di cuenta.

—Sin embargo, el rey le debe su gratitud, y yo le debo la mía.

Delora terminó la última sección de la trenza y utilizó un pasador para asegurarla. Con sus largas uñas, peinó los cabellos sueltos de la nuca de Cerise, y el suave roce le provocó escalofríos en la piel. La sensación fue exquisita y, antes de que pudiera contenerse, Cerise se imaginó a Delora tocando al rey con la misma sensualidad. El estómago le dio un vuelco, no quería imaginárselos juntos. No debería pensar en el rey de esa manera.

Delora se deslizó del otro lado de la silla y miró a Cerise, observando las intrincadas trenzas como si inspeccionara su trabajo. Luego, asintió.

—Perfecto.

Cerise se tocó delicadamente el pelo.

—Gracias.

—No, gracias a usted. Pude haber muerto hoy. —Delora volvió a toser por lo bajo y luego sacudió la cabeza—. Y pensar que me convertí en la cortesana del rey porque creí que eso me salvaría.

—¿Que la salvaría? —Cerise parpadeó—. ¿De qué?

—Esa es una historia para otro día. Estoy sumamente cansada, mi señora. Espero que no le importe si me retiro.

Cerise se levantó y se despidió con una inclinación de la cabeza. Una pequeña parte de ella se preguntó si Delora estaría agotada por la hierba del sueño… o si finalmente había concebido al heredero del rey.

—Descanse, lady Champlain —dijo Cerise en lugar de preguntar.

CAPÍTULO OCHO

Daerick llegó a la habitación de Cerise poco después de que lady Champlain se marchara.

—Tu cabello parece una obra de arte —exclamó sonriendo cuando Cerise abrió la puerta y lo hizo pasar a la sala. Sin embargo, cuando miró la mesa del desayuno abrió los ojos al máximo y su boca formó un óvalo perfecto—. Pero esto… esto es una obra maestra —dijo en un murmullo.

Cerise se rio.

—Sírvete tú mismo. Si como otro bocado, podría reventar.

—Bueno, pues, debo apartar de tu vista la tentación de estos manjares y salvarte de reventar.

—Eres todo un caballero.

—Así es, ¿verdad?—respondió Daerick mientras llenaba un plato con carnes y huevos—. Te estoy salvando la vida con este acto desinteresado. —Sonrió y se abanicó los ojos—. Estoy conmovido. ¿Esto es lo que se siente ser un héroe, Cerise?

Ella volvió a reírse y le sirvió una taza de té.

—No soy ningún héroe.

—Eso no es lo que dicen todos en el palacio. —Agitando las pestañas, Daerick imitó la voz aguda de una doncella—. «¿Oíste hablar de la emisaria del rey? Atravesó el fuego para salvar a una docena de hombres, ¡y luego apagó las llamas con el poder de su mente!».

—Pensé que había sido el poder de mis oraciones.

—Sí, yo también escuché esa versión —dijo Daerick, sirviéndose varios pasteles en la orilla de su plato—. Hay otra versión que asegura que apagaste las llamas con tus pulmones sagrados, esa es mi favorita.

—¿Mis pulmones sagrados? —Cerise se sorprendió—. Parece que tengo más talento del que pensaba. Cuando termine de convertirme en una emisaria legendaria y te ayude a romper las maldiciones de los nobles, creo que emplearé mi tiempo libre en conquistar la muerte.

—Deberías inventar un potenciador masculino, ya que estás en esas. No es que yo lo necesite, claro. Solo pienso en mis hermanos menos afortunados —añadió Daerick con una sonrisa.

—Qué piadoso de tu parte.

—Es verdad. Ni siquiera el padre Padron puede igualar mi piedad.

«El padre Padron».

Había estado tan distraída con los acontecimientos de la mañana que se había olvidado de contarle a Daerick sobre su visita a las catacumbas. Mientras el joven se sentaba a la mesa y devoraba su desayuno, Cerise se paseó por la sala contándole la historia, empezando por la franca hostilidad del padre Bishop hacia ella en la sala de oración y terminando con una descripción de la antecámara que había visitado y la media huella cercana a la pared. Daerick frunció el ceño y se limpió la boca con una servilleta de seda.

—¿Estás segura de que la huella no era de otra cosa? ¿De un mueble o un bastón?

Cerise le lanzó una mirada de enfado.

—Es posible que no tenga pulmones sagrados, pero puedo reconocer la huella de una bota.

—¿Confrontaste al padre Padron al respecto?

—Por supuesto que no. —Ahora ya solo insultaba su inteligencia. Era una novata en la corte, pero no en asuntos de la Orden, sabía que no debía acusar al sumo sacerdote de mentirle.

—Bien —respondió Daerick, aparentemente inconsciente de su condescendencia—. ¿Estás segura de que el padre Padron no sabe que tú tienes conocimiento de que existe una cámara secreta?

—Estoy segura.

—Entonces no hagas nada que pueda cambiar eso. Necesitamos que crea que te engañó. Escondió esa antecámara por alguna razón, lo que sea que esté guardando ahí, está dispuesto a mentir para protegerlo. Y si está dispuesto a mentir, tenemos que asumir que está dispuesto a hacer mucho más para evitar que lo encuentres.

—¿Estás insinuando que me haría daño?

—La gente hace cosas peores para enterrar sus secretos.

—Pero él no es una persona cualquiera —señaló Cerise.

—No —coincidió Daerick—. Eso es lo que lo hace peligroso.

Cerise habría querido argumentar que el padre Padron jamás le haría daño. ¿Pero qué razón tenía para creerlo? Había roto su confianza. La lógica decía que no lo conocía en lo absoluto. La Reverenda Madre le había advertido de los sacerdotes demasiado apasionados; quizás él fuera uno de ellos. Indudablemente hacía expiaciones como uno de ellos. Entonces, ¿por qué no dejaba de querer defenderlo? ¿Por qué ansiaba su aprobación y su compañía a pesar de que la había engañado? ¿Por qué aún se sentía atraída por él?

—Eres humana —dijo Daerick—. Es natural que veas lo mejor del padre Padron. Hay una razón. —Dio un sorbo a su té y se quedó pensativo un momento—. Me imagino que cuando eras niña el Alma Silenciosa nunca te visitó en el templo.

Cerise negó con la cabeza. Nunca había oído hablar del Alma Silenciosa.

—Es una leyenda —le explicó Daerick. Como el Hada de la Cosecha o el Ratón del Invierno, pero trae dulces en lugar de regalos o monedas. Los padres usan al Alma Silenciosa para que sus hijos los obedezcan. Si haces lo que te dicen sin quejarte, el día del alma el Alma Silenciosa te dejará un paquete de dulces en la puerta. Pero tienes que creer, de otro modo, no vendrá.

—¿Tú creías en ella? —le preguntó Cerise, sus labios se contrajeron en una mueca risueña—. No puedo imaginar que creyeras en ella.

Daerick frunció el ceño y dejó la taza de té.

—No siempre fui un genio, Cerise. Mis padres me engañaron una o dos veces.

Ella le dio una palmadita en el hombro.

—Por lo menos eres humano como yo.

—Ajá, en fin —continuó—. Mi madre era estricta con los dulces, y el Alma Silenciosa siempre me traía mi caramelo favorito. Así que seguía las órdenes de mis padres sin cuestionarlas, lo cual, créeme, fue una lucha. Después, oí por casualidad que un niño sirviente les decía a sus amigos que el Alma Silenciosa no era real y que eran los papás los que dejaban los caramelos en la puerta. Lo que dijo tenía sentido para mí. Mi intelecto me dijo que tenía razón. —Daerick levantó el dedo índice—. Pero tenía miedo de admitir ante mí mismo que el Alma Silenciosa era un mito. Porque, ¿qué pasaría si me equivocaba?

—No te llevaría dulces.

—Exactamente. No estaba dispuesto a correr ese riesgo, así que, en contra de mi buen juicio, me obligué a creer en el Alma Silenciosa hasta que pasó el tiempo suficiente como para no poder seguir negando la verdad. Y para entonces ya había perdido el gusto por los dulces. Solía sentirme tonto por lo fácil que me dejaba manipular por los regalos y las mentiras, pero la experiencia me enseñó el poder de la persuasión, y esa fue una lección que valió la pena aprender.

A pesar de que entendía su punto de vista, Cerise se sentía como si, una vez más, estuviera siendo condescendiente con ella.

—Estás equiparando el respeto que le tengo al padre Padron con que tú creyeras en el Alma Silenciosa.

—Es que es comprensible —dijo Daerick—. Viviste en el templo desde que naciste. Diecinueve años es tiempo suficiente para que la Orden te enseñe su versión de la verdad. Su doctrina forma parte de ti, está en tus huesos, y te va a costar más que unos días admitir que parte de lo que te dijeron es mentira. —Se puso de pie y tomó a Cerise de la mano—. Que no te dé vergüenza sentirte confundida por lo del padre Padron. Es poderoso y encantador, y representa todo lo que es sagrado para ti. Pero no dejes que tu confusión te vuelva imprudente. No todos los sacerdotes son de fiar, hay muchas cosas que no sabes de ellos.

—De acuerdo —respondió Cerise. «Basta de sermones»—. Entonces enséñame.

Daerick asintió con decisión.

—Con mucho gusto.

Mientras Daerick conducía a Cerise al ala este del primer piso del palacio, donde se encontraba la oficina de la antigua emisaria, le comentó en voz baja lo que había averiguado en sus investigaciones. Todavía no había traducido el término *umbra sangi*, pero había enviado una carta cifrada a un colega de Calatris especializado en lingüística. Daerick había pasado la mayor parte de su tiempo estudiando los antiguos escritos relacionados con la Gran Traición.

—Me di cuenta de algo que debió habérseme ocurrido antes —susurró mientras bajaban la escalera principal—. No he pasado tanto tiempo inmerso en la religión como tú. Creo que por eso tardé tanto en darme cuenta de que no hay registros del labor de la dinastía Mortara en la Gran Traición.

Cerise sabía que la participación de la dinastía Mortara estaba ausente de los pergaminos, los había leído tantas veces que podía recitar pasajes enteros de memoria. Cosa que hizo en ese momento.

—«A la casa Calatris, que ideó el método para matar a la diosa, ella le otorgó más conocimiento del que puede soportar la mente mortal. A la casa Petros, que forjó el arma que se usó contra ella, le dio la maldición de la sed de sangre. A la casa Solon, que la sedujo para descender de los cielos, le otorgó la belleza autodestructiva. Y a la casa Mortara, le dio la maldición de la oscuridad, de desaparecer en las sombras para la eternidad».

—Sí, pero ¿por qué? —preguntó Daerick.

—No consta en los pergaminos, pero supuse que la dinastía Mortara había sido la casa que convocó a los demás nobles, que la traición fue idea suya —explicó Cerise—. Y por eso la maldición de los Mortara es la peor de todas.

—No solo no consta en los pergaminos, está ausente de todos los registros. Me pasé toda la mañana confirmándolo —respondió Daerick—. Pero si esa es la razón de su maldición, ¿por qué la diosa recompensaría a la casa Mortara con el dominio de los sacerdotes? —Daerick bajó la voz mientras la guiaba por el pasillo oriental del primer piso, donde las alfombras de seda daban paso a baldosas que hacían que sus palabras resonaran—. Ningún sacerdote, ni siquiera el padre Padron, puede rechazar una orden directa de un primogénito Mortara. La mayoría de la gente mataría por un poder así.

—¿Crees que la razón importa? —preguntó Cerise—. ¿Se puede romper la maldición sin que entendamos por qué los sacerdotes tienen una obligación con Kian?

—Quizás —dijo Daerick en un tono que insinuaba lo contrario.

Llegaron a una oficina situada a mitad del pasillo. Esta debía estar del lado de un muro exterior del palacio, porque por la puerta abierta entraban rayos de sol que bañaban las baldosas del suelo. Cerise entró en la habitación y se encontró con una pequeña sala amueblada con un sofá de terciopelo rojo, sencillo y de buen gusto, y dos mesitas. En la pared del fondo había una ventana con vistas al jardín del este y a las filas de cítricos que se veían a lo lejos. Mientras Daerick cerraba la puerta tras ellos,

Cerise inspeccionó la sala. El recibidor estaba impecable, sin rastro de polvo en los muebles ni en el suelo reluciente. Siguió más allá de la sala hasta una puerta lateral que daba a una oficina tapizada con coloridas alfombras y en la que había un escritorio de caoba grabada con una silla a juego detrás. En un rincón había un diván acolchado y una mesita con un juego de té de plata.

Se preguntó si esta era la oficina que la Reverenda Madre había visto en su visión. Cerise se imaginó a sí misma detrás del escritorio, leyendo, aprendiendo y tomando el té como una dama. La imagen mental la hizo sonreír. Se sentía mayor y más sabia por el simple hecho de estar ahí.

—Esta es —dijo Daerick con una reverencia—. La oficina de la anciana, y ahora tuya, a menos que prefieras otra. El rey creó un montón de vacantes cuando despidió a su corte, así que puedes elegir cualquiera de las oficinas a lo largo de este corredor.

—No, me gusta esta. —Se deslizó detrás del escritorio y descubrió que todavía podía ver la ventana a través de la puerta—. La vista es perfecta y además las notas de la difunta emisaria están aquí.

Daerick hizo un gesto de dolor.

—Solo unas pocas páginas, no era muy buena haciendo registros. Todo lo que pude encontrar está en el cajón superior de su escritorio.

—¿Y el diario escurridizo? —preguntó Cerise. Tenía que estar por alguna parte si la Reverenda Madre la había visto leyéndolo—. ¿Cómo es?

—Es bastante peculiar —dijo Daerick—. La portada está hecha de cuadros de cuero blanco y negro cosidos para que se parezcan a las baldosas del suelo del templo. El padre de Kian se lo dio como regalo de bienvenida, es imposible confundirlo.

—¿Lo buscaste en su habitación? —preguntó Cerise—. Si el diario era importante para ella, es probable que lo tuviera cuando murió.

Daerick volvió a hacer una mueca de dolor.

—Aquí fue donde murió.

Cerise sintió que sus ojos se abrían al máximo. Su mirada se desvió hacia la silla detrás del escritorio, hacia el diván de felpa, hacia el suelo alfombrado, mientras su mente evocaba imágenes de una anciana moribunda sobre los diversos objetos.

Daerick le dio un codazo suave.

—¿Cambiaste de opinión sobre una de las oficinas vacías?

Mientras Cerise intentaba hacerse a la idea de que su predecesora se había envenenado en esa misma habitación, alguien abrió la puerta de la sala desde el pasillo y entró a la oficina. Cerise rodeó su escritorio y se encontró con la reacción de sorpresa del padre Bishop, que había dado por hecho que la habitación estaba vacía.

El padre Bishop miró a Cerise y a Daerick alternativamente. Movió la boca, pero no pronunció palabra alguna.

—¿Puedo ayudarle en algo, padre Bishop? —preguntó Cerise con su tono más femenino, aunque no se lo merecía. Se veía más culpable que un niño descubierto con la mano en el tarro de los dulces.

Se compuso y le dirigió una mirada glacial.

—Disculpe la interrupción, solo vine a devolver esto. —Luego, de la manga izquierda de su túnica, sacó un librito de cuero blanco y negro.

Cerise ahogó un grito.

—¡El diario de la emisaria!

—Ese mismo —dijo Daerick. Se cruzó de brazos y levantó la barbilla, mirando al sacerdote por debajo de la nariz—. Eso explica por qué había desaparecido. ¿Qué hacía con él?

—La emisaria tenía un nombre —espetó el padre Bishop—. Era la madre Strout. Y sí, tomé prestado su diario. ¿Y qué? Vine a devolverlo. No hice nada malo.

Cerise estaba tan concentrada en el diario que no se había dado cuenta de que el padre Bishop estaba algo cambiado. Ahora que estudiaba su rostro, detectó un ligero enrojecimiento en sus ojos y en el borde inferior de su nariz. Tenía los párpados hinchados y su voz parecía más áspera y ronca que el día anterior, cuando la encontró en el santuario. Casi parecía como si hubiera estado llorando.

¿Habría llorado por la vieja emisaria?

—Lord Calatris no lo acusó de haber hecho algo malo —le dijo al padre Bishop—. Solo le hizo una pregunta, que aún no ha respondido.

—¿Quieren una respuesta? —preguntó el padre en un tono que sonaba a amenaza—. De acuerdo, les diré por qué lo tomé. —Agitó el diario en el aire—. Porque su muerte no tiene sentido, por eso. Yo conocía a la madre Strout. La conocía desde hacía más tiempo que a nadie en el palacio, porque, antes de ser emisaria del viejo rey, era vidente en el templo donde yo me crie. La madre Strout era el oráculo más devoto que jamás haya existido. Vivía para servir a la diosa, así que ¿por qué iba a quitarse la vida sin decirle una palabra a nadie?

—¿Encontró la respuesta? —preguntó Cerise, señalando el diario con la cabeza. En respuesta, el padre Bishop azotó el libro contra el escritorio, se dio media vuelta y salió de la habitación. Un momento más tarde, la puerta de la habitación se cerró con estrépito.

Lo tomaría como un no.

Cerise levantó el diario y recorrió un cuadrado de cuero con la punta del dedo. Por lo menos ahora entendía por qué la odiaba el padre Bishop: la difunta emisaria había sido como una madre para él. Él respetaba y quería a la madre Strout, y cuando murió, la Orden envió a una novicia en formación para sustituirla. Para él debió sentirse como un insulto a su memoria.

—El sacerdote cascarrabias hizo una observación interesante —dijo Daerick.

Pues sí, basándose en todo lo que Cerise había oído sobre la madre Strout, parecía extraño que la anciana se hubiera envenenado.

—¿Hubo una investigación cuando murió?

—Sí hubo una investigación, pero no se descubrió nada —respondió Daerick—. La emisaria no tenía enemigos ni herederos, así que nadie se benefició con su muerte. Y la nota que dejó estaba escrita con su propia letra.

«Como es arriba, así abajo. La llama que buscas apagar te consumirá». Cerise deseó entender el significado de esa frase.

—Si hubo un acto criminal en su muerte, se planeó con meticulosidad y se ejecutó impecablemente. —Daerick se encogió de hombros—. No puedo decirte por qué murió la vieja madre Strout, pero ahora que tenemos su diario, puedo ayudarte a reanudar su trabajo. A Kian solo le quedan seis lunas en el trono. En ese tiempo, por qué no ser la mejor emisaria posible, eso tendrá que bastar.

Se hizo un gran silencio entre ellos.

—Tienes razón —aceptó Cerise en voz baja—. Empecemos.

Aún no sabía cuál era su propósito en el estrecho camino que llevaría a romper las maldiciones, pero el diario le parecía un escalón más. Con un poco de suerte, el primero de muchos.

Por fin había llegado el momento de poner el destino en marcha.

CAPÍTULO NUEVE

Después de la lección, Daerick regresó a sus aposentos para continuar su investigación sobre los orígenes de las maldiciones de los nobles y cómo romperlas, mientras que Cerise se quedó a solas en su escritorio, con un almuerzo de carnes frías y quesos, hojeando el diario de la difunta emisaria.

Leyó las entradas de un año, no solo para saber cómo era la vida cotidiana de una emisaria, sino también con la esperanza de descubrir qué había llevado a la madre Strout a interrumpir la suya. Hasta el momento, el diario no contenía más que una colección de detalles tremendamente mundanos de las reuniones del palacio. Strout debía de aburrirse como ostra, porque había dibujado extraños garabatos en los márgenes de cada página. Las figuras no eran reconocibles, solo parecían los trazos casuales de una persona de mente inquieta. A menos que el aburrimiento hubiera dejado a la madre Strout sin ganas de vivir, no encontraría la respuesta a su muerte en sus anotaciones, y tampoco había mención alguna de las maldiciones. No encontró ni una sola pista.

Hasta ahí la había llevado el destino.

Cerise cerró el diario y se frotó los ojos cansados. Cada día en el palacio era como un año en el templo. Miró hacia la ventana a través de la puerta abierta, el sol de la tarde rompía contra los cristales y esparcía prismas de colores en el suelo. Mientras miraba más allá del pasto, hacia los árboles que se agitaban con la brisa, sintió que una especia de nostalgia crecía en su interior, una suerte de anhelo. Reconocía esa sensación de los años que había pasado en el templo.

Necesitaba encontrar las perreras del palacio.

Llevó el diario consigo al salir de su oficina y vio que Alondra, la joven sirvienta que le había trenzado el pelo, llevaba una bandeja de pan dulce hacia el pasillo al aire libre que conducía al santuario, quizá para el té de la tarde del padre Padron.

—Disculpa —Cerise llamó a Alondra—. ¿Puedes dirigirme a las perreras?

Alondra se sonrojó visiblemente, sonriendo. Intentó hacer una reverencia que fue más bien un temblor de las rodillas.

—Sí, mi señora. Yo misma la llevaré.

—No hay necesidad…

Sin embargo, Alondra ya estaba dejando la bandeja de pan en el suelo, insistiendo en que, de cualquier modo, un sacerdote tendría que ir a recogerla, ya que no se permitía que las sirvientas entraran en el santuario. Condujo a Cerise hacia las cocinas y, mientras caminaban, Alondra no dejó de sonrojarse y de apartar la mirada.

Salieron por la parte trasera del castillo y atravesaron los jardines posteriores, cerca de los cuales se encontraban los establos, las barracas y después, seguramente, las perreras. Pero lo que más le llamó la atención a Cerise fue ver al rey llevando a cabo sus obligaciones. Dos compañías de guardias realizaban ejercicios presididos por Kian, que asentía con postura regia en señal de aprobación y dio una palmada en el hombro del general Petros.

—Eso hace tiempo que no se veía —murmuró Alondra.

Cerise se volteó hacia ella.

—¿A qué te refieres?

—Oh, mi señora, lo siento. Solo me refería a que el rey había dejado de hacer ejercicios de instrucción con los soldados, y sé que los hombres habían extrañado su presencia. Es bueno ver que lo hace de nuevo.

Cerise no pudo evitar sonreír mientras se protegía los ojos del sol.

—Desde luego —dijo en voz baja.

Kian estaba cumpliendo la promesa que le había hecho.

Cerise y Alondra permanecieron un momento en silencio mientras los soldados terminaban la instrucción. Algunos formaron parejas y empezaron a entrenar. Otro grupo se reunió alrededor del general Petros, mientras el resto regresaba a las barracas.

—Puedo encontrar el camino desde aquí, gracias —dijo Cerise—. Que la luz de Shiera esté contigo. —Hizo un gesto con la mano, como si estuviera repartiendo bendiciones.

—Y que su ojo iracundo aparte la mirada —respondió la muchacha.

Alondra sonrió y se apresuró a regresar al castillo, Cerise se dio la vuelta hacia el campo de prácticas. A medida que se acercaba, el círculo de soldados que rodeaba al general parecía volverse más bullicioso, los hombres que permanecían en el campo se acercaron enseguida para unirse a la multitud. Curiosa, aceleró el paso todo lo que le permitía el decoro. Pronto se acercó lo suficiente como para oír vítores y gruñidos, acompañados de golpes de puños contra carne. Parecía que había una pelea, y una sensacional, a juzgar por el numeroso público. No tardó mucho en identificar al general Petros como uno de los contrincantes, ya sin armadura y con la cabeza tatuada bien visible por encima de los espectadores. Lo único que pudo ver del otro hombre fue el color de la piel cuando sus nudillos golpearon la cara del general.

Nadie reparó en ella cuando se unió a la multitud y se abrió paso al frente. Cuando ya no pudo avanzar más, se puso de puntitas para ver por encima de los hombros. Al principio, el general le daba la espalda, con los puños en alto, y su enorme cuerpo ocultaba a su oponente. Pero después la pareja se dio vuelta y Cerise reconoció un torso masculino que le resultaba familiar, sudado y bronceado, con un rastro de vello de ébano que rodeaba su ombligo y desaparecía bajo la cintura de los pantalones.

Jaló de la manga al hombre que tenía al lado.

—¿Por qué está peleando el rey?

El soldado mantuvo la mirada fija en el combate, y se estremeció cuando el general descargó un puñetazo en el estómago de Kian.

—Práctica de combate. Ellos dos son los mejores de la ciudad. Solía verlos todo el tiempo, pero el rey dejó sus lecciones hace varias lunas. Ahora que volvió a instruir a los hombres, lo convencieron de entrenar. El general le está dando ventaja, si me lo pregunta a... —El hombre se interrumpió cuando se volteó hacia ella por primera vez—. Oh, disculpe, mi señora. No sabía con quién estaba hablando.

Sus palabras hicieron que el guardia que estaba delante se diera la vuelta. Cerise no lo reconoció, pero la gratitud de sus ojos le hizo pensar que era uno de los hombres a los que había salvado del incendio esa mañana.

—Abran paso —les ordenó a los espectadores, apartándolos para hacer espacio enfrente del círculo—. ¡Abran paso al bendito oráculo!

El hueco entre la multitud le permitió ver perfectamente a Kian, que se detuvo y la miró a los ojos. Bajó ambos puños, mientras que su mirada oscura la mantenía hechizada y, en ese momento, el general Petros asestó un golpe demoledor en sus costillas.

El público emitió un «¡Ooooh!» colectivo.

Kian se dobló por la mitad y cayó de rodillas. Respiró con los dientes apretados, cerrando los ojos y con el pelo pegado a la cara por el sudor. Cerise se encogió de dolor, se sentía un poco culpable por haberlo distraído.

—Lo siento, Su Majestad —dijo el general en un tono que daba a entender lo contrario—. No reparé en que nos estuviéramos tomado un descanso. Hablando de reparar, creo que sentí que algunas costillas se le rompieron. ¿Quiere que envíe un mensaje al templo? Conozco a una sanadora.

—Íntimamente, según he oído —soltó Cerise. La multitud estalló en risas. No era su intención decirlo en voz alta, pero cuando el rey alzó la vista y la recompensó con una de sus escasas sonrisas, se alegró de haberlo dicho.

—No hace falta —le respondió Kian al general mientras se levantaba y se sacudía con cuidado. Miró al cielo—. El sol se pondrá en unas horas. Tu sanadora puede ahorrar energía para… otros menesteres.

Hubo otra carcajada, y el rostro del general adquirió el color de las bayas maduras en verano. Miró a Cerise con cierta molestia, pero después su mirada se fijó en el diario que llevaba bajo el brazo y en el tiempo que ella tardó en parpadear, el general estalló en una furia tan explosiva que todos los hombres retrocedieron un paso. Cerise se agarró al brazo más cercano y vio cómo la sed de sangre consumía los ojos del general. Gruñó, realmente gruñó, mientras escudriñaba a la multitud como si desafiara a alguien a luchar contra él. Los hombres se dispersaron sabiamente hacia sus puestos, incluyendo el dueño del brazo que Cerise estaba sujetando.

—General —le advirtió Kian.

En esa única frase, Cerise vislumbró por primera vez a un verdadero rey.

El general cerró los ojos en una evidente lucha por recuperar el control. Resopló como un toro, apretando y relajando los puños hasta que dio media vuelta y se alejó hacia el jardín.

Kian suspiró mientras observaba que el general se retiraba.

—No te preocupes. La fuente es su lugar feliz, se quedará ahí hasta que se calme.

Cerise tomó el diario y lo giró de un lado a otro.

—El diario pareció provocarlo. ¿Quería a la madre Strout?

Kian se rio, luego hizo una mueca de dolor y se sobó las costillas.

—Solo como un árbol querría a un hacha.

—¿Quiere decir que eran enemigos? —preguntó Cerise—. Daerick me dijo que la anciana no tenía enemigos.

—No eran enemigos, pero definitivamente sí rivales. La vieja madre Strout no creía que el general fuera digno de su mujer en el templo, y no lo ocultaba ni un poco. —Sonrió como si recordara algo—. Si las miradas mataran, Strout habría mandado a Petros a la tumba cien veces.

Cerise miró el diario y pensó que era extraño que la madre Strout no mencionara al general en ninguna de sus anotaciones.

—Me sorprendes, mi señora del templo —dijo Kian, sonriéndole.

—¿Por qué?

—Hizo una broma sobre la amante del general. No me quejo —añadió levantando la mano—, pero fue casi de mal gusto, no creí que fuera tu estilo.

—Parece que cree que soy perfecta.

—De ninguna manera. Pero tus imperfecciones son molestias, picaduras de pulga, la verdad. Hablemos de pecados serios. ¿Has matado un hombre?

—No, pero el día es joven, y usted me ofreció que lo apuñalara.

Una sonrisa torció la comisura de sus labios.

—¿Alguna vez te has emborrachado?

—Con sidra sacramental, y solo una vez. El malestar me curó de querer probarla una segunda vez.

—¿Has cometido adulterio? ¿Has concebido un hijo ilegítimo?

—Eso se lo dejo a las cortesanas —dijo Cerise, sonriendo dulcemente—. Y a los reyes a los que sirven.

Kian se llevó una mano al corazón, fingiendo una herida.

—Niégalo todo lo que quieras, mi señora del templo, pero apostaría a que nunca te han besado.

Cerise dejó de sonreír, un detalle que al rey no se le escapó.

—¿Toqué una fibra sensible? —bromeó.

Sí, así era. Pero se equivocaba, sí la habían besado, bastante, una vez, en un rincón oscuro y secreto de los terrenos del templo. Todo había empezado de forma bastante inocente. Él era un muchacho repartidor, de cabello oscuro con un hoyuelo al sonreír. Ella era una joven solitaria de dieciséis años con la cabeza llena de curiosidad. Los días de reparto se reunían detrás de los arbustos o en los cobertizos para intercambiar historias sobre sus vidas. Un día, la conversación se convirtió en algo más y exploraron mutuamente sus bocas hasta que se les agrietaron los labios. Cerise esperó con impaciencia la siguiente visita del chico, pero él dejó de hacer entregas en el templo y habían hecho falta tres camadas de crías de conejos para que volviera a sonreír.

En aquel momento no se había dado cuenta, y ojalá lo hubiera sabido antes, de que por eso ya no tendría visiones. La Orden le había advertido sobre los pecados de la carne y sobre cómo los actos de amor podían arruinar los dones de una mujer. En ese entonces, no lo había creído. Ahora se preguntaba si las cosas habrían sido distintas si no hubiera besado a ese chico.

Pero entonces pensó en la historia de Daerick sobre el Alma Silenciosa. Tal vez el beso no había cambiado nada en su vida. La vidente del general tenía un amante y no había perdido su don para nada, tenía visiones y también poseía la capacidad de curar. ¿Sería una coincidencia?

Ya no sabía qué pensar, qué creer. Ahora todo estaba desordenado en su mente. Ni siquiera podía confiar en que el padre Padron le dijera la verdad.

—Lo siento —dijo Kian, devolviéndola al presente con un ligero roce en la muñeca—. Solo estaba bromeando, no quería molestarte.

Cerise sacudió la cabeza para despejarse.

—No fue eso.

—¿Quieres decirme qué te preocupa?

Primero pensó en decirle que no. Sinceramente, lo único que quería era olvidarse de todo y librarse de sus preocupaciones en la perrera. Sin embargo, se recordó a sí misma que Kian estaba tratando de mantener la promesa que le había hecho. Realmente no quería darle falsas esperanzas, pero se merecía saber lo que Daerick y ella habían averiguado. Así que le contó todo lo que habían estado haciendo, incluso los detalles sobre la visita al adivino y la antecámara oculta en las catacumbas. No tenía intención de compartir tanto, pero Kian la escuchaba con tanta intensidad, tan pendiente de cada palabra y con ojos tan tormentosos, que ella no se pudo contener nada.

—Salí para visitar las perreras —dijo cuando terminó—. Los animales me tranquilizan, y es justo lo que necesito hoy.

El rey se quedó pensativo un momento, se echó el cabello húmedo hacia atrás y se quedó mirando el pasto.

—¿Entonces las videntes ven tu camino en blanco?

—Pues… sí. O lo que hago se aparta de lo que ya han visto, eso solía pasar con la Reverenda Madre. —Cerise no pensó que él se fijara en esa parte de la historia y esperaba que no se demorara mucho pensando en eso. No le gustaba ocultarle cosas, pero no estaba lista para hablarle de la revelación. De cualquier modo, ¿qué le iba a contar? El hecho de que ella estuviera implicada en la visión había empañado todos los detalles que podrían haberles sido útiles.

—Interesante —fue lo único que dijo. Recogió una camisa de lino blanco del pasto y se la puso, la fina tela se pegó al contorno de su pecho. Le ofreció el brazo—. Mi señora, ¿puedo acompañarte a las perreras?

Cerise sintió que el rubor le subía a las mejillas cuando deslizó su brazo sobre el del rey. Empezaron a caminar hacia la verja que separaba el prado de la perrera. Con cada paso, el musculoso brazo del rey se oprimía contra su cuerpo y le provocaba un estremecimiento detrás del ombligo. Su cercanía y su calor la inquietaron. Su olor mareaba sus sentidos. Para distraerse, se aclaró la garganta y abordó un nuevo tema.

—Su Majestad, ¿puedo hacerle una pregunta incómoda?

—Son las mejores preguntas —le respondió el rey.

—¿Cuántas horas de luz pierde? —Cerise fijó la mirada al frente, temerosa de que el contacto visual lo inquietara—. Cuando el padre Padron me dijo que se mantiene aislado durante el día, supuse que intentaba ocultar cuánto ha avanzado su maldición.

—Tienes buenos instintos —dijo Kian—. Cada día es diferente. Hoy solo perdí partes de dos horas. Tenía la intención de acompañar a lady Champlain a tu habitación para darte mis agradecimientos, pero… ahora entenderás por qué no lo hice.

—Ella no me dijo nada al respecto. Guardó su secreto.

—Lady Champlain me es leal.

Ahora Cerise sí lo miró. Quería leer su expresión.

—¿Por eso la protege?

El rey parpadeó.

—¿Cómo dices?

—Lady Champlain mencionó frente a mí que se convirtió en su cortesana para salvarse. No quiso decirme de qué, pero ¿no cree que ahora corra más peligro por su cercanía con usted y los atentados contra su vida?

Al rey no pareció gustarle lo que acababa de escuchar. Sus labios se quedaron sin expresión.

—Oh, ¿fue una pregunta demasiado incómoda? —le preguntó mientras le golpeaba de manera juguetona el hombro con el suyo—. Pensé que era su tipo favorito.

Kian le lanzó una mirada divertida:

—Tienes razón. He sido negligente a la hora de velar por la seguridad de lady Champlain y pretendo corregir ese descuido ahora mismo.

—¿Cómo lo hará?

—Con la ayuda de mi sumo sacerdote.

Llegaron a la reja y mientras Kian descorría el cerrojo, Cerise buscó a un sirviente que pudiera transmitir un mensaje al padre Padron.

El rey se dio cuenta de su búsqueda.

—No es necesario que le envíe un mensaje —dijo Kian mientras abría la puerta y le ofrecía una mano para que entrara—. Puedo llamarlo yo mismo. Mira esto. —Kian se volteó hacia el castillo y murmuró—. Venga a mí, sumo sacerdote. —Luego volvió a ofrecerle el brazo a Cerise y reanudaron la marcha.

—¿Puede invocarlo así? —preguntó Cerise.

La sonrisa del rey fue respuesta suficiente.

—Detesta que lo haga.

—Porque los sacerdotes existen para servir a la diosa, no a los caprichos de los reyes.

—Obviamente te equivocas, si no tu diosa no lo permitiría.

—Ella también es su diosa —le dijo Cerise. Aunque no lo aceptó, no podía negar que el argumento de Kian era verdad. Por la razón que fuera, la diosa le había dado poder sobre sus sacerdotes para que lo utilizara como quisiera. La obligación de servicio no tenía sentido. Deseaba entender a qué se debía.

Kian empujó la puerta de la perrera y provocó un coro de ladridos.

—Hablemos de algo más agradable, como nuestra nueva camada de cachorros.

—¿Cachorros? —chilló Cerise. Oh, estrellas, esa era la palabra mágica que la hacía olvidar que todo lo demás existía. Ahora lo único que le importaba era tener uno en sus brazos. Después de guardar el diario en su bolsillo, jaló al rey del brazo para apresurarlo, lo que no era propio de una dama, pero ¿qué importaba? ¡Había cachorros en la perrera!

—Está bien, está bien —dijo Kian, apresurando el paso—. Por aquí.

La condujo junto a docenas de corrales de madera, cada uno de los cuales albergaba un sabueso Mortara de cría tan perfecta que avergonzaban a las ilustraciones enciclopédicas. A su paso, los sabuesos corrían a saludarla, moviendo la cola regordeta, mirándola con ojos grandes y expresivos, y con la lengua a los lados mientras jadeaban de emoción.

Diosa mía, ¡eran preciosos! Y también bien adaptados al calor, con pelaje corto y velludo resistente a la luz solar. Pero lo mejor de todo era la inteligencia que rebosaba en sus ojos oscuros. Estudiaban todos sus movimientos, sin perderse nada. Había oído que los sabuesos de Mortara eran tan inteligentes que podían detectar enfermedades en sus dueños e incluso buscar hierbas medicinales. Viéndolos ahora, no lo dudaba. Estos sabuesos harían que una lumbrera pareciera opaca.

—Llegamos. —Kian se detuvo frente a una puerta que le llegaba hasta la cintura y le alborotó la cabeza al sabueso peludo que había ido a saludarlo—. Esta perrita traviesa es Stella. Se escapó durante una cacería y regresó preñada de... bueno, ninguno de nosotros está seguro. Si creyera en los duendes, esa sería mi suposición. —Miró por encima de la puerta y se estremeció—. Los cachorros son tan espantosos que casi son tiernos.

Cuando Cerise se asomó a la verja y vio a los cachorros, su corazón estuvo a punto de estallar. Curiosamente, Kian no se equivocaba. A veces, una criatura iba más allá de lo feo y se volvía adorable. Los cachorros de Stella lo habían conseguido.

Eran cinco, todos dedicados a un enérgico juego de rebote y caída. Habían heredado los cuartos traseros y la cola corta de su madre, pero poco más. Su pecho era demasiado ancho para pertenecer a un sabueso, igual que su mandíbula, y en lugar de tener las orejas caídas, las suyas estaban erguidas, altas y puntiagudas. Eran calvos y la piel se les amontonaba en docenas de pliegues, como si fuera diez tallas más grande. A juzgar por las patas, enormes como las de un payaso, pronto crecerían y dejarían de estar tan arrugados.

—¿Puedo entrar? —preguntó Cerise, que ya se estaba arremangando las faldas para trepar por la verja.

Kian rio entre dientes.

—Adelante.

Sus zapatos apenas habían tocado el suelo del corral cuando los cachorros saltaron hacia ella y empezaron a jalarle la bastilla del vestido. Cerise se sentó, riéndose mientras la mitad de la camada se subía a su regazo y la otra mitad mordisqueaba sus faldas. Stella se acercó y se acostó de lado, dejando al descubierto su vientre lleno de leche. Cerise empujó a uno de los cachorros para animarlo a mamar, pero se limitó a ladrar y reanudó el juego.

—Se autodestetaron —dijo Kian—. Para consternación de Stella.

—No parecen tan grandes para la comida sólida.

—No lo están. El encargado de la perrera los ha estado alimentando con sangre de pollo congelada. —Kian se agachó para acariciar al cachorro más grande y recibió una mordida en el dedo—. ¡Ay! Pequeño monstruo.

—Gusto por la carne humana… —se burló Cerise—. Tal vez sí sean mitad duendes.

Uno de los cachorros corrió enfrente de ella y se puso a dar saltos como si le pidiera jugar a arrojarle algo. Haciendo lo mejor que pudo, le lanzó un trozo de paja, que él recuperó con celo. Pero mientras llevaba su premio, llamó la atención de sus hermanos, dos cachorros corrieron hacia él e intentaron robarle la paja, y luego dos más. Hizo un valiente esfuerzo por defender su trofeo, pero no pasó mucho tiempo antes de que la camada lo tirara de espaldas, y entonces el juego se convirtió en algo primitivo. El cachorro aulló cuando sus hermanos le atacaron la garganta y el vientre. Se retorcía, dando zarpazos al aire, pero no podía enderezarse. Stella no levantó la cabeza. Para ella, el ataque era una forma de establecer el dominio de la manada, pero Cerise no podía soportar verlo.

Se arrastró hasta la refriega y apartó a la camada hasta que el cachorro herido consiguió levantarse. Se quedó inmóvil, con las patas temblorosas y la cabeza agachada por el miedo. Incluso en ese momento, el pobre estaba tan aterrado que se orinó en el suelo. Cerise lo levantó sin miramientos; se podía lavar las manos más tarde.

Abrazó su cuerpo tembloroso contra su pecho y se balanceó suavemente de un lado a otro acariciando al cachorro hasta que sus latidos se estabilizaron y dejó de temblar. La camada había vuelto a jalar de su vestido, el trozo de paja había quedado en el olvido. Cerise pensó en dejar al cachorro en el suelo, pero estaba tan calientito y cómodo que le apoyó la mejilla en la cabeza y dejó que le lamiera la barbilla.

—Tienes demasiado amor en ti —dijo Kian. La miraba entretenido, con los brazos apoyados en la puerta de madera—. Si no encuentra una salida, podrías explotar. Y no podemos permitirlo, piensa en el desastre que harías. —Señaló al cachorro con la cabeza—. Deberías quedártelo.

—¿Para mí? —Mientras preguntaba, sus brazos se apretaron alrededor del cachorro—. Pero vale su peso en monedas, aunque sea de raza mestiza.

—Puedo permitírmelo —susurró Kian tapándose la cara con la mano—. Soy el rey.

La emoción creció en su interior, una felicidad tan plena que lo único que pudo hacer fue abrazar al cachorro e intentar que la cara no se le partiera de tanto sonreír.

—A menos que prefieras un pura sangre. —Señaló el corral contiguo—. El encargado de la perrera criará una camada en cuanto…

—No —lo interrumpió Cerise—. Quiero este.

—Entonces la afortunada bestia es tuya. Nadie lo querrá más. —Se agachó y acarició la cabeza de Stella—. Ni siquiera su propia madre. Llévatelo, el personal te dará lo que necesite.

—¿No es demasiado pequeño para dejar a su madre?

—Se autodestetó —le recordó Kian—. Para Stella es más una molestia que otra cosa. Créeme, les harías un favor a los dos.

—Gracias —dijo Cerise—. Nunca había tenido un cachorro propio. Ni nada, en realidad.

En respuesta, Kian cambió bruscamente de tema.

—¿Por qué te trenzaste el pelo hoy? —le preguntó.

Cerise tocó una sección de las intrincadas trenzas.

—¿Se acaba de dar cuenta?

—No, me di cuenta en cuanto te vi.

Pero no había elogiado su pelo como Daerick.

—¿No le gusta?

—No es que no me guste. Eres tan encantadora como cualquiera de las mujeres que he recibido en la corte. —Sus ojos grises se suavizaron al recorrer su rostro—. Pero no eres una mujer de la corte. Eres mi señora del templo, ¿verdad?

Una sensación burbujeante animó el pecho de Cerise. Tuvo que luchar contra el impulso de desatarse las trenzas y deshacer cada una de ellas ahí mismo. Decidió que al día siguiente usaría el cabello suelto.

Al final del pasillo, la puerta de la perrera se abrió con un chirrido. Cerise giró el cuello para mirar por encima del corral, esperando encontrarse con el padre Padron. Sin embargo, en lugar del sumo sacerdote, apareció un hombre de mediana edad. Era alto y delgado, con una espesa cabellera castaña y un rostro tan hermoso que podía cobrar a la gente por mirarlo.

—Usted debe ser Cole Solon —dijo Cerise—. Esperaba conocerlo.

Cole hizo una reverencia frente al rey y luego frente a ella.

—Y yo a usted, mi señora.

—¿No se conocieron en la cena? —preguntó Kian.

Cerise negó con la cabeza, sin dar explicaciones. No quería admitir que había estado cenando en su habitación.

—Acabo de cruzarme con el general Petros en el jardín —dijo Cole—. Me dijo que la emisaria del rey estaba por aquí cerca, así que vine enseguida.

Cerise levantó su palma sucia.

—Lo saludaría como es debido, pero no querría tocar esta mano.

Cole respondió con una risita que sonó ensayada. Algo en sus ojos le recordó a Cerise los huevos de ganso pintados que la Reverenda Madre coleccionaba en su oficina: meticulosamente decorados por fuera y huecos por dentro. Su atractivo Solon no era tan fuerte como el de Nina. Era innegablemente apuesto, pero a Cerise no le costaba apartar la mirada de él.

Cole empezó a hablar, pero luego inclinó la cabeza a un lado y la observó.

—Hay algo familiar en usted… Los ojos, creo. No puedo ubicarlo. ¿Quiénes son sus padres?

—Elaina Igalsi y Edwin Solon —le respondió ella.

—¿Alguna vez estuvieron en la corte? —preguntó Cole.

—No creo —respondió Cerise—. Pero nunca se me ocurrió preguntar.

—Tal vez es un parecido de la familia Solon —sugirió Kian.

—Quizás —respondió Cole en un tono que quería decir que no—. En cualquier caso, me alegro de haber conocido a nuestra heroína.

En ese momento, la puerta de la perrera volvió a abrirse con un chirrido, y el padre Padron se reunió con ellos. Permanecía tan sereno como siempre frente al rey, pero hablaba con exagerada precisión, como si cada palabra le causara dolor físico.

—¿En qué puedo servir a Su Majestad?

—Necesito su pericia, sumo sacerdote —respondió Kian en un tono juguetón, casi burlón. A Cerise no le gustó. A pesar de que desconfiara del padre Padron, el sumo sacerdote de Shiera merecía respeto. No pudo mirar a Kian mientras seguía hablando—. Investigará los ataques contra mí. Dirija a sus sacerdotes para que interroguen a cada residente y trabajador del palacio. Use encantamientos de honestidad si es necesario. Quiero saber quién liberó a la pantera y quién provocó el incendio.

—Como ordene, Su Majestad —respondió el padre Padron.

—Y esta noche, mientras esté indispuesto —añadió el rey en un tono más serio—, lanzará un encantamiento de protección para lady Champlain. Si resulta herida de algún modo, derribaré un templo por cada cabello suyo que resulte dañado.

Cerise ahogó un grito con mucha fuerza.

—¡Kian!

Los tres hombres giraron la mirada hacia ella, dos de ellos escandalizados por que se hubiera atrevido a llamar al rey por su nombre y el tercero claramente divertido por haberla escandalizado.

—Quiero decir, Su Majestad —se corrigió—. No debe amenazar a la diosa, es una blasfemia. Ella es su creadora.

—Aun así, mi orden se mantiene. —El rey miró por la ventana más cercana, como si midiera la posición del sol—. Ahora, si me disculpan, solo tengo dos horas antes de la puesta de sol, y hay hijos del amor que hacer.

Algo frío y enfermizo se revolvió en el estómago de Cerise cuando Kian se marchó. Se dijo que lo que le molestaba habían sido las carnes y los quesos que había comido, y no las palabras de despedida del rey. Después, apartó del todo ese pensamiento y acarició a su cachorro, que le lamió las mejillas en respuesta. Se levantó para llevárselo a su nuevo hogar.

—Es mío —anunció con una sonrisa, con la esperanza de disipar la tensión de la abrasiva orden del rey—. ¿No es la criatura más preciosa que haya visto?

El padre Padron rio entre dientes mientras la ayudaba a cruzar la cerca.

—Preciosa no es la palabra que yo usaría para describir a la criatura, pero la felicidad le sienta bien. ¿No está de acuerdo, lord Solon?

—Mmm —respondió Cole distraídamente. Ni siquiera estaba mirando al cachorro—. De entre sus padres, mi señora, ¿a quién diría que se parece más?

—A mi madre —respondió Cerise. Había muy poco de su padre en su rostro. Nina había heredado todos sus rasgos—. ¿Por qué? ¿Cree que quizá la haya conocido?

—Tal vez —dijo Cole, pero con el mismo tono de duda—. Lo investigaré.

Su conversación sobre la familia le recordó a Cerise que había un espejo de corazón roto escondido bajo su colchón. Se moría de ganas de contarles a sus padres cómo había sido hasta entonces su estancia en el palacio y de enseñarles a su nuevo cachorro. El cachorro necesitaba un nombre… y comida, juguetes y una cama. Tenía mucho que hacer. Hizo una reverencia para excusarse.

—Debería ir a asearme.

—Si me lo permite —dijo Cole—, sería un honor acompañarla a cenar. —Le guiñó un ojo—. No puede esconderse en su habitación para siempre.

Cerise dudó. No quería cenar con Cole Solon, pero rechazarlo sería un insulto. Además, él tenía razón, uno de sus deberes como emisaria era comportarse correctamente y eso incluía cenar en compañía. Dudaba que la madre Strout cenara en su habitación.

—Sí, por supuesto —dijo, forzando una sonrisa—. Será un placer.

CAPÍTULO DIEZ

—Mi hermana, la que hace milagros. —El rostro de Nina estaba previsiblemente oculto por un velo de muselina negra, pero su voz expresaba que sonreía—. Me gusta cómo suena.

Cerise estaba acostada de lado con su cachorro acurrucado sobre el pecho. Lo abrazaba con una mano mientras sostenía el espejo de corazón roto con la otra.

—Lo siento, pero dices que eres mi hermana, cuando en realidad podrías ser cualquiera detrás de ese velo. Voy a necesitar pruebas de tu identidad antes de que esta conversación avance.

—¿Ah, sí? —respondió Nina—. ¿Tus oídos sagrados no pueden discernir las mentiras?

—¿Te estás burlando del bendito oráculo?

—Nunca.

—Bien, porque aquí nos tomamos en serio ese tipo de cosas.

—De acuerdo. Aquí tienes tus pruebas. Tienes una marca de nacimiento en el trasero, en la nalga izquierda, es rosa, pequeña y tiene forma de insecto aplastado.

Cerise ahogó un grito.

—¿Cómo sabes?

—Por los días de visita en el templo. Yo te cambiaba el pañal cuando eras bebé.

—Igual que mucha gente —señaló Cerise—. Eso no prueba nada.

—Sí. Me imagino que tendré que mostrarme, entonces.

—Sí, será lo mejor.

—Muy bien.

Nina se echó el velo hacia atrás y al instante, los labios de Cerise se separaron en un suspiro. Por la diosa, Nina era tan hermosa que era imposible saber en qué parte de su rostro enfocarse. Cerise absorbió la curva de su quijada, sus labios impecables, su piel suave. Pero lo más impresionante de todo eran los ojos de Nina, más verdes que la primavera, delineados por las espesas pestañas e infinitamente más sorprendentes por la calidez y el afecto del que rebosaban. Fue entonces cuando Cerise comprendió por qué no podía apartar la mirada de su hermana. «El amor».

—Tu maldición —murmuró Cerise, aún embelesada—. ¿El encanto de los Solon se hace más fuerte cuando alguien te ama?

Nina abrió más los ojos. Parecía molesta por la pregunta.

—¿Por qué lo preguntas?

—Porque hoy conocí a otro primogénito Solon —respondió Cerise—. Es apuesto, pero no quiero quedarme mirándolo por toda la eternidad. —Perdió el hilo de sus pensamientos, sumida en una bruma de fascinación mientras trazaba el ángulo de los pómulos de su hermana. Pero en ese momento Cerise notó un ligero cambio en lo afilado de las mejillas de Nina. Había adelgazado.

Nina volvió a bajar el velo.

—Suficiente.

—Espera, tu cara parece más delgada. ¿Estás enferma?

—Así es —dijo Nina con una sonrisa en la voz—. Vomito todas las mañanas. Voy a tener un bebé.

Cerise ahogó un grito de emoción. ¡Iba a ser tía! Pero su felicidad se desvaneció rápidamente cuando recordó que el bebé de Nina sería portador de la maldición de un primogénito, y podría no ser el atractivo de los Solon.

—Te casaste con un Calatris —dijo Cerise.

—Sí. ¿Y qué?

—La maldición de su familia…

—No la tendrá —dijo Nina—. Este bebé no. Su difunta esposa ya le dio un primogénito y un segundo hijo. Este bebé será su tercer hijo.

Cerise negó con la cabeza, las cosas no funcionaban así. No importaba cuántos hijos hubiera tenido el marido de Nina con otra mujer. Nina nunca había estado embarazada. Este bebé sería su primogénito, lo que significaba que llevaría una maldición.

«No». Ya era suficiente.

Las maldiciones tenían que romperse ya. A Cerise ya no le importaba cuál se suponía que era su función en el «estrecho camino» que la Reverenda Madre había visto hacia el futuro. Se había cansado de buscar pistas que pudieran inspirar a alguien más a romper las maldiciones. Como nadie parecía tener ni idea de cómo ganarse el perdón de la diosa, ella misma lo haría.

—Voy a romper las maldiciones —prometió Cerise—. O moriré en el intento, lo juro.

—No digas esas cosas —dijo Nina con tono tajante—. No quiero oír hablar de muertes. ¿Me oyes? —Volteó su rostro velado como si buscara apoyo, y entonces su mamá tomó el espejo.

—Amor —dijo la mamá de Cerise cuando su cara apareció en el cristal—. Creo que lo que tu hermana quiere decir es que para nosotros tú eres tan importante como el niño que lleva en su vientre. No queremos que arriesgues tu seguridad. El bebé va a estar bien, nos aseguraremos de ello.

—No pueden asegurarse de nada —dijo Cerise—. ¿De verdad crees que puedes cambiar el destino del bebé? ¿Crees que un noble primogénito se ha salvado alguna vez gracias al amor de su familia? La maldición está fuera de tu control, pero yo podría tratar de hacer algo. Ya tengo que ayudar a romper las maldiciones de los nobles para salvar al rey, así que ¿por qué no iba a redoblar mis esfuerzos si eso significa salvar también al bebé de Nina?

—Lo único que tienes que hacer por el rey es servirle de emisaria —la corrigió su mamá—. Esa fue la tarea que te asignó la Reverenda Madre.

—No tienes ni idea de lo que la Reverenda Madre me asignó porque no te lo conté. —Aunque tal vez fuera hora de que supieran la verdad—. Es posible que haya llegado el momento de romper las maldiciones. La Reverenda Madre no pudo ver cómo, pero me dijo que hay un camino para hacer que suceda, y voy a encontrarlo.

—Cerise —dijo su papá desde algún lugar fuera del marco—. ¿Quieres preocupar a tu hermana en su estado? Porque eso es lo que estás haciendo. Ahora tu hermana está llorando.

Cerise dejó escapar un largo suspiro. En lugar de ayudar a que Nina se sintiera mejor, la había hecho llorar. ¿Por qué no podía decir lo correcto, solo por una ocasión? El cachorro pareció percibir su inquietud y le lamió el borde de la quijada—. No. No es eso lo que quiero.

—Entonces no volveremos a hablar de ello. —Su mamá asintió, como si el tema quedara cerrado—. Ahora cuéntame más sobre el caballero Solon que conociste en el palacio. ¿Tenemos alguna relación?

Cerise odió el cambio de tema. Para ella, la discusión estaba lejos de haber terminado. Sin embargo, se contentó con frotar la oreja de su cachorro.

—No es un pariente cercano, aunque no dejaba de preguntar por ti.

Su mamá se tocó el pecho.

—¿Por mí?

—Sí, cree que me parezco a alguien que conocía. ¿Alguna vez estuviste en la corte?

Su mamá intercambió una mirada con alguien fuera del marco, con su padre sin duda. Sus ojos se abrieron un poco más antes de volver la vista hacia el espejo.

—Qué extraño, debe haberme confundido con otra persona.

Aunque Cerise percibió algo raro en su tono y observó detenidamente a su madre. No creía que sus padres le hubieran mentido nunca, pero no podía evitar la sensación de que había una historia detrás de todo y de que su familia intentaba cerrar ese tema.

—Se lo preguntaré esta noche en la cena —dijo Cerise, observando atenta la expresión de su madre—. Será mi acompañante.

Si le quedaba alguna duda de que sus padres ocultaban algo, sus reacciones la disiparon. Su mamá se quedó boquiabierta y su papá le arrebató el espejo. El movimiento de la imagen llamó la atención del cachorro, que ladró y trató de morder el cristal. Cerise alzó el espejo fuera de su alcance.

—No es necesario, mi amor —le dijo su padre—. Simplemente dile a ese hombre que no lo conocemos y cambia de tema si vuelve a preguntar.

—¿Cómo sabes que no lo conocen? —preguntó Cerise, alzando una ceja—. No les dije cómo se llamaba.

Su papá balbuceó.

—¿Qué están escondiendo? —preguntó Cerise—. Sé que algo está mal, y no me ayudan nada mintiendo al respecto. Estoy harta de que me mientan.

Su padre abrió la boca y se detuvo para respirar. La frustración que expresó su rostro le recordó la forma como el general Petros luchaba por dominar su temperamento.

—Tú siempre has vivido una vida muy protegida, Cerise. No sabes lo peligrosa que puede ser la política en la corte, ahí nada es lo que parece. Detrás de cada palabra honesta, debes esperar un significado oculto. Nadie será transparente contigo, han aprendido que no es seguro serlo.

—El rey despidió a su corte —respondió Cerise. Una vocecita dentro de su cabeza añadió: «Es de los sacerdotes de quienes tengo que cuidarme, y de los que adoran a falsos ídolos».

—Aun así, la información es poder —le dijo su papá—. No reveles nada a menos que sea necesario. —Sus ojos, casi idénticos a los de Nina, se pusieron serios de una forma que dejó helada a Cerise. Lo que fuera que ocultaba, le daba miedo, y eso la inquietó porque jamás lo había visto asustado—. El templo te enseñó a ser obediente y amable, rasgos deseables en una vidente, pero no en una dama al servicio del rey. No confíes en nadie y habla lo menos posible. —La señaló con un dedo severo—. ¿Entendiste?

—Sí —respondió, pero entendía menos que nunca.

Esa noche, durante la cena, Cerise mantuvo los ojos fijos en su plato, asintiendo con la cabeza mientras fingía escuchar el parloteo de Cole Solon, pero preguntándose en secreto por qué sus padres no le habían confiado la verdad sobre él. La explicación más sencilla era que Cole y su mamá habían sido amantes muchos años atrás, antes de que su mamá se casara con su papá. Sin embargo, una aventura no era lo suficientemente aterradora o escandalosa como para mentir acerca de ella… a menos que hubiera ocurrido después de que su mamá se casara con su papá.

¿Podría ser el caso? ¿Cole Solon había seducido a su mamá al grado de que había traicionado a su marido? La madre de Kian había caído tan profundo en los encantos de Cole como para traicionar a su rey. A pesar de eso, Cerise no podía imaginar que su madre hubiera hecho lo mismo. No le parecía correcto.

Durante el primer plato, Cerise echó miradas furtivas a Cole. No sabía qué había visto la difunta reina en él. Cuanto más estudiaba los rasgos esculpidos de Cole, menos humano le parecía. Durante el segundo plato, coincidió con Kian en que Cole era un «escurridizo bastardo». Los halagos resbalaban como aceite por la lengua de Cole. Halagó la barba de Daerick (algo que nadie haría), comentó sobre el «brillo de salud» de lady Champlain (claramente una forma de buscar noticias sobre su embarazo) y elogió la forma como el general Petros llenaba su saco. No fue hasta que el general gruñó molesto cuando Cole volvió a enfocar su atención en Cerise.

—Mi señora —le dijo Cole mientras untaba un pan con mantequilla—, admiro lo bien que parece haberse adaptado a la vida del palacio. Debe haber sido una conmoción que tuviera que dejar su templo.

Ella asintió.

—Así es.

—Bueno, está claro que estaba destinada a la corte. —Mostró una sonrisa que no le llegó a los ojos—. Tiene talento natural, querida.

Cerise apenas consiguió reprimir una carcajada. Si las mentiras fueran oro, Cole Solon podría construir un palacio de monedas.

—¿Cómo se está adaptando a sus obligaciones como emisaria? —Levantó una mano en señal de disculpa y añadió—: Le ruego que me disculpe por abordar un tema tan vulgar como la política en la cena. Es que nuestra querida madre Strout nos dejó demasiado pronto. Por mucho que la extrañemos, es un consuelo saber que usted está aquí para continuar su legado.

—Aún no puedo decir que esté continuando con su legado —dijo Cerise—. Todavía estoy aprendiendo cuáles son mis responsabilidades, aunque sin duda es una ayuda contar con su diario como guía.

Cole se quedó quieto, con el pan a medio camino de la boca. Se recuperó rápidamente, pero el *lapsus* dejó entrever que Cerise había revelado demasiado. Por alguna extraña razón, tanto Cole como el general Petros habían reaccionado de algún modo al diario de la madre Strout. Cerise no sabía por qué. Lo había leído de principio a fin y no encontró ni una palabra de interés. A pesar de todo, su padre le había dicho que dijera lo menos posible, y ella ya le había fallado antes del postre.

Tendría que hacerlo mejor.

Deseó que Kian estuviera ahí para distraer al grupo con ese estilo suyo tan atrevido y escandaloso. Aunque no disfrutaría viéndolo como acompañante de Delora a la cena, por no hablar de que tendría que escuchar que la halagara con un sinfín de galanterías, lo compensaría contando alguna historia divertida. Sonrió solo de pensarlo. Había llegado a desear su compañía más de lo que creía.

Durante el resto de la cena, respondió cada una de las preguntas de Cole con una o dos palabras. Se daba cuenta de lo maleducada que sonaba y sintió que el padre Padron la reprendía con la mirada. Ella lo evitó también a él, negándose a levantar la vista de su plato. Finalmente, Daerick le preguntó si estaba bien, y ella fingió una migraña de calor como excusa para levantarse de la mesa.

Lejos del grupo, se sintió libre por primera vez en toda la noche, como si le hubieran quitado un peso de encima. De regreso a su habitación, se detuvo en la cocina para tomar un balde de agua y un plato de sangre de pollo congelada. Luego le pidió al encargado del palacio que pusiera un trozo de pasto en su balcón para entrenar al cachorro. Después regresó a su habitación para pasar el resto de la velada con la única criatura que jamás le había mentido, criticado o molestado: su cachorro.

Era verdad que el mundo de los hombres no se merecía a los perros.

Su cachorro era extraordinariamente más avanzado que los perros de su edad. Incluso pudo enseñarle algunas órdenes básicas. Mientras lo hacía, intentaba pensar en un nombre apropiado para él. La respuesta llegó en un juego de lanzar algo para que lo buscara y lo trajera, cuando se dio cuenta de que entre los pliegues de su espalda se asomaba una mancha de color. Separó la piel floja y descubrió una mancha de nacimiento color índigo.

—Yo también tengo una marca de nacimiento —le dijo—. Pero la mía es rosa, no azul.

El cachorro se puso boca arriba y le abrazó la muñeca con las patas delanteras, un movimiento que el travieso había aprendido para que le frotara la barriga.

—Azul —repitió Cerise para probar el nombre mientras le hacía cosquillas con las yemas de los dedos—. ¿Qué te parece? ¿Te gusta?

Con los ojos cerrados, emitió un sonido de satisfacción que ella interpretó como un sí.

—Entonces será Azul. —Se inclinó hacia él y le rozó la nariz con la suya—. Ahora somos una familia, lord Azul Solon. Y eso es para siempre.

Cuando él abrió sus ojos oscuros y la miró, habría jurado que había entendido cada palabra. Algo pareció pasar entre ellos: una promesa tácita de que ninguno de los dos volvería a sentirse solo. Por primera vez en su vida, podía decir que su corazón estaba realmente lleno.

A la hora de acostarse, se acurrucaron de costado entre las sábanas de lino; la cabeza de Azul metida bajo la barbilla de Cerise. Él le lamió el cuello una vez, como si quisiera darle las buenas noches, y luego se sumergieron en sus sueños.

A la mañana siguiente, cuando el sol no era más que una mancha púrpura en las cortinas, Cerise se despertó tras un gruñido y un ladrido agudo. Abrió los ojos y se encontró a Azul de pie, alerta, frente a su almohada, con los ojos oscuros fijos en algo que ella no podía ver. Al principio no le dio mucha importancia, supuso que Azul había visto un insecto o una lagartija. Sin embargo, después escuchó el chasquido de la puerta de su habitación al cerrarse y se incorporó como un rayo, mirando a su alrededor.

Alguien acababa de estar en su habitación.

El intruso se había marchado, pero eso no impidió que su corazón se acelerara. Debió de olvidarse de cerrar la puerta la noche anterior al volver de la cena. Era un error que no cometería dos veces. No podía ni imaginar lo que podría haber pasado si Azul no le hubiera ladrado al intruso para ahuyentarlo.

—Buen chico —elogió a Azul mientras le frotaba la cabeza—. Eres mi pequeño héroe. —Solo que ya no era tan pequeño como recordaba. Lo cargó y se dio cuenta de que su lomo ya no cabía en la palma de su mano—. Vamos a buscarle a este niño en crecimiento algo de desayunar.

Su protector miniatura correteaba junto a ella por el pasillo, moviendo la cola regordeta y con la cabeza en alto… hasta que se acercaron al final de la escalera, donde se detuvo como si hubiera llegado al límite del mundo. Cerise lo levantó y lo llevó en brazos el resto del camino. Desayunaron pan dulce y salchichas en el jardín, y luego jugaron a las escondidas en el laberinto de arbustos hasta que llegó la hora de reunirse con Daerick en su oficina.

Dejar a Azul no era una opción, así que hizo un cabestrillo con una bufanda vieja y lo metió en él para cargarlo con la cabeza cerca de su corazón. Cuando llegó a su oficina, el movimiento de sus pasos lo había arrullado hasta dormirlo.

La puerta de su oficina ya estaba abierta. Más allá de la sala, una figura masculina permanecía inmóvil como piedra frente a la ventana, contemplando el jardín del palacio sumido en sus pensamientos. Debía de haber llegado apenas del exterior, porque llevaba una capa de lino vaporoso para protegerse la cabeza y los hombros del sol.

Cerise lo reconoció fácilmente.

—Buenos días, Su Majestad —susurró para no despertar a Azul.

Kian se quitó la capucha y se volteó hacia ella.

—¿Cómo sabías que era yo?

—Es la única persona que mira el jardín como si fuera suyo —respondió ella.

Pero solo era parcialmente cierto. Se había fijado en otros detalles: la despreocupada inclinación de su cabeza, la seguridad de su postura, la forma como frotaba el pulgar contra el índice cuando veía la posición del sol. Se guardó esas observaciones para sí misma. No quería confesarle lo rápido que había aprendido sus hábitos... y tampoco quería confesárselo a sí misma.

—Impresionante —dijo el rey con una sonrisa torcida que le hizo bailar el estómago—. Eres bastante inteligente, excepto cuando se trata de ranas tóxicas.

Cerise se pasó una mano por el abdomen para tranquilizarse. La sensación era familiar, la reconocía de una docena de días de repartición en el templo, cuando había sido tan ingenua como para pensar que la emoción valía el riesgo.

Miró distraída alrededor de la oficina para evitar los ojos grises que la hacían hablar demasiado y sentir cosas inoportunas.

—¿Dónde está Daerick?

—Ha de estar en camino. —Kian avanzó hacia ella y se detuvo lo suficientemente cerca como para llenar su espacio con aromas de heno fresco y piel masculina. Se quitó la capa y la arrojó sobre el sofá de terciopelo—. Fui a visitar los establos y al encargado de la perrera.

—¿Ah, sí? —preguntó Cerise mientras se le aceleraba el pulso por la cercanía del rey. No se dio cuenta de lo rápido que le latía el corazón hasta que Azul se despertó y le lamió la barbilla como para calmarla—. Le puse nombre al cachorro —dijo de forma abrupta—. Se llama lord Azul Solon. Azul para abreviar.

—Hola, Azul. —Kian frotó la cabeza del cachorro y sacó un premio de su bolsillo: una pequeña pepita de color arena que olió antes de apartar la cara—. Es la receta secreta del encargado de la perrera. No quiero saber qué contiene.

Azul engulló el premio de un solo bocado. Cuando quedó claro que no habría más, sacudió las costillas y apoyó la cabeza justamente entre los pechos de Cerise, lo que provocó que ella se sonrojara y Kian se riera.

—Él es el que vive como un rey —dijo Kian—. Debería darme clases.

Afortunadamente, el momento terminó cuando Daerick entró en la sala, miró a Azul y arrugó la nariz como si se hubiera encontrado con una montaña de estiércol de caballo.

—Mi señora —dijo Daerick con fingida alarma—. Parece que tiene un duende aferrado a su pecho. ¿Es una forma de castigo que los sacerdotes acaban de inventar?

Cerise lo calló mientras le tapaba los oídos a Azul.

—No es un duende, y lo sabes.

—Mitad duende podría ser —murmuró Kian.

Cerise fulminó al rey con la mirada y se recordó a sí misma que su propósito era servirle, no patearle la espinilla.

—Su nombre es lord Azul Solon.

—Azul para abreviar —añadió Kian.

—Bueno, es horrible, pero me imagino que no es culpa suya. —Daerick alisó una arruga de su túnica de satín—. No todos podemos ser apuestos.

—Yo creo que es perfecto. —Cerise besó la cabeza de Azul—. Y también es inteligente. Brillante, de hecho. Ya se aprendió todas las órdenes que le enseñé, incluso esta mañana me salvó de un intruso en mi habitación.

Daerick y Kian abrieron más los ojos.

—Nunca estuve en verdadero peligro —añadió—. Azul ahuyentó a la persona incluso antes de que yo supiera que estaba allí.

Kian se pasó una mano por la cara.

—No te confundas, mi señora del templo: el peligro en este palacio es real.

—Te dije que cerraras la puerta —dijo Daerick—. La noche que llegaste, ¿recuerdas?

—Pensé que lo había hecho —respondió Cerise—. Tendré más cuidado.

Daerick miró a Kian.

—Anoche vi que los sacerdotes iban de habitación en habitación. Me interrogaron antes de cenar. ¿La investigación arrojó algún dato?

—No arrojó nada. —Kian se cruzó de brazos—. Llamé a Padron al amanecer. Me dijo que sus hombres habían terminado la investigación y que en el palacio nadie sabe quién es el responsable del incendio o de la pantera del desierto.

—Pero no es posible que hayan terminado la investigación —dijo Cerise. Sacó a Azul del cabestrillo y lo puso en el suelo para que pudiera explorar la oficina—. A mí no me interrogaron.

—Bueno, es obvio que tú no tuviste nada que ver con los ataques —le dijo Kian—. Mis padres fueron las primeras víctimas, y murieron cuando tú aún vivías en el templo.

Cerise había oído historias de que el rey y la reina habían muerto por causas no naturales, pero había descartado las habladurías como chismes.

—Pensé que era un rumor.

—No todos los rumores son mentira. Este era verdad.

—De acuerdo —dijo Cerise—, pero si los sacerdotes pensaron que no era necesario interrogarme, ¿será posible que haya alguien más a quien no investigaron?

Daerick le sonrió como un padre orgulloso.

—Ahora piensas como un Calatris que ya no cree en el Alma Silenciosa.

—Me enseñaste bien —le respondió Cerise.

Kian se sentó en el brazo del sofá y exhaló una risa amarga.

—Padron me mintió. No sé por qué me sorprende.

—Pero, ¿cómo puede mentirle un sacerdote? —le preguntó Cerise—. Tienen la obligación de obedecerlo.

—Tienen la obligación de obedecer mis órdenes directas —respondió Kian—. No puedo controlar el funcionamiento de su mente. No puedo obligarlos a respetarme o a apoyar mi gobierno. Incluso aunque les ordene que digan solo la verdad, pueden elegir palabras engañosas. Confía en mí, mi señora del templo. Los sacerdotes me obedecen en cuerpo, pero no en espíritu. Lo único que se necesita para que me desobedezcan es creatividad, y la tienen.

Cerise miró instintivamente por encima de ambos hombros antes de formular su siguiente pregunta.

—¿Un sacerdote podría haber provocado el incendio? —susurró—. ¿O soltado a la pantera?

Kian negó con la cabeza.

—La primera orden que les doy a todos los sacerdotes es que no hagan nada que pueda perjudicarme. La orden en sí es más larga, la redacté de manera que no quedaran lagunas. No pueden hacerme daño directamente, me aseguré de ello.

Entonces, si no eran los sacerdotes quienes estaban intentando matar a Kian, ¿quién era? Cerise no podía pensar en ningún grupo que se beneficiara más de la muerte de Kian que los sacerdotes, resentidos por su obligación de servicio con él.

—¿Quién más se beneficiaría?

—Cualquiera que quiera mi trono —dijo Kian—. Elige.

Sin embargo, un trono vacío conduciría a la guerra, y Cerise se negaba a creer que alguna de las casas nobles quisiera eso, ni siquiera la dinastía Petros. Un primogénito Petros sin duda disfrutaría de las batallas sangrientas, pero su victoria no les haría ganar el control de los sacerdotes; al menos, ella no lo creía. La dinastía Mortara había utilizado su dominio sobre ellos para unificar las cuatro tierras y crear el Reino Aliado. Sin la magia, la dinastía Petros tendría que usar sus propias tropas para mantener el reino unido e imponer la paz. El costo, tanto en monedas como en vidas, sería superior al valor del trono.

—¿De qué serviría matarlo y robarle el trono si el nuevo monarca no tendrá control sobre los sacerdotes? —preguntó Cerise.

—¿Quién dice que no lo tendrá? —replicó Kian—. No sabemos qué pasaría, porque, en primer lugar, no tenemos ni idea de por qué tienen una obligación conmigo.

Daerick hizo un ruido de desacuerdo.

—Creo que los sacerdotes tienen una idea. Deben creer que tu muerte los liberará. De lo contrario, no estarían haciendo su jugada por el trono.

—¿Qué? —preguntó Cerise—. ¿Qué jugada?

—Kian sabe —dijo Daerick, mirando sombríamente al rey.

—Se refiere a unas muertes recientes en Calatris —le respondió Kian—. El general Petros cree que los asesinatos fueron facilitados por la Orden para eliminar competencia por el trono.

—¿Qué pruebas tiene? —preguntó Cerise.

—Son circunstanciales —dijo Daerick—. Los jefes de las dos familias más poderosas de Calatris fueron convocados a una reunión por la Orden, según para discutir los impuestos del templo o algo así. Pero cuando los hombres llegaron a la reunión, no encontraron a nadie… salvo a un asesino que casualmente los estaba esperando. Los sacerdotes llegaron demasiado tarde para detener los asesinatos, alegaron que se había roto una rueda de su carruaje.

—Una rueda que cualquier sacerdote habría podido arreglar con magia —murmuró Cerise. Si la historia era cierta, el general Petros tenía razón, los sacerdotes habían sido cómplices—. Yo estaba ahí cuando el general Petros confrontó al padre Padron por las muertes.

—¿Sí? —preguntó Daerick alzando una ceja—. ¿Y el padre Padron se disculpó en nombre de sus hombres? ¿Accedió de forma alegre a controlar a los sacerdotes, que obedecen todos sus caprichos y lo adoran como si fuera un dios?

—No —dijo Cerise. El padre Padron había paralizado al general en una muestra de dominio.

Cerise se mordió el interior de la mejilla. Acarició distraídamente la cabeza de Azul y recordó lo que Kian le había dicho cuando se conocieron. «Aquí encontrarás el mal en los lugares más inesperados. Para cuando las sombras me consuman y me disuelva en la nada, desearás poder olvidar todo lo que el templo te ha ocultado».

Su predicción ya se había hecho realidad. Deseaba no poder creer que la Orden codiciaba el trono, porque eso distorsionaba todo lo que conocía sobre el mundo. Sin embargo, no podía ignorar lo que había visto de la Orden desde que había llegado. ¿Era eso lo que la Reverenda Madre había intentado decirle? Sabía que tenía que haber sacerdotes leales a la diosa. Pero ¿cuántos eran? ¿Estarían dispuestos a enfrentarse a sus hermanos? Ningún segundo hijo al servicio del templo había sido criado para cuestionar las enseñanzas de la Orden, solo para seguirlas.

Una cosa era cierta: cualquier persona, sacerdote o no, con poder desenfrenado en el trono sería una pesadilla.

—Su Majestad —dijo Cerise—. Necesito hacerle otra pregunta incómoda.

Kian hizo un gesto de permiso.

—Si es necesario.

—¿Lady Champlain espera a su heredero?

Kian separó los labios, momentáneamente sin palabras.

—No. Y esa información no debe salir de esta habitación. ¿Entendido?

Cerise asintió. Entendía por qué quería que la Orden temiera la posibilidad de tener un nuevo comandante.

—Me parece que la única forma de impedir que un sacerdote ocupe el trono es mantenerlo en él, y asegurarnos de que su linaje continúe. Y para ello, tenemos que enfocar toda nuestra atención en romper la maldición antes de que se lo lleve. Tiene que ser nuestro único objetivo. Porque si fallamos y la Orden no tiene amo…

Daerick se estremeció.

—No digas más. Empecemos por lo que sabemos sobre deshacer las maldiciones: el adivino nos dijo que la sangre derramada requiere un sacrificio de sangre.

—Muy bien, ¿quién apuñaló a la diosa? —preguntó Kian mirando a Cerise como si ella supiera la respuesta—. ¿Qué dinastía derramó su sangre?

Cerise mostró las palmas de las manos. Era bien sabido que la dinastía Petros había forjado el arma que se utilizó en el ataque. El arma era conocida como la Espada de Petros, pero ninguno de los pergaminos mencionaba quién la había empuñado o qué había ocurrido con la espada después de la Gran Traición.

—Quizá no importa. Las cuatro casas son igualmente culpables por intentar matar a Shiera. Si un primogénito de cada dinastía noble hace una ofrenda de sangre a la diosa, tal vez eso pague la deuda.

—Pero ¿cuánta sangre sería suficiente? —preguntó Kian—. ¿Un dedal? ¿Un cuerpo entero? ¿Y de qué manera debe derramarse para apaciguar a tu diosa?

—También es su diosa —le recordó Cerise. Fuera de eso, no conocía las respuestas a sus preguntas.

Kian gimió y puso los ojos en blanco.

—Quizá puedas rezarle a la diosa que tanto adoras y pedirle una pista… solo un matiz de transparencia que aclare el agua que ha enturbiado deliberadamente.

«Un matiz de transparencia». Esas palabras resaltaron en la mente de Cerise. Recordó lo que su padre le había dicho sobre los peligros de la política en la corte: «En la corte nada es lo que parece. Detrás de cada palabra honesta, debes esperar un significado oculto. Nadie será transparente contigo, han aprendido que no es seguro serlo».

De repente, pensó en el diario de la madre Strout y en la poca información que brindaba. Sus páginas no contenían nada útil, solo garabatos y detalles secretariales, así que ¿por qué la vieja emisaria se había molestado en llevar un diario? A menos que hubiera algo más… un significado oculto detrás de las palabras, como había dicho su padre.

Cerise se deslizó hasta su escritorio y abrió el cajón central para sacar el diario. Levantó el libro blanco y negro y hojeó sus páginas, estudiándolas con ojos nuevos. Ahora que prestaba especial atención, podía ver que el borde exterior de cada dibujo del margen se alineaba con el borde interior del dibujo de la siguiente página. La madre Strout no había hecho garabatos en su diario por aburrimiento, había dejado un mensaje para su sustituta, y Cerise había estado a punto de no encontrarlo.

—Ayúdenme con esto —dijo, y luego les contó a Kian y a Daerick lo que había descubierto.

Juntos, dedicaron la siguiente hora a cortar cuidadosamente cada dibujo del margen y a ponerlo sobre el escritorio de caoba de Cerise. Había cientos de piezas en total, un rompecabezas hecho a mano que había que resolver sin una sola pista. Luego vino la tarea de acomodar las piezas en algo reconocible. El proceso fue laborioso y lento, pero al final las piezas que embonaban empezaron a revelar el esbozo del vestido de una dama. Después de eso, fue más fácil armar el rompecabezas. Daerick encontró la última coincidencia, luego se alejaron para observar el dibujo.

La imagen mostraba a un grupo de personas, cinco en total, reunidas al pie de una montaña. Una de las figuras parecía ser un sacerdote o, al menos, un hombre vestido con túnica. Dos figuras eran mujeres y otras dos eran hombres. El sacerdote estaba en el centro del grupo, sosteniendo una espada con las manos extendidas, mientras las otras cuatro figuras tocaban la hoja con el dedo índice. La imagen tenía el título CONTRICIÓN en letras diminutas y tenía fecha de cien años antes, como si madre Strout hubiera descubierto la obra y la hubiera dibujado de memoria.

—¿Esto es…? —comenzó Cerise, casi con miedo a sentir esperanza—. ¿Podría ser…?

—¿Un conjunto de instrucciones visuales para romper la maldición? —sugirió Daerick—. Ciertamente lo parece.

Cerise nunca había visto nada igual.

—Me pregunto dónde está el original.

Kian exhaló con amargura.

—Si Strout no se hubiera envenenado, podríamos preguntarle.

Pero, ¿se había envenenado? ¿Después de hacer un descubrimiento tan importante?

—No puedo creer que lo mantuviera en secreto —dijo Cerise. El mundo de los hombres llevaba mil años buscando la forma de romper las maldiciones de los nobles. Revelar este conocimiento habría convertido a la madre Strout en una heroína para todas las familias nobles del mundo.

—Lo sé, no tiene sentido —convino Daerick—. Si yo encontrara una forma de acabar con generaciones de tormentos, se lo diría a cualquiera que tuviera oídos.

Cerise también lo habría hecho. Sin embargo, en ese momento recordó la advertencia de su padre acerca de que la transparencia era un peligro en la corte. Tal vez la madre Strout había ocultado su descubrimiento porque se había sentido insegura. Y tomando en cuenta su reciente muerte, probablemente sus temores fueran justificados.

Kian señaló la espada.

—Bueno, esto responde a mi pregunta. Una o dos gotas de sangre de las cuatro dinastías, sacrificadas sobre…

—La Espada de Petros —susurró Cerise, tocando la espada del dibujo. El corazón le latía demasiado aprisa y sentía un extraño zumbido en los oídos. La revelación era real, su propósito era real. Quizá tuviera una oportunidad de conseguirlo—, ¿de dónde la sacamos?

—He oído que está congelada en los casquetes polares del norte —dijo Kian.

—No —lo corrigió Daerick—. Estás pensando en el Cáliz de los Campeones, y ese no es real.

—Por supuesto que no es real. No estaba pensando en el Cáliz, todo el mundo sabe que es inventado.

—No todo el mundo.

—Todos los que tienen cerebro.

—Bueno, solo digo…

Mientras discutían, Cerise entornó los ojos para enfocar un detalle en miniatura que acababa de ver al fondo. Había algo más en el cuadro, una serie de números habían sido hábilmente dibujados en las curvas de la ladera de la montaña.

—¿Qué es esto?

Daerick se inclinó sobre el rompecabezas y lo inspeccionó durante un momento antes de que su gesto se transformara en una sonrisa.

—Es una cifra.

—¿Como un código?—preguntó Kian.

—Como un código —repitió Daerick. Levantó el diario y caminó a la ventana, donde hojeó sus páginas sin márgenes bajo la luz de la mañana. Gracias a Shiera que no le habían arrancado las páginas. Luego, se puso a murmurar para sí mismo—. Y pensar que acusé a la vieja de no ser muy buena haciendo registros. Era más brillante de lo que cualquiera de nosotros le dio mérito.

—Sabía que las anotaciones de su diario no tenían sentido —dijo Cerise—. Debí darme cuenta antes.

—No seas tan dura contigo misma —le dijo Kian—. Dudo que la vida en el templo te preparara para descifrar códigos e intrigas.

—Bueno, de cualquier manera, tenemos suerte de que el padre Bishop haya devuelto el diario. —Miró a Daerick, que observaba con entusiasmo una nueva página—. ¿Crees que haya notado algo sospechoso en las anotaciones?

—Lo dudo —murmuró Daerick distraído—. Si no, se habría quedado el diario y habría tratado de descifrarlo él mismo.

Cerise supuso que tenía razón. Aun así, le preocupaba que el padre Bishop hubiera descubierto más de lo que decía. Si la madre Strout había ayudado a criarlo desde la infancia, la habría conocido mejor que nadie en el palacio.

Kian se puso a dar golpecitos con la bota mientras observaba a Daerick escudriñar el diario.

—¿Necesitas pergamino? —le preguntó—. ¿Una pluma?

—Solo silencio, gracias —dijo Daerick, con los ojos muy abiertos y fijos en la página.

La espera era una tortura. Incluso Azul, que se había acurrucado a dormir la siesta a la luz del sol, parecía percibir la tensión en el ambiente. Levantó la cabeza de la alfombra, miró a Cerise con ojos de sueño y luego soltó un tremendo bostezo antes de volver a bajar la cabeza.

—¡Ya lo tengo! —Daerick cerró el diario entre sus manos con un sonoro golpe que hizo que Azul se estremeciera—. Ya sé cuál es el mensaje que escondía.

—Y es… —preguntó Kian.

—La ubicación de la Espada de Petros. —Daerick movió la mano y añadió—. Más o menos.

Kian gruñó, pellizcándose el puente de la nariz con fastidio.

—Lord Calatris, no estoy de humor para acertijos.

—Bueno, bueno —siguió Daerick—. Al grano.

—Por favor —dijo Cerise. Tampoco estaba de humor para juegos.

Dacrick levantó el diario en alto.

—En pocas palabras: no sé de dónde sacó Strout su información, ni si es correcta, pero según ella, los seguidores de Shiera escondieron la Espada de Petros en el Pico Asolado. Está bajo un encantamiento que la traslada a un lugar nuevo cada luna llena. La única forma de encontrarla es con runas del ocaso.

Kian frunció el ceño.

—¿Las runas del ocaso son reales? Creía que eran un mito, como el Cáliz.

—Yo también —dijo Daerick—. Pero la madre Strout creía otra cosa.

Cerise nunca había oído hablar de las runas del ocaso.

—¿Qué son?

—Imagínate un juego de dados —le explicó Daerick—, pero con distancias talladas en uno y direcciones grabadas en otro. Tiras los dados antes de la puesta de sol y te indican el camino que debes seguir al día siguiente y la distancia que debes recorrer. Dicen que pueden llevarte a cualquier objeto del mundo, y desaparecen cuando lo encuentras.

—Pero, ¿cómo se consiguen las runas? —preguntó Cerise, intentando no pensar demasiado en por qué no le habían enseñado nada de esto en el templo. Ya se preocuparía por eso más tarde—. ¿Cómo las encontramos?

Kian se rio en voz baja.

—Esa es la ironía.

—Ah, pero la Madre Strout también tenía una respuesta —les dijo Daerick, alzando el dedo índice—. Asegura que las runas se presentarán ante un adorador de fe pura que haga una ofrenda de oscuridad y luz en el Santuario Asolado.

«Por supuesto. ¡El Santuario Asolado!». Cerise sí sabía de eso. Había sido construido como tributo a la resistencia de Shiera y llamado así por su ubicación en la cima de la montaña donde tuvo lugar la Gran Traición. En cuanto a la naturaleza de la ofrenda, Cerise tenía abundancia de luz para dar, pero no sabía qué tipo de oscuridad requería la diosa.

—Un adorador de fe pura. —Daerick se golpeó burlonamente la barbilla mientras le sonreía a Kian—. ¿Describe a alguien que conozcas?

—Mmm —dijo Kian, fingiendo pensar en ello—. Está difícil. Quizá tengamos que voltear el reino de cabeza para encontrar a una persona así.

Ambos dirigieron sus miradas sonrientes hacia Cerise, quien sabía que se estaban burlando de ella, pero no pudo evitar devolverles la sonrisa. Ahora que tenía esperanzas, verdaderas esperanzas, de romper la maldición, por fin tenía humor para juegos.

—Puede que yo conozca a alguien —les dijo, siguiéndoles el juego—. Y podría estar dispuesta a ayudarnos, pero insiste en viajar con su cachorro.

—¿Por lo menos su cachorro es lindo? —preguntó Daerick, conteniendo una sonrisa.

Cerise miró a Azul, que había rodado sobre su espalda y en ese momento estaba dormido en la alfombra con las patas extendidas, el hocico abierto en un ángulo incómodo y la lengua caída a un lado.

—Es el sabueso más impresionante jamás engendrado.

—...por un duende —añadió Kian con una risita. Levantó una mano en señal de disculpa para evitar una mirada de furia de Cerise—. Bromas aparte, tenemos que hacer un plan.

Sí, por supuesto. La madre Strout les había dado una pista, quizás a costa de su propia vida, y ahora tenían la obligación de seguirla. Y como quedaban menos de seis lunas antes de la última puesta de sol del rey, no había tiempo que perder.

—El Pico Asolado es una trampa mortal —dijo Daerick—. Necesitaremos un guía, alguien discreto que pueda decirnos qué rutas de viaje son seguras y dónde encontrar agua en el camino. Nos costará muchas monedas, pero creo que sé dónde encontrar uno.

—Toma lo que necesites del tesoro —le dijo Kian.

—Yo puedo empezar a reunir provisiones —ofreció Cerise—. ¿Cuántas personas viajarán con nosotros? ¿Y cuánto tiempo creen que estaremos fuera? ¿Necesitamos organizar una caravana?

Kian señaló el diario con la barbilla.

—La vieja Strout mantuvo el secreto por una razón. Hasta que sepamos cuál fue, quiero que el grupo sea lo más reducido posible. Planeemos una excursión de un día para nosotros tres, que sea solo una visita exploratoria para saber a qué nos enfrentamos. Después podré decidir a quién más incluir. Sé que puedo confiar en el general Petros. Pero el padre Padron... solo quiero que venga con nosotros si nuestras vidas dependen de ello. La protección de un sacerdote no siempre vale lo que cuesta su presencia.

Cerise no podía discutirlo.

—Entonces, está decidido —anunció Kian—. Nos tomaremos el resto del día para prepararnos y partiremos mañana tempranos. Nos vemos en los establos una hora después del amanecer.

CAPÍTULO ONCE

Una vez que dividieron las tareas, los tres se pusieron manos a la obra. Kian se dirigió a los establos para seleccionar los caballos más resistentes para un viaje a la montaña. Daerick fue a la ciudad en busca del guía. Cerise y Azul visitaron las cocinas para conseguir provisiones para el día siguiente. Con la esperanza de minimizar los rumores entre el personal, solicitó la ayuda de Garza, una de las jóvenes sirvientas que había ido a visitarla después del incendio. Garza le prometió apartar discretamente carnes y frutas secas, pan y varias cantimploras de agua. Cerise le dio las gracias, buscó un premió para Azul y se lo llevó a los jardines del palacio para que ejercitara sus piernas en veloz crecimiento.

Aunque parecía imposible, Azul había engordado casi medio kilo en las horas que habían transcurrido desde el amanecer. La adorable cola regordeta que antes le cabía en la palma de la mano ahora le llegaba casi a la mitad de la pantorrilla. Si seguía creciendo a ese ritmo, solo podría llevarlo en el cabestrillo un día más, dos a lo mucho.

—Crece más despacio, mi dulce niño —le dijo Cerise a Azul mientras se arrodillaba en el pasto para rascarle el cuello—. ¿No puedes seguir siendo un bebé un poco más?

Como si le respondiera, Azul ladró y se dio la vuelta para que le frotara la panza. De repente, levantó la cabeza y se quedó inmóvil, tenso y alerta, con instinto depredador. Debió de percibir algún olor en la brisa, porque en un instante se puso de pie y corrió hacia el laberinto de arbustos más rápido de lo que Cerise alcanzó a atraparlo.

—¡Azul, para! —le gritó, pero aún no le había enseñado esa orden, así que el cachorro siguió corriendo y desapareció en el laberinto.

Cerise se levantó mientras miraba a su alrededor para asegurarse de que estaba a solas, luego se recogió el vestido y se adentró en el laberinto corriendo a toda velocidad, de una manera en absoluto femenina. Vio a Azul y corrió tras él tan rápido como le permitieron las piernas. Era todo lo que podía hacer para no perderlo de vista. Azul la condujo por tantos senderos y direcciones que temió no volver a encontrar la salida. Llegó al centro del laberinto y continuó por dos esquinas más hasta que finalmente se detuvo en un pequeño rincón cubierto de hierba y oculto por una capa adicional de arbustos. Ese espacio estaba tan bien disimulado que Cerise jamás lo habría encontrado sola. Sin embargo, cuando alcanzó a Azul, descubrió que el sitio estaba ocupado por dos mujeres jóvenes sentadas en una banca de mármol, con sus cuerpos envueltos en seda juntos en un apasionado beso.

Cerise ahogó un grito, apenada, y sobresaltó a las damas, que se separaron, a la vez que ahogaron un grito. Una mujer se llevó una mano al pecho izquierdo, como para calmar su corazón. Miró fijamente a Cerise con los ojos redondos, sin pestañear y con igual sorpresa, Cerise reconoció a Delora Champlain. La otra mujer no le resultaba familiar. Era un poco mayor que Delora, con el rostro de la nobleza, nariz larga y recta, piel suave, pómulos altos y mentón fuerte, y llevaba el pelo castaño recogido en un chongo sujeto con peinetas doradas.

Azul rompió el silencio con un ladrido agudo dirigido a una cesta de comida que descansaba sobre la hierba cercana a la banca. Ambas damas se sobresaltaron al oír el ruido, pero sus miradas permanecieron fijas en Cerise.

No le tenían miedo a Azul. Le tenían miedo a ella.

—Lamento mucho la intrusión —les dijo Cerise—. Me iré.

—¡No, espera! —exclamó Delora. Todavía tenía la boca hinchada por el beso, pero el rubor de sus mejillas se había convertido en cera—. Por favor, déjeme explicarle.

—No hace falta —dijo Cerise. Delora no había hecho nada malo. Tenía un amante además del rey, y resultaba que ese amante era una mujer. Ambas cosas estaban en su derecho como cortesana, aunque tenía la prudencia de ser discreta al respecto. Si el espíritu de Kian se sentía atraído por Delora, probablemente no le agradaría la idea de compartirla.

Sin embargo, en ese momento se le ocurrió algo a Cerise. Se fijó en la ternura con que Delora acariciaba la espalda de la mujer. Delora nunca había mostrado ese tipo de afecto por Kian: ni miradas cálidas, ni besos, ni abrazos, ni caricias de ningún tipo más allá de aceptar tomarse de su brazo al caminar. Casi parecía que Delora no compartía ninguna conexión con el rey.

Por alguna extraña razón, a Cerise le dio un vuelco el corazón.

—Mi señora —empezó Delora, haciendo una pausa para lamerse los labios. Se retorció las manos y la piel de la base de su garganta se veía palpitante—. No lo contará, ¿verdad?

—No me corresponde a mí contarlo —respondió Cerise—. Pero, para ser justos, ¿no cree que el rey tiene derecho a saber...? —Hizo un gesto hacia la otra mujer—. ¿...Sobre esto?

—El rey no me preocupa. —Delora bajó la voz—. Él ya lo sabe.

Cerise parpadeó. Eso no tenía sentido. Kian podía tener como cortesana a cualquier mujer del reino. ¿Por qué iba a elegir a alguien que claramente no lo deseaba? No había escasez de damas jóvenes y deseables que no desaprovecharían la oportunidad de concebir a su heredero y convertirse en la próxima reina.

—Pero... —comenzó Cerise—. Creía que le había ofrecido casarse con usted si...

—Si concebía un hijo suyo —terminó Delora—. Sí, esa es la historia.

«¿La historia?». ¿Era mentira, entonces?

—¿Me permite que se lo explique? —volvió a preguntar Delora.

Cerise se acercó a la banca para que pudieran hablar con calma. Se sentó en el pasto delante de la banca y Azul se acomodó a su lado. Azul olió la canasta del almuerzo y gimió. La mujer de cabello castaño levantó la canasta a su regazo y empezó a darle a Azul bocados de pollo frío mientras Delora hablaba.

—Ella es Philippa —dijo Delora, refiriéndose a la otra mujer—. Era mi maestra de arpa cuando vivía en casa. La amé desde el momento en que nos conocimos, pero no podía decírselo a mi padre. Fue educado a la antigua usanza, con la creencia de que las mujeres solo deben estar con hombres. Así que cuando contrató a una casamentera para encontrar un marido para mí, no puse objeción. Supuse que mis pretendientes serían hombres viejos y feos, que podría rechazarlos y no casarme jamás. —Delora soltó una carcajada seca—. Pero la casamentera era buena en su trabajo, demasiado buena. No dejaba de sugerirme hombres apuestos y acaudalados que ninguna mujer razonable rechazaría. Empecé a quedarme sin excusas para negarme, y sabía que solo era cuestión de tiempo que mi padre tomara la decisión por mí.

—¿Entonces le pidió al rey que interviniera? —adivinó Cerise.

—Es un buen amigo —dijo Delora—. Tan bueno como para mentir y darme la excusa perfecta para acabar con el asunto de buscarme marido de una vez por todas. Su idea fue brillante. Dijo que ningún hombre se arriesgaría a ofender al rey proponiéndole matrimonio a su cortesana, así que ese fue el papel que me dio. Al principio, mi padre se enfureció, pero luego Kian agregó que me convertiría en su reina si concebía a su heredero. Incluso me dio el título de dama. Después de eso, no hubo más quejas. Todo padre sueña con que su hija sea reina.

—A eso se refería con que la había convertido en cortesana para salvarla. —Cerise se dio cuenta de la ironía—. La amistad del rey la hizo libre, pero esa misma amistad atrae su espíritu hacia usted y la pone en peligro.

—No tengo tanta libertad como cree. —Delora tomó la mano de Philippa y la apretó—. Los sacerdotes de aquí son muy parecidos a mi padre: creyentes de las viejas costumbres. No les importa la ley de la tierra. No se atreverían a actuar contra mí mientras el rey esté vivo, pero si supieran lo de Philippa, podrían encontrar una razón para echarla de aquí, o algo peor.

El pecho de Cerise se llenó de ira. No lo dijo, pero los sacerdotes no tenían motivos para oponerse. La diosa jamás había sido controlada por un hombre. Shiera amaba a todas sus creaciones de la misma manera, hombres y mujeres por igual. Algunos de los sacerdotes de Mortara tenían que aprender cuál era su lugar.

—Los sacerdotes no se enterarán por mí —prometió Cerise—. Pero ¿entonces el rey nunca ha tratado de engendrar un heredero?

Delora inclinó la cabeza a un lado, su mirada se hizo más suave.

—Usted ha visto cómo sufre, mi señora. ¿Cree que le transmitiría esa agonía a un niño?

La respuesta resonó en el corazón de Cerise. No, por supuesto que no querría que su primogénito, o ningún otro niño, cargara con su maldición. Sin embargo, ¿dejar que la línea de sangre Mortara se extinguiera antes de romper las maldiciones no era una imprudencia de su parte? Acababan de descubrir cómo encontrar la Espada de Petros, suponiendo que la información de la madre Strout fuera correcta. ¿Y si fracasaban? Entonces la Orden intentaría tomar el trono, y ese era un resultado más inquietante que las sombras.

Igual que el día anterior, Cerise se despertó con un fuerte ladrido de su cachorro. Abrió los ojos de golpe y se sentó en la cama, echando un vistazo a su habitación entre el tenue resplandor anaranjado del amanecer. No encontró a nadie, excepto a Azul, que parecía completamente satisfecho parado a su lado, ahora tan alto como un cervatillo, sacudiendo su cola regordeta y lamiéndose el hocico como si acabara de comer.

—¿Te comiste un bicho? —le preguntó Cerise—. Siempre te hacen vomitar. ¿Cuándo aprenderás?

Azul le lamió la barbilla y enseguida, Cerise retrocedió por el olor de su aliento. El tufo era inconfundible, se había comido un premio del encargado de la perrera, pero Cerise no podía imaginar de dónde lo había sacado Azul. No recordaba haber llevado ningún premio a su habitación, seguramente lo habría olido.

Algo no estaba bien.

Apartó la cobija y cruzó la habitación de puntitas hasta que llegó a la puerta de la sala. Se asomó y vio que no había nadie, así que continuó hacia la puerta de la habitación y giró el picaporte.

La puerta no tenía llave.

—No, es imposible —murmuró para sí misma. La noche anterior había cerrado la puerta con llave. Estaba segura. Incluso había probado el picaporte después, intentando abrirla, y no se había movido.

Alguien debía haber robado una llave de su habitación. Pero si el intruso tenía llave, ¿por qué no había cerrado la puerta tras de sí? ¿Quería que ella supiera que habían estado en su habitación? ¿Que la había mirado mientras dormía y pudo haberla violado a su antojo? ¿Alguien en el palacio intentaba asustarla a propósito?

—Bueno, pues no va a funcionar —anunció, aunque su voz temblorosa la exhibió como mentirosa. Volvió a su recámara y acarició la cabeza de Azul—. Olvida lo que te dije ayer de que quería que siguieras siendo un bebé. Quiero que crezcas lo suficiente como para comerte a la persona que se está metiendo a mi habitación. ¿Tenemos un trato?

Azul ladró y giró en círculo, su forma de comunicar que necesitaba salir a hacer sus necesidades.

Cerise se vistió rápidamente con ropa de montar, una túnica de lino vaporosa sobre unos pantalones, y se cubrió el pelo con un pañuelo ligero para protegerse del sol. Ya había guardado dos mudas de ropa y su espejo de corazón roto en una bolsita que se colgó a un hombro. Se abrochó el cabestrillo casero en el otro hombro. Después de meter a Azul en él, se dispuso a emprender el viaje del día.

Se detuvo en la cocina para conseguir un tazón de avena con miel para ella y un pollo crudo entero para Azul, y también para comprobar que las provisiones que había pedido el día anterior hubieran llegado a los establos. Una vez hecho esto, salió a los jardines donde ella y Azul desayunaron y ejercitaron las piernas mientras podían.

Después de que Azul corrió por el laberinto de setos y gastó su energía, Cerise lo metió en el cabestrillo y cruzó el prado para reunirse con Daerick y Kian. Cuando llegó, observó tres caballos atados fuera de los establos, cada uno con agua y provisiones, y ensillados para la cabalgata. Kian estaba de pie en la sombra, vestido con la ropa de color tostado claro de un labrador, observando los terrenos del castillo con la mirada fría y la barbilla levantada.

—Buenos días, Su Majestad —lo saludó, buscando en su expresión cualquier indicio de que Delora le hubiera hablado de su encuentro del día anterior. El tema parecía delicado, o privado por lo menos, y Cerise no sabía si debía hacer alusión a él. Cuando Kian solo le devolvió el saludo con una inclinación de la cabeza, añadió—: ¿Dónde está Daerick?

—En la oficina del clérigo. Fue a buscar una bolsa más de monedas. —Kian le hizo un gesto para que esperara con él en la sombra. Cuando ella se reunió con él, el rey eliminó la distancia de cortesía que separaba sus cuerpos y se acercó lo suficiente como para que a Cerise se le alterara el pulso—. Más vale que este guía suyo valga la pena —dijo mientras le rascaba las orejas a Azul.

Cerise deseó que no estuviera tan cerca. Un tipo de calor nuevo irradiaba de su pecho. Se abanicó las mejillas, pero eso no impidió que se sonrojara.

—¿Y el general Petros? —preguntó—. Creo que deberíamos invitarlo también a él.

—Ya lo invité —respondió Kian—. Salió a hacer un encargo para mí, pero es un excelente rastreador e incluso mejor jinete, así que no dudo que nos alcanzará en el camino.

A Cerise no le gustaba la idea de salir sin el general. Recordó las voces iracundas que había oído en la ciudad, los gritos de «¡Abajo el medio rey!».

—¿Qué sabemos de nuestro guía? ¿Podemos confiar en él? Me sentiría más tranquila si nos acompañaran algunos miembros de la guardia real, al menos hasta que el general Petros pueda reunirse con nosotros. Un rey debe estar protegido.

—Un rey debería estarlo —convino Kian—. Mostrar mi rostro sin protección fuera de los muros del palacio sería una locura, por eso llevaré la cara de otra persona.

Cerise alzó una ceja.

—Esta mañana, convoqué al padre Padron —le explicó Kian—. Le ordené que transformara mi apariencia en algo más… común. Solo por el día.

—Eso explica la ropa —dijo Cerise mirando su atuendo.

—Nada escapa a su atención, mi señora del templo —Kian le guiñó un ojo—. Padron debería comenzar la transformación en cualquier momento.

De repente, Cerise percibió el sabor metálico de la magia, y el pelo de Kian empezó a acortarse y a cambiar de color a un castaño rojizo. Sus ojos permanecieron iguales, pero la nariz se le curvó ligeramente, su frente se amplió y sus labios se adelgazaron.

En un abrir y cerrar de ojos, el rey parecía un extraño.

Cerise miró a su alrededor en busca del padre Padron, pero no lo vio.

—¿Lo transformó desde dentro del palacio?

—En efecto, así fue —le dijo Kian, frunciendo el ceño mientras palpaba la curva de su nueva nariz y la amplia extensión de su frente—. ¿No es inquietante la facilidad con que puede hacerlo?

Ella entendía lo que Kian quería decir, pero aunque su confianza en la Orden se había alterado, seguía sorprendiéndole el alcance del poder del padre Padron.

—Agradezco que esté a su servicio.

Kian se rio.

—Hablaste como político. Te estás convirtiendo en una verdadera emisaria, mi señora del templo.

—Solo quiero decir que la Orden tiene su utilidad. Y no todos los sacerdotes persiguen el trono, algunos son leales a la diosa.

Kian le sonrió como lo había hecho uno de los trabajadores del templo años atrás, una vez que ella le había preguntado si el chocolate caliente procedía de las cabras cafés.

—Ahí está la Cerise que conocí en el jardín. La joven de ojos soñadores que no ve el mal, sabía que seguía ahí.

—Sin embargo, no me equivoco —insistió Cerise—. Hay algunos sacerdotes buenos en la Orden.

—Los sobrestimas, no puedes evitarlo. Así fue como te criaron.

—Tal vez tengo prejuicios —dijo Cerise—. Puedo admitirlo si usted lo admite también.

—¿Yo? —preguntó él, tocándose el pecho—. ¿Qué prejuicios tengo?

—Es sencillo —le respondió—. La maldición de Shiera te manda a las sombras cada noche, y la Orden la sirve a ella.

Siente resentimiento contra la diosa por castigarlo y, por extensión, siente resentimiento con sus sacerdotes y, con quienes la adoran.

—Eso tendría sentido si…

—¿Si qué?

—Si también sintiera resentimiento hacia ti. —Kian frotó la oreja de Azul y, mientras lo hacía, alzó el pulgar para tocarle la barbilla a Cerise—. Y sin embargo no es así. Y tú eres incondicionalmente devota a esa diosa, más que cualquier sacerdote que tenga bajo mi mando.

Cerise tardó un momento en recuperar la voz.

—También es tu diosa —fue lo único que pudo decir.

—¿Ah, sí? —murmuró él, acercándose más mientras bajaba la mirada hacia la boca de Cerise.

Cuando se dio cuenta, ella estaba inclinando su cara hacia la de él. Su mente le advirtió que se detuviera, pero su corazón se negó a obedecer. No importaba que Kian pareciera un extraño. Su espíritu lo conocía, lo anhelaba, y mientras contenía la respiración en anticipación a sentir el beso, su cuerpo se agitó de miedo y avidez a partes iguales.

Desde bastante lejos, Daerick gritó para saludarlos, y Cerise se alejó de Kian. El rey pareció recuperarse enseguida del momento. Volvió a rascar a Azul detrás de las orejas, sonriendo despreocupadamente como si nada hubiera pasado.

—¡Lo tengo! —Daerick llegó trotando mientras sacudía un saco de monedas—. Ahora, ¿quién está listo para montar una bestia sudorosa a través del desierto?

—¿Bestia sudorosa? —Kian hizo como si mirara alrededor, intentando ocultar una sonrisa sin conseguirlo—. No veo a tu madre por aquí.

—Está en casa —dijo Daerick con indiferencia—. Recuperándose de los diez segundos que le diste anoche.

Kian se llevó una mano al corazón.

—Me hieres, lord Calatris.

—Pues te lanzaría una mirada fea también, pero veo que ya tienes una. —Daerick entornó los ojos para ver mejor los nuevos rasgos de Kian—. ¿Qué te hizo Padron en la cara?

—¿No te gusta? Creo que es bastante…

—¿Desconcertante? —sugirió Daerick.

—Iba a decir astuto, pero desconcertante funciona.

Cerise se sorprendió a sí misma sonriendo. Agachó la cabeza y le habló a Azul.

—Estos muchachos son una raza tonta, ¿verdad?

—Te oí. —Daerick se acarició la barba—. ¿Un simple muchacho podría producir algo tan fino como esto?

Kian resopló.

—A diferencia de otras partes, tu barba al menos puede seguir creciendo.

—¿Les gustaría intercambiar insultos todo el día? —preguntó Cerise—. ¿O mejor vamos a conocer a nuestro guía?

Daerick miró a Kian.

—No veo razón por la que no podamos hacer ambas cosas.

—En efecto. Monta tu bestia sudorosa, lord Calatris. —Kian se rio entre dientes—. Creo que yo llamaré a la mía como tu hermana.

Daerick se dio un golpecito en la oreja.

—Perdona, no te entiendo. Entre los muchos idiomas que hablo no está el bufón.

Cerise reprimió una carcajada mientras se acercaba a los caballos, que la saludaron inclinando la cabeza. Mientras se turnaba para frotarles las patas delanteras y escuchar las bromas que seguían haciendo en el fondo, un horrible sentimiento creció en su pecho.

Qué fugaz era ese momento. Qué pronto podía acabar todo si no encontraban la Espada de Petros. E incluso si la encontraban, todavía tenían que averiguar cuál era el método exacto para romper la maldición. Solo quedaban cinco lunas antes del Día de Atribución de Daerick. Y Kian se quedaría sin tiempo poco después. Perder a cualquiera de los dos era impensable.

La idea le cortó la respiración.

—Preguntémosle a Cerise —dijo Daerick, devolviéndola al presente—. ¿Qué prefieren las damas: cerebro o músculo?

Mientras Daerick se daba golpecitos en la cabeza y Kian lo empujaba juguetonamente a un lado para mostrar los bíceps, ella fijó la mirada en ambos, pintando un retrato mental para conservar el recuerdo. Se concentró en la barba desaliñada de Daerick y en su sonrisa tranquila, en el ingenio que brillaba en él como un segundo sol. Luego dirigió la mirada a Kian, a los ojos de nube de tormenta que podían ver partes de sí misma que no sabía que existieran. En algún momento de la corta estancia que llevaba en el palacio, los dos se habían convertido en su familia. Había ocurrido por accidente, pero no tenía la menor duda de que el vínculo era real.

Quería recordarlos exactamente así.

—Ninguno de los dos —bromeó, sonriendo y parpadeando para secarse los ojos—. La diosa alcanzó la perfección cuando creó a las mujeres. No nos hace falta nada.

CAPÍTULO DOCE

Varias horas más tarde, a Cerise le hacían falta muchas cosas, sobre todo un baño y una buena dosis de polvos medicinales. No quería volver a viajar a caballo jamás. Se sentía mal por los animales, aunque estuvieran adaptados al calor de Mortara, pero se sentía peor por su trasero y sus muslos empapados de sudor, que le ardían cada vez que rebotaba en la silla. Le dio a su caballo, un macho castrado de manchas grises al que había apodado Ash, una rascada en el cuello para darle las gracias. Probablemente él tampoco se la estaba pasando bien.

No había apreciado del todo la fuerza del encantamiento que los sacerdotes habían hecho sobre las tierras del reino. La magia envolvía el palacio en una burbuja de protección que atenuaba la furia del sol unos cuantos preciosos grados. Extrañaba esa burbuja. El paño que cubría su cabeza la protegía del sol, pero era poco útil para aliviar el calor. El viento abrasador que soplaba sobre la tela la hacía sentir como una bellota asándose en la hoguera de una cosecha.

Daerick y Kian estaban más acostumbrados al clima, aunque se habían quedado sin insultos que intercambiar. Las bromas se detuvieron en cuanto abandonaron los terrenos del palacio. El único miembro del grupo a quien parecía no afectarle el sol era Azul, que cabalgaba en su cabestrillo, ladrando a los lagartos del desierto, olfateando el viento y consumiendo tan poca agua que

Cerise sospechaba que había sido engendrado por un camello y no por un duende.

—No digo que haga calor —dijo Daerick desde su caballo, frente a ella—. Pero se rumora que aquí las cabras dan leche evaporada.

Cerise se rio.

—¿Y los betabeles salen de la tierra totalmente cocidos?

—No hay betabeles —dijo Kian desde atrás—. Pero quizá encuentres un melón de arena si sabes dónde buscar. —Señaló una maraña de ramas espinosas que crecía a la sombra de un árbol muerto hacía tiempo. Las zarzas estaban tan bien camufladas que Cerise tuvo que entornar los ojos para verlas—. La fruta crece en la parte inferior, abajo de las espinas. Te destrozarás los brazos intentando conseguir uno, pero vale la pena si estás lo suficientemente desesperado.

Cerise guardó ese conocimiento y esperó no necesitarlo nunca.

—¿Y nuestro guía? —le preguntó a Daerick—. No nos dijiste a quién contrataste.

—Fue deliberado —dijo Daerick—. Para que pudieran negar que lo sabían en caso de que el padre Padron les preguntara sobre nuestros planes de hoy.

—No me ha dicho ni una palabra desde que lo vi en la perrera —le dijo Cerise a Daerick—. Creo que perdió el interés en mí.

—Aun así, mientras menos sepamos todos sobre nuestro guía, mejor —dijo Daerick—. Ni siquiera yo sé su nombre, ni cómo es. No se relaciona con la gente, lo contraté a través de uno de mis contactos de la ciudad.

—¿Por qué tanta necesidad de secreto? —preguntó Cerise—. ¿Es por las runas del ocaso? ¿Crees que alguien intentaría robárnoslas?

Daerick movió una mano como queriendo decir «en parte».

—Tiene más que ver con los talentos que nuestro guía usará para llevarnos por buen camino y ayudarnos a encontrar agua.

—¿Talentos? —preguntó ella—. ¿A qué te refieres?

—No te va a gustar la respuesta —le advirtió Daerick.

—Oh, solo díselo —intervino Kian—. Alguna vez tiene que crecer.

Cerise se volteó y fulminó con la mirada a Kian, que solo sonrió y le guiñó un ojo.

—Si quieres saberlo —dijo Daerick por encima del hombro—, usará magia.

—¿Es un sacerdote disidente? —preguntó Cerise—. ¿Como el adivino?

—Ninguno de los dos son sacerdotes.

—Bueno, ya no lo son —aclaró ella—. Huyeron de sus templos.

—Quiero decir que nunca fueron sacerdotes —le dijo Daerick—. No son segundos hijos y nunca vivieron en un templo.

Cerise negó con la cabeza. Era imposible, eso contradecía todo lo que le habían enseñado.

—Pero los sacerdotes son los únicos portadores de la magia de Shiera. Cualquier otra habilidad es antinatural.

Daerick se volteó y la miró con decepción.

—Pensé que ya te lo había hecho entender. No existen las tendencias antinaturales. Si algo ocurre en la naturaleza, es natural por defecto. Lo que no es natural es vilipendiarlo, criminalizarlo y obligar a la gente a esconderse por haber nacido como es.

—Pero… —tartamudeó Cerise, tratando de darle sentido—. ¿Estás diciendo que no existen la hechicería ni las artes oscuras, que solo hay magia, y que toda es igual?

—Tal vez no sea igual —intervino Kian—. Yo nunca he visto magia en la naturaleza que pueda igualar el poder de mis sacerdotes. Pero todos los dones, sean cuales sean, tienen su origen en la misma fuente, ¿no crees?

—De la diosa —respondió Cerise, que comenzó a ver la lógica—. Si Shiera creó todas las cosas y toda la vida, entonces en la creación todo tiene que ocurrir de acuerdo con su voluntad.

—Estoy de acuerdo —le dijo Daerick—. Pero los sacerdotes no lo ven así.

—Por eso nuestro guía actúa en secreto —dijo Cerise—. Muy bien. Entonces, ¿dónde se supone que nos encontraremos con él?

—Justo ahí, más adelante. —Daerick señaló con la cabeza una roca, o más bien las dos mitades de lo que fue una roca, que flanqueaba la entrada a una pequeña cueva en la base más septentrional de la montaña. Frenó su caballo y se protegió los ojos—. Todavía no lo veo.

—Si es listo, está dentro de esa cueva —dijo Kian.

—Ahí es donde yo estaría —convino Daerick.

Siguieron cabalgando hasta llegar a la roca partida y ataron los caballos bajo la sombra de la cueva. Cerise se desabrochó el cabestrillo y dejó que Azul caminara a su lado, sin perderlo de vista. Le había enseñado a quedarse quieto a su orden pero, aunque sus habilidades eran asombrosas, seguía siendo un cachorro.

El aire era ligeramente menos caliente en la cueva y se volvía más fresco a cada paso que daban, olía un poco a estiércol. En la oscuridad, apareció un joven vestido de lino, tan alto que Cerise tuvo que inclinar la cabeza hacia atrás para mirarlo a los ojos. Lo reconoció enseguida, incluso sin su anciano compañero adivino.

—Tú —dijo ella—. Eres el de la ciudad.

—Yo —respondió con indiferencia y con voz grave—. Su guía.

El joven no parecía sorprendido de verla. Estaba claro que sabía que ella iba a estar ahí, lo que hizo que Cerise se preguntara qué había cambiado desde su encuentro en la habitación secreta del barrio del placer, cuando ella lo había alterado y él le había ordenado que se marchara.

Torció el labio superior y señaló a Azul, que permanecía fiel a su lado, inclinando su arrugada cabeza de cachorro de un lado a otro, estudiando al guía.

—¿Qué es eso?

—Él es mi sabueso —respondió Cerise—. Se llama Azul.

—Eso no es un sabueso —dijo él.

—La mitad sí, te lo aseguro —le respondió—. Lo que quiero saber es por qué aceptaste venir si sabías que lord Calatris y yo fuimos quienes te contratamos. La última vez que te vi, no veías la hora de librarte de nosotros.

—Entonces eras una extraña para mí —dijo el joven—. No tengo la costumbre de confiar en extraños. Es una muerte segura.

Cerise no le creyó. Probablemente la verdadera respuesta tuviera más que ver con lo que había dicho el adivino sobre su sangre: *umbra sangi*.

—¿Eso significa que ahora ya confías en mí? —le preguntó. Él respondió con un gruñido.

—¿Y en mí? —preguntó Kian, levantando la barbilla de un modo regio que no se correspondía con su apariencia de labrador—. Yo soy un extraño para ti. ¿Va a ser un problema?

El joven se rio sin humor.

—No eres una amenaza para mí, medio rey. Me alegro de tener tu compañía. Los dos tendremos mucho que discutir.

Cerise ahogó un grito y miró a Daerick y a Kian, ninguno de los dos pareció sorprenderse de que el joven hubiera visto a través de la transformación de Kian. Tardó un momento en recordar que el guía poseía talentos mágicos, tal vez incluso tuviera la misma capacidad que el adivino para detectar el linaje de la sangre a través del olor.

—Bueno, ahora que establecimos la confianza —le dijo Kian al guía—, ¿cómo te llamaremos?

—Pueden llamarme Nerón —respondió, y le extendió una palma enorme a Daerick—. ¿Tienes mi pago?

Daerick se rio disimuladamente mientras le entregaba el saco de monedas.

—Directo al grano. Lo respeto. Ahora podemos seguir nuestro camino.

Nerón miró por encima de sus cabezas los caballos atados a la sombra.

—¿Eso es todo lo que trajeron? ¿Provisiones para un día de viaje?

—Para dos días —lo corrigió Daerick—. Pero sí. Sin haberte conocido, no teníamos forma de saber cuánto duraría el viaje al Santuario Asolado ni cuántos recursos podríamos necesitar.

—Más que eso —dijo Nerón.

Daerick hizo una pausa como si esperara más información. Como no llegaba, preguntó directamente.

—¿Puedes ser más preciso?

Nerón se encogió de hombros.

—El Santuario Asolado está en la cima de la montaña. El tiempo que uno se tarde en llegar depende de muchas cosas, pero puedo jurarles que nadie lo ha hecho jamás en cuestión de días. Y después, si obtienen las runas, no tendrán forma de saber adónde los llevarán ni cuánto tiempo viajarán hasta conseguir el objeto que buscan. Hagan un plan de unas cuantas semanas o incluso lunas. Y no olviden llevar comida para los caballos, no hay gran cosa para que coman en la montaña, yo por eso viajo a pie.

Kian maldijo en voz baja.

—Necesitaremos carretas para todo eso.

—Lo que nos retrasaría y haría que el viaje dure todavía más —dijo Daerick—. Sin embargo, no hay manera de evitarlo. No sobreviviremos mucho tiempo sin provisiones.

Se oyó un rugido lejano en el exterior de la cueva.

—Tampoco sería mala idea traer protección. Las criaturas sobre todo cazan de noche, pero algunas salen de día si tienen hambre suficiente —añadió Nerón.

—¿Las criaturas? —preguntó Cerise—. ¿Te refieres a depredadores como la pantera del desierto?

Nerón negó con la cabeza.

—Depredadores que cazan a la pantera del desierto.

Azul gimió como si compartiera su miedo.

—Bueno, eso lo decide todo. —Kian se apoyó las manos en la cadera y miró al exterior para ver la posición del sol—. Cabalgaré de vuelta al palacio para reunir una caravana. Ustedes tres inicien la marcha y lleguen lo más lejos posible antes del anochecer. Enviaré al general Petros a dirigir la caravana de inmediato para que tengan protección durante la noche.

De pronto, a Cerise se le ocurrió que no habían hablado de la desaparición de Kian al atardecer ni, más importante incluso, de su reaparición junto a la cama de Delora Champlain cada amanecer. Y también estaban las horas de luz repentinas que el rey perdía a causa de la maldición. Kian podía desvanecerse en cualquier momento y despertar en el palacio con Delora.

—Su Majestad, ¿puedo hablar con usted en privado? —preguntó Cerise

Kian caminó con ella hacia los caballos, en la entrada de la cueva. Se detuvo detrás de su caballo y se dio la vuelta, bloqueando la vista de Nerón, y bajó la voz a un murmullo.

—¿Qué pasa?

—Lady Champlain —susurró Cerise—. Si usted quiere viajar con nosotros, entonces ella tendrá que unirse a la caravana. Y eso arriesgaría su seguridad más que si se quedara en el palacio. ¿No cree que deberíamos encontrar las runas y la espada sin usted?

Kian se quedó inmóvil por el lapso de un latido, sin palabras. Luego se aclaró la garganta bruscamente.

—Deja que yo me preocupe por la seguridad de lady Champlain. Te veré al amanecer, mi señora del templo.

—Pero… hay otro problema —continuó Cerise. Hizo una pausa para pensar cómo expresar sus temores y sentimientos encontrados. Quería protegerse de las criaturas que Nerón había mencionado, pero no tanto como para arriesgar la seguridad de la caravana que se reuniría con ellos pidiéndoles que viajaran en la oscuridad, cuando esas mismas criaturas salían a cazar—. El general Petros es solo un hombre. ¿Su protección será suficiente para el grupo?

—No, no será suficiente —respondió Kian—. Por eso enviaré a Padron con él. No hay bestia en estas montañas que pueda sobrevivir a mi sumo sacerdote. El general puede conducir la carreta y Padron puede montar a caballo. Ellos dos son toda la protección que necesitamos.

—Pero no confiamos en el padre Padron.

—Desde luego que no —convino Kian.

—Entonces, ¿por qué no envía a la guardia real en su lugar?

Kian suspiró.

—¿Sabes cuántos hombres harían falta para igualar el poder de un solo sacerdote? —Antes de que ella pudiera responder, él continuó—. Docenas… o más. Cada guardia requiere provisiones y un caballo que requiere provisiones, y antes de que nos demos cuenta, estaremos viajando con doce carretas en lugar de una, y nuestro viaje durará hasta el fin de los tiempos.

Cerise no había considerado nada de eso.

—A mí tampoco me gusta —le dijo Kian—. Pero Padron es el arma más fuerte de mi arsenal. Sería un tonto si no la utilizara a mi favor.

—Pero ¿qué pasaría con Nerón? —susurró Cerise con su voz más suave—. Sea cual sea su magia, no la usaría cerca del padre Padron. La Orden lo lapidaría por hechicería.

—Nerón puede usar su magia cuando Padron no mire. Nadie tiene que saber.

—¿Y si se niega a ayudarnos?

—No le daremos opción —susurró Kian—. Necesitamos las runas para encontrar la Espada de Petros.

—¿Qué vamos a hacer, encadenarnos a Nerón? —preguntó Cerise—. Él conoce estas montañas y nosotros no. Puede escabullirse cuando quiera y dejarnos abandonados.

—De verdad subestimas a mi sumo sacerdote —dijo Kian con tono sombrío.

Sus palabras puntearon una nota de temor en Cerise. Se preguntó si tendría razón.

Kian debió decidir que la discusión había terminado, porque montó su caballo y, sin mediar otra palabra con nadie, se adentró en el desierto por el mismo camino por el que habían venido.

Daerick y Nerón se reunieron con Cerise en la entrada de la cueva. Nerón cruzó ambos brazos sobre su enorme pecho y, durante un largo momento de silencio, los tres contemplaron cómo se alejaba el rey. Entonces, Nerón dirigió la mirada a Cerise.

—Tenemos que hablar antes de irnos.

Cerise esperó a que continuara.

—A solas —aclaró Nerón, dirigiendo a Daerick una mirada mordaz.

—No tengo secretos con lord Calatris —dijo Cerise—. Lo que tengas que decirme, puedes decírnoslo a los dos.

Nerón suspiró y giró los ojos hacia el techo de la cueva. Con la uña del pulgar se hizo un corte en la palma de la mano y después, ocurrieron varias cosas al mismo tiempo. Nerón apretó la palma ensangrentada contra la pared de la cueva y con la otra mano agarró la muñeca de Cerise. Ella abrió la boca para protestar, pero no salió ningún sonido de sus labios. Parecía suspendida en el tiempo, como si el mundo hubiera dejado de girar. De repente, sintió la desagradable sensación de estar cayendo. Entonces cerró los ojos y cuando los volvió a abrir, estaba parada en medio de una caverna en penumbras, mientras Nerón seguía agarrándole la muñeca. Daerick no estaba por ninguna parte.

—¿Qué...? —Se soltó de la mano de Nerón—. ¿Qué hiciste? ¿Dónde está lord Calatris? Tráelo aquí de inmediato.

—Tu amigo no se ha movido un centímetro —le dijo Nerón, levantando ambas palmas en un gesto de rendición—. Nosotros sí. Solo quiero hablar contigo en privado. Después de que hablemos, te devolveré con tu amigo, te doy mi palabra.

Cerise suspiró y observó las paredes de piedra negra a su alrededor, brillantes por la humedad que se filtraba a través de la roca. Extrañamente, era la humedad la que proporcionaba la única luz, las gotas emitían un tenue resplandor que recordaba a las moscas de luna. El aire era fresco y olía a metal, como la carga eléctrica que precede a una tormenta, pero era un alivio bienvenido después del calor del desierto. A lo lejos, escuchó que Daerick gritaba su nombre, pero no pudo distinguir de dónde procedía su voz.

—¿Dónde estamos? —preguntó Cerise una vez que su miedo desapareció y abrió paso al asombro—. Lord Calatris está preocupado por mí, puedo oírlo.

—No estará preocupado por mucho tiempo —le respondió Nerón—. Aquí el tiempo pasa despacio. Un momento para tu amigo ahí fuera es como una hora para nosotros en lo Profundo.

—Lo Profundo —repitió ella distraídamente mientras observaba su entorno. El suelo de la caverna estaba alfombrado por espesos y frondosos musgos y hierba sedosa, y si miraba el suelo con atención, podía distinguir alguna que otra flor de lavanda entre los montones de hierba. Se agachó y arrancó una flor, admirando cómo sus pétalos parecían brillar desde dentro. Ahora que el pánico había desaparecido, podía apreciar la inusual belleza de la caverna. Incluso percibió un murmullo de agua cayendo suavemente desde algún lugar fuera de su vista.

—¿Qué es este lugar? —preguntó—. Parece un oasis subterráneo.

—En cierto modo, lo es —dijo Nerón—. La sangre de Shiera se derramó en esta montaña. El suelo absorbió su oscuridad y su luz. Su lado iracundo creó la desolación que se ve desde arriba. Y lo de aquí abajo —señaló las paredes luminiscentes de la caverna— es lo que creció de su lado misericordioso.

—Oscuridad y luz —murmuró Cerise, contemplando la flor de lavanda. Se guardó la delicada flor en el bolsillo. Sería un complemento perfecto para su ofrenda en el Santuario Asolado—. ¿Cómo es que tu magia te permite venir aquí?

Él se rio sin humor.

—¿Cómo nacen las estrellas?

—Tienes razón —admitió Cerise. Su pregunta había sido tonta. Nadie entendía cómo funcionaba la magia—. ¿Hay lugares como este en toda la montaña? ¿O solo aquí?

—Lo Profundo solo existe aquí —dijo Nerón—. Pero mi sangre puede traerme aquí desde cualquier lugar de la montaña.

—Entonces siempre tienes un escape. Con razón has podido sobrevivir aquí tanto tiempo.

Nerón se encogió de hombros.

—Una mejor pregunta es por qué quieren las runas del ocaso. ¿Qué quieren que les ayuden a encontrar?

—¿Por qué te importa?

—Porque si los conduzco a las runas, seré cómplice de lo que hagan con ellas.

—Mis intenciones son buenas, te lo puedo prometer.

Él volvió a reírse.

—Las intenciones son más insignificantes que los granos de arena. Son las acciones las que importan.

Cerise se mordió el interior de la mejilla y pensó si debía decirle la verdad a Nerón. No lo conocía lo suficiente como para confiar en él. Sin embargo, para ser justos, él tampoco la conocía a ella, y había confiado lo suficiente como para mostrarle sus talentos mágicos, lo que, sabiendo cuál era su proximidad con la Orden, era como poner su vida en sus manos. Además, si Nerón era un guía de la montaña tan hábil como había afirmado, la caravana necesitaría su ayuda después de que consiguieran las runas del ocaso. Tarde o temprano, él sabría qué objeto buscaban.

—Muy bien, te lo diré —decidió—. Quiero la Espada de Petros.

No pareció sorprenderle.

—¿Con qué propósito?

—Para romper las maldiciones de los nobles.

—¿Las maldiciones de Shiera?

—Sí.

—¿Por qué lo harías?

Su pregunta la confundió.

—¿Por qué no lo haría?

—Porque sé quién eres. Un oráculo fallido enviado para jugar a la política con el rey. Es a la diosa a quien realmente sirves, no a la realeza.

Cerise se quedó boquiabierta mirando a Nerón. Podía haber averiguado su identidad de cualquier fuente, pero solo tres personas en Mortara sabían que ella no tenía visiones. Su reputación como «oráculo bendito» había crecido desde el incendio del palacio, entonces, ¿cómo podía saber él que era un fracaso?

—Es verdad —admitió—. Sirvo a la diosa.

—Entonces, ¿por qué quieres romper sus maldiciones?

—Porque no quiero ver sufrir a nadie —dijo Cerise—. ¿Por qué es tan difícil de entender?

Nerón no debía esperarse esa respuesta, porque la observó durante un largo momento de silencio antes de hablar.

—Entonces necesito tu juramento.

—¿Qué juramento?

—La Espada de Petros no es un arma ordinaria —le dijo—. Si la empuña la mano correcta, puede matar a cualquier criatura viviente, incluso a una diosa.

—¿Crees que no lo sé? Conozco bien la historia de la espada. Es la razón por la que la queremos, para expiar la Gran Traición.

—¿Crees que eres la primera en intentarlo? —replicó Nerón.

—Pues... —Cerise tartamudeó—. Sí, la verdad es que sí.

—No lo eres —la corrigió Nerón—. Generaciones de nobles han contratado a guías como yo para que los conduzcan a las runas del ocaso, con la esperanza de encontrar la Espada de Petros, romper la maldición de Shiera y salvarse.

—¿Y ninguno la encontró?

—Ninguno de ellos era digno —dijo Nerón.

Cerise sacudió la cabeza, confundida.

—Pero yo pensaba que solo un adorador de fe pura podía obtener las runas del ocaso. ¿Cómo puede una persona no ser digna si Shiera le confió un mapa para llegar a la Espada de Petros?

—Porque la fe no es lo único que determina el valor de una persona —le dijo Nerón con el mismo tono de maestro que Daerick utilizaba a menudo—. La Espada de Petros jamás debió forjarse. La única razón por la que sigue existiendo es porque no puede destruirse. Un arma así podría causar daños terribles, incluso en manos de los fieles, así que ha sido salvaguardada por más que un escondite evanescente, por eso no ha visto el sol en mil años.

—¿Qué la salvaguarda? ¿Bestias? ¿Magia?

—No lo sé —le dijo Nerón—. Nunca la había buscado. Otros han intentado contratarme para que los lleve al Santuario Asolado, pero siempre supe que no debía perder el tiempo con ellos. Y ahora quiero asegurarme de que no pierdo el tiempo contigo.

—¿Así que quieres mi juramento de que soy digna?

—No sabrás que eres digna hasta que te pongan a prueba. Lo que quiero es tu juramento: si encontramos la espada y eres capaz de recuperarla, nunca se apartará de tu lado. La envainarás pegada a tu cuerpo, día y noche. No permitirás que nadie la toque y matarás a quien lo intente. —Nerón estaba de pie, enorme frente a ella, con su mirada letal clavada en la suya, hasta que Azul le gruñó—. ¿Lo prometes?

—Lo prometo —dijo. Incluso aunque Nerón no hubiera insistido, ella habría estado alerta en la protección de la espada—. Lo juro.

Nerón asintió, aparentemente satisfecho por su juramento.

—Entonces volveremos con tu amigo.

Él le ofreció la mano, ella la tomó y con un violento jalón y la sensación de caída en el estómago, se encontró de nuevo en la entrada de la cueva, entornando los ojos contra la luz del sol.

—¡Huesos carbonizados! —gritó Daerick, que abrazó a Cerise antes de que abriera del todo los ojos. Murmuró una retahíla de maldiciones y se apartó, pero siguió sujetándola por los brazos—. ¿Estás bien? —Le lanzó una mirada fulminante a Nerón—. ¿Te lastimó?

—No, no me lastimó —le aseguró Cerise—. Solo quería hablar en privado.

Daerick la miró con escepticismo.

—Bueno, debió ser una palabra tremendamente significativa, porque no te fuiste el tiempo suficiente como para intercambiar una frase completa.

Cerise miró a Nerón y recordó lo que había dicho sobre el paso del tiempo en la caverna. Los minutos que habían pasado en lo Profundo habían sido solo segundos para Daerick. Nerón le sonrió como diciendo «te lo dije».

—Ahora podemos empezar —les dijo Nerón—. Conozco un lugar seguro para acampar en la siguiente cresta. Sus caballos nos retrasarán, pero deberíamos llegar antes del anochecer.

CAPÍTULO TRECE

Así comenzó la búsqueda de la Espada de Petros.

Cerise se enteró de que, en su totalidad, la cordillera se extendía tanto que continuaba más allá del horizonte. Sin embargo, su viaje apenas los llevaría al cercano Pico Asolado, el lugar de la Gran Traición. Ahí era donde se había construido el Santuario Asolado y donde Cerise haría su ofrenda de oscuridad y luz a la diosa a cambio de las runas del ocaso. Todavía estaba por verse qué iba a ofrecer para satisfacer al lado vengativo de la diosa.

Cerise no dejaba de mirar hacia el pico oscuro, esperando que se acercara con el paso de las horas, pero seguía tan lejano como al principio. Incluso aunque era su caballo Ash el que hacía todo el trabajo, el viaje por el estrecho y sinuoso sendero le parecía comparable a correr precipitadamente hacia una chimenea encendida. No sabía cómo Nerón podía soportar el camino a pie, marcando el paso delante de los caballos sin sudar.

—A los caballos les vendría bien tomar un poco de agua —le gritó a Nerón—. ¿No crees?

—Siempre les viene bien tomar agua, pero no la necesitan —respondió por encima de su hombro—. No son como las bestias de Solon.

Daerick habló desde atrás.

—La mayoría de las especies nativas de Mortara están acostumbradas al calor. Pueden regular su temperatura y tienen riñones especiales que reciclan el agua en el torrente sanguíneo varias veces antes de excretarla. Por eso la orina de tu caballo tiene un olor tan penetrante.

Cerise olfateó el aire. Sin duda sería fácil seguir su rastro.

—La mayoría de las criaturas de montaña permanecen en sus guaridas durante el día —añadió Nerón—. Solo salen por la noche, por eso quiero llegar al campamento antes de que nos detengamos.

—¿Qué tiene de especial el campamento? —preguntó Daerick.

—Ya lo verás.

Y así fue, horas más tarde, cuando el sol se acercaba peligrosamente al horizonte. A esas alturas, Cerise apenas sentía la parte inferior de su cuerpo. Nerón los condujo por fuera del sendero hasta una pequeña meseta, amurallada en tres lados por grandes losas color siena. La zona estaba limpia de zarzas, maleza y arbustos del desierto. Había marcas de quemaduras en el suelo donde alguien había cocinado, probablemente Nerón, y una zona de tierra compacta junto a la pared más distante donde presumiblemente había dormido. El espacio era lo suficientemente amplio como para que todos cupieran, incluidos los caballos, pero aparte del terreno llano, Cerise no veía qué hacía de aquel lugar algo particularmente especial.

Hasta que Nerón se acercó a la pared izquierda y alzó la mano por encima de su cabeza para apoyarla en la piedra. El aire se espesó con el sabor del metal. Una grieta apareció en la losa y de ella brotó un chorro de agua pura y limpia.

Cerise había saboreado magia. La magia de Nerón.

Ya no se podía negar.

Atónita, desmontó de Ash, sin notar siquiera el dolor de sus piernas. Estaba demasiado ocupada procesando lo que había presenciado. Ash se acercó a la piedra y sorbió el agua. Azul se removió en el cabestrillo y ella lo bajó al suelo para que saciara su sed.

—Sí tienes la misma magia de los sacerdotes —le dijo a Nerón—. La saboreé.

Nerón torció una orilla de su boca.

—¿Como tierra en la lengua?

—No, como a cobre.

—Para cada persona tiene un sabor diferente. Conozco a un hombre que dice que el sabor le recuerda a la miel. —Después, Nerón murmuró en voz baja—: Un tipo con suerte.

Daerick desmontó y golpeó ligeramente la grupa de su caballo para que fuera al manantial. Se masajeó la parte baja de la espalda mientras fruncía el ceño.

—¿Quién te entrenó?

—Mi padre me enseñó a controlar mi energía —dijo Nerón—. Su padre le enseñó a él, y su abuelo antes a él, y así sucesivamente.

Cerise se dio cuenta de que había estado negando con la cabeza todo el tiempo. No podía concebir la idea de que la magia se transmitiera de padres a hijos. Toda su vida había creído que solo los segundos hijos sirvientes de la diosa podían poseer un don. Eso era lo que todos creían, era de dominio público, estaba escrito en pergaminos: la magia y las visiones eran recompensas por toda una vida de devoción en el templo.

¿Cuántos otros como Nerón había?

¿Cómo habían ocultado su existencia?

Nerón dio una palmada como para volver a concentrarse y luego señaló al cielo, que se había teñido con el primer rubor del crepúsculo.

—Hay mucho que hacer antes de que anochezca y poco tiempo para hacerlo. —Señaló a Daerick con la barbilla—. Ata los caballos a la pared del fondo, en la esquina, si puedes. Asegúrate de que miren hacia la roca. No queremos que vean lo que hay afuera del campamento.

Eso sacó a Cerise de sus pensamientos.

—¿Qué puedo hacer para ayudar?

—Trepa por ahí —Nerón indicó un par de ganchos clavados a media altura en las dos paredes del frente, buscó en su mochila y le entregó un rollo de tela fina y vaporosa— y cuelga esto.

—¿Como una cortina?

—Exactamente, como una cortina.

Le dio vueltas a la tela entre sus manos. Con su transparencia, no entendía cómo podía ocultarlos. Además, estaba el problema de su olor. Cualquier depredador de la creación podría olerlos a través de la tela.

—No tengo tiempo para explicaciones —dijo Nerón—. Simplemente hazlo. Yo voy a revisar mis trampas. Con un poco de suerte, esta noche comeremos algo más que carne seca.

Nerón se alejó trotando; su mochila de cuero le rebotaba contra su cadera. Cerise se dedicó a su tarea de desenrollar la tela y averiguar por dónde se subía. No tuvo problemas para escalar las piedras que llegaban al primer gancho, pero necesitó la ayuda de Daerick para llegar al siguiente, porque el muro era empinado y difícil de escalar. Se sentó sobre los hombros de Daerick y aprovecharon su altura conjunta para enganchar la tela.

—Pensaba que Nerón era como los adivinos o como las videntes —le dijo a Daerick—. Que tenía un talento proporcionado por la magia, no magia en sí.

—A mí también me sorprendió —admitió Daerick—. Pero tampoco me esperaba que desapareciera contigo hace rato en la cueva. No sabía que alguien pudiera hacer eso.

—En realidad no desaparecimos. Creo que nos trasladamos a otra parte de la cueva.

—Bueno, aun así, fue un truco impresionante —dijo Daerick—. ¿Puedes percibir alguna diferencia entre la magia de Nerón y la de la Orden? ¿Algo en absoluto? ¿Aunque sea la más mínima distinción?

—No, me sabe igual.

—La dinastía Mortara siempre ha controlado a los sacerdotes. Me pregunto qué pasaría si Kian le diera una orden directa a Nerón… —Daerick se interrumpió al oír que se acercaban pasos.

Nerón volvió corriendo al campamento, con dos liebres muertas agarradas por las largas orejas. Cerró el manantial y les hizo un gesto para que se escondieran detrás de la cortina.

—Rápido —dijo—. Desollaremos a los conejos adentro.

Mientras él limpiaba sus presas, Cerise y Daerick encendieron un fuego con unas bolitas de estiércol que Nerón llevaba en su bolsa. A la luz de la luna, asaron las dos liebres en espetones de madera carbonizados. Nerón arrojó las vísceras y las pieles al fuego, comentando que odiaba desperdiciar un buen par de pieles, pero que no tenía tiempo para curtirlas.

—¿No puedes usar magia para hacerlo? —preguntó Daerick con una mejilla llena.

Nerón hizo una pausa para limpiarse los dientes de enfrente.

—Podría, pero prefiero ahorrar energía para cosas más importantes. —Señaló la cortina—. Como eso.

Cerise sintió que una carga espesaba el aire y percibió el sabor familiar del metal, pero no notó que algo hubiera cambiado. Miró a su alrededor mientras le daba un bocado de su comida a Azul.

—¿Qué hiciste?

—Hice un encantamiento en la tela. —Nerón se enderezó un poco, claramente satisfecho de sí mismo—. Ninguna criatura del exterior podrá vernos ni olernos. La cortina les parecerá un muro de piedra.

—¿Y desde arriba? —Daerick miró el cielo nocturno, donde un millón de estrellas les guiñaban el ojo—. El águila arpía también caza de noche.

—Cierto —asintió Nerón. Señaló a Azul con la cabeza—. Será mejor mantenerlo cerca, incluso los cachorros feos son bocados sabrosos.

Cerise lo miró con furia. Cargó a Azul en su regazo mientras terminaban de comer. Descubrió que la liebre no le sentaba bien. Cada bocado se sentía como plomo en su estómago, así que le dio el resto a Azul, que lo engulló alegremente y hasta le lamió las manos.

Cuando el fuego se apagó y el aire nocturno les heló la piel, todos se acurrucaron en el suelo, que seguía caliente por el calor del día, e intentaron dormir.

Intentaron.

Una alforja no sustituía a una almohada, y el suelo duro y seco no era cómodo para un cuerpo que había pasado doce horas en la silla de montar. Además, estaban los ruidos del otro lado de la cortina: arañazos y chasquidos, gruñidos guturales, alaridos de dolor entrecortados. Cerise no dejaba de mirar el cielo, en espera de encontrar un buitre del tamaño de un ciervo sobrevolando el campamento. Acercó más a Azul y, por si acaso, le cubrió todo el cuerpo y la cara con el cabestrillo, de modo que solo asomaba su pequeña nariz.

Solo entonces pudo relajarse.

Sus sueños la llevaron de vuelta al templo de Solon, donde la Reverenda Madre estaba sola en el patio, con sus ropajes dorados alborotados por la brisa mientras se calentaba las manos frente a una hoguera ardiente. Cuando Cerise se asomó a las llamas, pudo ver destellos de la imagen de la diosa devolviéndole la mirada, sonriendo con el lado misericordioso de su rostro. Cerise se apretó el corazón de asombro, pero antes de que pudiera inclinarse ante la diosa, un sacerdote de túnica apareció en el patio. El rostro del sacerdote era vago, fácil de olvidar. Por mucho que Cerise mirara fijamente al hombre, no podía retener su imagen en la mente.

El sacerdote acercó ambas palmas al fuego, pero estaba claro que no pretendía calentarse, su intención era extinguirlo. La Reverenda Madre le pidió que se detuviera. Le dijo que sus hermanas necesitaban el calor del fuego, pero él se negó a escucharla. Invocó un chorro de agua y apagó las llamas, dejando a la Reverenda Madre temblando y abrazándose a sí misma para protegerse del frío.

La Reverenda Madre miró a Cerise, como si se fijara en ella por primera vez.

—¿Viste lo que hizo, Cerise?

—Sí, Excelencia —le respondió.

—Lo lamentará. —La Reverenda Madre habló con una voz tan dura como el acero—. La llama que busca apagar lo consumirá, Cerise.

—Sí, Excelencia —repitió.

—Cerise.

Sus hombros se sacudieron.

—¡Cerise!

Jadeando, se despertó y se encontró con que Daerick la sacudía de los hombros mientras Nerón perseguía a Azul, que se había escapado de bajo su brazo y corría en círculos levantando la cabeza a la luna, aullando «auuuu» con su aguda voz de cachorro. Nerón siseaba maldiciones furiosas, pero Cerise no entendía qué pasaba.

Entonces algo le respondió el aullido a Azul.

Un dedo helado le recorrió la columna vertebral. El animal volvió a aullar, ahora más cerca. Era un ruido inquietante, no el aullido suave y grácil de un sabueso o un lobo, sino una distorsión desafinada que le recordó una campana deforme.

Azul corrió bajo los caballos, donde Nerón no podía alcanzarlo.

—Cállalo —gruñó Nerón—. O lo haré yo.

—Azul —gritó Cerise frenéticamente, golpeando el suelo a su lado. Como el cachorro solo le devolvió la mirada, sintió que el corazón se le detenía y ordenó—: ¡Ven aquí ahora mismo, Azul Solon!

Azul gimió y fue hacia ella, agachando la cabeza como un niño regañado.

Cerise lo abrazó y le puso un bozal en el hocico, pero los inquietantes aullidos continuaron. Cada aullido hacía que Azul se retorciera y gimiera en sus brazos. Pronto, otros aullidos se unieron al primero, cada vez más fuertes y cercanos. A veces, Azul hundía la cara en el hueco de su brazo, pero luego volvía a retorcerse y a intentar escapar. ¿Qué estaba pensando?

Nerón fulminó a Azul con la mirada.

—Si no callas a ese animal, yo le…

Lo interrumpió un fuerte resoplido, como el bufido de un toro, que venía directamente del otro lado de la cortina. Hubo otra exhalación y la tela se infló.

—Eh—. Daerick tragó saliva—. Dijiste que la tela parece piedra desde afuera. ¿También se siente como piedra?

La respuesta llegó cuando una criatura dio un zarpazo en la tela y la atravesaron cuatro largas garras amarillas en forma de sable. El pecho de Cerise se llenó de miedo. Cualquier cosa que hubiera del otro lado de la cortina, sabía que la tela no era de piedra. Los caballos relincharon, pisoteando el suelo. No veían la amenaza, pero la sentían.

Cerise apretó a Azul contra su pecho con la respiración agitada. Miró a Nerón.

—Puedes matar a esa cosa, ¿verdad?

Su expresión de parálisis no la llenó de confianza. Nada requería más energía que dar la muerte, y eso con una criatura ordinaria, ni siquiera con una bestia con garras más largas que toda su mano.

Nerón desenvainó su espada y le indicó que hiciera lo mismo.

—Puedo escudarnos… —No dijo «temporalmente», pero ella lo comprendió en su tono—. Prepárense para luchar. Todas las criaturas sangran, incluso los monstruos.

—Los monstruos —repitió Cerise. En plural—. ¿Cuántos crees que…?

—Yo oí cuatro —dijo Daerick—. Cuatro aullidos distintos.

—Pónganse espalda con espalda —les dijo Nerón, y luego formaron un círculo—. Puedo protegernos más tiempo si permanecemos cerca.

Cerise se colocó en posición y metió a Azul en el cabestrillo. Tenía las manos sudadas y temblorosas, así que necesitó dos intentos para desenvainar su cuchillo.

—Madre Shiera, señora de todos los mundos —murmuró en voz baja—. Guía mi mano y... y... —Quería terminar la plegaria para pedir valor en la batalla, pero no recordaba las palabras.

Entonces, la cortina se rasgó por completo y el campamento se sumió en el caos.

Su boca se llenó del sabor de la magia mientras un muro sólido se levantaba a su alrededor. Unas espaldas sudorosas se apretaron contra la suya. Los caballos relincharon de pánico. Azul ladró. Y del otro lado del escudo se alzaba una bestia que ella no podría haber concebido ni en sus pesadillas más oscuras.

Alta como una mula y cubierta de manchas de pelo marrón con motas, la criatura parecía haber sido una hiena alguna vez, antes de que la plaga de la montaña echara raíces y curvara su columna vertebral hasta convertirla en una joroba retorcida. Tenía las orejas puntiagudas y el pecho absurdamente ancho. Le colgaba baba de los bordes de la mandíbula y, cuando enseñaba los dientes, Cerise podía ver trozos de carne atorados entre ellos. Sin embargo, lo más aterrador de todo eran sus ojos: negros y calculadores, hablaban de una inteligencia que le ponía los pelos de punta. Cuando esos ojos se fijaron en Azul, Cerise entendió por qué había venido.

—Creo que ya sé qué engendró la camada de Stella —dijo Cerise.

—Hienas titán —murmuró Daerick detrás de ella.

Cerise miró a su alrededor y se fijó en tres bestias más pequeñas, otro macho y dos hembras. Azul se liberó la boca con una sacudida y le ladró a la manada, provocando su furor. Arañaron y mordisquearon el escudo, aullando a Azul, que les respondía y pateaba el cabestrillo.

—No, Azul —le ordenó, poniendo tanta autoridad como pudo en su voz temblorosa—. Quieto.

—Déjalo ir —dijo Nerón—. Él es lo que quieren, no a nosotros.

Daerick resopló una risa nerviosa.

—No es apio lo que tienen entre los dientes. Estoy bastante seguro de que también nos quieren a nosotros.

—No tanto como al cachorro. Si es parte de la manada, no lo abandonarán. —Nerón jadeaba por el esfuerzo de mantener el escudo—. ¡Suéltalo! —gritó por encima del alboroto de gruñidos y ladridos—. No puedo aguantar para siempre. ¡Si les das lo que quieren, podrían perder interés en nosotros y marcharse!

Cerise negó con la cabeza. Había leído sobre las hienas titán.

—La hembra alfa lo matará en cuanto dé a luz a la próxima camada. No es su cachorro.

—¡No me importa! —bramó Nerón—. Su vida no es más importante que la nuestra o la de los caballos. Van a morir si no puedo sostener este… —Se interrumpió, exhausto, y por un instante, el muro vaciló. En ese instante, un hedor a aliento caliente y rancio llenó el círculo—. ¡Hazlo ya!

Cerise se aferró a Azul en el cabestrillo, a pesar de cómo se retorcía, a pesar de que las bestias avanzaban hacia ellos, porque le había hecho una promesa. «Ahora somos una familia, lord Azul Solon. Y eso es para siempre». Justo abrió la boca para decirle a Nerón que tenía que haber otra manera cuando el escudo volvió a caer. Sintió un jalón en el cuello, seguido de una repentina ligereza, como si se hubiera quitado un peso de encima.

Demasiado tarde, se dio cuenta de que Nerón había cortado el cabestrillo.

Cuando se dio cuenta de que Azul estaba en el suelo, él ya se había alejado para olfatear al líder de la manada, que se agachó y olfateó a Azul a su vez. Entonces, la gran bestia recogió a Azul por el cuello arrugado y se dio la vuelta para huir.

Cerise no recordaba haber salido del círculo, haberse ido contra la hiena, ni haber dejado caer su cuchillo en el camino. Cuando se dio cuenta estaba sobre su espalda jorobada, con los dos brazos alrededor de su cuello. Mientras la bestia rugía e intentaba quitársela de encima, dejó caer a Azul de su boca.

—¡Azul, corre! —gritó.

En el momento siguiente, la hiena dio una gran sacudida. Cerise sintió que volaba y cayó al suelo en un golpe espantoso. Cuando abrió los ojos, estaba boca arriba, mirando fijamente unas fauces abiertas.

El animal no dudó. La atacó a matar.

La hiena le desgarró la garganta. Cerise gritó mientras algo caliente y húmedo le escurría por los costados del cuello. Inútilmente, empujó a la bestia. Entonces oyó un aullido y la hiena retrocedió un poco, lo suficiente para que Cerise girara la cabeza y viera que Azul atacaba frenéticamente la pata de su progenitor.

—¡Azul, no! —gritó.

La bestia se lo quitó de encima y al hacerlo, le permitió ver a Daerick y Nerón de pie, espalda contra espalda, blandiendo sus espadas para defenderse del resto de la manada. El alfa volvió a abalanzarse sobre ella. Sus dientes chasquearon y se deslizaron contra su carne. En ese momento, Cerise se dio cuenta de que no sentía dolor. La bestia ya debería haberle destrozado la tráquea, pero seguía royéndola como si estuviera cubierta por una aleación.

El colgante que llevaba entre sus pechos se calentó.

La estaba protegiendo, como Nina le había dicho.

Se llenó de esperanza. Miró a su alrededor en busca del cuchillo y lo vio apenas fuera de su alcance. Estiró el brazo todo lo que pudo, pero no lo alcanzaba.

—¡Azul! ¡Tráelo! —gritó. Él entendió y por fin le hizo caso esta vez, usando su nariz para empujar el mango hacia su mano.

En cuanto sus dedos se enroscaron alrededor de la empuñadura, dirigió la hoja hacia arriba con todas sus fuerzas.

La hiena chilló de dolor. Fue una sensación horrible sentir cómo los músculos y tendones de la criatura se cerraban en torno al cuchillo; sin embargo, Cerise lo recuperó de un tirón y volvió a clavárselo. Enfurecida, la hiena la atacó con el doble de ferocidad, mordiéndole la cara, el cuero cabelludo, los brazos… cualquier parte que alcanzara. Tenía los dedos manchados de sangre y el cuchillo se le resbaló. Cuando volvió a agarrarlo, apenas tenía fuerza y agarre suficientes para atravesar la piel del animal. Su colgante estaba ardiendo, seguramente su protección no podía durar mucho más. Azul mordió con sus pequeñas mandíbulas a la hiena; furiosa, esta se volteó contra su cachorro, gruñendo y tensando las patas.

Entonces el aire se espesó con una energía tan poderosa que Cerise perdió el contacto con sus sentidos. El mundo se desvaneció. Estaba ardiendo por el torrente de magia, por la fuerza bruta que llenaba sus venas. Su cuello se arqueó y, mientras luchaba por recuperar la visión, notó que la hiena tenía los ojos en blanco. La bestia se desplomó a medias sobre ella, muerta. Tres fuertes golpes más le indicaron que toda la manada había caído.

La lengua húmeda de Azul contra su mejilla la sacó por fin de la bruma. Salió de debajo del pesado cadáver y se impulsó con los codos para buscar la fuente de la magia que los había salvado a todos, como si hubiera alguna duda. Solo un hombre podía convocar semejante poder; el mismo hombre que ella no había querido que viniera a la montaña, aunque ahora estaba infinitamente agradecida de que hubiera llegado.

El padre Padron debió haber oído los aullidos y cabalgado por delante de la carreta, porque estaba solo. Sentado a horcajadas sobre su caballo, era la imagen de un héroe de cuento: valiente y triunfante, con la luz de la luna brillando sobre su pelo.

Sin embargo, cuando se fijó mejor en él, vio que tenía la piel pálida y los ojos vidriosos.

—Cerise. ¿Estás…? —susurró.

—Estoy bien —le respondió—. Gracias.

El padre le dedicó una débil sonrisa y luego su barbilla cayó al pecho, se le encorvaron los hombros y se deslizó por un costado del caballo, de la silla al suelo.

CAPÍTULO CATORCE

Cerise se despertó a la mañana siguiente, cuando Azul salió retorciéndose del cabestrillo que había reparado. Lo buscó con la mano, pero se encontró con una rodilla cálida y al abrir los ojos, descubrió que Kian estaba sentado a su lado con las piernas cruzadas, rascándole las orejas a Azul y sin más ropa que un chal que cubría su regazo. Seguramente acababa de materializarse, porque el sol apenas brillaba detrás de las montañas.

El rey sonrió. Miró los dedos enroscados sobre su rodilla y susurró:

—Buenos días a ti también, mi señora del templo.

Era una suerte que no hubiera perdido sangre la noche anterior, porque le pareció que toda se le fue a la cara. Quitó la mano, lo que despertó el resto de sus músculos, y gimió de dolor y rodó sobre su espalda. Tenía los brazos y los hombros adoloridos por el combate, la espalda y los muslos sensibles por un día sobre el caballo. Por si fuera poco, sentía el estómago como un puño húmedo cerrado alrededor de una bola de hielo.

Jamás volvería a comer liebre.

—Parece que me perdí toda la fiesta —agregó Kian, señalando con el pulgar los restos de la manada de hienas titán que habían quemado la noche anterior, junto con sus ropas ensangrentadas. Cerise solo había guardado un colmillo del macho alfa con el que había luchado. No se le ocurría mejor ofrenda de oscuridad para el Santuario Asolado que una parte del monstruo que había intentado matarla.

—Usted no debería ser el único que se divierte en las sombras —susurró ella—. Los demás también tenemos derecho a sufrir un poco.

Una sonrisa jugueteó en los labios del rey mientras miraba el desordenado campamento. Ella siguió la dirección de su mirada, primero hacia la carreta de suministros, bajo la cual dormía el general Petros. Sabía que el general les tenía fobia a los pájaros y se negaba a dormir al aire libre porque temía que le picotearan la cara. Había empacado unas tiendas, pero después del ataque el grupo estaba demasiado cansado para ponerlas. A la izquierda del carro dormían Daerick y Nerón, todavía espalda con espalda, y con las dagas en mano. En la parte trasera del campamento estaban los caballos, que ahora eran seis, y en la esquina opuesta yacía el padre Padron, todavía inconsciente sobre la cama de mantas que Cerise le había preparado.

La única persona a la que Cerise no vio fue a Delora Champlain. En el caos de la noche anterior, no había pensado en Delora. Sin embargo, ahora que miraba el campamento, se dio cuenta de que la cortesana del rey no estaba ahí, ni siquiera en la parte cubierta de la carreta.

Cerise se apoyó en los codos.

—¿Dónde está Lady Champlain? ¿Cómo puede estar sentado aquí si…? —Se interrumpió cuando se dio cuenta de lo que pasaba, que le cayó como un golpe en el cráneo. Kian no había aparecido junto a la cama de Delora porque ahora su espíritu se sentía atraído hacia otra persona, hacia ella, y así había sido durante días—. Era usted quien estaba en mi habitación —susurró, mirándolo con los ojos muy abiertos—. Yo cerraba la puerta con llave todas las noches, y usted la abría para marcharse por la mañana.

Kian le ofreció una sonrisa de disculpa.

—No era mi intención asustarte.

—Y ayer le dio un premio del encargado de la perrera a Azul. Me preguntaba cómo lo había conseguido.

—Escondí algunos en el balcón —confesó Kian—. No podía permitir que me ladrara todas las mañanas y te despertara sobresaltada.

—¿Por qué no me lo dijo? —le preguntó Cerise, un poco dolida, porque ya sabía que había cariño entre ellos. El rey lo había dejado claro con sus palabras y roces coquetos. Entonces, ¿por qué le había ocultado el alcance de su cariño? ¿Se avergonzaba de ella? ¿Deseaba sentirse atraído por otra persona?

Kian suspiró y bajó la mirada durante un largo instante antes de volver a verla. Había una nueva suavidad en sus ojos, una ternura que calentó partes profundas y ocultas de Cerise, que no sabía que estaban frías.

—Debería habértelo dicho. Los reyes son criaturas obstinadas. Sin embargo, ahora que mi secreto ha salido a la luz, deberías saber que me gustas, mi señora del templo. Me gustas mucho.

Cerise sintió que le ardían las mejillas. No solo las mejillas, sino todo el cuerpo.

Kian intentó ocultar una sonrisa, sin conseguirlo.

—Te incomodé.

—No —negó Cerise, pero luego admitió rápidamente—: Bueno, sí...

No sabía cómo decirle que a ella también le gustaba. Que le gustaba cómo se sentía a su lado, el timbre grave de su voz, sus ojos de tormenta e incluso la forma como su pecho se agitaba cada vez que él se acercaba demasiado.

—Sí, ¿y...? —preguntó Kian.

Su mente acelerada le impedía decir las palabras correctas. Sus emociones estaban revueltas. Él era el rey y ella, una dama del templo. ¿Qué importaba cuánto lo quisiera? Su vida le pertenecía a la diosa, no podía casarse. Y hasta su Día de Atribución, ni siquiera podía tener un amante sin arriesgar su oportunidad de tener visiones. Su deber era primero, no solo con la diosa, sino también con el propio rey y todos los primogénitos malditos. Solo un adorador de fe pura podía obtener las runas del ocaso. Tenía que seguir siendo fiel, tenía que seguir concentrada.

Tenía que alejarse de él.

—Me alegro de que su espíritu se sienta atraído por mí —dijo finalmente—. Ya no tiene que escabullirse. Ahora somos amigos, ¿verdad?

«Amigos». La agitación de su corazón le decía que mentía.

—Desde luego —asintió Kian, aunque no pudo ocultar la decepción en su mirada. Vio alrededor del campamento como si buscara un nuevo tema de conversación. Lo encontró cuando su mirada se posó en el rostro casi sin vida del padre Padron—. Dioses vivos —suspiró—. ¿Qué le hiciste a mi sumo sacerdote?

Cerise no lo dijo, pero el problema era más bien lo que el padre Padron se había hecho a sí mismo. La noche anterior, después de su caída, había notado que la parte posterior de su túnica estaba empapada de sangre, como hacía varios días, cuando le había mostrado las catacumbas. Así que le quitó la túnica para ver qué le pasaba. No estaba preparada para la imagen de mutilación que se encontró. Por el aspecto de los cortes de su espalda, había utilizado un látigo de ortiga, y no era la primera vez. Su espalda estaba tejida de cicatrices, algunas frescas y rosadas, otras viejas y blancas, y muy por debajo de ellas, se veían los fantasmas plateados de otra década. Había tantas capas de heridas unas sobre otras que ya no le quedaba piel sana. Lo que había hecho no era una expiación apasionada, era odio contra sí mismo, se había estado castigando salvajemente al menos durante la mitad de su vida.

Cerise habría dado casi cualquier cosa por saber por qué.

—Se deshizo de una manada de hienas titán —dijo, guardándose para sí el secreto del padre Padron, al menos por ahora. Le debía la vida y sentía la obligación de protegerlo a cambio—. Eso es más de lo que podrían hacer veinte sacerdotes.

Kian hizo un ruido de desacuerdo.

—Eso no es nada para él. No conoces a ese hombre tanto como yo. Cuando yo aún estaba en pañales, mi padre envió a Padron a sofocar un levantamiento en Solon. Se dice que detuvo los corazones de cincuenta hombres antes de sudar. Y en ese entonces era prácticamente un niño. Se ha vuelto más hábil con el tiempo. Matar a una manada de hienas no debería haberlo afectado.

—Historias de guerra —Cerise hizo un gesto de indiferencia—. No me importa lo que digan, un sacerdote tiene que descansar después de dar la muerte.

—Me pregunto si estará enfermo. —Kian se echó el pelo hacia atrás, que volvía a ser largo, ya que la transformación había desaparecido y otra vez tenía su verdadera apariencia—. Ahora que lo pienso, parecía un poco hirsuto cuando lo vi ayer. Fue solo un momento, justo antes de la puesta de sol, pero su cara parecía de cera, como si hubiera almorzado una bandeja de ostras podridas.

«¿O como si se hubiera azotado brutalmente a sí mismo?», pensó Cerise.

Del otro lado del campamento, Nerón se movió, apoyándose sobre un codo, con un aspecto bastante pálido y débil. Cerise aún no lo había perdonado por haberle cortado el cabestrillo de Azul, así que lo miró con el ceño fruncido y apartó la mirada.

—Si me disculpa, Su Majestad —dijo y recogió a Azul del suelo. Su cachorro pesaba por lo menos dos piedras más, lo que tenía sentido, tomando en cuenta que era mitad titán. Por fortuna, Azul había heredado el buen carácter de Stella y no el de su progenitor. Sin embargo, la mitad titán de Azul necesitaría más comida para alimentarse—. Vamos a buscar un baño adecuado y, si tenemos suerte, el desayuno.

—Y yo debo encontrar ropa.

—Todo está en la carreta —dijo Cerise—. Aunque permítame decirle que ese chal resalta hermosamente su tez.

—Mmm —convino Kian, extendiendo un tobillo—. También hace que mis piernas parezcan atractivas.

—Mejor póngase unos pantalones antes de que los caballos se desmayen.

Dejó a Kian con una sonrisa, que era su forma favorita de irse, y caminó por el sendero hasta que encontró un lugar apartado para refrescarse. Dejó a Azul en el suelo, vigilándolo mientras usaba el agua de su cantimplora para lavarse el pecho y los brazos. Cuando se desabrochó la blusa, tomó su colgante y lo estudió más de cerca. El metal había cambiado, estaba retorcido y aplastado, como si una yunta de bueyes lo hubiera pisoteado. Tal vez cada acto de protección debilitaba el metal, eso explicaría por qué estaba abollado cuando lo recibió. Se preguntó cuántos usos le quedaban.

Se abrochó rápidamente la blusa cuando aparecieron Daerick y Nerón. Daerick todavía no había soltado su daga y Nerón estaba tan agotado por la caminata que, cuando llegó a donde ella estaba, tuvo que detenerse y apoyar ambas manos en sus rodillas. Alzar el escudo debió agotarlo más de lo que ella creía.

Sin embargo, Nerón tenía fuerzas suficientes para quejarse. Señaló el campamento con el pulgar.

—Yo no accedí a esto, a que él viniera. ¡Malditos sean los dioses, trajeron al sumo sacerdote de Shiera a mi puerta!

—No pareció importarte cuando nos salvó —señaló Cerise.

—Podía haberlo manejado.

Cerise puso los ojos en blanco.

—Por supuesto. Como nos estaba yendo tan bien solos…

—¡Nada de esto habría pasado si hubieras soltado al perro! —Al oír eso, Azul gruñó.

—Shhh, cuiden lo que dicen —les recordó Daerick—. Concentrémonos en lo importante. —Señaló a Nerón con la cabeza—. Cuando el padre Padron llegó al rescate, tú ya habías soltado el escudo. No tiene motivos para creer que seas cualquier otra cosa que un guía de la montaña.

—¿Y la cortina? —preguntó Nerón—. Sentirá la energía cuando se despierte, quizá la haya sentido anoche.

—Le diremos que fue un regalo bendecido por los curas para protegerte —dijo Daerick—. Hacen ese tipo de cosas todo el tiempo. —Desvió la mirada hacia Cerise, extendiendo ambas manos en señal de confusión—. Y tú, vi que ese monstruo usó tu garganta como un juguete para morder, y no tienes ni un rasguño. ¿Quieres compartir tu secreto con el resto de nosotros?

Cerise tocó el colgante que llevaba bajo la blusa. Deseó que Nina no le hubiera hecho jurar guardar el secreto.

—La diosa trabaja en formas misteriosas —dijo de nuevo, y cerró el tema volviendo su atención a Nerón—. ¿Tienes fuerzas para volver a abrir el manantial? Ahora tenemos el triple de caballos.

—Sí. —Nerón frunció el ceño—. Tal vez.

—¿Tal vez? —repitió Cerise—. Habría estado bien saberlo antes de que usara mi agua para lavarme.

—De cualquier forma, no usaré mi energía cerca del sumo sacerdote. —Nerón se movió con nerviosismo y miró más arriba en la montaña—. Hay otro manantial cerca, me adelantaré, lo abriré y fingiré que lo encontré así. —El estómago le gruñó ruidosamente—. Y también revisaré mis trampas.

—Cualquier cosa menos liebre, por favor.

—El melón de arena no sabe mejor.

—No me importa el sabor…

—Este tipo de liebre —interrumpió Daerick, ladeando la cabeza como si resolviera una ecuación— es la segunda liebre más grande de Mortara. Su carne es rica en proteínas, pero alberga una gran variedad de parásitos, como los ácaros ganchudos y los piojos de arena. Hiciste bien en quemar las pieles, Nerón.

La información enciclopédica había salido de la nada.

Cerise compartió una mirada de preocupación con Nerón, que ya sabía que Daerick era un Calatris, pero que claramente acababa de darse cuenta de que era un primogénito. Sin embargo, aún faltaban lunas para el Día de Atribución de Daerick. ¿Por qué empezaba a afectarle su maldición ahora?

Daerick parpadeó y volvió en sí, se ruborizó y evitó mirarlos a los ojos. Siempre había bromeado sobre su maldición, pero ahora parecía que la broma ya no tenía gracia.

Cerise lo abrazó de costado y apoyó la barbilla en su hombro. Pensó en el bebé de Nina y en los innumerables niños Calatris cuyo único delito había sido nacer en el orden equivocado. A pesar de lo que le había dicho a su hermana, rompería la maldición o moriría en el intento.

Daerick la miró de reojo.

—¿De casualidad hoy no te despertaste con visiones?

Deseaba poder decirle que sí, pero con poco más de dos lunas hasta su Día de Atribución, su esperanza disminuía. Sin embargo, había casos tardíos, como el del padre Padron. Intentó poner buena cara.

—No necesito visiones. ¿Quién dice que tengo que ser un oráculo para cambiar el mundo?

—No eres un oráculo —dijo Nerón— y nunca lo serás. Tú tienes *umbra sangi*.

Cerise dirigió la mirada hacia él.

—¿Eso qué significa? ¿Qué significa todo esto?

—Yo también quiero saber —coincidió Daerick—. Creo que la traducción directa es «sangre caliente», pero es lo único que he podido averiguar.

—Sangre de fuego —lo corrigió Nerón. La señaló con la barbilla—. Eres descendiente de la diosa. Su fuerza vital corre por tus venas.

Cerise respiró hondo. Sonaba como si Nerón creyera en las tonterías heréticas de la Tríada de las que Daerick le había hablado y sobre las que la Reverenda Madre le había advertido.

—No puedes estar hablando en serio.

—A mí también me sorprendió —dijo Nerón—. Pero fue mi abuelo el que probó tu sangre, y nunca se ha equivocado.

—Bueno, mintió, a ti o a mí —señaló Cerise—. Tu abuelo me dijo que mi sangre no le decía nada, ¿te acuerdas? Dijo que mis orígenes estaban en blanco para él, igual que mi camino está en blanco para las videntes.

—Era la verdad.

—¿Cómo puede ser verdad?

Nerón señaló a Cerise y luego a sí mismo.

—Porque yo también tengo *umbra sangi*, y mi abuelo puede rastrear nuestra sangre de fuego a través de los tiempos, pero la tuya no. En tu sangre, él no podía saborear nada más allá de la llama, por eso la escupió. Tu sangre era demasiado rica para él, podría haberlo consumido si se la hubiera tragado.

Un escalofrío estremeció la carne de Cerise, a pesar del creciente calor del día. Oyó la voz de la Reverenda Madre resonante en sus sueños: «Lo lamentará. La llama que busca apagar lo consumirá».

—Mi abuelo te tiene miedo —continuó Nerón—. Cree que la llama de tu sangre es demasiado fuerte para que puedas controlarla. Pero yo creo que cualquiera con tu fuego sería un buen aliado, por eso acepté ser tu guía. —Lo pensó un momento y luego la señaló—. ¿Alguna vez has quemado tu sangre? ¿Le has prendido fuego?

Cerise arrugó la frente ante las extrañas preguntas.

—No.

—Tendría una llama negra si lo hicieras —dijo—. ¿Y la ropa que llevabas anoche? La quemaste con las demás. ¿Se quemaron más oscuro que el resto?

—No me di cuenta —dijo. Pero la sangre de su ropa no le pertenecía, toda era de la hiena titán. Y, además, había oído rumores de presagios de llamas negras. Había muchas razones para que un objeto ardiera más oscuro de lo normal.

—Pon atención la próxima vez —le dijo Nerón—. Ya verás.

Cerise miró interrogativamente a Daerick. Nada de lo que había dicho Nerón podía ser cierto, ¿verdad? Pero, estrellas, todo eso contradecía lo que había aprendido en el templo, cada uno de los textos que había leído. La Orden ya le había mentido antes. ¿Podía ser esta otra de sus mentiras? ¿O Nerón era el mentiroso en este caso? Tampoco confiaba en él. Después de todo, había intentado sacrificar a Azul.

Tenía que conseguir las visiones, necesitaba hacerlo.

Daerick se encogió de hombros.

—La existencia de la Tríada nunca ha sido comprobada, pero tampoco se ha refutado. Si crees que Shiera creó toda la vida, no es exagerado creer que podría fecundar a una mujer.

—Pero la sangre de fuego se hereda, ¿no? —le preguntó Cerise a Nerón.

Él asintió.

—Entonces es imposible que la tenga —dijo Cerise—. No hay magia en mi familia. Mi padre puede rastrear sus raíces Solon hasta diez generaciones atrás, y aunque mi madre no sabe quiénes son sus padres, puedo jurarte que no tiene ningún don. Ninguno de nosotros lo tiene, ni siquiera yo. Así que, si soy descendiente de Shiera con fuego en las venas, explícame por qué soy ordinaria.

—Ojalá pudiera —dijo Nerón.

—Ojalá yo también —añadió Daerick—. Pero hay una desafortunada falta de materiales de referencia sobre el tema de las semidiosas.

—No me llames así —le dijo Cerise. Estaba dispuesta a alejarse de sus enseñanzas hasta cierto límite. Considerarse una semidiosa era una herejía y, además, no había visto pruebas suficientes para convencerse de que Nerón tenía razón. Claro, él tenía magia, pero tal vez un segmento de la Orden había desertado en algún momento. Había demasiadas cosas que no sabían, como por qué los sacerdotes tenían una obligación con los reyes Mortara.

Y nada de eso importaba ahora.

—Lo que sea que haya en mi sangre, no te salvará de la maldición ni a ti, ni al rey, ni al bebé de mi hermana. Para eso, necesitamos la Espada de Petros, así que concentrémonos en lo que podemos controlar.

Nerón y Daerick fueron lo bastante prudentes como para no discutir más con ella. Los dos volvieron al campamento mientras Cerise terminaba de lavarse. Se desenredó el pelo, se lo recogió y lo sujetó con un pasador. Cuando terminó, se puso el pañuelo sobre la cabeza y los hombros, y siguió el sendero por donde había venido.

En la periferia del campamento, Nerón ataba las riendas de su caballo. Había ensillado al animal, pero aún no lo había montado. En su lugar, parecía distraído por algo que ocurría detrás de la carreta de suministros.

Cerise se acercó al campamento y aguzó el oído para captar fragmentos de la conversación.

—…nunca lo había visto tan débil —dijo el general con voz estruendosa— …puede que no tenga otra oportunidad.

Siguió la voz de Kian.

—…no puedo… sublevación… mis ejércitos no podrían…

—…locura —respondió Daerick acaloradamente—. Y sé una cosa o dos al respecto.

Cerise se había acercado al grupo lo suficiente como para saber de qué hablaban o, mejor dicho, de quién hablaban, porque en el centro del grupo yacía el padre Padron, aún inconsciente. Al parecer, el grupo lo había llevado hasta la carreta y ahora se debatía qué hacer con él.

—Me imagino que no podemos dejarlo aquí. —El general Petros alzó una ceja, esperanzado, hacia el rey—. ¿O sí?

Cerise hizo un ruido de disgusto, y los tres hombres se dieron la vuelta.

—No puedo creer que sea una posibilidad después de lo que hizo por nosotros anoche. No importa lo que piense de la Orden, debería quererlo a nuestro lado. Hay criaturas en esta montaña mucho más peligrosas que las hienas titán. —Miró a Nerón—. Diles que tengo razón.

Nerón se rascó la nuca y fingió que no la había oído.

—No se equivoque, mi niña —murmuró el general Petros entre dientes—. La criatura más peligrosa de esta montaña es la que yace sobre su manta.

—General —le advirtió el rey a su manera—, carguen al sacerdote y terminen con esto. Lo necesitamos, y tenemos que avanzar.

El general obedeció, pero cuando puso al padre Padron en la carreta, encima de las tiendas de lona plegadas y los sacos de alimento, lo hizo con más fuerza de la necesaria.

Nerón montó su caballo y señaló el sendero que ascendía por la montaña.

—Deben seguir este camino y permanecer juntos. Volveré por ustedes tan pronto como…

—¿Volver por nosotros? —lo interrumpió Kian—. No te perderé de vista, desmonta tu caballo hasta que el resto de nosotros esté listo.

Un músculo se crispó visiblemente en la mandíbula de Nerón, pero permaneció en la silla de montar.

—No duraremos mucho sin agua. Tengo que adelantarme para encontrar un manantial. —A regañadientes añadió—: Su Majestad.

Cerise tuvo la sensación de que la observaban, y se volteó para ver que Daerick la miraba con una ceja alzada. Ella asintió. Ahora sabían la respuesta a si Nerón estaba o no sujeto a las órdenes del rey: no lo estaba. La magia de Nerón debía de ser diferente a la de los sacerdotes. Si Nerón estaba en lo cierto cuando decía que había heredado la sangre de la diosa, y era un enorme «si», parecía que Shiera había permitido que sus descendientes usaran su magia libremente, mientras que exigía a sus sacerdotes que pagaran el don de la magia con la servidumbre al rey. Sin embargo, el motivo seguía siendo un misterio.

—Muy bien. —Kian dio una palmada en el hombro del general Petros—. Mi general irá contigo para asegurarse de que no te pierdas. Es un excelente rastreador, ¿no es así, Petros?

—El mejor, Su Majestad —dijo el general mirando fijamente a Nerón—. Pero soy aún mejor asesino.

Kian sonrió.

—Que tengan buen viaje.

El general se dirigió hacia su caballo, un semental gigantesco de al menos tres metros de altura, y lo montó. Miró con pesar por última vez al padre Padron y espoleó a su caballo hacia el sendero por delante de Nerón, que suspiró y lo siguió.

Cerise se protegió los ojos mientras los veía marcharse. Al menos, cuando Nerón utilizara la magia para abrir el manantial, lo haría en compañía de alguien que despreciaba a la Orden tanto como él.

Daerick condujo la carreta, tirada por su caballo y seguida por la yegua del padre Padron. Cerise cabalgaba delante de Daerick mientras que Kian lideraba el grupo. Cuando el camino fue lo suficientemente ancho, Cerise se retrasó y cabalgó al lado de Daerick, compartiendo la sombra del techo de la carreta y escuchando sus historias sobre la antigua corte. Cerise disfrutaba mucho las historias de Daerick, que en su mayoría eran recopilaciones de rumores: las intrigas y los escándalos que habían llenado el castillo antes de que Kian se cansara de sus invitados y los corriera.

—En mi defensa —dijo Kian por encima del hombro—, pensé que moriría pronto. No quería pasar el tiempo que me quedaba en compañía de bastardos corruptos.

Daerick se rio mientras soltaba las riendas.

—Para dar el debido crédito, los bastardos corruptos son el mejor entretenimiento.

Inició otra historia, esta vez sobre un señor y sus tres hijos adultos, todos los cuales, sin saberlo, intentaban acostarse con la misma mujer, una pelirroja que en secreto mantenía una aventura con la esposa del señor. En un giro más, las dos mujeres conspiraban para matar al señor y obtener el control de su fortuna.

—La familia que traiciona unida permanece unida —añadió Daerick con un bufido.

Luego vino la historia de una muchacha plebeya que se hizo pasar por una dama de la corte durante medio año y a lo largo de ese tiempo recibió once propuestas de matrimonio antes de desaparecer una noche con una gran cantidad de joyas de compromiso. También estaba el vizconde que tenía un afecto antinatural por las cabras; el sastre real con un fetiche por los calcetines sucios; un coronel que regentaba un burdel fuera de la prisión militar, y un joven mozo de cuadra, de no más de trece años, que había conseguido unos ingresos considerables por guardar todos sus secretos.

—No me extraña que los mandara a su casa —le dijo Cerise a Kian—. Preferiría pasar mil vidas en el templo antes que un año en la corte.

Daerick se inclinó a un lado en su asiento de madera.

—No estaba tan mal —admitió—. Puede que haya adornado un poco la historia de las cabras.

Mientras cabalgaba, Cerise pensó en lo que le había dicho su padre: las políticas de la corte eran peligrosas y Cerise debía mantenerse al margen. Sin embargo, no pudo resistir la oportunidad de averiguar qué ocultaban sus padres.

—¿Qué me dicen de Cole Solon?

—Tendrás que ser más específica —le respondió Kian—. Podríamos pasarnos quince días contándote historias sobre él.

—Cuando nos conocimos en la perrera, le parecí conocida —dijo Cerise—. No dejaba de preguntarme por mi familia. Le dije que me parecía a mi madre, pero afirmó que no la conocía.

Cuando se lo comenté a mis padres, reaccionaron... enérgicamente.

Daerick alzó una ceja.

—Interesante.

—¿Había rumores sobre Cole y una mujer plebeya llamada Elaina Igalsi? —preguntó.

—No que yo recuerde —dijo Daerick—. Pero Delora es la verdadera experta en los escándalos del palacio. Ella sabría mejor que cualquiera de nosotros si Cole se acostó con tu madre.

—Dudo que lo hiciera —aseguró Kian—. A Cole no le gustan los plebeyos. Tiende a invertir su afecto donde cosechará más recompensas.

En ese momento, el sendero volvió a estrecharse y los obligó a cabalgar en fila, por lo que Cerise centró su atención en Azul, cuyo acelerado crecimiento había puesto a prueba los límites de su cabestrillo. Acababa de compartir con él el último sorbo de su cantimplora cuando Nerón y el general Petros aparecieron delante de ellos en el sendero. Por su relajado lenguaje corporal, Cerise sospechó que se habían unido por su odio mutuo al padre Padron.

—Hay un manantial justo delante —dijo Nerón, señalando—. Nos detendremos el tiempo suficiente para dar de beber a los animales y rellenar nuestras cantimploras, y luego seguiremos adelante. —Entornó los ojos hacia la carreta—. Sin la protección del sacerdote, es más importante que nunca que lleguemos al próximo campamento antes del anochecer.

El rey asintió y la caravana continuó hasta un tramo del sendero más amplio que probablemente había sido un abrevadero en otro tiempo. Aunque un manantial brotaba libremente del suelo, por la falta de barro y huellas de animales era obvio que el hueco se había rellenado recientemente.

Cerise dejó a Azul en el suelo y condujo a su caballo para que bebiera agua, y luego sumergió su cantimplora hasta que estuvo llena. Tras saciar su sed, llenó una cubeta de agua y añadió algunas hierbas curativas para hacer un emplasto para la espalda del padre Padron.

Para su sorpresa, encontró al padre Padron despierto en la carreta, acostado con un brazo bajo la cabeza y parpadeando somnoliento hacia el toldo.

—Tiene mejor aspecto —le dijo.

Le dedicó una sonrisa cansada.

—Entonces solo puedo imaginar lo horrible que me veía antes.

Cerise levantó la cubeta y la dejó en el borde de la carreta.

—Si me da su camisa, la empaparé con esto, le ayudará a curarse más rápido.

La sonrisa del padre Padron se apagó. Palpó la tela de su pecho, como si se diera cuenta por primera vez de que ella le había quitado la túnica y había dejado al descubierto la mutilación de su espalda.

—No pasa nada —lo tranquilizó Cerise—. Nadie más lo sabe.

Él evitó su mirada.

—Gracias, Cerise, pero solo necesito algo de beber.

Cerise se subió a la carreta y lo ayudó a sentarse antes de ofrecerle su cantimplora.

—Entiendo por qué no quiere curarse —le susurró mientras bebía agua—. Su intención es sufrir y no me corresponde cuestionarlo. Sin embargo, esta es una tierra maldita y usted es nuestra única defensa, lo necesitamos fuerte y entero. —Le secó suavemente las gotas de agua de la barba y le imploró—: Por favor, deje que lo ayude.

Él la recompensó con una de sus raras miradas suaves, de esas que la hacían querer olvidar todo lo que sabía sobre él: sus mentiras sobre la antecámara oculta, su posible ambición por el trono, su disposición a dejar que otros sacerdotes asesinaran en su nombre. Odiaba creer que algo de eso fuera cierto, pero se negaba a vivir en negación. Respetaría su poder y su posición, pero mantendría la cabeza despejada y el corazón en guardia.

—Si me lo pones así, ¿cómo puedo negarme? —preguntó el padre.

Después de quitarle la camisa, la dejó remojando mientras le curaba las heridas. Cuando escurrió la prenda y lo ayudó a ponérsela de nuevo, su sonoro suspiro le dijo que el agua medicinal lo había aliviado. Una vez que el padre se instaló cómodamente, Cerise salió de la carreta.

El padre Padron la agarró de la muñeca. Su agarre era sorprendentemente fuerte.

—Una cosa antes de que te vayas —Miró alrededor de la carreta—. Percibo magia aquí, y no es mía.

Cerise hizo un esfuerzo especial por sostenerle la mirada y no darle motivos para dudar de la mentira que estaba a punto de decirle.

—Nuestro guía tiene algunos objetos bendecidos, regalos de sacerdotes —le dijo—. Y menos mal, porque sus bendiciones nos mantuvieron a salvo hasta que usted llegó. La diosa nos miraba con su ojo misericordioso. ¿No le parece?

El padre Padron no dijo nada al principio, solo la miró en silencio hasta que su pulso se aceleró y tuvo que recordarse a sí misma que debía respirar. Intuyó que su mentira no lo había engañado, aunque esperaba que estuviera equivocada, porque no tenía una historia mejor que contar.

—Sí, Cerise. —Aflojó el agarre alrededor de su muñeca—. La diosa recompensa a los fieles, pero sus traidores sufrirán hasta el fin de los días; harías bien en recordarlo.

CAPÍTULO QUINCE

Hicieron el campamento con horas de sobra antes de la puesta de sol, pero el lejano chillido de las águilas arpía les recordó que la luz del día no era ninguna garantía de seguridad en el Pico Asolado. Apenas habían atado los caballos y montado la primera tienda, cuando una sombra pasó por encima del sol. Alzaron la vista y vieron un par de alas oscuras y fibrosas de al menos diez hombres de ancho, cada una rematada por una afilada garra. Fue una suerte que el padre Padron hubiera recuperado suficientes fuerzas para lanzar un encantamiento de protección sobre el campamento.

Después, las tensiones y las posturas se relajaron. Incluso el general Petros parecía más ligero y dejó escapar una sonrisa de vez en cuando mientras ayudaba a Nerón a limpiar el carnero que habían matado ese día. Cuando terminó de asarse, el general trinchó la bestia y le ofreció la primera ración al padre Padron.

—Con su permiso, Su Majestad —añadió el general Petros.

—Por supuesto —dijo Kian, extendiendo una mano—. Nuestro sumo sacerdote se lo ha ganado.

El padre Padron aceptó el honor, pero prefirió comer dentro de su tienda, donde podría pasar el resto de la tarde en meditación. En cuanto se excusó, Nerón soltó un suspiro y aflojó los hombros. Estaba claro que no todos se sentían más seguros bajo la protección de la Orden.

El grupo se reunió alrededor del asador e intercambiaron historias mientras comían. El general Petros era el que más tenía que contar, y relató sus historias de caza favoritas mientras caminaba en círculos para quemar su ira perpetua. Cerise se sentó entre Daerick y Nerón. Del otro lado del fuego, Kian estaba recargado contra el tocón de un árbol con las largas piernas cruzadas por los tobillos.

Cada vez que Cerise miraba a Kian, se encontraba con que él la observaba. No era una mirada ausente ni la mirada vacía de alguien sumido en sus pensamientos. No miraba a través de ella, ni siquiera hacia ella, más bien dentro de ella. Y no se molestaba en apartar la mirada cuando ella lo sorprendía. En todo caso, su atención se intensificaba. Le sostenía la mirada y hacía bailar cada parte suave del cuerpo de Cerise. El contacto era tan intenso que solo duró un momento antes de que ella tuviera que bajar la mirada para darle a Azul otro trozo de carne de su plato.

—¿No te gusta el carnero? —Nerón señaló el plato sin tocar de Cerise—. ¿No hay forma de complacerte?

—No tengo hambre —le respondió, lo cual era cierto. Tal vez el calor tenía la culpa, o la angustia del viaje. Hacía menos de un día que había ensangrentado su espada por primera vez, eso le quitaría el apetito a cualquiera.

—Come —murmuró el general Petros mientras masticaba. Su mirada se desvió hacia el plato lleno y, por un momento, sus ojos se desorbitaron, pero los cerró y respiró profundamente por la nariz; aún tenía los ojos cerrados cuando gruñó—. No nos haces ningún favor matándote de hambre como penitencia por los pecados que crees haber cometido.

—¿Como penitencia? —repitió Cerise—. ¿Eso es lo que cree que estoy haciendo?

El general fijó la mirada en el fuego.

—Lanna, mi mujer del templo, también lo hace. Se castiga a sí misma por amarme. Empezó con ayunos y, cuando eso no fue suficiente, empezó a cortarse la piel. Tiene una nueva cicatriz cada vez que la veo. Solía esconderlas de mí, pero ahora se ha quedado sin lugares… —Se interrumpió, apretando los dientes y los puños en una lucha por controlarse—. Odio lo que le enseñaron, lo que les enseñaron a todos ustedes, por retorcerle la mente y hacerla sentir vergüenza… —Volvió a callarse. La piel de su cabeza estaba tan enrojecida que casi se confundía con las llamas que tenía tatuadas.

Cerise no sabía qué decirle. El general amaba a un oráculo que se estaba matando lentamente por la culpa de corresponderle, no había palabras para remediarlo. Se preguntó por enésima vez si la Orden le había mentido acerca de que los pecados de la carne oscurecían las visiones. La amante del general tenía un poder increíble mientras que una casta hija segunda como Cerise no tenía ningún don. ¿Podría ser que el acto del amor hiciera las visiones más fuertes y no más débiles? Pero si ese fuera el caso, ¿por qué la Orden trataría de debilitar la capacidad de una mujer de servir a la diosa? Eso no beneficiaría a nadie. Tal vez la Orden tuviera razón y la amante del general hubiera sido más poderosa aun si hubiera rechazado el amor físico.

Cerise odiaba no tener forma de saberlo. Y tendría que tragarse sus sentimientos por Kian hasta que lo supiera.

—Le juro que no me estoy matando de hambre —fue lo único que se le ocurrió decir.

El general se clavó un puño en la mano contraria. Murmuró una disculpa al rey y se marchó.

—¿Deberíamos ir por él? —preguntó Cerise—. Salió de la línea de protección.

Kian negó con la cabeza.

—Cualquier bestia que se cruce en su camino será liberada de sus miembros. Déjalo en paz. —Señaló su plato con la cabeza—. Y por favor, come.

Cerise arrancó un bocado y masticó mecánicamente. El cordero le pareció tan grasiento y denso como el conejo de la noche anterior. Cuando se lo tragó, se le revolvió el estómago. Se obligó a tragar un bocado más y tuvo que escupir el siguiente al fuego.

—No puedo —dijo mientras la saliva le inundaba la boca. Le acercó su plato a Azul y lo dejó comerse el resto—. Creo que la liebre me cayó mal, no me he sentido bien desde entonces.

Nerón le lanzó una mirada de escepticismo.

—No comiste suficiente liebre como para enfermar a un pájaro.

—Tal vez esto ayude —Kian se sacó del bolsillo su lata de pastillas para el estómago. Iba a lanzársela, pero cambió de idea y caminó alrededor del fuego. Se agachó a su lado y le puso la lata en la palma de la mano, rodeándola con ambas manos. Fue un gesto tan tierno que, por un momento, ella se olvidó de que tenía estómago—. El sol se pondrá pronto —murmuró—. ¿Me permites que te acompañe a tu tienda?

Una sonrisa le iluminó el corazón.

—Me encantaría.

Kian le extendió la mano para ayudarla a levantarse, y luego la tomó y la posó sobre su redondeado bíceps. Caminaron juntos el corto trayecto hasta las orillas del campamento, mientras Azul trotaba detrás de ellos. Cuando llegaron a la tienda de Cerise, Kian abrió una de las solapas de lona y la condujo al interior. Cerise se agachó y se acercó a la manta que había extendido en el suelo. No esperaba que Kian la siguiera, pero se alegró de que lo hiciera.

—Acuéstate —susurró Kian, cerrando tras de sí las solapas de la tienda. Ella no pudo evitar sonreír—. ¿Me va a arropar?

—Te gustaría, ¿verdad? —respondió él con una voz grave y pícara que hizo que le temblara el pulso—. ¿Quieres que te prepare la cama, mi señora del templo? ¿O prefieres que te lleve a la cama?

Se le aceleró el pulso, el rey nunca le había hablado con tanto descaro. La mera insinuación de tener a Kian en su cama le agitó la sangre y la hizo correr hacia la unión de sus muslos. No sabía cómo responderle, no se le daban bien los juegos de palabras.

—Acuéstate —repitió Kian con esa sonrisa suya.

Entonces, Cerise hizo lo que él le pidió y se acostó boca arriba sobre la manta, ya que el persistente calor era demasiado intenso para taparse. Sintió que Azul se acurrucaba a su lado, pero no había dejado de mirar a Kian, que ahora se arrodillaba en el suelo de lona, inclinándose sobre ella y apoyándose en una mano mientras con la otra le apartaba el pelo de la cara. Las solapas de su camisa colgaron y se abrieron lo suficiente como para dejar entrever los rizos negros y brillantes que iban desde el pecho hasta el abdomen. Recordó de memoria la forma como esos rizos rodeaban su ombligo y creaban un camino hasta la espesura entre sus muslos. Todavía podía imaginárselo desnudo, y la imagen mental la obligó a soltar un suspiro tembloroso.

Kian percibió claramente su reacción porque estaba mirándola a la boca. Sus ojos permanecieron fijos en ella mientras bajaba lentamente el dedo índice por su nariz hasta el labio inferior, donde rozó la carne con la yema y la miró con más anhelo que una flor al sol.

Cerise se quedó sin aliento. Nadie la había mirado así jamás. Quería sentirlo, saborear su boca, hundir suavemente los dientes en el costado de su cuello. Sin embargo, cuando alargó la mano para entremeter los dedos en su pelo y acercarlo a ella, él empezó a disolverse y, un parpadeo después, el único rastro que quedaba de él era un montón de ropa.

Esa noche no le fue sencillo conciliar el sueño. Cerise se sentía atormentada por deseos insatisfechos y pesadillas, junto con un persistente dolor de estómago. Cuando se despertó a la mañana siguiente, su tienda estaba vacía, salvo por Azul. Esperaba ver a Kian al amanecer, pero estaba tan agotada por la noche en vela que se durmió mientras los demás desayunaban.

Aunque no habría podido comer. Tan solo ver el melón, las tortitas de avena y la carne seca de cordero le endurecía las entrañas como una piedra. Apenas podía tolerar alimentar a Azul, después de darle unos trozos de carne, tuvo que pedirle a Daerick que terminara por ella. Por su parte, Kian no estaba por ningún lado. Después, Cerise se enteró de que había ido de caza con el general Petros y Nerón.

Apenas vio a Kian durante la cabalgata del día. En lugar de liderar la caravana, el rey optó por cabalgar detrás de la carreta, y habló tan poco con el grupo que nadie se dio cuenta de que la maldición se lo había vuelto a llevar hasta que su caballo se desvió del camino. Pasaron horas antes de que reapareciera y tampoco entonces le dijo nada; ella no sabía por qué. Esa noche, Cerise no pudo cenar ni un bocado. Kian seguía observándola desde el otro lado del fuego, aunque ahora con más preocupación que anhelo. Había una distancia entre ellos que ella no sabía cómo acortar.

Después de cenar, Kian no se ofreció a acompañarla a su tienda. Al día siguiente, Cerise empezó a preocuparse de que le pasara algo grave. Nunca se había sentido así, como si su estómago le perteneciera a otro cuerpo. A veces parecía que tenía un pez revolviéndose dentro de ella intentando salir.

—Tal vez tengas un parásito —le sugirió Daerick esa mañana, después de que ella lo llamara a su tienda para pedirle consejo. Había pensado en pedirle ayuda al padre Padron, pero su voz interior le advirtió que, si realmente tenía fuego en la sangre, él podría detectarlo—. Eres nueva en Mortara —continuó Daerick—, así que no habrás desarrollado la misma resistencia a la comida que el resto de nosotros. —Frunció el ceño—. Aunque no tienes los síntomas principales de tener parásitos.

—¿Cómo podría saber? —preguntó.

Nerón asomó la cabeza por las solapas de la tienda, obviamente, había estado escuchando a escondidas. Le dio una taza de hojalata.

—Orina aquí, yo te puedo decir.

Ella alzó una ceja.

—¿Quieres que orine… en tu taza?

—La lavaré —respondió él encogiéndose de hombros.

Al final, ella le dio una muestra y él se la llevó a un lugar secreto para hacerle algún tipo de prueba. Volvió con la taza vacía y el ceño fruncido, y le dijo que no encontró que tuviera nada de malo.

Sin embargo, Cerise apenas pudo mantenerse en la silla mientras viajaron durante el día, y cuando se detuvieron para acampar, no quería hacer nada más que acurrucarse con Azul en su tienda. La idea de comer le repugnaba, hasta el agua le sabía agria. Se negó a beber cualquier cosa hasta que el padre Padron la amenazó con obligarla entonces se llevó la cantimplora a los labios y trató de obligarse a tragar. El líquido le salió a borbotones por la boca, no se lo pudo tragar.

—Lo siento, Cerise —le dijo el padre Padron—. Odio tener que hacer esto.

Pero lo hizo de todos modos.

El aire se llenó de su energía. Entonces, como una marioneta a la que le mueven los hilos, su cuerpo se movió a la voluntad del padre Padron. Tragó un bocado rancio tras otro, incapaz de respirar salvo cuando él se lo permitía. Nunca antes la habían obligado a hacer algo, y no se le ocurría una peor violación de su cuerpo. Cuando terminó, Cerise se aseguró de que beber agua fuera su único objetivo, para que él no sintiera la necesidad de volver a obligarla a tomar.

Al tercer día, renunció a cualquier fingimiento de bienestar y pidió viajar en la carreta. Acababa de instalarse entre las tiendas plegadas y los sacos de avena cuando Kian se dirigió hacia ella, flanqueado por Daerick y el general Petros. El rey se movía con una determinación que le indicó que había tomado una decisión que a ella no le iba a gustar.

—Vamos a regresar —le dijo—. Te llevaré a casa a ver a mi médico. —Cuando ella abrió la boca para discutir, él la interrumpió levantando una palma—. La Espada de Petros ha esperado mil años, no irá a ninguna parte. Hay otros fieles servidores de la diosa que pueden conseguir las runas del ocaso. Solo tenemos que encontrar a uno.

—Lo intentaremos de nuevo —añadió el general—. Mientras tú te curas.

Cerise negó con la cabeza. A menos que rompiera la maldición, a Kian solo le quedaban unas cuantas lunas de vida. No había tiempo para buscar a otra persona que tuviera la pureza de fe necesaria para conseguir las runas del ocaso, y en el fondo dudaba de que el padre Padron pudiera hacerlo. Volver atrás ahora significaría fracasar. Tenían que seguir adelante. Cerise buscó una mentira para explicar sus síntomas, una excusa que ningún hombre pudiera cuestionar.

La respuesta se presentó sola.

—Esperaba mantener esto en privado —les dijo. Evitó mirarlos, haciendo todo lo posible por parecer avergonzada mientras se llevaba una mano al bajo vientre—. Esto es lo que me pasa durante mis periodos, algunas mujeres nos la pasamos bastante mal.

Levantó la vista y se encontró con sus expresiones inexpresivas.

—Les prometo que estaré bien en unos días. —Puso cara de dolor—. Los cólicos son lo peor, empiezan en la espalda y se desplazan hacia delante. A veces el dolor es tan fuerte que me revuelve el estómago.

Fue lo único necesario para que la caravana se pusiera de nuevo en marcha.

Y así pasó otro día.

Cerise estaba casi segura de que no tenía un parásito, porque sus síntomas habían cambiado. En lugar de la sensación de tener un pez revoloteando en su estómago, ahora sentía una fuerte presión detrás de las costillas. Se daba palmaditas en el pecho para liberar una burbuja inexistente. Para colmo de males, Azul había crecido tanto que su cabestrillo ya no lo sostenía. Su cabeza le llegaba por arriba de las rodillas. Ahora que tenía el tamaño de un sabueso, podía subir y bajar saltando de la carreta. Cerise no podía evitar que se escapara de la caravana, lo que hacía varias veces al día. A menudo permanecía ausente durante horas antes de regresar con una raíz sucia o una ramita de hojas. Después, Cerise por fin se dio cuenta de lo estaba haciendo cuando le empujó la mano con el hocico hacia las plantas. Era el sabueso de Mortara que había en él. Había sentido que ella estaba enferma, y le había llevado remedios para que se sintiera mejor.

—Mi chico inteligente. —Lo abrazó mientras observaba las raíces—. Me imagino que no puedes decirme qué hacer con ellas.

—Se las daremos a Nerón —respondió Kian desde el otro lado del toldo, donde había estado cabalgando tan silenciosamente que ella no se había enterado de que estaba ahí—. Si alguien sabe cómo usarlas, es él.

Cuando la caravana se detuvo por agua, Nerón molió las raíces y las mezcló con las hojas, con lo que preparó el té más asqueroso que Cerise había probado en su vida. La bebida no le abrió el apetito ni redujo la burbuja que sentía en el pecho, pero la sumió en un sueño profundo y tranquilo durante el resto del día, que era el siguiente mejor resultado.

Por primera vez desde que comenzó el viaje, no sintió dolor ni miedo. Más bien, soñó que alguien la sacaba de la carreta la llevaba a su tienda y la acostaba encima de un montón de mantas. Cerise se hincó a los pies de su propio cuerpo y se observó. Tenía los pómulos demasiado marcados y los párpados ligeramente hundidos. Azul dormía con la cabeza apoyada en su muslo. El perro oyó un ruido de pasos y se despertó de repente, pero vio que solo era Kian, y bostezó antes de volver a apoyar la cabeza.

El rey le dio palmaditas a Azul y se acomodó junto a Cerise, sin saber que su cuerpo que soñaba estaba a su lado. Tenía la mirada fija en su cuerpo dormido. Por la forma como se frotaba la cara y se olvidaba de respirar, Cerise se dio cuenta de que estaba preocupado por ella. Intentó consolarlo con una caricia, pero su mano no era sólida y pasó a través de él.

Kian se arrodilló y besó su frente dormida. El beso no fue más que un roce de los labios, pero Cerise tocó su propia piel y deseó haberlo sentido, deseó que él pudiera besarla cuando estuviera despierta.

El rey miró hacia afuera de la tienda, al último destello del atardecer, y su cuerpo empezó a desvanecerse en la sombra. Cerise ya había visto que ocurriera antes, pero esta vez fue diferente. En esta ocasión, apareció un portal en el aire detrás de él, redondo y ancho con un remolino de niebla gris. Cuando Kian desapareció y su ropa cayó al suelo, el portal emitió un destello; de repente, el rey estaba del otro lado, desnudo y completamente formado, alejándose.

El portal empezó a cerrarse lentamente. Cerise se acercó sigilosamente a la niebla, preguntándose si debía intentar entrar. Esta podría ser su única oportunidad de averiguar a dónde iba el rey durante la noche. Miró su cuerpo dormido y supo que Azul la mantendría a salvo. Respiró hondo, atravesó el portal, cada vez más pequeño, y siguió a Kian hacia la oscuridad.

Del otro lado del portal, se hizo sólida al instante, como pudo comprobar por la presión de la piedra bajo sus zapatos y el aire que acariciaba su piel. A diferencia de Kian, había conservado la ropa, aunque no sabía por qué. Se quedó quieta y dejó que sus ojos se adaptaran a ese mundo frío y sin color.

Un débil resplandor emanaba de lo alto, como si la luna se filtrara a través de un velo de nubes. Era suficiente para que pudiera ver que ahí no crecía nada, ni una sola hierba o arbusto. No había tierra en la que pudiera crecer nada, lo único que había era roca, altas losas grises que formaban pasadizos que se extendían en todas direcciones. No sabía qué era aquel lugar. Desde su punto de vista, parecía un enorme laberinto. Miró hacia abajo y vio un camino brillante en el suelo, pulido por innumerables pisadas. Se abrazó para reprimir un escalofrío y avanzó para ver adónde conducía.

El primer pasadizo estaba desierto, así que giró en dos esquinas más, hasta que llegó a un patio abierto en el que había bancas de mármol desvencijadas dispuestas alrededor de una fuente seca desde hacía mucho tiempo. En el extremo opuesto del patio había cuatro puertas con arcos que llevaban en distintas direcciones. Se acercó a cada una de ellas y las encontró vacías. En la cuarta puerta, percibió un sonido lejano, un zumbido bajo, como de insectos. Curiosa, siguió el ruido durante un buen rato, girando una esquina tras otra hasta que le dolieron los pies por el roce de las sandalias.

Cuanto más fuerte era el ruido, más lentos se volvían sus pasos, no por el dolor de caminar, sino porque empezó a darse cuenta de que el ruido no era de insectos.

Eran voces humanas, cientos de voces gimiendo en una armonía de angustia.

En un momento dado, se detuvo.

Sus instintos la instaban a darse media vuelta. Sin embargo, se obligó a seguir adelante, pensando en Kian. Si él podía soportar esto cada noche, ella podría experimentarlo una vez.

Al poco tiempo, se encontró con dos hombres jóvenes… si es que se podía llamarlos así: cada uno parecía haber perdido lo que lo hacía una persona, tenían la piel cerosa y las mejillas hundidas. La miraron al pasar, pero no había pensamiento detrás de sus ojos. Los hombres se balanceaban de un lado a otro, gimiendo delirantemente.

A la vuelta de la siguiente esquina se encontró con una mujer joven en el suelo sobre sus manos y rodillas, apartando objetos imaginarios como si buscara algo. De repente la mujer se quedó inmóvil, como si hubiera olvidado lo que buscaba, y luego bajó la cabeza y soltó un sollozo tan desgarrador, tan carente de esperanza, que Cerise tuvo que secarse las lágrimas.

Ninguno de los hombres o mujeres aparentaba más de veinte años, y todos tenían la piel y el pelo oscuros del linaje Mortara. Las leyendas habían dicho durante mucho tiempo que los primogénitos Mortara no morían, sino que permanecían en las sombras para siempre. Ahora que Cerise había comprobado por sí misma que los rumores eran ciertos, deseaba poder borrarlo de su mente. No quería saber que existía tanto sufrimiento. No quería ver las pruebas de lo iracunda que podía llegar a ser la diosa. Simplemente no era justo.

Cerise se alejó de la mujer y volvió sobre sus pasos hacia el patio vacío para intentar ir por otro pasaje. No supo cuánto tiempo estuvo deambulando. Debieron pasar horas, porque le pesaban los párpados y tropezó dos veces con sus propios pies. Casi se había dado por vencida cuando pasó por la entrada de una habitación de piedra, y ahí estaba Kian: con la cabeza agachada, sentado desnudo en un rincón, con las rodillas pegadas al pecho.

Nunca se había visto tan pequeño.

Un pedazo de su corazón se quebró al imaginar todas las noches que se había pasado así. Se agachó frente a él y suspiró.

—Con razón necesitas pastillas para el estómago.

El rey levantó la cabeza.

—Oh —dijo Cerise, agitando una mano—. ¿Puedes verme?

Kian se levantó lentamente y se aferró a la pared, alejándose de ella mientras sacudía la cabeza, horrorizado.

—No —jadeó—. No, no, no.

—Kian, soy yo. —Se tocó el pecho—. Soy Cerise.

Él se tapó la boca con una mano. Su mirada brillaba como si fuera a llorar.

—Solo soy yo —añadió en voz baja.

—Lo sabía —dijo con voz estrangulada—. Sabía que no debía hacerte caso. Daerick me dijo que mentías sobre tus periodos. Tiene hermanas adolescentes; él sabe de estas cosas.

—Kian, es…

—Esperé demasiado. —Todavía pegado a la pared, se pasó una mano temblorosa por el pelo. Parecía estar hablando solo—. Debí haberte llevado a casa cuando tuve la oportunidad. Lo sabía, pero no hice caso porque quería la Espada de Petros.

Cerise se acercó a él con cautela.

—Todo está bien, te seguí hasta aquí desde mi tienda. Estaba soñando, tú no podías notar mi presencia, pero yo sí podía observarte. Te vi besarme la frente. ¿Recuerdas haberlo hecho?

Algo pareció romperse en su interior. Acortó la distancia que los separaba y le tomó la cara bruscamente entre las manos, inclinando sus frentes hasta que lo único que separaba sus bocas era su aliento entremezclado.

A sus entrañas les brotaron alas y echaron a volar. El aroma de Kian le revolvía la cabeza. Alzó una mano para tocarlo; dudó una, dos veces, antes de posar las yemas de los dedos sobre su pecho y rozar los suaves rizos oscuros. Su respiración se agitó, y la de él también. Tragó saliva, le pasó las manos por los hombros y se las enroscó detrás de la nuca. Con un pequeño paso, se inclinó hacia él hasta que cada parte de su cuerpo quedó al ras del suyo.

La cercanía era demasiada y al mismo tiempo no era suficiente.

Alzó la cara y separó los labios sin querer. Deseaba que la besara más de lo que quería que latiera su corazón, pero entonces recordó por qué no podía.

«Un adorador de fe pura».

Para conseguir las runas del ocaso, tenía que demostrar que era digna. No podía arriesgarse a condenar a Kian a este infierno para siempre. Giró la cara hacia un lado, mirando las paredes de piedra, porque no podía verlo a los ojos. Ese momento le hizo recuperar la sobriedad lo suficiente como para recordarle otra razón para no besarlo: él la había estado evitando.

—No te entiendo —murmuró Cerise—. Tu espíritu todavía se siente atraído hacia mí, pero has estado más frío que nunca. Hace días que no me dices una palabra amable. No es justo que me trates así, como si ya ni siquiera te importara.

Él llevó una mano a la curva de su cuello mientras la abrazaba por la parte baja de la espalda y apretaba sus cuerpos.

—Me importas —susurró con voz adolorida—. Te deseo, Cerise, más de lo que me he permitido desear algo en mucho tiempo. Pero entonces me imaginé pasar la eternidad aquí, extrañándote, torturado por tu recuerdo. Pensé que sería peor tenerte y perderte que no haberte tenido jamás. Pero ahora, mira. Te perdí y me duele tanto que no lo puedo soportar.

Cerise levantó la mirada hacia él y vio que tenía los párpados cerrados.

—No me has perdido.

—Lo lamento —susurró Kian.

—Kian, mírame —Le acarició la mejilla—. Yo no lo lamento.

El rey exhaló y le mostró una sonrisa triste. Sus manos la rodearon con fuerza, como si quisiera meterla dentro de su cuerpo.

—Mi dulce y valiente dama del templo. Eso es porque acabas de llegar. —Le acarició la piel con los pulgares y añadió en un susurro ahogado—. No sabes dónde estás. —Una lágrima resbaló por su mejilla, caliente y húmeda contra las yemas de sus dedos—. No sabes que estás muerta.

CAPÍTULO DIECISÉIS

«Caigo».

«Caigo infinitamente».

«Caigo a través del tiempo y el espacio».

Cerise se despertó de una sacudida tan violenta que Azul aulló y cayó rodando de las mantas al suelo de lona. Cerise se puso una mano sobre el corazón, y su latido salvaje le confirmó que, efectivamente, seguía viva. En silencio, elevó una plegaria de agradecimiento a la diosa, mientras Azul se enderezaba y le lamía la barbilla.

—Lo siento, chico —susurró, abrazándolo con fuerza.

Respiró profundamente y exhaló despacio, repitiendo el proceso hasta que el corazón dejó de latirle con tanta fuerza. Cuando los restos de las imágenes se desvanecieron, se frotó los ojos e intentó determinar si era de día o de noche. La oscuridad que la rodeaba desprendía un tenue resplandor que podía ser el amanecer o el atardecer. Todavía acostada boca arriba, miró primero al techo de lona, luego a su izquierda y a su derecha, y se dio cuenta de que estaba en su tienda. Se preguntó cuánto tiempo llevaría ahí. Al asomarse por la rendija entre las solapas de la tienda, vio que el cielo se iluminaba un poco más.

«De mañana», decidió. Eso significaba que el rey llegaría pronto, suponiendo que su espíritu aún se sintiera atraído hacia ella. Después de cómo se había comportado últimamente, Cerise tenía sus dudas.

Se lamió los labios y buscó la cantimplora. Debía llevar una luna durmiendo, porque tenía tanta sed como para vaciar un estanque. Cuando encontró la cantimplora, se acomodó de lado y bebió profundamente. El agua tenía un sabor increíble, tan limpia y pura que no dejó de beber hasta que se terminó la última gota. Jadeando, se limpió la boca mientras el estómago le rugía. Las tortitas de avena y el melón de arena sonaban increíbles en ese momento, y también la carne de carnero y liebre. Se habría comido el suelo de la tienda de haber podido. Se dio unas palmaditas en el pecho, la burbuja que sentía detrás de las costillas había desaparecido. En cuanto a su estómago, la única sensación que sintió fue la voraz necesidad de meter comida en él.

—Me muero de hambre —le dijo a Azul, alborotándole la cabeza—. ¿Podrías cazarme algo de comer?

Azul se puso a dar saltos en su sitio y aulló como si aceptara el desafío. Luego se dio la vuelta y salió corriendo.

Cerise seguía acostada en su manta, debatiéndose entre levantarse y seguir a Azul o no, cuando una nube de humo abrió las solapas de la tienda y la bañó con un fresco y embriagador olor a piel masculina limpia. La sombra se detuvo junto a su cama y se materializó en carne. El rey apareció, completamente desnudo, sentado sobre su manta, con la cabeza agachada y las rodillas pegadas al pecho, exactamente igual que como lo había encontrado en su sueño. No levantó la vista hasta que ella se aclaró la garganta para llamar su atención.

Al oírla, volteó a mirarla. Tenía los ojos muy abiertos y la expresión desencajada. La miraba como si fuera un fantasma, incluso parecía haber dejado de respirar.

—Su Majestad, ¿se encuentra bien? —susurró Cerise.

El rey extendió la mano para tocarle el brazo y le dio un apretón para probar su solidez.

—Estás viva —dijo inhalando—. Estás viva de verdad.

Cerise asintió lentamente mientras caía en cuenta de lo que pasaba. ¿Había tenido una visión? ¿Por fin había recibido su don?

¿Y su extraño «sueño» con la Reverenda Madre? ¿También había sido una visión?

¿Dónde estaban los oráculos cuando los necesitaba?

—¿Cómo? —preguntó el rey en un susurro apenas audible—. ¿Cómo es posible? Nadie me había seguido antes en la oscuridad. Y eras de carne y hueso, te sentí.

Si era sólida, entonces no podía haber sido una visión. Su ardiente esperanza se convirtió en confusión.

—¿Estuve realmente con usted en ese lugar? ¿Sucedió en tiempo real?

¿Había visiones así?

—¿Cómo? —repitió el rey, pero enseguida sacudió la cabeza como si ya no le importara. Sus ojos de tormenta se clavaron en ella y le dirigió una mirada tan salvaje y primitiva, tan llena de hambre, que Cerise sintió que le paralizaba los pulmones.

Se quedó tan quieta como una presa cautiva en manos de un depredador. El rey se arrastró sobre ella y le tomó la cara con una mano, muy parecido a como había hecho en la habitación de piedra. Cerise se acostó sobre las mantas, lo miró y extendió las manos a sus costados. Una oleada de expectación inundó sus sentidos, pero no podía olvidar su propósito. Apretó una palma contra el pecho de Kian para detenerlo.

Era lo más difícil que había hecho jamás.

—No podemos —le dijo.

Él retiró la mano de su cara, pero se acercó más a ella, apoyándose sobre un codo hasta que Cerise pudo sentir el calor de su carne desnuda irradiando a través de la manta que le cubría las piernas.

—Perdóname por haber sido frío contigo —susurró—. Lo que dije en aquel lugar… lo dije en serio. Mi espíritu ya no me pertenece, ahora es de una mujer con demasiado amor en su interior, la mujer cuya luz dispersa la oscuridad. Mi espíritu desea a la patrona de los cachorros feos, las ranas tóxicas y los medios reyes tontos. —Su mirada recorrió su rostro, quemándola dondequiera que se posara—. Te deseo a ti, Cerise. Siento haberte dado alguna razón para dudarlo.

Volvió a acercarse a ella, pero ahora con deliberada lentitud, como si esperara recibir su permiso. Esta vez, Cerise no tuvo fuerzas para rechazarlo. Le tomó la mano y se la puso en la mejilla, manteniéndola allí.

—Kian —empezó, pero antes de que pudiera terminar su idea, él bajó la boca hasta la suya y le dejó la mente en blanco.

No era un sueño, ni una extraña visión. El rey la estaba besando... si es que podía llamarlo así, porque la forma como utilizaba su boca redefinía el acto de besar como ella lo conocía. Era mucho más que dos pares de labios apretándose uno contra otro. Cada movimiento de Kian era letal, cada tierno roce y cada mordisco provocador la tocaban en lugares que sus manos no estaban recorriendo. Ella se abrió a él, saboreando su boca, acariciando su lengua con la suya, tanteando más y más profundamente sin saciarse nunca. Con el pulso retumbándole en los oídos, lo jaló para acercarlo más y apoyar su pecho sobre el suyo; necesitaba sentir más su peso por miedo a que su cuerpo se fuera flotando si él no la anclaba al suelo.

Kian acercó los labios a su oreja, donde susurró su nombre con un aliento urgente que le provocó escalofríos. Ella se desnudó el cuello y se retorció mientras él la besaba de la oreja al cuello. El rey apartó la blusa de Cerise, le mordió la parte superior del hombro e hizo que pusiera los ojos en blanco. Luego le separó los muslos cubiertos de lino con una rodilla. Cerise no sabía qué esperar y no estaba preparada para el torrente de sensaciones que siguió cuando él se balanceó contra ella. El placer creció entre sus muslos, tan caliente e intenso que no pudo reprimir un gemido que nació en su garganta.

En ese momento, Azul irrumpió en la tienda. Debió pensar que sus gemidos eran de dolor, porque le dio una fuerte mordida al rey en la nalga.

Kian se apartó, maldiciendo en voz baja. Cuando se movió para revisarse la herida, le permitió a Cerise ver a Azul, que había dejado caer una liebre sin vida en el suelo de la tienda.

Cerise apretó la quijada y exhaló por la nariz un largo suspiro para tranquilizarse. Toda la sangre de su cuerpo parecía haberse acumulado entre sus piernas, creando un punto de pulso nuevo y palpitante que ansiaba el contacto de Kian. Intentó apagar la sensación, tenía que controlarse, ya había dejado que las cosas fueran demasiado lejos.

Kian se frotó la nalga y le lanzó una mirada fulminante a Azul.

—Creo que alguien está celoso.

Azul se acostó y apoyó la cabeza junto a la almohada de Cerise, al parecer confiado en que la amenaza contra su seguridad había pasado. Cerise suspiró otra vez, su cuerpo seguía luchando contra ella, pero al menos estaba recuperando el sentido. Miró el trasero del rey y descubrió que su piel estaba intacta. Gracias a la diosa, Azul los había interrumpido.

Kian volvió a inclinarse sobre ella.

—Bueno, ¿en qué estábamos?

Cerise puso una palma contra su pecho.

—No podemos.

—¿Qué pasó? —Kian se apartó para mirarla, con los ojos llenos de deseo—. ¿Te da miedo que alguien nos oiga?

—No —respondió—. Bueno, sí, pero no por eso tenemos que detenernos.

Cuando él alzó una ceja interrogativa, ella le contó lo mucho que le preocupaba el acto del amor: cómo la Orden le había afirmado que atenuaría las visiones o le impediría recibirlas en un principio.

—Y eso no es todo —continuó en un susurro—. El diario de la madre Strout decía que las runas del ocaso solo se presentarían a un adorador de fe pura.

—Tienes la fe más pura que he conocido.

Ella sacudió la cabeza. La fe del corazón no era suficiente.

—La Orden dice que tengo que entregarme completamente a la diosa, en cuerpo y alma.

—¿Y le crees?

Cerise se mordió el labio, ya no sabía qué creer.

—¿Ayudaría si te dijera que los sacerdotes están equivocados? —preguntó Kian, pero después negó inmediatamente con la cabeza—. Claro que no, sembraron sus semillas en ti cuando solo eras una niña, ahora esas raíces son profundas.

Cerise tomó su rostro con las manos. Necesitaba romper las maldiciones; necesitaba ser digna de las runas del ocaso y luego recibir las visiones para poder usar su don para ayudarlo. Su habilidad de la noche anterior para seguirlo en la oscuridad, significara lo que significara, no parecía servir de mucho. Si había una posibilidad de que ella pudiera recibir un verdadero don, uno útil, tenía que protegerla.

—No falta mucho para mi Día de Atribución —le dijo—. No veo qué hay de malo en esperar.

—¿Y si recibes las visiones? —le preguntó Kian—. ¿Qué va a pasar entonces? ¿Tendrás tanto miedo de oscurecer tu don que acabarás oscureciendo tu propia luz?

Cerise lo miró, no sabía qué responderle.

—Cerise, respeto tu decisión —susurró Kian—. Pero como rey, sé un par de cosas sobre el control. Los reyes que me precedieron gobernaron con el miedo, mi padre fue uno de ellos. Y estrictamente hablando, el miedo funciona, es un estímulo poderoso. Pero una persona que tiene que aterrorizar a su pueblo hasta la sumisión es un líder pobre y sin imaginación. Un gobernante fuerte inspira a otros a seguirlo, lo mismo ocurre con la fe. Cualquier orden que merezca tus oraciones dirigirá por inspiración, pero una orden falsa creará ilusiones que aterren para controlarte. Te confundirán, como estás confundida ahora. Te pedirán que no los cuestiones. Inventarán reglas y consecuencias que no existen para que tengas miedo de desobedecerlas, así como tienes miedo de desobedecerlas ahora. Así que pregúntate, ¿por qué los sacerdotes no pueden inspirarte mediante su gracia? ¿Será porque no la tienen?

—Pero ¿por qué iban a mentir sobre esto? —preguntó Cerise—. ¿Qué ganan de que me mantenga célibe?

—Tal vez nada. Tal vez solo te están manipulando porque pueden.

Ella no lo creía. Nadie mentía sin una razón, requería demasiado esfuerzo.

—No sé qué es verdad —admitió Cerise—. Solo sé qué me hace sentir bien.

—¿Significa que mis caricias se sienten mal?

—No —le dijo de inmediato. Se negaba a dejarlo creer, aunque fuera por un momento, que su contacto era cualquier cosa menos que su mayor alegría—. Tal vez tenga miedo de algo que no es real, pero no quiero correr el riesgo. Hay demasiado en juego, no solo para ti y para mí, sino también para Daerick, el bebé de mi hermana y todos los primogénitos que sufrirán si fracaso. Por favor, dime que lo entiendes.

Un destello de decepción atravesó el rostro del rey, pero volvió a tomarla de las mejillas con ambas manos y le dio un beso casto en la frente.

—Si para ti es importante que esperemos, entonces también es importante para mí. —Le guiñó un ojo—. Aunque es posible que ya haya arruinado tu reputación, mi señora del templo. Estas paredes de lienzo son más delgadas de lo que crees.

Cerise se quedó paralizada, con los ojos muy abiertos.

—¿Crees que alguien nos haya oído?

—Supongo que lo averiguaremos pronto.

Y así fue, un rato más tarde, cuando salieron de la tienda después de vestirse para el día y se encontraron ante una multitud de miradas incómodas. Sin duda, el grupo había oído sus gemidos. Cerise se ruborizó de vergüenza, solo podía imaginar lo que todos estaban pensando.

Nerón le dirigió una mirada divertida y se rio para sus adentros mientras metía su tienda plegada en una bolsa. Sin mediar palabra, le entregó la liebre que Azul había cazado y luego se acercó al fuego para prepararse una taza de avena. Daerick y el general Petros también estaban preparando su desayuno. Cuando Cerise se reunió con ellos se rascaron la nuca y se quedaron viendo sus zapatos. Le recordaron a dos hermanos sobreprotectores que se armaban de valor para tener una conversación incómoda sobre los hombres. Y si ella era la hermana de esta familia imaginaria, el padre Padron era el patriarca. Le lanzó una mirada de reproche que hizo que quisiera sacarle la lengua y recordarle que no era su verdadero padre.

—Podría esperar esto del rey, pero no de ti —le dijo el padre Padron con los dientes apretados en cuanto se quedó a solas con ella. Había terminado de ensillar su caballo e insistió en ayudarla con el suyo, una oferta que Cerise sabía que no debía rechazar—. La diosa te dio un cuerpo de carne para que pudieras servir a su voluntad, no para que te convirtieras en un recipiente de la lujuria de los hombres.

Cerise se volteó hacia él, dejando la silla desabrochada. Nunca había escuchado una visión tan retorcida del amor o de las mujeres. No solo la ofendían las palabras groseras, sino también la insinuación de que lo único que Kian quería de ella era placer, como si eso fuera lo único que ella podía ofrecerle. Como si ningún hombre, y menos un rey, pudiera tener un interés distinto en ella.

—Siento que piense tan poco de mí —le respondió, e inmediatamente se corrigió—. No, no lo siento, porque yo no he hecho nada malo. El rey apenas me puso una mano encima.

—No sonaba así.

Otra oleada de calor enrojeció las mejillas de Cerise. No era para nada de su incumbencia. Ella misma había decidido detener a Kian por precaución, no porque el acto del amor fuera vergonzoso.

—No pasó nada y, aunque hubiera sucedido, los pergaminos no prohíben que un oráculo ame.

—Oscurece las visiones.

—Pero, ¿cómo lo sabemos? —preguntó Cerise—. He oído hablar de videntes poderosas que se enamoran. ¿Dónde está escrito que el amor oscurece las visiones? Si la diosa no quería que los oráculos amaran, ¿por qué no las libró del deseo de hacerlo, como hizo con los sacerdotes?

El padre Padron no debía tener una respuesta lógica, porque en lugar de responder a su pregunta, optó por aprovecharse del peor temor del corazón de Cerise.

—No durará —le dijo—. Aunque rompas la maldición del rey, acabará dejándote.

Cerise negó con la cabeza, se negaba a creerlo.

—Los reyes se casan por el poder y por la paz —continuó el padre—, no por amor. Incluso la difunta reina no era una plebeya cualquiera. Tenía influencia sobre el pueblo, su respeto. El viejo rey creyó que la unión con ella haría que la gente también lo respetara a él. Nunca la amó, y no era un secreto.

El padre Padron se inclinó para que ella pudiera verlo mejor. No fue tanto un gesto de ternura como un medio de infligirle más daño.

—Podrías ser su concubina. —La palabra hizo que Cerise se estremeciera, exactamente lo que él pretendía—. ¿Eso es lo que quieres? ¿Pasarte la vida esperando en tus aposentos a que el rey acuda a ti cuando haya terminado de acostarse con su esposa? ¿Deseas alimentarte con las sobras de otra mujer? ¿Ver cómo forma una familia legítima con la reina mientras que tu vientre se hincha con un bastardo?

Cerise no soportaba ni pensarlo, mucho menos responder.

—Entonces, por lo que más quieras, Cerise entrégate a él. Abandona tu vocación, abandona tener un propósito más alto. Sin embargo, yo no creo que esa sea la vida que quieres, Cerise. Así que ten con cuidado con quienes más te importan, de lo contrario, tu camino será solitario y te llevará a la ruina. —Montó su caballo y la dejó con un pensamiento de despedida—. Eso es lo que te arriesgas a perder.

CAPÍTULO DIECISIETE

Cerise no tuvo forma de acallar el eco de la voz del padre Padron durante el resto del día. Sus advertencias resonaban al compás de los cascos de Ash: «no durará, no durará, concubina, concubina». Un nuevo temor le apretó el pecho y le recordó lo que Kian le había dicho en la oscura habitación de piedra: que temía más el dolor de perderla que la decepción de no haberla tenido nunca. En ese momento, ella había pensado que era una tontería dejar que el miedo al mañana le robara la alegría del presente. Sin embargo, ahora lo entendía muy bien.

Apenas habían pasado unas horas desde que el rey le había prometido su alma, y ya sentía el miedo de perderlo. Se le formó una bola de hielo en el estómago al imaginar que le entregaba su amor, lo liberaba de su maldición y luego lo veía casarse con otra mujer. Sin embargo, ese sería el inevitable resultado. Un rey necesitaba herederos legítimos, y a las damas del templo no se les permitía casarse.

El padre Padron tenía razón: su tiempo con Kian no podía durar.

Intentó decirse a sí misma que no importaba, que cada estación tenía un propósito, y que ahora era el verano de su vida. Podía disfrutar el calor del verano o no, pero temer el arribo del invierno no impediría que llegara el frío. Tenía que ser valiente para amar... Una idea engañosamente sencilla, pero que era en realidad el reto más difícil al que se había enfrentado nunca.

Se distrajo de sus atormentados pensamientos cabalgando junto a Daerick en la parte posterior de la caravana, donde le compartió en susurros los detalles de su visita al inframundo de Mortara la noche anterior. Daerick la había estado observando atentamente aquella mañana desde su repentina recuperación de sus dolencias. Como Kian le había dicho, su excusa sobre sus periodos no lo había engañado. Ella también sospechaba que su recuperación estaba relacionada con la visita a las sombras. La concurrencia de los dos eventos no podía ser una coincidencia.

—Al principio pensé que era una visión —añadió Cerise en voz muy baja, para que el padre Padron no la oyera—. Y que por fin estaba recibiendo visiones, pero mi espíritu abandonó mi cuerpo y luego volvió a él. Eso no se parece a ningún trance o visión de los que haya oído hablar.

Daerick alzó una mano.

—Un momento, ¿me estás diciendo que el inframundo es un lugar que existe de verdad, pero que es un purgatorio para los primogénitos Mortara?

—Así lo parece. —Por un momento, Cerise olvidó sus preocupaciones. No podía imaginar nada peor que volver a ese lugar cada noche, excepto quedarse ahí para toda la eternidad. Ahora más que nunca, sentía sobre sus hombros el peso de la maldición de Kian.

—Suena casi como si hubieras experimentado una proyección astral —murmuró Daerick—. ¿Pero dices que tu cuerpo era sólido cuando seguiste a Kian a través del portal?

—Sí. Estoy segura.

—Entonces no sé cómo llamar este nuevo don tuyo.

—¿Don? —preguntó Cerise. Solo había ocurrido una vez—. ¿Cómo sabemos que es un don?

—Bueno, no lo sabemos —admitió Daerick—. Lo sabremos cuando puedas repetirlo, pero me comentaste que Kian te dijo que eres la única que lo ha seguido en las sombras. Hiciste algo que nadie más puede hacer, si esa no es la definición de un don, entonces no sé lo que es.

—De acuerdo, digamos que es un don —dijo Cerise—. ¿Crees que sea el único que vaya a recibir? Mi Día de Atribución es muy pronto. ¿Me estaré engañando a mí misma esperando tener visiones?

Daerick se rio sin humor.

—¿En estos tiempos tan inusuales? ¿Quién podría decirlo? Todavía faltan varias lunas para mi Día de Atribución, y tú misma viste mi lapso de cordura. Las reglas de la naturaleza ya no parecen importar.

En ese momento, Cerise volteó la mirada hacia la parte delantera de la caravana y vio que el caballo de Kian necesitaba un jinete. Kian no debía haber desaparecido hacía mucho tiempo, porque su ropa seguía colgando sobre la silla de montar. Mientras el montón de lino se deslizaba hacia el sendero de tierra compacta, el general Petros desmontó suavemente a su bestia y rescató la ropa del rey antes de reanudar la marcha, como si nada hubiera pasado. Ya nadie parecía sorprenderse por las desapariciones de Kian, que perdiera horas de luz se había convertido en algo habitual, y eso le preocupaba.

—La cuestión es ¿por qué? —le preguntó a Daerick—. ¿Por qué crees que la maldición esté rompiendo el velo del tiempo?

Daerick echó una mirada pesada al paisaje a ambos lados del sendero: el suelo agrietado y estéril, las plantas secas, la inmensidad de la muerte a su alrededor.

—Creo que es por este lugar. La destrucción es muy profunda, nunca ha ocurrido nada bueno en esta montaña.

Cerise le tocó la mano y le dio un apretón tranquilizador.

—A ver si podemos cambiar eso.

El grupo se acercaba a la cima de la montaña a mediodía. Desde donde estaban todavía no podían ver el Santuario Asolado, pero cuando Cerise miró por delante de Nerón, se dio cuenta de que no había mucho más camino que escalar… a menos que pretendiera llevarlos por un precipicio.

Se abanicó la nuca con la mano. La temperatura a esta altura era insoportable, y el aire era demasiado ligero y apestaba a putrefacción. No importaba cuántas respiraciones hiciera, no podía satisfacer sus pulmones. Azul también estaba teniendo dificultad para respirar, jadeaba mientras trotaba junto a su caballo, y el pobre Ash también había alentado el paso, mientras que sus costillas se expandían entre las rodillas de Cerise.

—No falta mucho. —Le frotó el cuello a Ash y se dirigió a Nerón—: ¿Verdad?

Nerón asintió, al parecer demasiado cansado para articular palabras. El grupo continuó en silencio durante un rato, hasta que el camino se empinó tanto que los caballos no pudieron mantener el equilibrio y la carreta amenazó con volcarse. La caravana se detuvo ahí y ataron a los caballos a un matorral seco antes de seguir a Nerón por el sendero que llevaba hasta la cima de la montaña.

Lo que encontraron a continuación explicaba el repugnante olor.

El Santuario Asolado se alzaba ante ellos en el pico más alto de la cima. Tenía un diseño sencillo; estaba construido con tres estrechas losas de ónix que formaban una mesa que llegaba hasta la cintura. En la base del santuario yacían los restos putrefactos de lo que parecía ser un venado o tal vez un alce, una bestia que antaño fue majestuosa y que ahora se retorcía llena de gusanos. La diosa había rechazado la ofrend, si Shiera la hubiera aceptado, el cadáver habría sido consumido por su llama sagrada.

—Penoso —murmuró el padre Padron.

Cerise compartió una mirada pesada con el padre Padron mientras se tapaba la nariz con el pañuelo. Era un sacrilegio profanar un lugar sagrado con el olor de la muerte. Si el santuario estuviera situado en un lugar más accesible, los sacerdotes lo protegerían y se asegurarían de que las ofrendas rechazadas fueran retiradas y quemadas. Quienquiera que hubiera dejado el cadáver pudriéndose al sol no había sido digno del favor de Shiera. La diosa había sido sabia al rechazar su solicitud.

Azul gimió y enterró su hocico bajo las patas. El olor tenía que ser especialmente insoportable para una nariz tan sensible como la suya. Mientras Cerise se inclinaba para acariciarle la nuca a Azul, saboreó el sabor eléctrico de la magia y vio que el padre Padron extendía una palma hacia el santuario. El cadáver empezó a chisporrotear y a humear hasta que lo único que quedó de la enorme bestia fue un montón de cenizas, que el padre Padron barrió de la cima con un gesto de la mano. Después, despejó el aire y le indicó a Cerise que podía continuar.

El camino hacia el santuario era poco más que un escarpado camino de piedras que había que escalar, lo que significaba que tendría que recorrer el resto del camino sola. Le ordenó a Azul que se quedara con Daerick y luego miró al grupo por última vez con la esperanza de que Kian reapareciera. Después de todo el esfuerzo que habían hecho para llegar al santuario, deseaba compartir ese momento con él. Pero como no ocurrió así, se palpó los bolsillos para asegurarse de que sus ofrendas seguían allí, y avanzó hacia las rocas.

Antes de empezar a subir, se arrodilló y pasó un beso de la punta de sus dedos al suelo en señal de respeto por su entorno. Shiera, la gran diosa misma, había estado una vez en esa cima hacía mil años, cuando había tomado una forma mortal. Cerise escaló la primera roca escarpada y se imaginó cómo habría sido estar allí, contemplando a la diosa en un cuerpo de carne. Se imaginó la armadura dorada de Shiera brillando al sol, con sus musculosos brazos cruzados, mientras observaba su creación con una expresión de misericordia e ira.

Ese pensamiento hizo que sintiera escalofríos.

Continuó subiendo, ignorando el dolor de las afiladas piedras que le oprimían las palmas. La fantasía de estar pisando los pasos de Shiera la envolvió tan completamente que no se dio cuenta cuando una de las correas de sus sandalias se rompió a la mitad. Cuando se dio cuenta, el pie izquierdo se le había salido del zapato e iba cayendo de espaldas hacia el suelo rocoso. Apenas tuvo tiempo de ahogar un grito antes de aterrizar con tanta fuerza que se le salió el aire de los pulmones.

El grupo jadeó colectivamente. Nadie habló ni emitió sonido alguno, salvo Azul, que gimió y corrió al lado de Cerise. Azul ayudó a Cerise a sentarse y el resto del grupo la rodeó mientras ella se palpaba el cuerpo en busca de daños. No le había pasado nada. Milagrosamente, ni siquiera estaba adolorida. Cuando miró hacia atrás, hacia el lugar donde había caído, descubrió una piedra afilada que sobresalía del suelo como la hoja de una sierra. La piedra debió haberle cortado la columna vertebral, o al menos haberse encajado en la espalda. Sin embargo, parecía haber rebotado en ella.

Incrédula, miró al grupo y vio que el padre Padron se apoyaba las manos en las rodillas, exhausto, como si hubiera empleado su energía en salvarle la vida. Aunque no era posible, no sentía magia en el aire.

—¿Usted…? —le preguntó.

—No. —El padre Padron negó con la cabeza—. No tuve tiempo de actuar.

—Entonces, ¿cómo es que estás viva? —le preguntó Daerick—. No es que me queje, desde luego, pero muy pocas cosas están más allá de mi entendimiento, y tu habilidad para engañar a la muerte se está convirtiendo rápidamente en una de ellas.

Cerise sintió el colgante de Nina caliente bajo su camisa. El collar de su hermana la había protegido una vez más, pero como había jurado guardar el secreto, Cerise no podía decirlo.

—Supongo que la diosa…

—¿Trabaja de formas misteriosas? —terminó Daerick, con un toque de sarcasmo que no se le escapó a Cerise.

—Sí, sus bendiciones abundan —le respondió.

Aunque Daerick era demasiado listo para dejarse engañar por su excusa, no discutió con ella.

—Por muy bendita que seas —le advirtió—, intenta ser más cuidadosa.

—Quizá haya sido una lección —dijo Cerise mientras se quitaba la otra sandalia—. Debería haberme quitado los zapatos antes de pisar suelo sagrado. —Miró al padre Padron—. ¿No está de acuerdo, Excelencia?

El padre Padron la observaba como si fuera un rompecabezas incompleto. Asintió, ausente, pero estaba claro que su excusa tampoco lo había engañado.

Antes de que pudieran seguir interrogándola, Cerise se levantó y se limpió las manos. Le ordenó a Azul que se quedara con Daerick una vez más y reanudó el ascenso por las rocas, concentrándose en sus asideros y manteniendo su mente en el presente. Las piedras afiladas le perforaban los pies, pero el contacto le daba una sensación de conexión que le permitió escalar la cresta sin más tropiezos. Minutos después, Cerise se encontró a salvo en lo alto de la cima y se acercó al Santuario Asolado, cuya superficie de ónix brillaba a la luz del sol a pesar de haber recibido y quemado mil años de ofrendas.

El aire en torno al santuario permaneció anormalmente quieto, como si el mundo, asombrado, contuviera la respiración. Cerise también contuvo la respiración. De repente se dio cuenta de que estaba más cerca que nunca de la diosa. Plantó los pies descalzos sobre la piedra y dejó que su carne absorbiera la historia de aquel lugar.

Por primera vez, comprendió el significado del Pico Asolado, la razón por la que se consideraba sagrado. Los actos de amor y traición que habían tenido lugar en ese pico representaban el espectro completo de la luz a la oscuridad, como la propia Shiera. En la montaña había un equilibrio que Cerise jamás habría notado si Nerón no le hubiera mostrado el oasis secreto de lo Profundo. Mientras que la superficie de la montaña estaba abrasada por la destrucción, en las profundidades, oculto en otra dimensión, existía un pequeño paraíso rebosante de belleza.

Como es arriba, así abajo. La diosa encarnaba todas las cosas.

—Madre Shiera, señora de los mundos —comenzó Cerise con la voz cargada de emoción—, acudo a ti con dos humildes regalos y, a cambio, te pido que tus runas me guíen hasta la Espada de Petros. —Sacó el colmillo de hiena titán y lo levantó hacia el cielo—. En primer lugar, te ofrezco un símbolo de oscuridad, pues es la oscuridad lo que define la luz. Sin sufrimiento, la alegría se opaca. Sin dolor, el placer carece de sentido. Y sin la promesa de la muerte, el tiempo no tiene valor. Tu oscuridad es un regalo.

Cerise colocó el diente sobre el altar de ónix y al instante, una llama negra lo consumió, desapareció. El corazón de Cerise latía de emoción. La diosa había escuchado su plegaria y aceptado su primer sacrificio.

—En segundo lugar, te ofrezco un símbolo de luz —dijo Cerise, sacando la flor seca de lavanda que había arrancado de lo Profundo—. Porque es por medio del calor del sol y la belleza de tu creación como sentimos tu amor. Y tu amor es lo que hace que merezca la pena vivir. Tu luz es un regalo.

Colocó la flor en el altar y también se consumió. Sin embargo, aunque la ofrenda había sido aceptada, Cerise sintió la necesidad de hacer algo más, de dar más. Había demasiada gratitud en su interior para contenerla, así que hizo lo primero que se le vino a la mente y llamó a la diosa con su canto. Empezó a cantar una alabanza sencilla que había aprendido de niña, pero su letra reflejaba perfectamente cómo se sentía.

«Desde los rayos dorados del sol hasta la sombra más negra de la noche,

tu sagrada presencia llena mi corazón de dolor y deleite.

Tu poder es eterno, tu mano es cruel y bondadosa,
tu misericordia concibió mi alma, y así estamos entrelazadas».

Cerise nunca se había sentido orgullosa de su voz, pero cerró los ojos, dejó a un lado su ego e infundió todo el amor y la fe de su corazón en cada nota. Terminó su alabanza y volvió a abrir los ojos.

Sobre el altar había un par de dados de diez caras. Cada dado había sido tallado en mármol y sus facetas de piedra mostraban símbolos de una lengua antigua que Cerise aún no había aprendido.

La diosa la había favorecido.

Justo cuando estaba por recoger las runas, la diosa la sorprendió con un segundo regalo. Un fresco beso de lluvia cayó del cielo, brilló a la luz del sol y llenó el aire de prismas de colores. Cerise extendió los brazos para empaparse de la niebla, y sonrió de alegría mientras la humedad le nublaba la vista. No necesitaba tener visiones para comprender que la diosa le respondía cantando. Lo sentía en el alma, y el calor que resplandecía en su pecho era más hermoso de lo que jamás hubiera imaginado.

La había considerado digna, incluso después de que había perdido el control con Kian en la tienda, la diosa sabía lo que había en su corazón.

Fe pura.

Cuando Cerise recogió las runas del ocaso y regresó con el grupo que la esperaba abajo, descubrió que el rey había vuelto a aparecer. Kian estaba al pie de las rocas, nada más con unos pantalones de lino y una sonrisa tan llena de adoración y orgullo que a Cerise se le hizo un nudo en la garganta por la nueva emoción. A su lado, el general Petros se puso la mano sobre el corazón y Nerón fingió que se sacaba una mota de polvo del ojo. Incluso el padre Padron le sonrió, aunque su mirada expresaba un tácito «te lo dije», un recordatorio del sermón que le había dado aquella mañana sobre el riesgo de abandonar su propósito divino.

Azul fue el primero en recibirla cuando llegó a la base de las rocas. Daerick lo seguía de cerca, y sus ojos brillaban por las lágrimas.

—Lo lograste —le dijo Daerick—. No creí que fuera posible, pero hiciste que ocurriera algo bueno en esta montaña.

Cerise le devolvió la sonrisa mientras abría la palma de la mano para mostrarle las runas del ocaso.

—Ahora hagamos que sean dos.

CAPÍTULO DIECIOCHO

Las runas del ocaso no venían con instrucciones, pero según lo que Daerick le había dicho a Cerise, debía lanzar los dados al atardecer, y las runas le indicarían respectivamente la distancia que debía recorrer y la dirección que debía tomar al día siguiente.

Cerise miró la posición del sol, era mediodía. Faltaban unas cinco horas para la puesta de sol y no había forma de saber qué dirección debía tomar la caravana desde la cumbre. Todo el tiempo que pasaran en la silla de montar podría ser tiempo perdido.

—Ya tenemos las runas —le dijo al grupo—. ¿Ahora qué?

Kian señaló con el pulgar el empinado sendero que habían escalado ese mismo día.

—Volvamos al claro donde acampamos anoche. Sabemos que está más o menos protegido, y el trayecto es lo suficientemente corto como para que podamos llegar antes de que oscurezca. La altura ha sido dura para los caballos, necesitan descansar.

—Y tomar agua —dijo Nerón, asintiendo—. Hay un manantial cerca del campamento. Y volví a poner todas mis trampas antes de que nos fuéramos. Deberíamos tener una presa para la cena, aunque solo sea una liebre.

—Entonces está decidido —le dijo Kian al grupo—. Volveremos sobre nuestros pasos hasta el claro y al atardecer lanzaremos las runas para planear el viaje de mañana.

Una vez decidido esto, los seis descendieron por el empinado sendero de la cumbre hasta la espesura donde habían dejado los caballos y la carreta. Luego dieron la vuelta y siguieron el mismo sendero de tierra compactada que habían recorrido al comienzo del día. A última hora de la tarde, llegaron a su campamento anterior y se repartieron las tareas de montar las tiendas, encender el fuego, dar de comer y beber a los caballos y preparar la cena. Nerón se llevó a Azul con él para revisar sus trampas y volvieron con varios conejos, que Nerón limpió y asó en un espetón.

Aunque la liebre era la comida que menos le gustaba a Cerise, estaba tan hambrienta por el viaje del día que se le hizo agua la boca mientras la carne se asaba. Lanzó una mirada celosa a Azul, que no tenía que esperar a que se cocinara su comida. Mientras Azul engullía su conejo crudo, Cerise se dio cuenta de que había vuelto a crecer. El dulce cachorro que una vez había acunado en la palma de su mano era ahora tan alto como un venadito, y necesitaba tanta comida que tenía que dejar que cazara solo durante el día. Se preguntaba cuándo alcanzaría su tamaño máximo. Las arrugas de su piel le indicaban que aún tenía que crecer. Si seguía desarrollándose a este ritmo, podría volver al palacio sobre el lomo de Azul en lugar del de Ash.

A medida que el sol se acercaba al horizonte, Cerise y los demás se reunieron alrededor del fuego y cenaron papas asadas, tortitas de avena y conejo asado. Todos menos el padre Padron, que había decidido ayunar en su tienda. Nerón y el general Petros devoraron su comida sin decir palabra mientras Cerise estaba sentada entre Kian y Daerick, examinando las marcas de las runas del ocaso.

—¿Puedes leer estos símbolos? —le preguntó Cerise a Daerick.

Daerick tenía la boca llena, así que solo la miró como si estuviera insultado.

—Claro que puedes —dijo ella—. Perdóname.

Pero aún quedaba un problema. La hora de lanzar los dados se acercaba rápidamente, pero también la hora de la desaparición nocturna de Kian en las sombras. Si Cerise quería intentar seguir a Kian a través del portal otra vez, tendría que dormirse antes de la puesta de sol. No podía estar despierta para lanzar las runas y dormida para seguir a Kian al inframundo.

Miró la baja posición del sol, quizá pudiera lanzar las runas ya.

—Es casi el crepúsculo —anunció sin dirigirse a nadie en particular—. La hora está bastante cerca, ¿no les parece?

Nerón y el general Petros se encogieron de hombros.

—No veo nada de malo en intentarlo —dijo Kian y miró a Daerick—. ¿Y tú?

—No se me ocurre nada. —Daerick extendió una mano permisiva—. Aunque sea demasiado temprano para lanzar las runas, dudo que te exploten en la cara.

—Muy bien. Aquí vamos. —Cerise apartó el polvo del suelo frente a ella—. Madre Shiera, señora de los mundos, por favor guía nuestro camino. —Lanzó los dados con cuidado de no acercarlos demasiado al fuego. Los dados se precipitaron hacia delante, pero en lugar de detenerse, invirtieron su dirección y volvieron a rodar hasta su mano.

Cerise frunció el ceño. Quizá fuera demasiado temprano.

Nerón la señaló mientras hacía una pausa para tragar un bocado de comida.

—Diles a los dados lo que buscas y vuelve a intentarlo.

Cerise se llevó las runas a los labios y susurró:

—Madre Shiera, señora de los mundos, llévame al escondite de la Espada de Petros. —Lanzó los dados una vez más, y esta vez rodaron hacia delante y aterrizaron firmemente en su lugar—. ¡Creo que funcionó!

Daerick entornó los ojos para mirar los símbolos que aparecieron en los dados.

—Parece que debemos viajar hacia el suroeste durante veinte kilómetros.

—Veinte kilómetros —Nerón miró en una dirección que Cerise solo pudo suponer que era el suroeste—. No será un viaje fácil, el camino es difícil en esa dirección.

—Entonces asegurémonos de salir lo más cerca posible del amanecer —dijo Kian—. Todos descansen bien esta noche, necesitarán fuerzas.

El consejo del rey de descansar bien no pudo llegar en un mejor momento, porque le dio a Cerise una excusa para preguntar si alguien tenía un tónico para dormir que pudiera compartir con ella. Aunque el día había sido agotador, conciliar el sueño de forma natural lo suficientemente profundo como para separar su espíritu de su cuerpo podría requerir más tiempo del que disponía.

—Yo tengo hoja de hoya. —Nerón frunció el ceño—. Aunque no te hará dormir. Podemos buscar hierba del sueño…

—¡Huesos de Shiera, no! —dijo el general Petros—. Acabaremos todos en coma; lo que necesita es un sorbo de esto. —Sacó una cantimplora de cuero de su alforja y se la entregó—. Jarabe de arrurruz; lo hace mi mujer en el templo. —Levantó un dedo—. Funciona rápido, así que espera hasta que estés lista.

—Ya estoy lista —le respondió Cerise. Tomó la cantimplora del general Petros y le dio las gracias cubriéndole con su mano los nudillos llenos de cicatrices.

—Que duermas bien, mi niña —le dijo el general.

Como había prometido, el jarabe hizo su trabajo.

Cerise bebió un trago del tónico y cuando hubo terminado la otra mitad de su tortita de avena y unos cuantos bocados más de liebre, se le nubló la vista y el plato se le cayó de la mano. Afortunadamente, Azul estaba ahí para rescatar la carne antes de que cayera al suelo. Azul se lamió los cachetes y miró a Cerise para pedirle más; de repente, tan solo ver sus ojos redondos y negros despertó tanta emoción en el interior de Cerise que se le escapó una lágrima.

—Te amo —le dijo a Azul. Tomó a su enorme cachorro en brazos y lo abrazó con fuerza, soltándolo solo cuando sus músculos se aflojaron y le permitieron marcharse. Luego miró a Daerick y le dijo que también lo amaba. Daerick soltó una carcajada, pero a ella no le importó. Uno a uno, recorrió el grupo con los ojos empañados, empezando por Kian, el rey oscuro y sensual que la cautivaba con su mirada infinita; luego el general Petros, el guerrero de corazón tierno, y por último, Nerón, valiente y fuerte. Todos ellos habían labrado un lugar permanente en su corazón.

—Yo le doy de comer a Azul —le ofreció Daerick, señalando las tiendas con la cabeza—. Adelántate, vete a la cama, chiquilla amante.

Cerise intentó levantarse demasiado rápido, y el mundo se inclinó sobre su eje. Afortunadamente, Kian estaba ahí para agarrarla por el codo y guiarla hasta su tienda. Una vez que atravesaron las solapas de lona, hizo un gesto para acostarla sobre las mantas, pero ella se resistió y señaló un montón de ropa de gran tamaño que había dejado antes en el suelo.

—Primero ayúdame a ponérmela —balbuceó.

Kian ladeó la cabeza, confundido.

—¿Quieres cambiarte de ropa?

—No, ponérmela encima —murmuró Cerise.

—¿Encima de la ropa que traes puesta? —preguntó Kian.

—Ajá. Lo… entenderás… más tarde.

Él la obedeció sin discutir. El mareo la hacía torpe, así que tardó varios minutos en vestirla con las capas adicionales. Una vez logrado, le ayudó a bajar su cuerpo hasta las mantas y luego le sostuvo la nuca mientras se recostaba sobre una almohada que habría jurado que no estaba ahí. Al instante, su cuerpo se fundió con las suaves sábanas y no pudo distinguirlo de la cama.

Kian se apoyó en un codo a su lado y esbozó una sonrisa torcida.

—Mi señora del templo, eres increíblemente adorable cuando estás borracha.

El techo de lona giraba tanto que Cerise tuvo que cerrar los ojos para detenerlo. Una vez cerrados, sus párpados no quisieron volver a abrirse. Se hundió cada vez más en un hueco de calor. Pronto, sus sentidos se quedaron en blanco y no quedó nada.

No supo cuánto tiempo pasó antes de que recuperara la conciencia. Cuando volvió en sí, se encontraba sentada con las piernas cruzadas a los pies de su cuerpo dormido, igual que la noche anterior. Ahora estaba sobria, y le apenaba ver lo ridícula que se veía desmayada, con una pierna del pantalón sobre una sandalia y las dos camisas retorcidas alrededor del torso. Sin embargo, a Kian no parecía importarle. Sin dejar de sonreír, la miraba a la cara con una ternura que ella había llegado a apreciar más que su próximo aliento.

Kian le rozó delicadamente el labio inferior con un dedo, y luego su mano se deshizo en una sombra de humo que rápidamente se apoderó del resto de su cuerpo. El mismo portal oscuro de la noche anterior apareció detrás de él y, en un abrir y cerrar de ojos, se encontraba del otro lado, sin color, desnudo, completamente moldeado y mirando hacia la tienda como si la buscara. Ella supo que era invisible para él cuando su mirada pasó dos veces sobre su cuerpo de sueño. No pudo verla hasta que atravesó el portal y se reunió con él. Entonces, asombrado, el rey miró sus dos cuerpos alternativamente hasta que el portal se cerró.

—No lo puedo creer —murmuró atónito—. Son dos.

—Creo que solo soy una —respondió ella—. Solo estoy dividida. La que ves en la tienda es mi forma mortal. Hasta que vuelva a ella, mi cuerpo es como un guante sin mano. Pero esta parte de mí —añadió, palpándose el pecho— parece ser mi espíritu.

Kian rozó con un pulgar la curva exterior de su cuello y le provocó escalofríos.

—Entonces, ¿por qué eres sólida?

—Todos son sólidos aquí —señaló Cerise—. Y todos menos tú llevan muertos mucho tiempo, así que son espíritus.

—Es cierto —dijo Kian—. Aun así, nunca he visto a nadie dividirse a la mitad, excepto una vez, en una desafortunada justa a la que desearía no haber asistido. Lograste algo impresionante, mi señora del templo.

—No es tan impresionante como cuando te conviertes en sombra. Es increíble ver eso.

—Aunque tú sigues ganando. —Hizo un gesto hacia su cuerpo—. Tú puedes conservar tu ropa.

—Oh, casi lo olvido. Por eso me puse esta capa. —Se quitó la camisa y los pantalones que le sobraban y se los ofreció—. Para hacerte la noche un poco más cómoda.

Kian sostuvo la ropa contra su pecho con la reverencia de un niño que abraza una manta muy querida.

—¡Todavía está caliente! —Mientras se ponía la ropa, se llevó la camisa a la nariz y sonrió—. Huele a ti.

—¿Después de un día en la silla de montar? —preguntó Cerise con una sonrisa—. Lo siento.

—No seas tonta —le dijo Kian—. Me gusta todo de ti. Es un privilegio conocer el aroma de tu cuerpo… y su sabor. —Su mirada se ensombreció con una emoción que ella no supo identificar—. Es un privilegio que no pienso compartir con nadie más.

La intensidad de su mirada hizo que Cerise se sonrojara. Sus sentimientos seguían siendo confusos. La diosa la había considerado digna, pero las palabras del padre Padron sobre su futuro seguían resonando en su cabeza. Y luego estaba el asunto de las visiones, aún deseaba tenerlas, lo deseaba con todas sus fuerzas.

Kian le acarició los brazos suavemente, y el calor de sus palmas le calentó la piel a través de la fina tela, luego el rey tomó su mano entre las suyas:

—Estoy a tus órdenes, mi señora del templo.

El pulso le latía con fuerza en los oídos. Se sorprendió a sí misma inclinando el rostro hacia el suyo, separando los labios en espera del contacto. Sin duda, la diosa no la inculparía por un beso, lo había demostrado al conseguir las runas del ocaso. Así que le dijo:

—Bésame.

Y lo hizo.

Sus labios se encontraron y su mundo estalló. Las sensaciones la invadieron una tras otra, cada una más intensa que la anterior: su sabor, el calor de su cuerpo apretado contra ella, el movimiento ondulante y seductor de su lengua. Ella se abrió más para él, acogiéndolo, explorando su boca hasta que la necesidad de respirar la obligó a detener el beso.

Kian no perdió el ritmo. Sus labios se acercaron a su oreja y el cosquilleo de su cálido aliento la estremeció mientras le susurraba:

—Me sorprendes. ¿Te lo he dicho alguna vez?

No pudo responderle. Estaba demasiado embriagada por el placer que le provocaba cuando mordía suavemente el lóbulo de su oreja y alternaba entre mordisquear y chupar su carne tierna.

—Lo que hiciste hoy en el santuario —murmuró— me dejó sin aliento. Tienes una luz dentro de ti. —Le acarició el cuello—. Y en los momentos en que te permites brillar... —Hizo una pausa para lamer una zona sensible de su piel, haciendo que la sangre se le disparara hasta la unión entre los muslos—, eres tan radiante que apenas puedo soportarlo. No hiciste un milagro, tú eres el milagro.

Cerise hundió las manos en el pelo de Kian y lo atrajo hacia sí, besándolo con una ferocidad que no sabía que llevaba dentro. Sin embargo, sus palabras le recordaron que todavía tenían mucho que hacer, más milagros que realizar. Así que se alejó de él, a pesar de que cada parte de su cuerpo gritaba en señal de resistencia.

Él no se quejó, pero su rostro expresaba la misma decepción y el mismo deseo que ella sentía hasta los huesos.

«Es por él», se dijo a sí misma. «Todo esto es por él».

Se aclaró la garganta y le acarició el cabello. Luego miró a su alrededor, a las oscuras paredes de piedra, tratando de encontrar algo más inocente de qué hablar que su conversación anterior.

—Este lugar —dijo finalmente—. Creo que la teoría de Daerick es correcta. Que pueda venir aquí debe ser un regalo de la diosa.

Kian se rio secamente.

—Me temo que es más un regalo para mí que para ti. Detesto que estés expuesta a este infierno, pero, si te soy sincero, tu compañía es lo único que lo hace soportable. —Entrelazó sus dedos y levantó sus manos unidas para mostrárselas—. Sigo sin entender cómo es que puedes estar aquí, pero estoy muy agradecido.

—Yo tampoco lo entiendo —admitió Cerise. Y también estaba agradecida por el tiempo que podía pasar a solas con él, aunque pusiera a prueba su determinación.

—Ven, mi señora del templo. Permíteme mostrarte el lugar. —Kian le ofreció el brazo caballerosamente—. La noche es larga y hay lugares más cómodos para pasarla que este túnel.

Cerise aceptó su brazo y recorrieron juntos los pasillos en penumbra, llenando el silencio con conversaciones triviales hasta que llegaron al patio dilapidado con los cuatro portales. Ella eligió una banca frente a la fuente seca y se sentó poco a poco, para probar que soportara su peso. Como el mármol antiguo no se resquebrajó, dio una palmada en el lugar a su lado. Kian se sentó y la rodeó con un brazo, y ella se apoyó en el calor de su cuerpo para evitar un escalofrío. Casi prefería los oscuros pasillos de piedra a este paisaje. El patio en ruinas era como un espejo negro y frío de la civilización, que con cada mirada le recordaba lo lejos que estaba de todo lo conocido.

—¿Qué crees que era este lugar? —preguntó—. Me refiero al patio. Es la única parte del laberinto que parece real, como si fuera algo que existió de verdad.

—Yo me hice la misma pregunta cuando llegué —le respondió Kian—. Tardé lunas en averiguarlo, pero al final encontré un boceto en un libro de registro viejo que perteneció a un pariente lejano del encargado del jardín del palacio. —Señaló la fuente y las bancas de mármol que la rodeaban—. Hace mil años, este mismo patio se encontraba en el corazón del laberinto de arbustos del jardín oriental.

—El laberinto de arbustos. —Miró los arcos de los cuatro portales y recordó cuántas horas había perdido intentando explorar sus retorcidos pasadizos—. ¿O sea que el laberinto de piedra representa el laberinto del jardín?

—No puedo asegurarlo —dijo Kian—. Pero eso parece.

Cerise inclinó la cabeza y observó la fuente, buscando detalles que pudieran diferenciarla de cualquier otro adorno de jardín del reino de los mortales. Por lo que podía ver, no tenía nada de especial, las bancas de mármol parecían igualmente comunes. El tiempo en que había quedado congelado, en cambio, era innegablemente significativo.

—Hace mil años. Fue cuando ocurrió la Gran Traición.

—Y estoy seguro de que no es una coincidencia —dijo Kian—. Creo que en este patio ocurrió algo siniestro, algo tan ofensivo para tu diosa que recreó la escena aquí como recordatorio para quienes condenó a este sufrimiento. —Soltó un resoplido amargo—. Lástima que no se le ocurriera darnos memoria infinita para que supiéramos la razón de nuestro castigo.

Cerise trató de imaginarse qué tipo de ofensa podría haber tenido lugar en el patio del corazón de un laberinto de jardín. Un encuentro prohibido, tal vez. Aunque el patio había cambiado con el tiempo, seguía utilizándose para reuniones secretas. Ahí había encontrado a Delora con su amante.

—Solo se me ocurre una posibilidad —dijo Cerise—. Nadie sabe qué función realizó la dinastía Mortara en la traición. Siempre supuse que había sido la casa Mortara la que reunió a las otras casas nobles. Si estoy en lo cierto, quizá fuera en este patio donde ocurrió. —Dirigió una mano hacia las bancas dispersas—. Tal vez este sea el lugar donde las cuatro casas nobles se reunieron y acordaron asesinar a la diosa. No puedo imaginar nada más siniestro que eso.

Kian hizo un ruido gutural de coincidencia, pero sus pensamientos parecían haber cambiado.

—No quiero seguir hablando de tu diosa —dijo en voz baja.

Ella sonrió igual que él.

—También es tu diosa.

—Como no dejas de recordarme.

—Porque no dejas de olvidarlo. Pero no me pondré en tu contra.

—Entonces te pondré contra mí —le dijo, y la estrechó con fuerza en sus cálidos y poderosos brazos—. Ni siquiera la condenada Orden podría oponerse a eso.

Cerise se acurrucó contra el rey, apoyando la mejilla en su sólido pecho. Ella tampoco podía imaginar una objeción. Y por el momento se refugiaría en un casto abrazo.

Porque pronto sería su Día de Atribución.

CAPÍTULO DIECINUEVE

Como Nerón les había advertido, el camino que conducía hacia el suroeste se hizo más escabroso y difícil de seguir al día siguiente. Por momentos, el sendero desaparecía por completo, así que el grupo se vio obligado a dejar atrás la carreta de provisiones y a desmontar los caballos para conducirlos a pie por tramos de zarzas y maleza seca que se alternaban con fragmentos de troncos petrificados afilados como cuchillas. Sin embargo, aunque las horas avanzaron lentas y tediosas, la caravana completó la primera jornada sin sufrir daños, y Cerise volvió a lanzar las runas poco antes del crepúsculo.

Las runas dirigieron a la caravana hacia el suroeste durante otros dos días. Cada noche, el grupo acampaba bajo la protección del padre Padron, y Cerise seguía bebiendo el jarabe de arrurruz a la hora de la cena para poder dormirse al atardecer. Afortunadamente, el general Petros llevaba mucho jarabe para compartir, y nadie en el grupo cuestionó su consumo. Por lo agotador que se había vuelto el viaje, todos comprendían el valor de una buena noche de sueño.

Pero en realidad, cada noche al atardecer, Cerise solo quería seguir a Kian al inframundo de Mortara, donde buscaban las cámaras más tranquilas y apartadas, y pasaban las horas compartiendo historias, calor corporal y besos más o menos castos. Cada momento que compartía con él le parecía tan precioso como el amanecer que los devolvía a la tienda por la mañana.

Incluso llegó a preferir el crepúsculo al amanecer. Durante el día, ella y Kian tenían que compartir su tiempo con los demás, pero las noches les pertenecían solo a ellos. Las noches eran su refugio, su santuario.

Fue entonces cuando se enamoró por completo.

Era una emoción que se sentía como una caída. La euforia que le expandía las costillas le recordaba las raras y secretas oportunidades de deslizarse en «trineo» en el templo de Solon. Cuando nevaba lo suficiente como para que la nieve cubriera el suelo, tomaba prestada una bandeja plana de la cocina y se escabullía a la colina que había detrás del patio. Mientras los demás dormían, ella se deslizaba colina abajo sobre la bandea a velocidades de vértigo. Además de ser algo muy poco propio de una dama, siempre había un momento en que el viento helado le nublaba los ojos y le azotaba el pelo, y temía haber ido demasiado deprisa. Sin embargo, cada vez que había sentido la tentación de clavar los talones y detenerse, la emoción de volar había superado el miedo a la caída, y había soportado hasta el final.

Ahora también soportaba así.

Eso no significaba que se hubiera hecho ilusiones de que su tiempo con Kian podría durar para siempre. Él seguía siendo un rey que necesitaba un heredero legítimo, y ella seguía siendo una hija segunda al servicio del templo. A pesar de ello, tal y como ella lo veía, tenía dos opciones: atrincherarse y proteger su corazón o lanzarse de cabeza al amor. Para ella, la elección estaba clara. Una caída lenta no era emocionante, el dolor era una parte natural de la vida, así que se recordó a sí misma que no debía temerlo. Amaba con valentía y, al cuarto amanecer, podía decir con toda sinceridad que su corazón, por lo menos la parte que Azul no había reclamado, le pertenecía al rey.

Ya enfrentaría las consecuencias más tarde.

Cuando por fin llegó el amanecer de su Día de Atribución, se despertó en la tienda unos instantes antes que Kian. Abrió los ojos y contuvo la respiración, un poco asustada por lo que iba a descubrir. Este era el día que había estado esperando… y temiendo durante la mayor parte de su vida, el día en que sabría quién y qué estaba destinada a ser. Y sin embargo, mientras se levantaba en la oscuridad, no sabía qué resultado quería.

Una nube de sombra entró por las solapas de la tienda y rápidamente se formó el cuerpo delgado y musculoso del rey. Al instante, se volteó hacia ella y se sentaron en el suelo, mirándose a los ojos.

—¿Entonces? —susurró—. ¿Te sientes diferente?

Cerise se palpó el pecho, como si tener visiones la hubiera alterado físicamente. Negó con la cabeza, no notaba ninguna sensación nueva.

Kian se quedó pensativo un momento.

—Vamos a hacer una prueba —susurró—. Voy a hacer algo, ya decidí qué, y me estoy imaginando mis acciones ahora mismo. A ver si puedes predecir mi camino.

Aunque era imposible que él lo supiera, su sugerencia le provocó a Cerise una punzada de miedo que reconocía muy bien. Era el resultado de haber intentado, y fallado, esa misma prueba básica cientos de veces en el templo. Sin embargo, Cerise asintió y comenzó el proceso. Los pasos estaban tan arraigados en su mente que los realizó sin pensar: cerrar los ojos, despejar su mente y concentrarse en la calidez y la compasión que sentía por el rey. Una vez que llegó a un estado de relajación, en silencio le pidió a la diosa que le mostrara el camino de Kian.

Pasó un momento y luego otro. Podía oír el débil canto de un pájaro a la distancia, podía sentir el calor corporal de Azul desde donde dormía a su lado, pero la oscuridad tras sus párpados permanecía en blanco.

Inhaló y exhaló lentamente. Luego volvió a intentar sacar la respuesta de su mente. «¿Qué va a hacer el rey? Muéstrame su camino».

Nada. Ni siquiera un destello de adivinación pasó a través de su mente.

Abrió los ojos justo a tiempo para ver que Kian se besaba la yema de un dedo y luego presionaba ese mismo dedo contra el puente de su nariz.

—¿Lo predijiste? —le preguntó.

El conocido ardor del fracaso le escoció detrás de las costillas, pero esta vez se multiplicó por mil. No tenía dones, la diosa la había considerado digna de las runas del ocaso, pero no lo suficientemente fiel como para bendecirla con visiones.

Tal vez después de todo la Orden tenía razón. Quizás su pasión por Kian, aunque no se hubiera dejado llevar por ella del todo, la había distraído lo suficiente como para ofender a la diosa. ¿Ahora seguiría siendo capaz de romper las maldiciones?

—¿Ves algo? —Kian susurró—. ¿Cualquier cosa?

Cerise miró alrededor de la oscura tienda, buscando una visión o una señal, algún indicio de un cambio en su percepción que pudiera significar que se había abierto su ojo interior, pero solo vio el contorno sombrío de su cama y a Azul apoyando la cabeza en la manta.

—No —respondió. Ahora, como siempre, era ordinaria. No había recibido el don de tener visiones.

«Un momento».

No había recibido el don de tener visiones.

Ya nada los detenía.

Algo bueno podía salir de su fracaso.

Cerise le arrojó a Kian una manta.

—Ponte esto. —Después lo tomó de la mano y lo empujó hacia afuera de la tienda. Había aprendido por las malas que el ruido se propagaba a través de las paredes de lona de la tienda, y no tenía intención de darle a nadie un espectáculo.

En el tenue tono púrpura del amanecer, vio que las demás tiendas estaban completamente cerradas; sin embargo, el grupo se despertaría pronto y comenzaría la rutina matutina de encender el fuego, preparar el desayuno, dar de comer a los caballos y recoger el campamento para el viaje del día. Dondequiera que llevara a Kian, no podrían ir muy lejos sin que se notara su ausencia.

—¿Adónde vamos? —susurró Kian, haciendo lo posible por envolverse la manta alrededor de la cintura con una mano.

Ella lo calló y le tendió la palma de la mano a Azul para ordenarle que se quedara. Azul vaciló brevemente, inclinando su enorme cabeza hacia el rey como si evaluara sus intenciones, y luego soltó un gran bostezo y volvió a meterse en la tienda.

Sin perder un segundo más, Cerise condujo a Kian lejos del campamento. Siguió hacia el este, llevándolo por donde había ido la caravana el día anterior, hasta que llegaron a una enorme roca que se alzaba en la cabecera del sendero. Recordaba haber visto la roca cuando pasó junto a ella en su caballo. Como tenía al menos tres metros de alto y la mitad de ancho, les impediría hacer ruido si tenían cuidado.

—¿Qué hacemos aquí? —susurró Kian.

—Distanciándonos —le respondió Cerise.

El rey abrió la boca para hablar, pero volvió a cerrarla cuando ella lo estrechó entre sus brazos. Entonces pareció entender el mensaje. Su manta cayó al suelo. Menos de un latido después, Cerise se encontró apretada entre dos paredes: una de piedra lisa y sólida, y la otra de carne dura y desnuda. Con la boca de Kian tan cerca de la suya y su cálido aliento agitándose contra sus labios, todos los pensamientos de fracaso desaparecieron de su mente. La forma como él la miraba ahora, como si fuera la única estrella en un cielo negro e infinito, la hacía sentir cualquier cosa menos ordinaria.

—No tenemos mucho tiempo —susurró ella, acariciándole la espalda—. ¿Quieres aprovecharlo al máximo conmigo?

Un profundo rugido sonó dentro del pecho de Kian, y sus manos se posaron en el cabello de Cerise y su boca en su oído, donde susurró su nombre con una urgencia que hizo que cobrara vida cada parte suave de su cuerpo. Kian deslizó una mano por su brazo hasta acariciarle un pecho suavemente y luego jugueteó con el pezón con su pulgar hasta que ella gimió y se arqueó contra él.

Su reacción pareció complacerlo. Le acarició la oreja y murmuró:

—¿Quieres más, mi señora del templo?

—Sí —respondió ella jadeando.

—¿Qué quieres que haga?

—Bésame —le dijo ella.

Y así lo hizo, le levantó la barbilla y acercó su boca a la de ella, lenta y dulcemente al principio. El roce de sus labios era indescriptiblemente suave, un tierno roce tras otro. Le pasó la lengua por el labio superior y, cuando ella abrió la boca, él la exploró con lamidas superficiales que la tentaron a saborearlo a su vez. Sus lenguas bailaban y se enroscaban. Con cada cálido y roce húmedo, ella sentía que la sangre se le calentaba y se le aceleraba por las venas. Siguieron así hasta que sus bocas se movieron con desesperación y se les entrecortó la respiración.

Al tomar aire, Kian acercó los labios al lóbulo de su oreja y le besó el costado del cuello. Cuando llegó a la mitad de su hombro, la mordió con fuerza, y un fuerte gemido de placer brotó de la garganta de Cerise. Con un gruñido propio, Kian chupó ese lugar, succionándolo y mordiéndolo alternativamente con sus dientes hasta que ella se retorció entre sus brazos. Él la acercó a la locura con su boca y, cuando se alejó, Cerise se sentía mareada y jadeante.

—¿Más? —le preguntó, con los párpados pesados.

Ella se lamió los labios hinchados y asintió. Cualquier cosa que él le ofrecía, lo quería.

Cualquier espacio entre ellos quedó eliminado cuando volvió a besarla. Sus manos recorrieron sus curvas mientras la aplastaba con su cuerpo contra el muro de piedra. De algún modo, la cercanía no era suficiente. Cerise apretó los brazos alrededor de los anchos hombros del rey con la necesidad imperiosa de sentir más peso, más piel. Él parecía compartir la misma necesidad, porque agarró una de sus piernas y la enganchó alrededor de su cadera, mientras le apretaba el muslo con las yemas de los dedos y el corazón le retumbaba en el pecho. Sintió que perdía el control y el misterio de lo que ocurriría a continuación, de lo que le haría, le hizo sentir una sacudida de expectación.

Esta vez no tuvo que preguntarle qué quería.

—Más —le dijo ella con una voz que apenas reconocía. Quería más del torrente cálido que corría por sus venas, más de su tacto y su olor.

Quería más de él.

Le soltó el muslo y agarró el borde de su blusa, que le quitó por encima de la cabeza con una brusquedad que la estremeció. Después de quitarle la blusa, enganchó los pulgares alrededor de la cintura de sus pantalones de lino y los lanzó al suelo con un rápido movimiento. Ella los liberó de una patada. Ahora que ambos estaban completamente desnudos, él dio un paso atrás y la admiró. Aunque su atención hizo que Cerise se sonrojara, luchó contra el miedo y resistió el impulso de esconderse. Kian la tomó de la cintura y la miró con reverencia, observando el hundimiento de su ombligo y la hinchazón de la parte exterior de sus muslos. El sol naciente iluminaba su rostro, resaltando la emoción y el deseo grabados en él mientras la miraba con una pregunta silenciosa.

—Más —le ordenó de nuevo y lo jaló hacia ella para darle un beso.

El vello de su cuerpo le hizo cosquillas en la carne desnuda; por primera vez, dejó que sus manos lo exploraran por completo, empezando por el contorno de su pecho y sus hombros, bajando por sus redondeadas nalgas y por último, recorriendo con la punta de un dedo el vello de ébano que rodeaba su ombligo. Pero luego se detuvo ahí, no sabía qué hacer a continuación, cómo tocarlo. Un repentino rubor de timidez se extendió por sus mejillas.

Kian pareció comprender. Guio la palma de su mano y envolvió los dedos alrededor de su carne. La sensación era diferente a la que ella esperaba. Estaba rígido, pero su piel era más suave y delicada que el resto de su cuerpo. Ella aflojó su agarre por temor a lastimarlo, pero él apretó los dedos alrededor de los suyos y le movió la mano lentamente hacia arriba y abajo. Luego, retiró la mano y ella lo acarició sola, dejando que el sonido de su respiración guiara sus movimientos. Lo acarició hasta que no se podía oír nada por encima de la agitada entrada de aire a sus pulmones, y entonces él detuvo su mano bruscamente y la miró con la misma pregunta en los ojos.

—Sí —le dijo ella—. Más.

Ahora le tocaba a él explorar su cuerpo. Ella se quedó quieta, sin saber qué hacer, mientras él recorría la longitud de su abdomen con una mano hasta la unión de sus muslos. Antes de que Cerise pudiera prepararse para lo que sucedería a continuación, él la tocó con la palma de la mano y jaló ligeramente hacia arriba con un movimiento firme pero suave. Después de eso, Cerise ya no se pudo estar quieta. Se arqueó contra la palma de su mano mientras él seguía masajeando su cuerpo con una deliciosa tensión. Justo cuando pensaba que no podía sentirse mejor, él sustituyó la palma por los dedos y ella echó la cabeza hacia atrás, delirando con las sensaciones de sus dedos acariciándola, rodeándola y sumergiéndose en su interior.

Hacía ruidos vergonzosos, suspiros, quejidos y gemidos guturales, pero no le importaba nada más que su tacto. No sabía cómo lo hacía, cómo había dominado su cuerpo como si le perteneciera. Cuanto más tiempo pasaba, más se debilitaban sus rodillas.

—No puedo… —Jadeó cuando le tambalearon las piernas.

Kian la agarró por las nalgas.

—Rodéame con las piernas.

Ella hizo lo que le pidió y enganchó los tobillos detrás de su espalda.

—¿Estás segura de que quieres? —Kian se lamió los labios y tragó con fuerza, mirándola con un hambre que rayaba en la desesperación—. Si no, dímelo ahora.

—Estoy más que segura —susurró Cerise—. Te deseo. Completo.

Kian se puso entre sus muslos y ella sintió su suave punta presionando la carne resbaladiza donde acababan de estar sus dedos. Se quedó ahí, en su entrada, rozándola apenas, provocándola hasta que se sintió hinchada y palpitante de necesidad.

—Podría dolerte un poco —le advirtió él.

—Oh, estrellas, no me importa —respondió ella con la respiración entrecortada. Cualquier incomodidad que pudiera sentir no podía ser peor que el dolor del deseo que tenía entre los muslos. Se agarró a los hombros de Kian y le suplicó con la mirada, y entonces, con un suave movimiento hacia arriba, él los hizo uno solo.

Ella ahogó un grito, más por la repentina sensación de plenitud que por la breve punzada de dolor. Él permaneció inmóvil durante un largo instante, salvo por su respiración. Dejó que su cuerpo se adaptara a él mientras la miraba, esperando tan pacientemente como siempre. Cuando Cerise asintió, él junto sus frentes al tiempo que empezó a mecerse dentro y fuera de su cuerpo suavemente. Su ritmo era lento y constante, y aunque el movimiento a veces era un poco punzante, el dolor se mezclaba con un indescriptible placer, una sensación que florecía y se fortalecía cada vez que él se hundía completamente en ella.

—¿Estás bien? —le preguntó.

—No te detengas —dijo Cerise.

Su mirada salvaje le respondió que no tenía intención de detenerse. Ahora había algo primitivo entre ellos. Ella lo sintió en la forma como le clavaba los talones en las nalgas, empujándolo cada vez más contra ella. Una fuerte tensión se iba acumulando en su interior y aumentó hasta una intensidad casi dolorosa. Kian la empujaba hacia arriba con cada caricia lenta y deliberada. Justo cuando Cerise pensó que no podría soportarlo ni un segundo más, él gimió y la embistió por última vez, con más fuerza y profundidad que antes. La presión entre sus muslos estalló en la liberación más dulce que jamás había conocido: una serie de temblores involuntarios, como una convulsión en lo más profundo de su ser.

Cerise cerró los ojos e inclinó la cara hacia el cielo, con los labios entreabiertos en un grito estrangulado. Su cuerpo se cerró como un puño. No podía moverse, ni respirar, ni pensar más allá de las continuas oleadas de placer que la bañaban una tras otra, cada una más exquisita que la anterior. Las sensaciones eran tan intensas que casi se sintió aliviada cuando los temblores cesaron y volvió a sí misma.

Soltó los tobillos y apoyó los pies descalzos en el suelo, con las piernas todavía débiles y temblorosas. Abrió los ojos y miró a Kian, que la observaba con una sonrisa cansada y la frente cubierta de sudor. Tenía una inconfundible expresión de satisfacción en el rostro y ella se sintió orgullosa por haberla provocado. Sin embargo, antes de que pudiera devolverle la sonrisa, sucedieron varias cosas a la vez.

El sabor metálico del cobre le cubrió la lengua, una carga eléctrica le erizó el vello de la nuca, una oleada de energía la recorrió desde la planta de los pies hasta la coronilla, y después sonó un fuerte crujido procedente de la enorme roca que tenía atrás.

Kian la jaló hacia él y ella se volteó justo a tiempo para ver cómo la piedra se partía y caía al suelo con un ruido sordo que hizo temblar la tierra bajo sus pies. Se hicieron hacia atrás y observaron un manantial que brotaba del suelo, donde estaba la roca.

El agua corrió sobre la tierra agrietada y árida, cuando Cerise se acercó al manantial, vio que varios brotes verdes ya habían emergido del suelo. Contempló asombrada cómo la vida florecía ante sus ojos. Dos latidos más tarde, de los brotes habían crecido pequeñas flores de color lavanda, exactamente como la flor que había ofrecido en el Santuario Asolado.

Tuvo la sensación de que la observaban y se volteó para encontrarse con la mirada asombrada de Kian. Ninguno de los dos dijo nada por un momento hasta que Kian recuperó la voz:

—¿Eso fue…? —Se interrumpió, sacudiendo la cabeza como si no creyera lo que sus ojos le habían mostrado—. ¿Fuiste tú?

—¿Yo? —Cerise se tocó el pecho y recordó que estaba desnuda. Corrió hacia la pila de ropa que había quedado en el suelo y la recogió antes de que la alcanzara el agua—. ¿Cómo habría podido ser yo?

Mientras ella se vestía, Kian recogió su manta y se la envolvió alrededor de la cintura.

—No sé, pero justo antes de que la roca se partiera, te juro que vi que te iluminabas.

—¿Que me iluminaba? —preguntó—. ¿Qué quieres decir?

—Quiero decir que parecía como si hubiera un segundo sol saliendo bajo tu piel. Al principio pensé que me lo había imaginado. Pero después… —Señaló la roca partida—. Pero después pasó eso, no puede ser una coincidencia.

Cerise se alisó distraídamente la blusa mientras intentaba recordar exactamente lo que había sucedido. Recordaba que había sentido una gran oleada de placer y que después había sentido un sabor a cobre.

—Magia —comprendió—. Aquí hubo magia, la saboreé en el aire. También la sentí, era eléctrica, salió de la tierra y se movió por mi cuerpo.

Kian alzó las cejas como incitándola a establecer una conexión.

—Tal vez fue Nerón —supuso Cerise—. Abre un manantial en cada campamento.

Kian extendió los brazos.

—¿Ves a nuestro guía por aquí? Porque yo no. Creo que sigue en su tienda, como todos los demás.

—Tal vez abrió el manantial a distancia —propuso Cerise, aunque incluso mientras las palabras salían de sus labios, sabía que Nerón no era lo suficientemente poderoso como para lanzar su energía remotamente, como podía hacerlo el padre Padron.

Kian parecía compartir sus pensamientos.

—No fue Nerón, y tampoco creo que fuera el padre Padron. —Se apuntó a sí mismo con el pulgar—. Y desde luego que no fui yo, no es mi Día de Atribución.

Cerise parpadeó.

—¿Estás insinuando que, en lugar de visiones, la diosa me dotó con magia? —bajó la voz hasta un susurro.

—Brillaste —le recordó Kian, y una sonrisa pícara retorció sus labios—. Y no solo por mis superiores habilidades amatorias.

Cerise no le devolvió la sonrisa porque, a diferencia de Kian, entendía el peligro de que fuera cierto lo que había sugerido. Aunque tuviera razón y la magia proviniera de ella, que una mujer poseyera el mismo don que los sacerdotes era algo insólito, la Orden lo consideraría brujería.

Oh, diosa, la Orden. ¿Sería por eso que se esforzaban tanto en mantenerla célibe? ¿No porque el acto amoroso estuviera prohibido en los pergaminos, sino por lo que podía despertar? ¿Le había sucedido esto a alguna otra dama del templo? No tenía forma de saberlo, no había oráculos cerca a quienes preguntarles y, aunque los hubiera, no sabía si podía confiarle la verdad a alguno.

Una cosa era cierta: jamás volvería a estar a salvo.

—No pasa nada —dijo Kian. La abrazó y ella apoyó la mejilla en el hueco donde su hombro se unía a su pecho. El contacto contenía una promesa tácita de protección… mientras durara su dominio sobre los sacerdotes—. Solo hay una forma de saber con certeza si la magia procede de ti —murmuró entre sus cabellos—. ¿Puedes hacerlo de nuevo?

Ella lo miró sin comprender. No sabía cómo lo había hecho la primera vez, si es que lo había hecho ella.

—No aquí, no ahora. Alguien va a venir a buscarnos.

—Muy bien —le dijo el rey—. Hasta que sepamos más, probablemente deberíamos mantener esto entre nosotros dos.

—Y Daerick —dijo Cerise—. Confío en él.

—Y Daerick —convino Kian—. Pero si alguien más pregunta qué pasó, le diremos que viniste a la roca a rezar para pedir protección y que la diosa te dio una señal.

—Un milagro —murmuró Cerise.

—Nadie lo cuestionaría, especialmente después de lo que presenciaron en el santuario.

Cerise inclinó la barbilla en señal de acuerdo, pero esperaba que nadie viera el manantial o las flores de lavanda. No quería mentir, no lo hacía muy bien.

Kian le acarició la mejilla y ella le devolvió la mirada.

—No dejaré que nada malo te pase mientras yo viva. Te lo juro.

—Te creo —le respondió ella.

—Entonces intenta no preocuparte, por lo menos en este momento. —Le rozó la piel con el pulgar—. Regálame este momento a mí. Por última vez antes de volver con los demás, que el mundo exista solo para nosotros dos.

No tuvo que decir ni una palabra más. Ella ya estaba de puntitas rodeándole el cuello con los brazos. Le dio a Kian lo que quería: un beso con todo su corazón. Posiblemente no entendiera mucho del mundo, pero si había algo que sí sabía hacer, era amarlo.

CAPÍTULO VEINTE

Cerise no tuvo que preocuparse por que alguien preguntara dónde habían estado ella y Kian. Cuando volvieron al campamento, todas las tiendas seguían bien cerradas; sus ocupantes estaban demasiado agotados para despertarse al amanecer. Ni siquiera Azul salió a su encuentro.

—Todavía es temprano —susurró Kian mirando al sol, que apenas brillaba tras la cordillera—. Déjalos dormir.

Se repartieron las tareas matutinas. Mientras Kian se vestía, avivaba el fuego y ponía una tetera a hervir, Cerise les dio de comer a los caballos. Acababa de repartir el alimento del día cuando Kian le puso una taza de té caliente en la mano. No era su mezcla habitual, el líquido era demasiado oscuro y olía menos aromático y más terroso de lo que a ella le gustaba.

—¿Qué es? —preguntó.

—Es medicinal —le dijo él.

Cerise olió el té. No le gustó el aroma, pero bebió un sorbo de todos modos. Un sabor horrible le atravesó la lengua, un gusto más amargo que el de las bayas verdes.

—Qué horror —dijo haciendo una mueca.

—Sí, es totalmente espantoso —coincidió Kian—. Pero créeme, lo necesitas. Me temo que te lo tienes que terminar todo.

No quería beber más de ese terrible té, pero había probado cosas mucho peores. Así que inclinó la taza y se bebió hasta el último trago.

Se estremeció de asco.

—¿Qué era?

—Hierba de arpía.

—¿Y por qué tenía que beberlo?

—Porque, mi señora del templo —empezó, y luego se inclinó hacia ella y bajó la voz a un susurro—, después de lo que hicimos esta mañana, no queremos que mi semilla eche raíces en tu tierra fértil, ¿verdad?

—Oh —dijo Cerise. No lo había pensado. Sin embargo, al mirar su taza vacía, se preguntó si estaba de acuerdo con él. Eran tiempos inusuales, tiempos desesperados. Kian era el último de su dinastía y solo quedaban unas pocas lunas para romper las maldiciones de los nobles y, si fracasaban, desaparecería para siempre en las sombras y no dejaría a nadie que controlara a los sacerdotes. Si podía darle un primogénito, aunque fuera ilegítimo, su hijo no solo aseguraría la supervivencia de la estirpe Mortara, sino que también impediría que la Orden obtuviera el trono.

Lo miró de reojo y le preguntó:

—¿O quizás sí?

Kian parpadeó una, dos veces. Alzó las cejas y retrocedió como si Cerise lo hubiera abofeteado.

—No —respondió en un tono frío y duro que se sintió también como una bofetada—. Desde luego que no.

—Solo escúchame.

—No es necesario.

—Por favor, escucha —dijo Cerise, susurrando para no despertar a los demás—. Sé que no es lo ideal…

—¿No es lo ideal? —murmuró el rey—. ¿Perdiste la razón?

—Entiendo que un niño debe nacer por amor y no debe traerse al mundo para servir a un propósito, pero el mundo necesita protección de la Orden. Ahora mismo, esa protección eres tú. Pero ¿si no podemos romper la maldición? Has visto lo que hacen los sacerdotes cuando les das la espalda.

Ahora imagínalos sin un amo. Imagínalos como el amo. No puedes dejar que eso suceda, nuestro hijo podría ser un respaldo.

—Hablas como si ya hubiéramos perdido —dijo Kian—. ¿Por qué te rindes tan pronto? Tenemos las runas del ocaso. La diosa obviamente te favorece, no necesitamos un respaldo.

—Las runas solo nos llevarán a la espada —le recordó—. Nerón dijo que, para conseguirla, tengo que enfrentarme a una prueba de la que no sé nada. Y el favor de la diosa cambia cada día. Su ojo iracundo ve tan claramente como su ojo misericordioso.

—Tú me pediste que tuviera fe en ti —continuó Kian—. Y lo hice. Ahora te toca a ti tener fe en ti misma. No habrá respaldo. O rompemos la maldición, o se termina conmigo. No seguiré transmitiéndola como la plaga que es.

—Pero no es justo —susurró Cerise—. La amenaza de la Orden es mayor que una plaga. Es más grande que tú o yo o cualquier noble primogénito. Tienes que pensar en los demás, sería egoísta dejar que tu linaje se extinguiera a propósito.

Kian se quedó anormalmente quieto. Su mirada permaneció clavada en la de ella, sin pestañear, mientras se transformaba rápidamente de fuego y furia al más frío y oscuro de los hielos. Cerise sintió que el alma se le caía a los pies. Había ido demasiado lejos.

—¿Cómo te atreves a decirme eso? —dijo conteniendo la respiración.

—No quise decir que…

—¿Cómo te atreves —la interrumpió entornando los ojos— a pedirme que piense en los demás cuando tú has visto adónde voy por la noche? Has sido testigo de ese infierno, has visto lo que tu diosa les ha hecho a las almas atrapadas en ese purgatorio. Y después de todas las noches que he pasado en los rincones de ese frío laberinto, ¿crees que no he pensado en nadie más que en mí mismo?

La ira brilló en sus ojos, mezclada con tanto dolor y traición que hicieron que Cerise deseara poder retractarse de sus descuidadas palabras.

—Te aseguro que he pensado en los demás —siguió Kian—. Yo no enviaría ni a mi peor enemigo a vivir en las sombras. Así que, si de verdad crees que condenaría a mi propio hijo a pasar una eternidad ahí, entonces no me conoces en absoluto. En este caso, mi señora del templo, usted es la egoísta.

Cerise bajó la mirada mientras sus mejillas ardían de vergüenza. Retorció su taza entre sus manos, deseando desaparecer en su interior. Detestaba haberle hecho daño. Y detestaba aún más la forma como él la miraba ahora, como si fuera una tormenta de polvo en el horizonte en lugar de la única estrella en el cielo. Más que nada, deseaba reparar lo que había dañado para que pudieran volver a quererse, pero no sabía cómo.

Empezó con una disculpa.

—Lo siento.

—No me digas que lo sientes —espetó Kian—. Dime que lo entiendes.

—Lo entiendo —corrigió—. De verdad, debería haberlo pensado mejor. Solo quería considerar todas las opciones.

—Entonces no volvamos a hablar de esto jamás.

Cerise lo miró, esperando que le extendiera los brazos en señal de perdón, pero no lo hizo. En lugar de eso, se dio la media vuelta y se dirigió a su tienda para empezar a desmontarla. Mientras él arrancaba la primera estaca de madera del piso, ella se quedó sola frente al fuego y se preguntó cómo era posible que momentos antes hubieran estado lo más cerca que dos personas podían estarlo. Ahora, una barrera invisible los dividía, y no sabía cómo Kian podía soportarlo. Para ella, la grieta era como un ser vivo, un parásito que se retorcía bajo su piel y hacía que quisiera salirse de su propio cuerpo.

Hizo lo que pudo para ocuparse mientras Kian quemaba su ira. Poco a poco, el campamento volvió a la vida. Azul se despertó primero, seguido por el general Petros y Nerón, y luego por Daerick y el padre Padron. Cerise mantuvo la mirada agachada mientras le entregaba a cada uno una tortita de avena y una taza de té. Sentía una presión ardiente detrás de los ojos, e incluso mientras Azul la olisqueaba para reconfortarla, no sabía cuánto tiempo podría contener las lágrimas.

Entonces el padre Padron dijo su nombre y ella lo miró por reflejo. Él debió notar la humedad que inundaba sus ojos porque su mirada expresó preocupación. Curiosamente, fue la mirada de compasión del sacerdote lo que rompió la compuerta que contenía sus lágrimas y, antes de que se diera cuenta, estaba sollozando francamente.

—Oh, hija mía —dijo el padre Padron. Se acercó a ella y la agarró por los hombros—. No recibiste las visiones, ¿verdad?

Cerise ya se había olvidado de que era el Día de Atribución, pero dejó que el padre supusiera que sus lágrimas eran de decepción.

—Lo siento, Cerise —le dijo el padre Padron y sonaba sincero, para su crédito. No se regodeó, ni la sermoneó, ni hizo referencia alguna a su advertencia sobre su amor por el rey y lo que podía costarle. Por lo menos, no en ese momento. Sin duda la reprimenda llegaría más tarde, pero, de momento, se limitó a negar con la cabeza—. Estaba tan seguro —dijo, más para sí mismo que para ella—. Percibía algo en ti… todavía lo siento. Y rara vez me equivoco.

El general Petros se aclaró la garganta.

—Lo siento, mi niña.

—Yo también —añadió Daerick—. Pero no hace falta ser un oráculo para cambiar el mundo, tú me lo dijiste una vez.

Ella asintió y se secó la cara con la manga de la blusa. Sí lo había dicho.

Los únicos miembros del grupo que no expresaron sus condolencias fueron Kian y Nerón, que permanecieron de pie con los brazos cruzados y las cabezas inclinadas en un ángulo casi idéntico mientras la estudiaban con el mismo gesto imposible de leer.

—En fin —comenzó Kian, y luego se volteó hacia Nerón y cambió de tema—. Deberíamos ocuparnos de nuestras provisiones antes de seguir desmantelando el campamento. Podría ser una buena idea que nos tomáramos el día para cazar y buscar comida. Perdimos muchas provisiones cuando abandonamos la carreta. Sé que la Espada de Petros volverá a moverse en la próxima luna llena, pero no la encontraremos si nos morimos de hambre antes.

—Yo estaba pensando lo mismo —le dijo Nerón—. Es mejor cazar durante la hora antes del amanecer, cuando los ciervos están activos, pero deberíamos poder rastrear uno o dos. —Señaló a Azul con la cabeza—. Sobre todo, si llevamos al sabueso feo con nosotros.

Azul se quejó. Cerise lo frotó detrás de las orejas para asegurarle que era el cachorro más hermoso de su mundo. No confiaba en poder hablar sin llorar, así que asintió para dar su permiso. De todos modos, Azul necesitaba cazar.

—Podemos ahumar la carne en el fuego —continuó Nerón—. Nos llevará toda la noche, pero mañana por la mañana tendríamos suficiente carne seca para una semana.

—Entonces está decidido —anunció Kian—. Nos quedaremos aquí una noche más. Nerón y el general liderarán la cacería, Azul irá con ellos. Padre Padron, quiero que también vaya para que proteja al grupo. No queremos que el olor de la sangre fresca atraiga los depredadores.

El padre Padron frunció los labios con desagrado, pero asintió.

—Como Su Majestad ordene.

—El resto de nosotros volveremos a montar las tiendas y luego iremos a buscar melones de arena y cualquier otra cosa que podamos encontrar —dijo Kian y dio una palmada—. Manos a la obra.

Nadie cuestionó los motivos del rey y la mitad del grupo se preparó para la cacería. Sin embargo, Cerise sabía lo que realmente estaba haciendo: enviar lejos a los demás para poder hablar con Daerick en privado sobre lo que había sucedido en la roca. Después de su pelea con Kian, casi se había olvidado de eso también.

Mientras observaba que Azul conducía al grupo de caza hacia el oeste, casi deseó poder ir con ellos. No estaba de humor para hablar, ni siquiera con Daerick, que ahora estaba sentado con las piernas cruzadas al otro lado del fuego y sorbía su té, esperando pacientemente que alguien le informara por qué se había dividido el grupo. Por ser tan inteligente como era, Daerick tenía que saber que había una razón por la que Kian le había pedido que se quedara.

—¿Entonces? —le preguntó Daerick a Kian.

En lugar de responderle, Kian levantó un dedo índice y se dirigió lentamente al otro lado de la hoguera donde se encontraba Cerise. Se detuvo frente a ella, dejando un brazo de distancia entre ambos.

—¿De verdad estás triste por tu Día de Atribución? —Dio un paso hacia ella y le limpió una lágrima de la mejilla con el pulgar—. ¿O porque discutimos?

Cerise miró a lo lejos y se cruzó de brazos con fuerza. El retorcimiento de su interior había desaparecido, ahora sentía que se le iban a abrir las costillas, y abrazarse era lo único que podía hacer para mantener el cuerpo unido.

—Ah, ya. —Kian suspiró—. Tuvimos una pelea de amantes, Cerise. La primera de muchas, estoy seguro. Los conflictos son una parte inevitable de la vida, no se pueden evitar. —Intentó levantarle la barbilla para que lo mirara—. ¿Puedes mirarme?

Cerise se soltó de un jalón.

—Basta —dijo Kian, con los nervios a flor de piel—. No tenemos tiempo para juegos, los otros no se van a ir para siempre, y tenemos problemas mayores que una pelea. Tienes que hablar conmigo para que podamos seguir adelante. Dime qué piensas.

Aunque quisiera decírselo, no podía poner sus pensamientos en palabras… por lo menos, no en palabras que estuviera dispuesta a decir en voz alta. No quería admitir cómo se sentía realmente: débil y patética, medio loca por el miedo de perderlo. Sin embargo, en ese momento se apoderó de ella una sensación extraña, una desconexión entre su cuerpo y su mente, como si fuera una marioneta con una mano invisible dentro del pecho. Antes de que se diera cuenta de lo que estaba pasando, empezó a hablar:

—Tengo miedo de que nunca vuelvas a verme de la misma manera. Que te haya defraudado tanto que esto pueda ser el principio del fin para nosotros.

«Ay, diosa», ¡no debería haber dicho nada de eso!

No sabía qué le había pasado, pero se tapó la boca con la mano para evitar que se le escaparan más palabras. Un silencio llenó el ambiente, solo interrumpido por el ocasional crepitar del fuego. Miró a Kian y vio que tenía la cara paralizada por la sorpresa.

—¿Qué? —dijo él en un susurro—. ¿Cómo puedes pensar eso?

Ella negó con la cabeza. No confiaba en sí misma para seguir hablando.

—¿Cómo? —repitió, apartándole la mano de la boca—. Dime cómo pudiste pensar eso.

Ella tragó saliva.

—Fue por la forma como me miraste. Y luego por la forma como evitabas mirarme. Pensé…

—¿Que ya no te quería? —le preguntó en un tono que daba a entender que Cerise había perdido todo contacto con sus sentidos. Se pasó una mano por la cara—. Malditos sean los dioses, a veces se me olvida la poca experiencia que has tenido. —Se pellizcó el puente de la nariz y respiró hondo—. ¿Alguna vez habías tenido una discusión?

—La verdad, no —dijo Cerise—. No como esta. —Los pleitos con otros niños del templo no contaban, esas peleas no la habían hecho sentir algo tan terrible como lo que sentía ahora. Nunca había tenido una pelea de amantes, porque hasta ese día, nunca había tenido un amante.

—Respóndeme algo, mi señora del templo —dijo Kian—. ¿Tú me quieres?

—Sí.

—¿Y a veces te desespero? —le preguntó—. Sé sincera.

—Me desesperas a menudo —admitió Cerise—, casi todos los días.

En el fondo, Daerick se rio burlonamente.

—Oh, de acuerdo —dijo Kian secamente—. Todos los días. Y en esos frecuentes momentos en que te fastidio inmensamente, ¿dejas de quererme?

—No.

—Entonces, ¿por qué esperas que yo sea diferente? Soy capaz de sentir más de una emoción a la vez. Incluso cuando estoy enojado contigo, jamás dudo de que mi espíritu sea tuyo. Y no hay nada que puedas hacer para cambiar eso, nada en absoluto. —Desenvainó su daga y se la ofreció—. Podrías tomar esta daga y atravesar con ella el corazón de todos los hombres que existen, incluyendo el mío, y no te querría menos.

Daerick intervino:

—¿Perdón? ¿De todos los hombres?

—Excepto el de lord Calatris —añadió Kian—. Él todavía es un niño.

Cerise se mordió el labio para reprimir una sonrisa.

—¿Quieres pruebas? —le preguntó Kian, señalando la daga con la cabeza.

—Hoy no —respondió Cerise—. Hoy, los hombres están a salvo.

Kian envainó su daga y luego le agarró la cara bruscamente con las dos manos.

—Escúchame, y escúchame bien —susurró—. Nuestro tiempo terminará cuando dé mi último aliento, ni un momento antes. ¿Entiendes?

—Entiendo —le respondió ella, sintiendo un gran alivio.

Kian la besó mientras Daerick fingía tener una arcada.

—Salud por el amor verdadero —dijo Daerick, alzando su taza de té como en un brindis—. Ahora que arreglaron sus diferencias, quizá puedan contarme la razón por la que echaron a todos los demás mientras que yo me veía obligado a quedarme aquí a ver cómo se besaban y se reconciliaban.

—Mis disculpas, lord Calatris —le dijo Kian—. Espero que la experiencia no te haya dejado cicatrices irreparables.

—Sí, claro, qué bueno que lo lamentas. —Daerick los señaló a uno y otro alternativamente—. Fue tremendamente incómodo para mí, como has de saber.

Cerise tampoco lo había disfrutado.

—Espero que no hayas escuchado demasiado.

—Solo lo suficiente para hacerme desear que esto fuera cerveza —dijo viendo taza—. ¿Ahora me dicen por qué estoy aquí?

Kian llevó a Cerise de vuelta al fuego, y ambos se sentaron en el suelo junto a Daerick con las piernas cruzadas, lo suficientemente cerca como para poder hablar en voz baja. Incluso aunque el padre Padron no estuviera ahí, el viento arrastraba el sonido.

—El Día de Atribución de nuestra señora del templo —empezó Kian, apretando la mano de Cerise— ha sido más intenso de lo que ella los hizo creer.

—¿En serio? —preguntó Daerick—. ¿En qué sentido?

—Mientras todos dormían, nosotros dimos un paseo hacia el este —dijo Kian—. Para que pudiéramos… ver el amanecer.

—¿Para ver el amanecer? —repitió Daerick inexpresivamente.

Kian lo fulminó con la mirada.

—Me tomará más tiempo terminar la historia si me interrumpes.

Daerick hizo un gesto de cerrarse la boca.

—Como te decía —prosiguió Kian—, caminamos hacia el este hasta la roca que cierra el sendero. Nos detuvimos ahí a contemplar el amanecer y, sin previo aviso, la magia partió el peñasco a la mitad y surgió un manantial del suelo.

—¿Cómo saben que fue magia y no un acto de la naturaleza? —preguntó Daerick—. Quizá la roca ya estaba dañada y ustedes estuvieron ahí para verla caer.

—Porque sentí el sabor de la magia —dijo Cerise—. También la sentí: subió del suelo y pasó a través de mi cuerpo. Y el manantial estaba encantado, el agua tenía propiedades especiales. Por donde el agua corría, crecieron flores: las mismas flores de lavanda que sacrifiqué en el Santuario Asolado.

—¿Entonces la magia simplemente apareció de la nada, sin ninguna razón? —Daerick arrugó la frente—. ¿No ocurrió nada que hubiera podido desencadenarla?

—Eh… bueno. —Cerise miró a Kian, con los hombros rígidos—. Yo no diría que no pasó nada. Yo estaba… eh… estaba…

—Sobrecogida por la belleza del amanecer —terminó Kian—. La experiencia la conmovió.

—Sí —convino Cerise—. Estaba conmovida.

Daerick puso cara de dolor.

—Oh, dioses, creo que ya entendí.

—Y sí hubo una especie de anuncio —recordó Kian—. Justo antes de que la roca se partiera a la mitad, la piel de Cerise empezó a brillar. Al principio pensé que me lo había imaginado, o que era una ilusión óptica por el sol, pero no, se iluminó de adentro hacia afuera, como si…

—¿Como si su sangre estuviera hecha de fuego? —adivinó Daerick. Miró a Cerise y alzó una ceja—. Tendría sentido. Creía que el término *umbra sangi* era más simbólico que literal, pero quizá me equivocara.

—¿Crees que sea eso? —preguntó Cerise—. ¿Que soy como Nerón?

—Sí y no —le dijo Daerick—. Él también tiene *umbra sangi.* pero no como tú.

—Tienes razón; él no es como yo. Su piel no brilla, lo he visto hacer magia, ustedes también, y nada en él cambia, no se ilumina.

Daerick se encogió de hombros.

—Podría, si tuviera más llamas en la sangre. Él mismo nos dijo que tú tienes más fuego que él; pero esa no es la diferencia a la que me refiero.

—¿Entonces qué? —preguntó Kian.

Daerick señaló a Kian.

—Eres tú. Cerise puede abandonar su cuerpo mortal y seguirte al inframundo, pero Nerón no puede. Que yo sepa, nadie más puede. Su conexión espiritual contigo es lo que la diferencia de Nerón.

—Entonces, ¿qué quieres decir? —preguntó Cerise—. ¿Qué yo no desciendo de la diosa?

—No, sí desciendes de ella —le respondió Daerick—. Pero creo que eres más que eso.

Cerise recordó algo que Nerón le había dicho la mañana siguiente del ataque de la hiena titán: que su sangre ardería con una llama más oscura de lo normal. Decidió comprobar si tenía razón.

—¿Me prestas tu daga? —le preguntó a Kian. Cuando él se la dio, ella se pinchó la yema del dedo índice y lo sostuvo sobre el borde del fuego. En cuanto la primera gota cayó sobre las brasas al rojo vivo, brotó una pequeña llama más negra que el ónix.

—Creo que Nerón tenía razón —dijo—. Tengo *umbra sangi*.

—¿Alguna teoría sobre qué más podría ser? —le preguntó Kian a Daerick.

—En realidad, sí. Y me gustaría ponerla a prueba. —Daerick se lamió los labios y vaciló, como si quisiera prepararlos para una fuerte emoción—. Me gustaría ver si Cerise puede rechazar una orden directa de su rey.

Cerise parpadeó.

—¿Crees que podría ser un sacerdote?

—Una sacerdotisa —la corrigió Daerick—. Pero sí, es la idea que me cruzó la mente.

—Es absurdo —dijo Cerise. Nunca se había mencionado a una mujer sacerdote en la historia. Ni siquiera había rumores al respecto; por lo menos ella jamás había oído ninguno.

—¿Tú crees? —le preguntó Daerick—. ¿Sería más absurdo que tú fueras una sacerdotisa a que una diosa de oscuridad y luz creara un mundo de seres mortales y luego se enamorara de una de sus creaciones? ¿Y que luego tomara una forma humana para poder fecundar a su amante mortal y engendrara una raza de seres con fuego de verdad en la sangre?

—No olvides los cambios de humor de la diosa —añadió Kian—. Yo también lo encuentro bastante absurdo.

—Tengo que estar de acuerdo —dijo Daerick—. El mundo está lleno de absurdos, Cerise.

—Está bien. —No podía discutirlo—. Adelante, pon a prueba tu teoría.

Daerick levantó una piedra y se la dio a Kian susurrándole algo al oído. Lo que le dijo hizo que el rey frunciera el ceño.

—Solo hazlo —insistió Daerick.

—Bueno. —Kian suspiró y le dijo a Cerise—: Mejor aléjate un poco, no funcionará si estás demasiado cerca.

—¿Es parte de la prueba? —preguntó ella.

—Todavía no —dijo Daerick—. Más bien es la preparación para la prueba.

Cerise retrocedió y puso más distancia entre ellos.

Kian le lanzó una piedra.

—Te ordeno que agarres esta piedra y se la lances a lord Calatris tan fuerte como puedas.

—Espera —objetó Daerick—. Se suponía que te la tenía que aventar a ti.

Los labios de Kian se torcieron en una sonrisa.

—Apunta a su cara. Lanza con todas tus fuerzas.

Mientras Cerise ponía los ojos en blanco por sus bromas inmaduras, se inclinó hacia adelante y recogió la piedra. No sabía qué la había impulsado a hacerlo, no era su intención, fue un acto reflejo, como rendirse a un bostezo.

—Intenta resistirte —le dijo Daerick, observándola atentamente.

Se propuso otra tarea: arrojar la piedra al fuego. Echó el brazo hacia atrás y apuntó a las llamas, pero algo le impidió terminar el movimiento. Era como si hubiera olvidado cómo hacerlo. Entonces, inconscientemente, empezó a girar hacia Daerick. Luchó con todas sus fuerzas para resistirse, pero su cuerpo no la obedeció. La experiencia no se parecía a la magia que el padre Padron había utilizado para obligarla a beber agua cuando estaba enferma. Era libre de respirar, parpadear y hacer lo que quisiera... excepto rechazar la orden del rey. Sus músculos se tensaron y arrojó la piedra a la cara de Daerick con todas sus fuerzas.

Daerick se agachó y el guijarro rebotó a la distancia. Dejó escapar un silbido mientras Cerise y Kian se miraban con incredulidad.

Sí estaba sometida a sus órdenes.

Sin embargo, por imposible que pareciera, el vínculo de obediencia empezó a cobrar sentido. Recordó la extraña sensación que la había invadido antes: una desconexión entre su mente y su cuerpo, como si fuera una marioneta con una mano ajena dentro del pecho.

—Por eso dije lo que sentía hace rato —se dio cuenta de lo que había pasado—. Cuando discutimos, me ordenaste que te dijera qué estaba pensando. Yo no quería, pero no pude contenerme.

Kian separó los labios y se quedó quieto y en silencio mientras se le iba el color de la cara. Luego se levantó del suelo y se alejó enérgicamente del fuego.

Cerise lo siguió y lo jaló del brazo para detenerlo.

—¿Qué pasa?

—¿Tú...? —susurró con la mirada perdida—. ¿Tú realmente me deseabas? —Dirigió la mirada hacia la de ella—. Cuando estábamos en la roca... yo no te estaba obligando, ¿verdad?

—¿Qué? —Le puso una mano en la mejilla—. Por supuesto que no. Fui yo quien te llevó a la roca. Te dije qué quería. Me dejaste llevar el ritmo todo el tiempo.

—¿Estás segura? —le preguntó con terror en los ojos—. Quiero tu amor, no tu obediencia.

—Y lo tienes —le respondió Cerise—. Sé cómo se siente la obligación. Se siente desagradable y antinatural, y esas son las últimas palabras que usaría para describir lo que hicimos juntos. Ya he sentido suficiente vergüenza por culpa de la Orden, no la necesito de ti también. Por favor, no conviertas en algo feo el momento más hermoso de mi vida.

Esa petición pareció conmoverlo, y su mirada se suavizó.

—¿Me juras que no te forcé?

—Mi rey, estabas bajo mis órdenes, ¿recuerdas?

Él suspiró aliviado y volvió a tomarla de la mano.

—Y siempre lo estaré. No puede pasar nada entre nosotros a menos que tú lo ordenes.

—De acuerdo, si eso es lo que quieres.

—Es lo que quiero —le respondió Kian.

Después de eso, volvieron al fuego.

Daerick se había terminado el té, pero le daba vueltas a su taza vacía entre sus manos. Miró a Cerise, con mirada sombría.

—Tienes que ser cuidadosa, más que cuidadosa... estar obsesivamente alerta. Cualesquiera que sean tus dones, tienes que aprender a controlarlos, porque si cometes un error y usas la magia con la persona equivocada...

—Tiene razón —dijo Kian—. Nadie puede enterarse.

—Y menos el padre Padron —añadió Cerise. Un escalofrío le recorrió el cuerpo al recordar su advertencia. «Sus traidores sufrirán hasta el fin de los días».

Kian le apretó la mano como si compartiera su miedo.

—Puedo ordenarles a los sacerdotes que no te toquen mientras yo viva, pero…

—Lo sé —lo interrumpió. No necesitaba oír el resto, ya habían discutido el tema. Si no conseguía romper la maldición, la Orden sería libre de eliminarla como la anomalía que era.

—Cerise —dijo Daerick con cautela—. Te he oído decir que te pareces a tu madre, pero no a tu padre. —Ella asintió, y él se mordió el labio y se disculpó con la mirada, como si fuera un curandero preparándose para abrir una llaga—. ¿Hasta qué punto estás segura de que es tu padre?

En cuanto Daerick pronunció esas palabras, una docena de piezas encajaron en su mente para formar una imagen tan nítida que no podía creer que se hubiera tardado tanto en verla. Su corazón se resistió, pero sabía que Daerick podía tener razón. Eso explicaría por qué su padre había entrado en pánico cuando alguien de la corte se había interesado por su mamá. Su madre debía de haber tenido una aventura con un lord del palacio y había quedado embarazada. Obviamente, su padre lo sabía, pero en lugar de avergonzar a su madre y dejarla, había fingido que Cerise era su hija.

Pero ¿por qué iba a hacerlo?

«Porque los segundos hijos se entregan al templo».

Dejó de respirar. La respuesta la estremeció hasta la médula. Su padre la había reconocido porque igualmente iba a poder librarse de ella en el templo. Ella jamás había pertenecido a ese lugar, debería haberse criado en su casa, con Nina. Pero para que eso ocurriera, sus padres se habrían visto obligados a admitir la verdad sobre su origen, y eso habría generado el tipo de habladurías que las familias nobles evitaban. Así que, en lugar de vivir con el recuerdo de su vergüenza, la habían enviado lejos, fuera de su vista, fuera de su mente, a un lugar donde solo tendrían que verla los días de visita.

Se le hizo un nudo en la garganta y los ojos se le llenaron de lágrimas.

Cada parte de su vida había sido una mentira.

—Lo siento, Cerise —dijo Daerick, más suave que el pétalo de una rosa. Le dedicó una sonrisa de disculpa—. Feliz Día de Atribución. Si te sirve de consuelo, el mío podría ser peor.

CAPÍTULO VEINTIUNO

Daerick sugirió que los tres fueran a buscar melones de arena en la dirección opuesta a la del grupo de caza para que pudieran ayudar a Cerise a experimentar con su magia. Ella aceptó, pero les pidió a Daerick y a Kian que iniciaran la búsqueda sin ella. Se reuniría con ellos después de tener una conversación seria y largamente aplazada con su familia.

En cuanto Daerick y Kian abandonaron el campamento, Cerise se metió a su tienda y sacó su espejo de corazón roto. Se sentó en el suelo de lona y le gritó al espejo hasta que su madre oyó su voz y respondió.

—Amor —la saludó su mamá con una sonrisa que se borró enseguida al notar el enrojecimiento de los ojos de Cerise—. ¿Qué pasa?

—Quiero hablar con Nina —dijo Cerise. Sabía que su hermana seguía allí. La visita de Nina no terminaría hasta dentro de quince días.

Su madre vaciló.

—Pareces triste.

—Quiero ver a Nina.

Su papá apareció en el espejo y Cerise se sorprendió a sí misma mientras buscaba en su rostro algún parecido con el suyo. Sabía que, aunque lo intentara con ánimo, no encontraría ninguno, pues nunca antes sucedió. Luego su corazón se hundió al recordar que no era su hija.

—¿Dónde estás? —le preguntó, mirando las paredes de tela detrás de ella—. ¿Está todo bien?

Se dio cuenta de que su preocupación era sincera, pero eso no calmó su ira. No podía evitar sentirse como si fuera una mancha en el suelo y sus padres hubieran utilizado el templo como una alfombra para cubrirla. Ahora solo confiaba en una persona de su familia.

—Quiero. Hablar. Con Nina —gritó.

Su padre suspiró y luego recorrió la casa hasta que encontró a Nina. Le dio el espejo y un rostro cubierto con un velo negro apareció en el marco.

—¿Qué pasa? —le preguntó Nina.

Cerise esperó a que su papá saliera de la habitación.

—¿Estás sola?

—Sí —respondió Nina—. ¿Por qué?

—¿Estás en algún lugar donde nadie pueda oírnos?

—Sí. Ahora dime qué pasa.

—Mi papá no es realmente mi padre —dijo Cerise—. Eso es lo que pasa.

Nina no se inmutó al escuchar esas palabras, no se rio de sorpresa ni le dijo a Cerise que estaba loca; en lugar de eso, se quedó quieta y callada de una forma que daba a entender que ella ya sabía la verdad.

—Lo sabías —susurró Cerise. Su corazón se hundió otro centímetro. Parecía que ni siquiera podía confiar en su propia hermana—. Lo sabías y no me lo dijiste.

Nina ignoró la acusación.

—¿Qué pasó para que pienses que no es tu padre?

—¿Importa?

—Sí, importa —dijo Nina—. Cuéntame qué pasó.

Cerise dudó. Antes creía que podía compartir cualquier cosa con su hermana, ahora ya no estaba tan segura.

—Si te lo cuento —empezó—, no se lo puedes decir a nadie más, ni a mamá, ni a papá, ni a tu marido. Tienes que guardar el secreto.

—De acuerdo.

—Prométemelo. Júralo por la diosa.

Nina se llevó una mano al corazón.

—Que Shiera me mate si miento.

Cerise frunció el ceño. No le gustó la elección de palabras de Nina, pero le contó a su hermana sus visitas al inframundo, su compromiso de obedecer al rey, cómo se había manifestado su magia y la posibilidad de que fuera descendiente de Shiera. Cuando terminó, Nina parecía haber dejado de respirar.

—No pude haber heredado la sangre de fuego de mamá —dijo Cerise— Así que tuvo que venir de mi padre, de mi verdadero padre. Quiero saber quién es. Si lo encuentro, quizá pueda entender mejor quién soy y por qué tengo estos dones.

—Ya sé quién eres —dijo Nina.

Cerise se animó.

—¿Tú sabes?

—Sí. Eres mi hermana y te quiero.

—Oh, por favor. Esto es importante, habla en serio.

Nina exhaló un suspiro que hizo ondear su velo.

—De acuerdo. Te voy a decir la verdad.

Cerise se acercó al espejo y escuchó atentamente.

—No sé quién es tu padre —le dijo Nina—. Pero sí sé que es peligroso. Cuando mamá estaba embarazada, los oí discutir sobre él. Fue hace mucho tiempo, pero recuerdo que pensaba que le tenían miedo, tanto que le mentían a todo el mundo para que él no supiera nada de ti.

Cerise ladeó la cabeza, era lo último que esperaba.

—¿Así que no me enviaron al templo para encubrir la aventura de mi mamá?

—¿La aventura? —repitió Nina—. ¡Malditos cuervos, no! No fue nada de eso, por la forma como actuó mamá, me pareció que el hombre se aprovechó de ella.

—Quieres decir que él… —Cerise no pudo decir el resto. No quería que fuera verdad—. ¿Ese hombre la obligó? ¿Y después tuvo que tenerme?

—¡No! —Nina pasó la palma de la mano por el espejo—, no quiero que pienses eso.

—Pero tú dijiste…

—Olvida lo que dije —respondió Nina bruscamente—. No me refería a eso.

—¿Entonces qué quisiste decir?

—Que tal vez se dejó engañar por su encanto o su poder —le explicó Nina—. Hay muchas maneras de manipular, Cerise. No tengo ni idea de lo que pasó porque mamá nunca quiso hablar de ello. Lo único que sé es que el hombre era peligroso y que nuestros padres no querían contrariarlo. Así que papá te reconoció como propia, y eso significó que tuvimos que entregarte al templo. Pero no fue para deshacernos de ti, todos te queremos hasta las estrellas, espero que lo sepas.

Cerise sintió que el rubor de la culpa se le subía a las mejillas. Durante su corta estancia en la corte, se había acostumbrado tanto a las mentiras y a la manipulación que había pensado lo peor de sus padres, ignorando toda prueba de lo contrario. Sus padres nunca habían faltado a un día de visita en el templo. Nunca la habían presionado para que se esforzara más cuando los demás oráculos recibían sus dones y ella no. Nunca la habían hecho sentir indeseada o poco querida. A pesar de sus orígenes, la habían querido.

—Oh —fue todo lo que pudo decir.

—Escúchame —dijo Nina con urgencia—. Quienquiera que sea tu padre, es importante que no sepa nada de ti. Eso significa que no puedes ir a buscarlo ni hacer preguntas que puedan llegar hasta él. ¿Entiendes?

—Puedo ser discreta —aseguró Cerise. Sabía que no debía dar lugar a habladurías haciendo preguntas a las personas equivocadas—. El palacio tiene una sala de archivos llena de registros, diarios y cuadernos de viaje. Puedo empezar por hacer una lista de todos los hombres poderosos que visitaron Solon el año anterior a mi nacimiento. —Frunció el ceño al darse cuenta de que su padre podría haber vivido en Solon y no en el palacio, en cuyo caso no habría registros de él en los archivos—. ¿Mamá mencionó de dónde era?

—No me estás escuchando. No investigues.

—¿Dijo de dónde era?

—No. Nunca dijo nada sobre él.

—¿Puedes averiguar algo? —le preguntó Cerise—. Tal vez puedas buscar en las cartas viejas de mi mamá. ¿O en su diario? Cualquier detalle sería de ayuda.

Nina suspiró otra vez.

—Lo intentaré, pero solo si prometes no investigar.

—Busca también en el diario de mi papá —añadió Cerise.

—Lo digo en serio —dijo Nina—. Prométemelo.

Cerise cruzó los dedos detrás de la espalda. No tenía intención de quedarse ociosa mientras se preguntaba quién la había engendrado. Su identidad era demasiado importante para ella como para ignorarla. Que rompiera las maldiciones podía depender de ello.

—Lo prometo.

—¿Tu padre es peligroso? —le preguntó Daerick mirándola por encima del hombro. Llevaba una pala como si fuera un bastón, y su voz estaba entrecortada por el esfuerzo de caminar bajo el sol del mediodía en busca de zarzas de melón—. ¿En qué sentido?

—No lo sé —respondió Cerise un poco agitada también. Quería tomar a Kian de la mano, pero le sudaba demasiado la palma—. Lo único que mi hermana me dijo fue que mis padres querían esconderme de él.

—Interesante —reflexionó Daerick—. Por lo que sabemos, creo que deberíamos considerar la posibilidad de que tu padre sea un sacerdote que también tenga sangre de fuego.

—Pero nunca he oído que los sacerdotes engendren hijos. —Miró a Kian—. ¿Y tú?

Kian negó con la cabeza.

—Yo tampoco —admitió Daerick—, parecen desinteresados por todo ese asunto. Lo noté cuando visité a mi hermano en su templo. Cuanto más cerca estaba de recibir su don, menos volteaba a mirar cuando pasaba una chica hermosa. Ahora que tiene magia, podría bailar por el templo un desfile entero de cortesanas desnudas y no le interesaría. Es como si esa parte de él se hubiera apagado.

—Todos son así —dijo Kian—. Y yo sé bastante al respecto. No hay sacerdote a mi servicio que no haya conocido en uno u otro momento.

—Bueno, para ser francos, son muy buenos ocultándote secretos —dijo Daerick—. Si alguno de tus sacerdotes se reprodujera, dudo que te ofreciera voluntariamente esa información a ti o incluso a sus hermanos.

—Especialmente no se lo diría a sus hermanos —aceptó Kian—. Pero tienes razón, no puedo leerles la mente. Tal vez algunos tengan deseos carnales.

—¿Y tú, Cerise? —preguntó Daerick—. No es mi intención ser poco delicado, pero ¿has notado algún cambio en tu... bueno, en tu conciencia romántica desde que se manifestó tu don?

Por reflejo, Cerise movió la mirada hacia Kian, hacia los músculos tensos de su pecho, el movimiento rítmico de sus pasos y su porte regio. Recordó la confianza con la que había dominado su cuerpo, y se le aceleró la sangre al pensar en volver a sentir su tacto.

—No. —Se abanicó la cara—. Para nada.

—Entonces parece que las reglas son diferentes para los descendientes de Shiera —dijo Daerick—. Eso significa que podría haber otras como tú, Cerise. Un número desconocido de sacerdotisas en el mundo, escondiéndose a plena vista. Mientras se cuidaran de no usar su magia con la gente equivocada, nadie lo sabría.

Cerise levantó un hombro. Después de lo que había presenciado, dudaba que algo pudiera sorprenderla ya. Sin embargo, no entendía por qué era la única persona que conocían que podía viajar a voluntad al inframundo de Mortara. Y también estaba el mensaje críptico que había dejado la vieja emisaria: «Como es arriba, así abajo. La llama que buscas apagar te consumirá». ¿Significaba que Cerise era la llama… o la que sería consumida? ¿Y qué quería decir la advertencia de la Reverenda Madre sobre los falsos ídolos? ¿Cómo encajaba eso en todo lo demás?

Exhaló un suspiro. ¿Cuál era su propósito en todo esto?

—Si mi padre era un sacerdote con rasgos inusuales, eso podría explicar que mis padres le tuvieran miedo.

—Y por qué te ocultaron de él —coincidió Kian.

—¿Quién podría ser? —preguntó Cerise—. ¿Cómo lo encontramos?

—Si tu madre pasó tiempo en la corte —dijo Kian—, tu padre podría ser cualquiera de los cientos de sacerdotes que servían en el palacio.

Cerise se mordió el interior de la mejilla. Sus padres le habían asegurado que jamás habían visitado el palacio, pero entre todas las mentiras que le habían contado, apenas sabía qué creer.

—Supongamos que mi madre nunca estuvo en la corte. ¿Hay registros de qué sacerdotes vivían en el templo de Solon el año antes de que yo naciera?

—Estoy seguro —le dijo Kian—. También podemos averiguar quién visitó Solon.

Daerick añadió:

—A mí se me ocurre un sacerdote, incluso sin registros.

Kian y Daerick intercambiaron una mirada oscura que inmediatamente le dijo a Cerise a quién se referían. El sacerdote más legendario que había visitado Solon era el padre Padron. Había sido enviado ahí por el viejo rey para sofocar una insurrección. No recordaba exactamente en qué año había tenido lugar la rebelión, pero había sido alrededor del momento que estaban pensando.

—¿Qué edad tenía en ese entonces? —preguntó.

Kian se encogió de hombros.

—No sé. Más o menos nuestra edad. Habrá sido poco después de su Día de Atribución.

—No era demasiado joven para tener hijos —señaló Daerick.

«Hacía veinte años». Su mamá había sido una gran belleza entonces. Incluso ahora hacía volver las cabezas de muchos, jóvenes y viejos por igual. Fácilmente podría haber llamado la atención del padre Padron, pero algo en esa idea no encajaba. El padre Padron era devoto hasta la exageración, no podía imaginárselo tentado por ninguna mujer.

—No creo que sea él —dijo Cerise—. Quiero revisar los registros.

Justo en ese momento, se le ocurrió otra cosa. Había supuesto que no pertenecía al templo y que esa era la razón por la que nunca había encajado allí. Pero los dones de la magia, la sanación y las visiones se concedían exclusivamente a los segundos hijos. Por lo tanto, si realmente era una sacerdotisa, eso significaba que sí pertenecía al templo, solo que no con las videntes.

—Si soy sacerdotisa, entonces soy una hija segunda. Eso elimina al padre Padron. Porque a menos que ya tuviera un hijo antes de ir a Solon, cosa que dudo, yo sería su primogénita, aunque no lo fuera de mi madre.

Daerick frunció el ceño pensativo.

—Nunca he oído que un sacerdote sea padre de un niño, así que es difícil de decir, pero tienes un buen punto.

Algo más le rondaba la cabeza, algo que no estaba del todo al alcance de su comprensión. Pasaron varios momentos antes de que se diera cuenta de lo que se le había escapado. El hombre al que llamaba «papá» no era realmente su padre, por lo que era una Solon solo de nombre. Eso explicaba por qué el adivino había detectado tan poca sangre Solon en ella. Debía de haber heredado una pizca de su madre, pero no la suficiente como para ser significativa.

—Yo no soy Solon —dijo.

Kian y Daerick la miraron.

—Para romper la maldición —les dijo—, cada dinastía noble tiene que ofrecerle su sangre a la Espada de Petros. Con nosotros tenemos un Calatris, y un Mortara y un Petros…

—Pero ningún Solon —terminó Daerick—. El infierno en llamas. No puedo creer que no haya pensado en eso, no podremos romper la maldición hasta que regresemos al castillo, necesitamos a Cole Solon.

—Ese escurridizo bastardo —añadió Kian.

—Nuestro margen de tiempo se redujo por una luna —dijo Daerick.

CAPÍTULO VEINTIDÓS

Antes de que volvieran al campamento, quedaba una cosa por hacer.

—Quiero experimentar con mi energía —dijo Cerise—. Ahora, mientras el padre Padron no está.

Kian asintió.

—No tendrás otra oportunidad.

—¿Qué tal por ahí? —le dijo Daerick, señalando un campo de melones de arena cercano—. Podrías intentar levantar uno del suelo, parece bastante fácil.

No sabía si sería fácil, pero un melonar era un buen lugar para empezar. Se arrodilló en el suelo frente al matorral espinoso y observó una de las delgadas tiras de corteza que se asomaban de la tierra. La mayor parte del melón estaba oculta bajo el suelo, no podía saber cuánto pesaba o si eso importaba, así que trató de imaginarse lo que haría un sacerdote.

Se concentró con fuerza en el melón, apretó los puños y se esforzó como si intentara levantar la fruta con la mente. El sabor a metal le llenó la boca, el poder crepitó en su carne, estaba funcionando. Se esforzó aún más. La cáscara tembló y después se oyó un gran estruendo, y Cerise se protegió la cara mientras el melón explotaba.

Detrás de ella, Daerick gritó como un mono, y Kian rio sorprendido. Se dio la vuelta y vio que llovían trozos de melón del cielo.

—Bueno, funcionó —dijo Kian mientras se quitaba un pedazo de cáscara del pelo—. Levantaste un melón.

—Hasta el cielo —añadió Daerick mientras se quitaba restos de la túnica.

—No te desanimes, mi señora del templo, todo requiere práctica. —Kian le guiñó un ojo—. Solo no me utilices como tu próximo sujeto de prueba.

—Lo secundo —dijo Daerick.

Cerise se sacudió jugo de los brazos. No había esperado un éxito instantáneo, pero mientras miraba a su alrededor en busca de otro melón, se dio cuenta de lo agitado que respiraba.

—Me agoté con el esfuerzo. —Se llevó una mano pegajosa al pecho y sintió que el corazón le latía con fuerza—. Cuando abrí el manantial esta mañana, me sentí más fuerte que nunca, pero ahora estoy exhausta.

—Y con razón —dijo Daerick—. Diste muerte por primera vez, ¿no?

—Oh. —Cerise se sentó y cruzó las piernas por los tobillos. No lo había pensado de esa manera—. Supongo que sí.

—Si alguna vez hay una rebelión de la fruta, sabré a quién enviar —le dijo Kian.

La broma le recordó la anterior afirmación de Kian de que, durante la rebelión de Solon, el padre Padron había detenido el latido de cincuenta corazones antes de sudar. Esperaba que la historia fuera exagerada, porque no podía imaginarse algo así. El simple acto de destruir un melón la había dejado sin aliento. ¿Y qué decir del costo espiritual de acabar con tantas vidas? En ese entonces el padre era muy joven. ¿La batalla lo había cambiado? ¿Lo había vuelto más frío que antes? ¿Matar en nombre del trono lo había llevado a matar también en nombre de la Orden?

Se estremeció. No quería imaginárselo usando su poder contra ella.

—Necesito descansar antes de volverlo a intentar.

—Descansa. —Kian señaló con el pulgar otro campo de melones—. Lord Calatris y yo podemos cosecharlos a mano. No podemos volver al campamento con las manos vacías, o parecerá sospechoso.

Daerick gimió.

—La próxima vez que inventes una razón para deshacerte del padre Padron, elige una excusa que no implique trabajo manual.

—Lo tendré en cuenta —dijo Kian, extendiendo la mano hacia la pala—. Vamos, yo cavo y tú recoges.

—Creo que no. —Daerick aferró la pala y señaló las zarzas espinosas—. Yo cavaré, y tú puedes desgarrarte los brazos arrancando los melones del suelo.

—¿Necesito recordarte que yo soy el rey?

—¿Necesito recordarte que tu cuerpo se recupera al amanecer? —dijo Daerick—. El resto de nosotros no tenemos ese lujo.

—¿Lujo? —repitió Kian escandalizado—. Pasa una noche en las sombras, y luego hablamos de quién tiene la vida más…

Cerise se aclaró la garganta para interrumpir su discusión. Necesitaba ayuda con su magia y acababa de pensar en el maestro perfecto.

—Quiero contarle la verdad a Nerón.

Kian dirigió la mirada hacia ella.

—Antes de que discutas —dijo Cerise, levantando una palma—, él ya sabe que tengo sangre de fuego, lo sabía antes que yo. Y tiene la misma magia, así que ¿quién mejor que él para entrenarme? Me enseñó un lugar dentro de la montaña donde el tiempo prácticamente se detiene. Podría enseñarme todo lo que necesito saber antes de que alguien del campamento se dé cuenta de que no estamos.

Daerick deslizó la mirada hacia Kian.

—No es mala idea.

—No confío en él —dijo Kian.

—Yo tampoco —coincidió Daerick—. Apenas lo conocemos. Pero Nerón no es la mayor amenaza de Cerise, tú sabes quién es el verdadero peligro.

—Padron —espetó Kian.

—Y si él ve lo que ella puede hacer…

—Basta. —Kian soltó un largo suspiro y miró a Cerise—. No me gusta, pero no tenemos muchas opciones. Necesitas aprender a usar tu don, o por lo menos a controlarlo para saber cómo no usarlo. Si Nerón puede enseñarte, sería una tontería negarse.

Ella le sonrió.

—Gracias.

—No tienes que darme las gracias. De verdad quise decir lo que te dije antes; no quiero tu obediencia.

—Entonces gracias por entrar en razón —enmendó.

Kian se rio secamente.

—No soy poco razonable, y para demostrarlo, te sugiero que empieces con tus lecciones esta noche.

—Pero… —Quería pasar la noche con Kian. Había llegado a depender del tiempo que pasaban juntos, y odiaba la idea de abandonarlo en la oscuridad.

Él le dedicó una tierna sonrisa que le dijo que lo entendía.

—Voy a extrañar tu compañía, mi señora del templo. Pero te prometo que estaré bien. Ya perdí la cuenta de las noches que he pasado solo en la oscuridad, ya me acostumbré.

Su valentía le inspiró una promesa.

—No será así para siempre, pronto pasarás todas tus noches aquí con el resto de nosotros.

—Eso espero —dijo Kian.

Cerise negó con la cabeza. La esperanza no tenía nada que ver.

—Vamos a encontrar la Espada de Petros. Y luego la llevaremos al palacio y romperemos la maldición. No me detendré hasta que haya roto tu maldición. Te liberaré o moriré en el intento, lo juro.

La sonrisa de Kian vaciló. Al principio no dijo nada, pero luego asintió lenta y solemnemente.

—Te creo.

CAPÍTULO VEINTITRÉS

El grupo de caza regresó con un ciervo colgando de cada una de sus sillas y con nuevo aprecio por los instintos depredadores de Azul. El general Petros dijo que Azul no solo había olfateado al ciervo, sino también a dos carneros que habían escapado a la captura. Azul pareció percibir los elogios, llevaba la cabeza en alto mientras corría orgulloso hacia Cerise y dejaba caer una liebre sin vida a sus pies. La sangre seca que tenía alrededor de la boca indicaba que ya se había comido varios conejos él solo.

—¿Guardaste una para mí? —le preguntó Cerise. Lo recompensó con un abrazo y un merecido rascado detrás de las orejas—. Gracias, mi dulce chico. Sigues siendo mi héroe.

Mientras Azul se acurrucaba a la sombra para tomar una siesta, el resto del grupo trabajó en equipo para cortar el melón de arena, descuartizar el ciervo y colgar las finas tiras de carne de venado sobre fuego lento para que se ahumaran. El padre Padron lanzó un encantamiento de protección sobre el campamento para impedir que el olor de la carne se propagara por el viento y, justo antes de la puesta de sol, Cerise lanzó las runas. Acababa de leer las instrucciones de las runas cuando Kian desapareció en las sombras y se llevó con él la mitad de su corazón.

Durante la cena, Cerise fingió beber el habitual sorbo de jarabe de arrurruz, pero no tenía intención de dormirse. Se retiró a su tienda, se sentó en la manta y esperó a que pasaran las horas, escuchando la tranquila conversación y el raspar de los utensilios, y luego el susurro de tela que le indicó que el padre Padron había vuelto a su tienda. Esperó a oír sus suaves ronquidos antes de desatar las solapas de su tienda y salir sigilosamente a la noche.

La luna brillaba sobre un fondo de estrellas. El aire del atardecer era fresco y agradable, perfumado por el fuego de la cocina, que aún humeaba. Cerise miró alrededor del campamento en penumbra y se dio cuenta de que todas las tiendas, excepto dos, estaban cerradas: la suya y la de Nerón.

Tenía que ser esta noche, no había tiempo que perder.

Le hizo una señal a Azul para que se quedara, y luego recorrió los límites del campamento en busca de Nerón. Detectó un olor a hierbas quemadas y siguió el rastro hasta encontrarlo sentado contra el tocón de un árbol, fumando una pipa de madera y mirando más allá del encantamiento de protección.

Nerón la miró y le ofreció su pipa.

—Hoja de hoya —susurró—. Calma los nervios, si la bebida del general no fue lo suficientemente fuerte. —Olfateó, divertido. —Aunque no hará que profeses tu amor de borracha por el mundo.

Se sentó a su lado e hizo un gesto con la mano para rechazar la pipa, pero luego cambió de opinión. Su Día de Atribución parecía haber durado un año. Y, sin embargo, el tiempo seguía corriendo, incluso más rápido ahora que tenían que volver al palacio para romper la maldición. Si había una ocasión en la que tuviera que calmar sus nervios, era esta noche. Aspiró una bocanada de humo y la dejó rodar por su lengua. Sabía dulce, pero le quemó los pulmones al inhalar.

Tosió con los ojos llorosos mientras le devolvía la pipa a Nerón. Se imaginó lo que le diría la Reverenda Madre si pudiera verla en ese momento: sentada en el suelo maldito del Pico Asolado, con pantalones, la cara sucia de sudor, y sangre bajo las uñas mientras fumaba hierbas con un hereje.

Muy poco propio de una dama.

—¿Por qué estás despierta? —le preguntó Nerón—. ¿Tienes pesadillas? Mi tía me enseñó a interpretar los sueños… bueno, lo intentó. No soy muy bueno.

Cerise negó con la cabeza.

—Quiero hablar contigo de algo. Pero antes, ¿podemos entrar en la montaña como hicimos la vez pasada? —Dirigió una mirada hacia la tienda del padre Padron—. Allí el tiempo pasa más despacio. Podemos estar fuera todo el tiempo que queramos y nadie nos oirá.

—Lo Profundo —dijo Nerón. Mordisqueó su pipa, pensativo—. Sí, hay una forma de entrar cerca de aquí. Pero ¿si alguien se despierta y descubre que desaparecimos… juntos en la oscuridad? —La miró de reojo—. ¿Qué pensaría tu medio rey al respecto?

Cerise resistió el impulso de poner los ojos en blanco. Nerón casi parecía celoso.

—Tomando en cuenta que solo estaremos fuera unos minutos, el rey probablemente pensaría que estoy decepcionada.

Nerón intentó no sonreír, pero se le escapó una carcajada llena de humo.

—Entonces, mejor que no nos descubran, ningún hombre quiere tener esa reputación.

Se levantó, le ofreció la mano y luego la jaló hasta ponerla en pie con la misma facilidad con que el viento levanta una pluma. Empezó a caminar con la pipa entre los dientes y abrió camino fuera de la barrera de protección. Siguieron unos pasos más hasta un grupo de árboles que ocultaban a medias un muro de piedra. A diferencia de otras piedras, una tenía una veta de mineral expuesto que brillaba a la luz de la luna. Cualquier otra persona habría podido confundirla con un cristal normal, pero Cerise reconoció el brillo inconfundible de lo Profundo.

Nerón quitó una rama para que pasara y apuntó la piedra con la pipa como diciendo, «ya sabes lo que tienes que hacer».

Ella esperó a que se lo explicara. No hablaba nada bien de sus dotes como maestro que esperara que ella supiera hacer algo que solo había experimentado una vez.

—Tienes *umbra sangi* —le recordó—. Puedes hacerlo sola.

—Pero ¿cómo?

—Tu sangre es la llave.

—¿Cuánta sangre?

—Unas gotas —dijo—. Y unas pocas más si traes a alguien contigo.

Pensó en el primer día del viaje, cuando él la había trasladado de la cueva a la caverna secreta. Recordó que se había cortado la palma de la mano y la había presionado contra la pared mientras la agarraba de la muñeca. También recordaba la desagradable sensación de caída después. Esta vez, estaría preparada.

—Otra cosa —añadió Nerón—. Tienes que visualizar adónde quieres ir. Lo Profundo es un lugar inmenso con muchas salas y pasadizos que explorar. ¿Recuerdas a dónde te llevé? ¿Cómo era la caverna?

Ella asintió.

—Sí, me acuerdo.

—Entonces toma esto —dijo, dándole una pequeña daga—. E iremos juntos.

Cerise se armó de valor y se cortó la punta del dedo medio. Le devolvió la daga a Nerón y se tomaron de la mano. Luego, se imaginó la caverna fría y oscura a donde él la había llevado la vez anterior, imaginando sus paredes brillantes y su suelo alfombrado de musgo, recordando el murmullo de agua en el fondo y el aroma eléctrico de la magia en el aire. Retuvo las sensaciones en su mente y apretó el dedo contra la pared de piedra. La gravedad le apretó el estómago y, un latido después, Nerón y ella estaban en la caverna.

Sonrió mientras recuperaba el aliento.

—¡Lo logré!

Nerón dio otra calada a su pipa. No parecía impresionado.

La caverna era más luminosa de lo que recordaba. Las paredes estaban cubiertas de torrecillas de líquido iridiscente que se acumulaba en un arroyo que seguía la pendiente descendente del suelo musgoso hasta algún lugar fuera de su vista.

Cerise hundió un dedo en el agua y lo frotó contra el pulgar. La gota estaba caliente y tenía una consistencia resbaladiza que le recordó la sangre de pollo congelado con el que una vez había alimentado a Azul.

—La sangre de Shiera —dijo Nerón.

—¿Cómo?

—Esta es la cima de la montaña donde fue apuñalada. Su lado iracundo asoló lo de arriba, y su lado misericordioso creó lo Profundo.

—Quieres decir que esta es de verdad…

—¿Su sangre? Sí. —Nerón le lanzó una gotita brillante—. No muerde, está dentro de ti.

No mucho tiempo atrás, habría considerado las palabras de Nerón tonterías supersticiosas. Ahora, contemplaba sus manos con asombro.

—De eso es de lo que quiero hablarte. Creo que el fuego de mi sangre se encendió hoy.

Él ladeó la cabeza, confundido.

—Recibí un don en mi Día de Atribución —admitió—. Tengo magia.

La transformación del rostro de Nerón hizo que pensara en un capullo apretado abriéndose instantáneamente a la floración.

—¿Una mujer con *resha*?

—¿*Resha* significa magia?

—Tú lo llamas energía.

—Entonces sí, eso es lo que tengo.

Nerón sonrió mientras negaba con la cabeza.

—Mi abuelo, el hombre que probó tu sangre, dijo que era posible que la magia llegara a ti, pero yo no le creí. Pensé que tu don sería diferente, como el de mi tía, que lee los sueños.

—Pero mi magia sí es diferente —dijo Cerise—. No puedo desobedecer una orden del rey. En ese sentido, soy como los sacerdotes. Pero puedo salir de mi cuerpo mientras duermo, ese es mi segundo don. Mi espíritu puede ir a las sombras con el rey. Así que creo que tengo la magia de quienes tienen *umbra sangi* y la magia de los sacerdotes, eso significa que tanto tú como tu abuelo tenían razón.

—Quisiera ir a contárselo ya. —Con los ojos brillantes de emoción, Nerón se inclinó a su altura—. Te asignará a alguien para que te entrene, tal vez mi tío en la ciudad.

—¿Hay personas que tienen *umbra sangi* en otras tierras? —preguntó—. ¿Como en Calatris o en Solon?

—Por supuesto —respondió Nerón—. Los descendientes de Shiera están repartidos por todo el mundo.

—¿Viven siempre ocultos? ¿O se mezclan en la sociedad?

—Me imagino que ambas cosas. ¿Por qué?

—Creo que mi padre tiene *umbra sangi* —dijo—. Mi familia no quiere decirme nada sobre él, excepto que es peligroso. Pero si puedo averiguar dónde conoció a mi madre, si fue en Solon o en otro lugar, quizá pueda dilucidar quién es.

Nerón frunció el ceño.

—Podría ser cualquiera, muchos hombres son peligrosos.

—Ahora lo sé.

—Le preguntaré a mi tío, tiene contactos en otras tierras. Podemos hablar de eso con él cuando te lleve a entrenar.

—Pues, en realidad… —Se interrumpió y le dirigió una mirada esperanzada—. Quisiera que tú me entrenes.

—¿Yo? —Nerón se tocó el pecho—. Yo no soy maestro.

—No tengo tiempo para ponerme exigente.

—No entiendes —dijo Nerón—. Una mala formación es peor que no tener formación. Después tendrías que desaprender todo lo que te enseñé. Mi tío me desollaría.

Cerise negó con la cabeza.

—Es que necesito ayuda ahora, no dentro de quince días. Ya perdí el control una vez. ¿Y si usara mi magia delante del padre

Padron? Me tildaría de hechicera y haría que me ejecuten. Por lo menos enséñame a apagar mi magia.

—No hay manera de apagar la magia.

—¿Ves cuánto tengo que aprender?

Nerón dio una calada muy larga a su pipa, como si estuviera preparándose para una gran prueba de paciencia. Después de dos caladas más, asintió.

—Bueno, dime qué pasó cuando usaste tu energía.

—La primera vez fue un accidente. Esta mañana estaba viendo el amanecer, y la magia pasó a través de mi cuerpo y rompió la roca en la que estaba apoyada.

Nerón arrugó la frente, pero por fortuna no le pidió más detalles. Lo último que quería era compartir con él los detalles de su despertar sensual.

—¿Y la segunda vez? —le preguntó.

—La segunda vez fue a propósito. Intenté levantar un melón de arena del suelo y explotó. Después de eso, tuve que esperar…

—Espera —la interrumpió Nerón—. Vuelve al melón de arena. ¿Cómo intentaste levantarlo?

—¿A qué te refieres?

—Piensa —dijo—. Explícame los pasos que seguiste.

—Como que… lo miré muy fijamente. —Cerró los puños y se tensó para hacerle una demostración—. Después usé mi mente para…

—Ah —dijo Nerón, asintiendo—, ese fue tu error. Te sentiste muy cansada después, ¿no?

—Sí, pensé que había sido porque maté a un ser vivo.

La risa de Nerón en respuesta la hizo sentirse como una tonta. Él levantó una mano en señal de disculpa para evitar su mirada fulminante.

—Si los melones tuvieran corazón, tendrías razón. Detener un corazón requiere más energía que cualquier otra cosa. En realidad, te cansaste porque usaste la cabeza para canalizar tu poder en lugar de dejarlo fluir desde aquí. —Se dio un golpecito en el pecho—. Es como caminar con las manos en vez de con los pies.

Cerise se masajeó la unión de las costillas. Si había un poder oculto en ella, no lo sentía.

—Es fácil. —Le pasó la pipa—. Es más fácil si te relajas.

Cerise dio una calada, dos, tres. Una calma gradual descendió sobre ella, relajando músculos que no sabía que estaban contraídos.

—El poder está ahí, listo y esperando que lo uses. Simplemente —exhaló— déjalo salir. —Volvió a tomar su pipa y a fumar mientras continuaba con la lección—. La energía no es un músculo que hay que ejercitar.

A Cerise le costaba creer que fuera tan sencillo.

—Piensa en los sacerdotes de tu templo —dijo Nerón—. ¿Alguna vez los has visto luchar o esforzarse cuando lanzan encantamientos?

—No.

—Si es como un trabajo, lo estás haciendo mal.

—Sin embargo, los he visto estar cansados después —señaló. Pensó en el padre Díaz, que se había desmayado después de matar a un tejón en el templo. Y en el sacerdote de la ciudad al que se le doblaron las rodillas después de calmar a la multitud enfurecida. Incluso el padre Padron se había caído del caballo después de terminar con la manada de hienas titán—. Si la energía está ahí y usarla no cuesta trabajo, ¿por qué debilita a los sacerdotes?

Nerón asintió como diciendo: «buena pregunta». Se quitó la cantimplora de la cadera y le hizo un pequeño agujero para dejar que el agua goteara sobre la palma de su mano.

—Tu magia es como esta piel. La energía está ahí, pero no puedes usarla toda a la vez, solo puedes ocupar lo que hay en tu copa. —Sorbió el agua de su mano y le mostró la palma húmeda—. Si vacías toda la reserva te agotarás.

Cerise señaló la gotera.

—¿La energía gotea tan despacio para todo el mundo?

Él se encogió de hombros despreocupadamente, pero su mirada vaciló y se le enrojecieron las puntas de las orejas.

—Para mí sí, por eso reservo mi energía para cosas importantes. —Pasó la mano por el cuero y usó su magia para remendarlo—. Para otros, fluye rápidamente. Y para otros más, como tu sumo sacerdote —miró hacia arriba—, la energía es un torrente de agua que brota por las grietas de una presa rota.

Cerise se abrazó a sí misma. No quería hablar del padre Padron.

—Muéstrame qué hacer. Algo sencillo, para no agotar nuestras copas.

—Un movimiento —decidió Nerón, señalando el agua que se deslizaba por la pared—. Generar la fuerza para mover algo ligero casi no requiere magia.

Ella asintió.

—Te escucho.

—Vamos a redirigir uno de estos arroyos. —Señaló uno de los riachuelos descendentes y el agua cambió de curso ante sus ojos.

—¿Ves? —dijo—. Fácil.

—No siento el sabor de la energía.

—Así de poca estoy usando. —Se acomodó, plantando los pies bien separados—. Esta sí la vas a percibir.

El sabor a cobre cubrió su lengua. Inclinó la cabeza hacia atrás para ver cómo el líquido convergía en una única cascada resplandeciente que ondulaba en olas luminiscentes y le rociaba la cara. El efecto duró uno o dos segundos antes de que la cascada desapareciera y el líquido volviera a dispersarse.

Nerón se hizo a un lado, como cediéndole el escenario. El color de sus mejillas mostraba cuánto le había costado el acto.

—Tu turno.

Cerise se acercó a la pared y repitió lo que Nerón había hecho, señalando un arroyo e intentando desviar su curso. No ocurrió nada. Imaginó su energía como un rayo de luz que salía de su pecho e iluminaba la pared. Como no funcionó, miró el agua fijamente. La energía llenó su boca, una carga le erizó el vello de los antebrazos, y entonces el líquido que tenía enfrente se convirtió en vapor, obligándola a retroceder por el calor.

—Hiciste trampa. —Nerón la empujó hacia adelante—. Esta vez hazlo bien: apaga tus pensamientos y visualiza qué quieres.

Hizo lo que le dijo.

No pasó nada.

—Intenta exhalar —sugirió—. Y cuando tus pulmones estén casi vacíos, imagina que el último aliento lleva tu deseo.

Cerise sacudió los hombros y se preparó para intentarlo de nuevo. Suavizó la mirada como si buscara una imagen oculta en los contornos de la piedra húmeda. Soltó el aire lentamente y, en el último momento, cuando sus pulmones ya casi no daban más de sí, imaginó que varias corrientes se trenzaban como cabellos.

Algo cálido le tocó las costillas, como si se hubiera metido un pan recién horneado bajo la blusa. Al centrar la mirada, se dio cuenta de que no solo lo había conseguido, sino que había gastado tan poca energía que lo único que sentía era orgullo. Sonrió, observando cómo el agua se entrelazaba en una danza hipnótica. Nerón tenía razón, era fácil ahora que sabía dónde estaba su energía y cómo liberarla.

La euforia se apoderó de ella. Se sentía como una niña con un juguete nuevo, y quería hacer más.

Levantó las manos y reunió toda el agua en una esfera que hizo girar sobre su cabeza. Dividió la esfera brillante en dos, y luego en tres, y volvió a dividir cada una de ellas una y otra vez, hasta que el techo de la caverna pareció un cielo estrellado. Con un movimiento de los dedos, puso las estrellas en movimiento, unas orbitando alrededor de otras. Bajó los grupos a cientos de puntos por toda la caverna, de modo que giraran a su alrededor, como el cosmos en movimiento, y se rio de la emoción. Cuando levantó las manos y alzó la cara hacia el cielo que había creado, por primera vez en su vida, pudo comprender cómo se sentía ser un dios.

Ese pensamiento fue el que le hizo recuperar la sobriedad.

Devolvió el agua a la pared y obligó al calor de su pecho a desaparecer. No quería, no podía, olvidar su propósito. No importaba de quién fuera la sangre que le corría por las venas, no era una diosa, sino su sierva.

Nada de falsos ídolos.

Ahora y siempre, su corazón le pertenecía a Shiera.

Se secó la humedad de las mejillas y volteó hacia Nerón, esperando que la recompensara con una sonrisa o un elogio. En lugar de eso, la miró con la misma expresión de incredulidad que el día que su abuelo probó su sangre.

Se quedó mudo hasta que pudo preguntar:

—¿Te cansaste?

—No —respondió Cerise—. ¿Debía cansarme?

Él no le contestó, lo cual fue respuesta suficiente.

El silencio entre ellos se espesó de una forma penosamente familiar. Cuando Cerise estaba en el templo había mirado a las otras chicas con la misma envidia que ahora llenaba los ojos de Nerón. Lo conocía bien: el resentimiento de desear un poder que jamás tendría. Si no hubiera probado esa amargura durante tantos años, quizá no habría tomado la mano de Nerón para darle un apretón reconfortante. Sin embargo, sí lo hizo.

—No eres tan mal maestro como pensaba —le dijo.

Pasaron varios momentos, pero finalmente sonrió.

—No eres tan lenta de aprendizaje como pensaba.

—Me gustaría que me enseñaras más, si no te importa. ¿Ya fue suficiente por una noche? ¿Quieres volver al campamento?

—¿Y dejarte decepcionada? —Cierta picardía brilló en sus ojos—. Ya te lo dije, ningún hombre quiere tener esa reputación.

Cerise volvió a su tienda sintiéndose más limpia que antes, con las manos y la cara lavadas por la sangre de la diosa y el espíritu acicalado por la alegría del logro. Acurrucada de lado, con Azul en el pliegue de sus rodillas, cayó en un sueño reparador y, a la mañana siguiente, despertó con el sabor de las hierbas dulces en la lengua.

Con los ojos cerrados, arqueó la espalda y se estiró. Cuando su codo se encontró con un pecho cálido y sólido, sonrió porque sabía de quién era. No se le ocurría una mejor manera de despertarse que entre su rey y su perro. Con cuidado para no molestar a Azul, rodó sobre su espalda y parpadeó al ver a Kian. Estaba acostado frente a ella, con la cabeza apoyada en una mano y los rizos negros recogidos detrás de las orejas. Le dedicó una sonrisa que arrugó la piel alrededor de sus ojos de tormenta.

—Me encanta verte feliz —susurró. Se estiró a su lado y la estrechó entre sus brazos—. ¿Asumo que tus lecciones estuvieron bien?

—Muy bien —respondió Cerise, apoyando la mejilla en su pecho y acurrucándose más para ocupar los espacios vacíos entre ellos—. Ojalá pudiera mostrarte. Aprendí tanto con Nerón. Y durante todo el tiempo que estuve practicando, nunca brillé. Me dijo que el fuego de mi sangre brilló cuando cobró vida, pero que ahora ya no debería volver a ocurrir.

—Es un alivio. —Kian le besó la cabeza. Había amor en su contacto, pero también algo más, una emoción que Cerise no podía leer. Sus brazos la rodearon con más fuerza, como si temiera que pudiera escapársele—. Te extrañé anoche.

—Yo también te extrañé.

—Pero el tiempo que pasamos separados me dio la oportunidad de pensar. —Los latidos de su corazón resonaban bajo su mejilla—. Tomé una decisión, y no sé cómo te vas a sentir al respecto.

Ella apoyó la barbilla en su pecho, con una mirada interrogante.

—Ya te dije que no quiero tu obediencia —siguió Kian—. Pero no es del todo cierto. Tengo que darte una orden.

Cerise contuvo la respiración no le gustaba cómo sonaba eso.

—Te ordeno que preserves tu vida por cualquier medio necesario. No te sacrificarás para salvarme —dijo con voz firme.

Aturdida, trató de asimilar la gravedad de lo que le había ordenado, lo que podía significar para que rompiera la maldición. Su orden podía restringirla de muchas formas que de ninguna manera podía predecir. Cerise no conocía el plan de la diosa. ¿Y si Shiera tenía la intención de llamarla a casa? ¿Y si ese era el precio que requeriría para liberar a Kian, Daerick y al bebé de Nina? ¿O el precio para mantener a la Orden lejos del trono?

—Kian, no puedes pedirme eso —le dijo sentándose—. Demasiada gente está sufriendo. Tengo que poder hacer lo que sea necesario para romper la maldición. No sé qué vaya a ser, pero si la diosa quiere mi vida...

—No —la interrumpió—. No la tendrá.

—¿Así que castigarías al mundo para salvar a una persona?

Él se incorporó y la tomó de la mano.

—Sacrificar vidas es parte de mi deber como rey. Ha muerto más gente en batalla a lo largo de los siglos que el número de personas que están vivas hoy en día. Pero en la guerra, siempre hay un límite de lo que puedes perder antes de rendirte. —Le apretó la mano—. Tú eres mi límite, Cerise. Tienes un alma extraordinariamente pura, y no quiero vivir en un mundo creado por una deidad que te exigiera como sacrificio. Prefiero rendirme, prefiero dejar que se acabe el mundo.

Ella negó con la cabeza.

—No te corresponde decidir eso.

—Es mi prerrogativa —la corrigió—. Tu diosa se aseguró de ello cuando me dio el dominio sobre sus sacerdotes... y sobre su sacerdotisa. Shiera puso este poder en mis manos, y te ordeno que vivas.

—Retráctate.

—No.

—Por lo menos cambia la orden para que tenga más libertad.

—No —repitió. La miró con una expresión que le juraba que lo había pensado mucho y que no se dejaría convencer. Cerise se quedó un rato sentada mirando su regazo, con los dedos cada vez más flácidos. La decisión del rey los perseguiría de formas que ninguno de los dos esperaba, así lo sentía.

—Lo siento —murmuró Kian.

Ella soltó su mano.

—No, no lo sientes.

—No —admitió—. No lo siento.

CAPÍTULO VEINTICUATRO

Las runas del ocaso guiaron a la caravana hacia el noroeste ese día, pero solo la mitad de la distancia que el día anterior. Cuando Cerise volvió a lanzarlas en el crepúsculo, las runas predijeron una distancia aún menor para la mañana siguiente.

—Solo cinco kilómetros —dijo al grupo. Extendió la mano para recuperar las runas, pero en el tiempo que tardó en parpadear, desaparecieron. Inhaló con esperanza y miró a Nerón.

—¿Significa lo que creo que significa?

Nerón asintió, pero la línea recta de sus labios indicaba que no compartía su entusiasmo.

—Deberíamos llegar a la Espada de Petros mañana, probablemente al mediodía, si el camino es fiable.

—Bueno, son buenas noticias —dijo Daerick. Los miró a uno y otro alternativamente—. ¿Verdad?

—Sí —respondió Nerón—. Pero…

—Me pondrán a prueba —terminó Cerise—, y no sé cómo. Aunque debe ser algo prácticamente imposible. Si nadie ha visto la Espada de Petros en mil años, debe significar que nadie ha pasado la prueba nunca.

—No necesariamente —argumentó Daerick—. Yo mismo solía pensar que las runas del ocaso eran un mito. Nunca las había visto, ni tampoco nadie con quien hubiera hablado. Si no hubiera hecho este viaje contigo, no sabría que son reales. Que no hayamos visto la espada no significa que haya estado intacta todo este tiempo. Tal vez ha sido concedida antes, y después volvió a desaparecer, como acaban de hacer las runas. Muchas personas podrían haber conseguido la espada, y nunca lo sabríamos.

—Es cierto —dijo Kian—. Porque cualquiera lo suficientemente listo como para conseguir la Espada de Petros sería también suficientemente inteligente como para esconderla. Solo un tonto presumiría algo tan valioso y fácil de robar.

El general Petros gruñó mientras atizaba el fuego con un palo puntiagudo.

—Ponerle las manos encima al arma más destructiva de la historia no debe ser fácil. —Miró a Cerise—. Pero si alguien merece conseguirla, eres tú, mi niña.

—Estoy de acuerdo —dijo Kian—. Tengo fe en nuestra señora del templo.

El aire se llenó de energía cuando el padre Padron lanzó su hechizo de protección sobre el campamento. Cerise lo miró, esperando oír algún comentario sobre su fe, pero él no ofreció una palabra. Se limitó a girar sobre sus talones y dirigirse a su tienda, llevándose su cena. Tal vez no fuera nada, pero ella lo había notado más callado que de costumbre desde su Día de Atribución. Y una o dos veces, durante las cabalgatas del día, lo había sorprendido mirándola de reojo, casi estudiándola, como si hubiera percibido un cambio en ella, pero no pudiera precisar cuál era la diferencia.

Su silencio la inquietaba. Guardarse sus opiniones no era propio del padre Padrón, ni siquiera las más hirientes, de hecho, en especial las hirientes. Cerise casi prefería escuchar sus sermones que preguntarse qué oscuros pensamientos le ocultaba.

Kian la trajo de vuelta al momento con una palmada.

—Descansen bien esta noche —le dijo al grupo—. En la mañana necesitaremos todas nuestras fuerzas.

Le guiñó un ojo a Cerise mientras desaparecía en las sombras: una despedida silenciosa y un recordatorio de que estudiara bien, ya que habían decidido que ella se quedaría para tomar una lección más con Nerón.

Cerise repitió la treta de la noche anterior: fingió beber jarabe de arrurruz con la cena y esperó en su tienda a que el resto del grupo se durmiera antes de salir sigilosamente a la oscuridad para reunirse con Nerón en los límites del campamento.

Una vez más, encontraron una entrada de piedra a lo Profundo, y Nerón pasó las primeras horas de la noche enseñándole cómo crear un escudo defensivo y cómo asestar un golpe ofensivo. Cerise practicó los ejercicios una y otra vez hasta que aprendió a protegerse, y cuando regresó a su tienda, lo hizo con un poco más de confianza que antes.

A la mañana siguiente, el grupo levantó el campamento y cabalgó hacia el noroeste durante cinco kilómetros. Al igual que cuando se aproximaban al Santuario Asolado, el camino se volvió más empinado y traicionero a medida que se acercaban al escondite de la Espada de Petros. A los caballos les costaba encontrar dónde pisar con firmeza. Cerise estaba a punto de sugerir que se detuvieran y ataran a los caballos cuando Daerick se incorporó bruscamente en su silla y dirigió su mirada a la de ella.

—Ya lo veo —le dijo Daerick mientras sus ojos tomaban una cualidad de sueño.

Cerise sintió pavor en el estómago. Había visto antes esa mirada lejana en su rostro y sabía qué significaba. Su maldición se estaba filtrando a través del velo del tiempo, revelándole los secretos del universo y destruyendo su mente en el proceso.

—¿Qué ves? —le preguntó.

—Es el aire de aquí. —Daerick dirigió la mirada hacia el espacio que tenía delante, abriendo los dedos en abanico como si contemplara un fenómeno visible solo para él—. Las partículas son resbaladizas, la magia no puede sostenerse. —Se rio con asombro—. Ahora entiendo cómo funciona todo: cómo encajan las partículas entre ellas para crear las fuerzas de la naturaleza. Es tan sencillo, ¿cómo no me di cuenta antes?

Cerise miró al resto del grupo. A juzgar por sus expresiones de pesar, todos comprendían lo que estaba ocurriendo. Incluso el padre Padron dejó a un lado su altanería el tiempo suficiente para dirigirle a Daerick una mirada de compasión.

—Lord Calatris —lo llamó Kian, acercándose lo suficiente para darle a Daerick una palmada en el hombro—. Recuérdame cómo se llama tu hermana, la alta y pechugona de pelo castaño. Le puse su nombre a mi yegua, pero ya me olvidé de cómo llamarla cuando le azoto la grupa.

La burla pareció funcionar, Daerick salió de su trance y frunció el ceño.

—Te refieres a «baja tus expectativas porque no soy ni la mitad del hombre que era mi madre» —replicó.

—Qué nombre tan largo —dijo Kian—. ¿No tiene un apodo?

Daerick le hizo un gesto grosero con la mano.

—¿Es lo suficientemente corto para ti?

Kian sonrió y le dio otra palmada.

—Me alegro de que estés de vuelta, amigo.

Daerick volteó la cara, claramente avergonzado por su falta de cordura.

—Los encantamientos no se sostienen aquí —le dijo al grupo—. Así que sea lo que sea que tengamos que hacer para conseguir la espada, la magia del padre Padron no funcionará.

Tenía sentido para Cerise, tomando en cuenta que el arma había sido escondida para protegerla de reyes belicosos que podrían haber enviado sacerdotes a recuperarla. Sin embargo, lo que no acababa de entender era cómo podía estar ausente la magia en un lugar que contenía un objeto encantado. Tenía que haber algo de magia alrededor de la espada, de lo contrario, no podría trasladarse a un lugar nuevo en cada luna llena. Tal vez había varios tipos de magia en la naturaleza, y la energía que protegía la espada era diferente de la energía de los sacerdotes.

Deseó poder preguntarle a Daerick si había visto la respuesta, pero no quería que se sintiera más incómodo de lo que ya estaba. Quizá se lo preguntara más tarde, en privado.

El grupo cabalgó en silencio durante un rato más, y luego se vieron obligados a atar los caballos y continuar a pie. Cerise percibía un olor cada vez más nauseabundo en el aire cuanto más subían, un olor desconocido que se hacía cada vez más fuerte, hasta que Azul gimió y se tocó la nariz con las patas. Poco después, el grupo llegó al siguiente pico y encontró la causa del olor.

—Ácido —dijo Nerón, agitando una mano frente a su cara.

A menos de diez pasos delante de ellos había un charco de ácido burbujeante tan profundo que Cerise no podía ver el fondo. Estaba rodeado por un círculo de lodo y el fondo tenía un tinte amarillo que se volvía verdoso en el centro. Algunas gotas silbaban y chisporroteaban cuando saltaban del charco y caían en el suelo agrietado.

Cerise caminó hacia el charco y se acercó lo más que pudo para mirar bajo la superficie del líquido. Algo le llamó la atención: un destello de luz solar sobre metal. Entornó los ojos y pudo distinguir una espada de doble filo con empuñadura de acero pulido. El arma era más pequeña de lo que había imaginado, aproximadamente del largo de su antebrazo. Estaba suspendida en las profundidades como si la agarrara un puño invisible.

—Ahí está. La Espada de Petros.

Kian la apartó del borde.

—Cuidado, me estás poniendo nervioso.

—¿Cómo la pesco? —le preguntó Cerise a Nerón.

—Dudo que puedas —contestó—. Sería demasiado fácil. Si tuviera que adivinar, diría que tienes que entrar a tomarla.

—¿Entrar? —preguntó Cerise—. ¿A un charco de ácido?

El padre Padron se reunió con ellos en el borde del charco y extendió una mano encima como si quisiera empuñar la espada. Se percibió su energía, pero no ocurrió nada. Volvió a intentarlo. Su poder surgió como una tormenta eléctrica. Y entonces, en las profundidades, el ácido burbujeó. Sonrió victorioso, pero cuando alargó la palma de la mano para aceptar su premio, el ácido le salpicó la parte delantera de la túnica, disolviendo al instante el tejido dorado. Retrocedió tambaleándose, y se arrancó los jirones de tela para proteger su carne.

—La magia no funciona aquí —le recordó Daerick.

—Sí, gracias, señor Calatris —espetó el padre Padron—. Ya me di cuenta.

—Entonces, ¿qué hacemos? —preguntó el general Petros.

Nerón señaló a Cerise.

—Tú eres la que busca la espada, así que tú eres la que tiene que ser puesta a prueba. Creo que deberías empezar por hacer una ofrenda.

—¿Qué clase de ofrenda? —preguntó Cerise. Nerón se encogió de hombros—. ¿Una ofrenda de sangre, tal vez?

—Un ritual con sangre es brujería —advirtió el padre Padron.

—Pero no tengo nada más que dar —dijo Cerise.

Kian le entregó un pequeño cuchillo.

—Prueba con un mechón de pelo.

Separó un mechón de su cabello y lo cortó para arrojarlo al charco de ácido. Pasaron varios segundos. No ocurrió nada.

El padre Padron le lanzó una mirada a Azul y luego alzó una ceja hacia Cerise, recordándole en silencio que sí tenía otra cosa que ofrecer.

—No —le respondió. Si Shiera quisiera a Azul, entonces la diosa misma tendría que bajar de los cielos y apartarlo físicamente de los brazos de Cerise.

—Muy bien —dijo el padre Padron—. Entonces ofrece tu sangre, si ese es tu deseo. Pero tú sufrirás cualquier consecuencia que desencadenes.

Cerise contuvo la respiración, rezando en silencio para que el fuego de su sangre no dejara de ser invisible mientras se cortaba la yema del dedo índice con el cuchillo. Extendió la mano sobre el ácido, y una sola gota roja golpeó la superficie.

El grupo se acercó por detrás para observar.

Como el brandy en el vino hirviendo, su sangre hizo que el ácido formara espuma alrededor de la gota. Cerise se apartó para mantenerse a una distancia segura hasta que cesó el burbujeo, y después volvió a inclinarse para ver si algo había cambiado. Ahora, a través del ácido amarillo, había un camino de agua pura y limpia, y debajo, una escalera de piedra que descendía hasta la espada.

—Parece que tu ofrenda fue aceptada —dijo Nerón.

Kian entornó los ojos viendo el charco.

—¿Cómo sabes?

—Porque ahora hay una escalera. —Cerise intercambió su lugar con él y señaló—. ¿La ves?

—Solo veo muerte líquida.

—Yo también —dio Daerick.

El general Petros y el padre Padron negaron con la cabeza, tampoco veían las escaleras. Entonces, una voz masculina surgió del agua, grave y clara.

—Deben entrar dos —ordenó.

—¿Dos? —repitió Nerón, intercambiando una mirada con Cerise mientras el resto del grupo miraba el charco como si nada hubiera pasado—. ¿Alguien más oyó eso?

—¿Qué? —preguntó Kian.

Cerise le contó lo que él y los demás se habían perdido.

—Creo que la voz nos hablaba a Nerón y a mí. Somos los únicos que la oímos y nadie más puede ver la escalera. La voz quiere que entremos.

—Pero ¿por qué? —preguntó Nerón, sacudiendo la cabeza—. Yo no vine en busca de la espada, y tampoco hice una ofrenda. ¿Por qué me pediría que entre?

Kian estudió a Nerón entornando los ojos.

—Tal vez la espada sabe algo sobre ti que el resto de nosotros no.

Nerón se tensó como si fuera a dar un paso atrás, pero pareció pensarlo mejor.

—No tengo nada que ocultar.

—Entonces no deberías tener motivos para preocuparte —le dijo Kian.

Cerise apoyó una mano en el hombro de Kian para calmarlo.

—Recordemos que Nerón arriesgó su vida para guiarnos aquí.

—Desde luego que sí —dijo Kian—. Por el precio de dos bolsas de monedas de mi tesoro privado. —Señaló a Nerón con la barbilla—. Ahora es el momento de ganarte tu paga. Acompáñala, pero entra tú primero. Y asegúrate de que no le pase nada mientras estén ahí abajo. Si sales y ella no, te dejaré en esta montaña en pedazos tan pequeños que ni los insectos se darán cuenta.

A Nerón se le fue el color de la cara, pero no discutió.

Cerise se adelantó a Nerón hasta el borde acuoso del estanque, donde se arrodilló e introdujo un dedo de prueba en la superficie. No sintió nada, ni siquiera un poco de humedad. Volvió a intentarlo, esta vez metiendo la mano en el líquido, pero no era más tangible que el aire. Giró las piernas y tocó el peldaño superior con la sandalia para asegurarse de que la escalera fuera sólida. Cuando su pie encontró la resistencia de la piedra, se levantó.

—Él primero —le recordó Kian.

Nerón pasó frente a ella y bajó los escalones hasta que su cabeza quedó sumergida bajo el agua, o, más bien, hasta que dio la ilusión de estar bajo el agua, porque no estaba mojado para nada.

Cerise le dijo a Azul que se quedara y volvió a mirar a Kian. Se sostuvieron la mirada, y tuvieron entre ellos toda una conversación. Sus ojos le rogaron que estuviera a salvo y volviera con él. Cerise le prometió en silencio que haría todo lo que pudiera y siguió a Nerón dentro del charco.

CAPÍTULO VEINTICINCO

Una vez que Cerise estuvo completamente bajo la superficie, levantó la vista y vio su propio reflejo. El grupo era tan invisible para ella como había sido la escalera para ellos. Más abajo, Nerón esperaba en el último escalón, y más allá solo se veía oscuridad.

La Espada de Petros había desaparecido. Todo había desaparecido.

—Ven —la llamó Nerón.

Al bajar un poco más, el olor a azufre dio paso a algo peor: un olor tan inmundo que le provocó arcadas. Se tapó la nariz con el cuello de la camisa.

—¿Qué es ese olor?

Nerón miró hacia otro lado, imperturbable.

—Si tuviera que adivinar, probablemente sea el olor de los que vinieron antes que nosotros.

—¿De los que vinieron por la espada y no... sobrevivieron?

Nerón debió de oír el miedo en su voz, porque le ofreció la mano. Ella bajó corriendo los escalones y la tomó. Su agarre era flojo pero firme, un mensaje de apoyo a pesar de haberse visto obligado a entrar al charco con ella.

Juntos, se adentraron en la oscuridad.

En cuanto sus pies tocaron el suelo, su entorno cambió. Ya no estaban dentro de un charco de ácido, sino dentro de las paredes tenuemente iluminadas de un templo antiguo. La escalera también había cambiado, y ahora estaba construida con el mismo ladrillo de arcilla polvorienta que el suelo. No había estructuras visibles en la sala abierta, por lo menos en los espacios iluminados por la media docena de antorchas parpadeantes. Quién sabe qué había en los rincones sombríos. La única otra fuente de luz procedía de la Espada de Petros misma, que flotaba sobre un gran altar de piedra tan largo y ancho como un hombre adulto. No había barreras visibles protegiendo la espada, pero Cerise sabía que no podía dar por sentado que podía tomarla del aire.

—Demuestra tu valentía —bramó una voz.

¿Su valentía? Quizá, después de todo, sí debía tratar de agarrar la espada.

Apenas tuvo tiempo de considerar la idea antes de que un sonido de raspado atrajera su atención hacia un rincón sombrío al fondo de la habitación, donde un hombre alto y delgado, vestido con harapos sucios, cojeaba hacia ella.

«No es un hombre», se dio cuenta cuando pasó bajo la luz de las antorchas. «Es un cadáver putrefacto».

Se quedó paralizada, pues el horror que le produjo la dejó clavada en su sitio. Nunca había visto algo tan grotesco. Mechones de pelo negro sobresalían del cuero cabelludo en manchas grasientas. Su cabeza, inclinada hacia un lado en un ángulo extraño, parecía no tener rostro. Había perdido los ojos y los labios, y su piel se descomponía como una cortina de encaje pútrido. Solo le quedaba la mitad de la nariz, que movía cuando olfateaba el aire para seguir su olor. Colocó los pies en posición defensiva y practicó el ejercicio que Nerón le había enseñado, invocando su energía y lanzándola frente a ella como escudo. Sin embargo, en cuanto consiguió formar el muro defensivo, se disolvió. La magia no se sostenía, tal y como Daerick le había advertido.

No había nada que los protegiera.

Retrocedió y chocó con Nerón. Corrieron hasta el altar.

Y un segundo cadáver surgió de atrás del altar.

Este hombre tenía los dos ojos, aunque no brillaba ninguna luz en su interior. También él inclinó la cabeza hacia ellos; al hacerlo, ensanchó el hueco donde hacía tiempo le habían cortado la garganta.

Un terror helado se apoderó de Cerise y retrocedió un paso. El hedor era abrumador, intentó taparse la nariz, pero algo pesado apareció en su mano y la arrastró hacia abajo. Miró su mano y descubrió que sostenía la Espada de Petros. Incrédula, miró por encima del altar, donde la espada flotaba antes. No había nada. Parecía que tenía el arma auténtica en su poder. Nerón y ella se miraron a los ojos y acordaron al instante su próximo movimiento.

Corrieron hacia la escalera para llevar la espada de vuelta con el grupo.

Como si previera lo que iban a hacer, un nuevo muro se alzó en el templo para encerrarlos. La barrera creció desde el suelo como un seto de piedra, elevándose tan rápidamente que no pudieron detenerse a tiempo. Resbalaron y se estrellaron contra el muro con un golpe seco. El impacto aflojó la mano de Cerise, pero en lugar de que la espada cayera al suelo, la empuñadura permaneció inmóvil sobre su mano. Separó los dedos y sacudió la mano, y el arma se aferró a su palma.

—Está pegada —gritó, tratando de hacer palanca para soltarla.

—Entonces úsala. —Nerón señaló el primer cadáver, que olfateaba el camino hacia ellos—. Atraviesa su corazón. La hoja fue diseñada para matar de esa manera.

—Pero ya está muerto.

—¿Qué importa? —gritó Nerón mientras rodeaba al hombre para agarrarlo por detrás—. ¡Solo apuñala a esta abominación! —Bloqueó los codos del cadáver detrás de su espalda—. ¡Hazlo ya!

Cerise se precipitó hacia delante y retrocedió al instante cuando el hombre se abalanzó sobre ella chasqueando los dientes, la podredumbre de su boca era asfixiante. Cerise se encogió, apuntando la espada hacia su corazón, pero el cadáver se movió mientras Nerón lo agarraba.

—Mantenlo quieto —gritó por encima de los gruñidos guturales del hombre.

Nerón se tensó, con la cara enrojecida.

—Es más fuerte de lo que… —Se interrumpió y miró detrás de ellos, donde el segundo cadáver había subido al altar y ahora arrastraba los pies hacia ellos—. ¡Apúrate!

Cerise cerró los ojos y empujó la espada tan fuerte como pudo dentro del pecho del cadáver. Sus costillas se astillaron, pero luego la espada se encajó ahí, y Cerise sintió los jalones en su brazo mientras el hombre se sacudía hacia adelante y hacia atrás. Jaló la espada hacia atrás, arrastrando también al cadáver y haciendo que Nerón tropezara.

—¡No a través del pecho! —le gritó Nerón mientras lanzaba miradas hacia atrás de él—. ¡Nunca se apuñala a un hombre en el pecho! El arma se quedará clavada en los huesos.

—¡Y me lo dices hasta ahora!

—Hazlo aquí —dijo, manteniendo un brazo alrededor del cadáver mientras usaba el otro para apuntar a la parte superior de su estómago—. Clava el arma por debajo de la caja torácica y empuja hacia arriba, perfora el corazón desde abajo.

Ese breve instante fue todo lo que el cadáver necesitó para liberar una mano, que enredó en el pelo de Cerise, y jaló su cara hacia su boca chasqueante. Ella contuvo la respiración y liberó la espada. Luego, sin pensarlo, se la clavó por debajo de las costillas con tanta fuerza que el puño se le incrustó en el cuerpo frío, húmedo y medio podrido.

El cadáver se quedó sin fuerzas.

Sus dedos soltaron su pelo. Sacar la espada de su pecho no fue más placentero que meterla, pero como el segundo cadáver estaba avanzando hacia ellos, no había tiempo para detenerse. Se soltó y trató de no mirar la sangre podrida que le manchaba el brazo.

Nerón dio la vuelta por detrás del otro cadáver para sujetarlo. La segunda muerte fue más fácil ahora que Cerise sabía qué hacer. Momentos después, sacaba el brazo de otra cavidad torácica y resistía el impulso de observar a los hombres en busca de pistas sobre quiénes habían sido, no quería saberlo.

De repente, se le extendió el brazo y la espada se despegó de su palma para volver a flotar sobre el altar, donde brilló tan impecable como si nunca se hubiera usado. Cerise miró hacia atrás y vio que el muro seguía bloqueando la escalera.

Parecía que el templo aún no había terminado con ellos.

—Demuestra que la mereces —dijo una voz atronadora.

Cerise se volteó hacia Nerón justo a tiempo para ver cómo su cuerpo se levantaba del suelo. Nerón giró los brazos y las piernas mientras que una fuerza desconocida lo llevaba hasta el altar, donde lo acostó de espaldas. Aparecieron cuatro correas de cuero y serpentearon alrededor de sus muñecas y tobillos. En el tiempo que Cerise tardó en correr hacia él, Nerón ya estaba tan sujeto al altar que sus manos empezaron a enrojecerse e hincharse.

Cerise jaló inútilmente de las correas, buscando alguna señal de qué hacer. La respuesta llegó cuando la piedra bajo el cuerpo de Nerón cobró vida y se iluminó una red de canales tallados de aproximadamente un dedo de ancho. Como conductos en miniatura, los canales comenzaban en sus muñecas atadas y se extendían por los costados del altar. Las manchas de color óxido en el interior de los surcos dejaban claro qué líquido había fluido por ellos.

Cerise sabía lo que el templo le estaba pidiendo.

A Nerón se le movió la garganta. Él también lo sabía.

—Sangre. Por eso teníamos que entrar los dos, para que uno de nosotros pudiera servir como…

«Sacrificio».

La palabra sin pronunciar resonó entre ellos.

Cerise miró los cadáveres caídos por encima del hombro. Los hombres muertos habían sido sacrificados. Alguien los había matado para conseguir la espada con algún fin importante. Se preguntó si los sobrevivientes habrían considerado que la matanza valió la pena, si la espada había salvado tantas vidas como para justificar el asesinato de hombres inocentes.

La espada emitió un zumbido, como si quisiera atraer su atención. De algún modo, Cerise comprendió que el arma quería volver a sentir su tacto, así que se puso de puntitas y alcanzó la espada. Esta vez tenía libertad para mover la empuñadura de una mano a otra, así que dejó la espada junto al hombro de Nerón.

Nerón miró la espada y luego a ella.

—No voy a matarte —le dijo Cerise, un poco ofendida de que hubiera dudado de ella—. Si no estaba dispuesta a sacrificar a mi cachorro por la espada, ¿qué te hace pensar que soy capaz de matarte a sangre fría?

—Quizá no tengas opción —le dijo Nerón.

—Siempre hay opción.

—Sí —coincidió él en tono sombrío—. O yo muero y tú vives, o los dos morimos juntos. Técnicamente es una opción, pero no parece que salvarme sea una de las opciones disponibles.

Ella lo calló y giró lentamente en círculo, buscando otra salida, tal vez una pared oculta o una trampilla.

—Shiera no puede querer esto —murmuró—. Está mal quitar una vida.

—Shiera es mitad oscuridad —le recordó Nerón. —Toma tantas vidas como da.

Cerise lo sabía desde la lógica, pero su corazón se resistía.

—No duraremos mucho tiempo aquí abajo —siguió Nerón, desviando la mirada hacia un rincón en donde alguna criatura oculta hacía un ruido de arañazos—. El mejor escenario es que nos moriremos de sed. Lo más probable es que otros muertos nos destrocen antes de que eso ocurra.

—Tengo la espada —le dijo Cerise—. Puedo matar cualquier cosa que venga por nosotros.

—¿Y si siguen volviendo a la vida?

—Deja de hablar y déjame pensar.

—Escúchame —insistió Nerón, y se repitió cuando ella volvió a callarlo—. Tengo que decírtelo mientras pueda.

—De acuerdo. Rápido.

—Si no sobrevivo, ve a la ciudad y pregunta por Ronus —dijo Nerón—. Es mi tío, puedes confiar en él. Dile lo que me pasó para que no se quede con las dudas.

Cerise se abrazó a sí misma para protegerse de una oleada de miedo. No quería oír que Nerón hablara de su muerte como si ya hubiera ocurrido. Nadie merecía morir en aquel terrible lugar, y menos él. Kian se equivocaba al pensar que la única motivación de Nerón era el dinero. Incluso en ese momento, atado a un altar de sacrificios, a Nerón le importaba más la seguridad de Cerise que la suya propia. ¿Cómo era posible que la espada exigiera la sangre de alguien tan valiente? Sabía que la dinastía Petros había forjado el arma para matar a la diosa, pero nunca se había imaginado que pudiera estar impregnada de tal maldad.

—Pase lo que pase, no te culpes —dijo Nerón—. De una forma u otra, mi camino estaba destinado a terminar aquí. El tuyo no tiene por qué estarlo también.

—Solo hay un camino —le respondió Cerise—. Y los dos estamos aquí. Así que o nos vamos de aquí juntos, o nos quedaremos a ser espectros de este lugar juntos.

—No seas idiota. Salva a tu...

Un profundo estruendo lo interrumpió cuando las paredes del templo vibraron con la fuerza suficiente para llenar el aire de polvo. La Espada de Petros vibró hacia el borde del altar. Cerise la alcanzó antes de que cayera al suelo, pero en cuanto agarró la empuñadura del arma, una serie de crujidos sonaron en los grandes muros de piedra, que se habían agrietado y ahora dejaban entrar agua en la cámara. La tremenda presión hizo que las grietas se ensancharan más, permitiendo que torrentes de agua brotaran sobre el suelo, arrastrando los cadáveres en su corriente.

En un abrir y cerrar de ojos, el agua le llegó a Cerise a los tobillos.

El templo la estaba presionando.

—Hazlo —gritó Nerón mientras se asomaba por el borde del altar y veía la creciente de agua. Jaló inútilmente las correas de cuero—. ¡Mátame! ¡Prefiero desangrarme a morir ahogado!

La Espada de Petros se calentó en su palma como si la instara a darle a Nerón la muerte rápida que le pedía. El agua ya le llegaba hasta las rodillas. Le empezaron a temblar las manos. No había salida ni nada que intentar, si no mataba a Nerón, ambos se ahogarían.

Pensó en la orden de Kian de preservar su vida por cualquier medio. La ausencia de magia en el interior del templo debía de haber alterado su vínculo de obligación, porque tenía libre albedrío. Sin embargo, cuando imaginó a Kian y a Azul, a sus padres y a Nina, toda la gente que la iba a extrañar, todas las vidas que se arruinarían por la maldición si no sobrevivía lo suficiente para romperla, empezó a ver la lógica del argumento de Nerón. ¿Qué sentido tenía que murieran los dos?

Le lanzó una mirada furtiva a Nerón. Él ya la estaba mirando con una sorprendente sensación de calma. Asintió.

—Adelante —le dijo—. Aún no lo sabes, pero estás destinada a algo más que esto. Creo que mi destino era traerte aquí. Mi lucha ha terminado, pero la tuya no. Así que acaba conmigo. Hazlo rápido, es lo que quiero.

Cerise apretó los dedos alrededor de la empuñadura. La voz de la razón le decía que una vida era un pequeño precio que pagar para salvar el mundo. Con ambas manos, levantó el arma mientras el agua se arremolinaba alrededor de su cadera. Nerón cerró los ojos. Cerise se concentró en la muñeca más cercana y bajó la espada.

En lugar de la carne de Nerón, cortó una correa de cuero. Una por una, fue cortándolas todas hasta que Nerón quedó libre y abrió los ojos al máximo, se incorporó y miró sus manos.

—Este es mi límite —le dijo Cerise.

—¿Qué?

—Mi límite de cuánto estoy dispuesta a perder —le dijo, y por primera vez comprendió las palabras que Kian le había dirigido: su límite antes de rendirse—. La diosa sabe lo que hay en mi corazón. Sabe por qué quiero la espada. No creo que me pida que haga algo malo para expiar el mal. Pero si me equivoco, que así sea.

Nerón se agarró la frente.

—¿Perdiste la cabeza?

—Tal vez, pero no he perdido mi alma.

Para escapar de la crecida, se subió al altar de piedra junto a Nerón. Alzó la mano y devolvió la Espada de Petros al lugar que le correspondía. Esta brilló y flotó tranquilamente en el aire. Cerise supuso que ya no la necesitaría.

Enlazó un brazo con el de Nerón. Sentía que debía decir algo significativo, pero su miedo aumentaba con la crecida de agua y lo único que podía hacer era temblar. Nerón tampoco dijo nada hasta justo antes de que el agua le llegara a la boca. Respiró por última vez y utilizó su aliento para llamarla tonta. Cerise utilizó su último aliento para reírse.

CAPÍTULO VEINTISÉIS

Después de eso, la inundación se los tragó, y solo hubo oscuridad y presión y la necesidad imperiosa de respirar. Enseguida perdió la conexión con Nerón. La corriente retorció su cuerpo hasta que no sabía dónde era arriba y dónde abajo. Se le abrió la boca y se llenó de agua. Sintió la sensación de caer, y lo siguiente que supo fue que la luz del sol atravesaba sus párpados y golpeaba el suelo con fuerza, expulsando los últimos restos de aire de sus pulmones.

Jaló aire y cayó de rodillas para toser agua. No se dio cuenta de dónde estaba hasta que olió a azufre, abrió los ojos y vio tierra resquebrajada que se convertía en lodo bajo sus manos mojadas. A su derecha, Nerón vomitaba el contenido de sus pulmones. A su izquierda, Azul le lamía la cara mientras Kian, también de rodillas, le quitaba de la cara el cabello empapado. La acribillaba a preguntas que solo llegaban al límite de sus sentidos. Cuando se le pasó la conmoción y el oxígeno volvió a su cerebro, sintió algo duro contra la rodilla y se apartó para encontrar un trozo de acero reluciente.

La Espada de Petros.

Tomó la empuñadura la levantó e intercambió una mirada con Nerón, que parecía tan confundido como ella. ¿Cómo era que los dos habían sobrevivido y ella había obtenido la espada si no había superado la última prueba? No había demostrado que la mereciera.

«A menos que…»

A menos que el sacrificio hubiera sido otro tipo de prueba, el tipo de desafío que una persona tenía que fracasar para pasar. Cuanto más lo pensaba, más sentido tenía. ¿Qué mejor manera de medir la integridad de una persona que exigir un sacrificio de sangre a cambio de la espada? Los que buscaban el arma por los motivos equivocados, por poder o por codicia, no dudarían en matar a un inocente para conseguirla. Aquellos con motivos más puros se resistirían.

Sus labios se extendieron en una sonrisa.

—¡Mi tontería ganó!

Nerón se acostó de espaldas y se cubrió los ojos con un brazo.

—Jamás pensé que te lo agradecería.

—Todavía no me lo agradeces —señaló Cerise.

—Gracias.

Kian los miraba alternativamente.

—¿Quieren compartir esta emocionante historia con el resto del grupo?

—Sí —coincidió Daerick—. Quiero entender lo de tu tontería.

—Yo también —añadió el general Petros.

—Sugiero que primero volvamos más abajo —dijo el padre Padron con voz inexpresiva y los ojos, muy abiertos por la incredulidad, fijos en la espada—. Aquí no puedo protegernos.

—Muy bien —le dijo Kian. Acarició la mejilla de Cerise y le preguntó—: ¿Puedes caminar?

Ella asintió y dejó que la ayudara a levantarse. Le temblaban un poco las rodillas, pero más por la emoción de haber escapado a la muerte que por agotamiento físico. Examinó la espada a la luz del sol, girando el acero pulido de un lado a otro y admirando su superficie reluciente. El arma no parecía tan malvada a la luz del día, pero sabía que no debía subestimar el daño que podía causar. Tendría que fabricar una funda para la espada y mantenerla sujeta a ella en todo momento, tal y como se lo había prometido a Nerón al principio de su viaje.

Como si compartiera sus pensamientos, Nerón le habló.

—Recuerda el juramento que hiciste.

—No se me ha olvidado —le respondió.

Nerón desvió su atención hacia el rey.

—Mi trabajo era guiarlos hasta la espada. Ahora que la tienen, no pueden decir que no me he ganado mi pago.

—Lo hiciste bien —convino Kian.

—Entonces aquí es donde nos separamos. —Nerón señaló hacia la espesura, donde estaban atados los caballos—. El camino que baja de la montaña es el mismo que tomamos para llegar aquí. Nuestras huellas serán fáciles de seguir.

—¿No vienes con nosotros? —le preguntó Cerise.

—Pueden encontrar el camino —respondió Nerón—. Ya no necesitan que los guíe, pero si alguna vez me necesitas en el futuro, ya sabes dónde mencionar mi nombre.

Cerise asintió.

—Adiós… por ahora —le dijo Nerón, como si estuvieran destinados a encontrarse de nuevo.

—Adiós por ahora —repitió ella, porque le creía.

—Mi señora del templo —la llamó Kian después de que volvieran a sus caballos e iniciaran el lento y cuidadoso descenso de regreso al palacio. Cabalgaban en fila india con el general Petros al frente del grupo, seguido por el padre Padron, Daerick, Cerise y Azul, y Kian en la retaguardia de la caravana—. Es hora de que me expliques cómo entraste en un charco de ácido y luego caíste del cielo.

—Sí, cuéntanos —añadió Daerick por encima del hombro—. Fue muy impresionante, y yo no me impresiono fácilmente.

Cerise soltó una carcajada al recordar la torpeza con la que había enfrentado cada uno de sus retos. Dudaba que alguien se hubiera sorprendiera si hubiera visto cómo un cadáver putrefacto la jaloneaba de un lado a otro con el brazo atorado en su pecho. Sin embargo, le contó al grupo lo que había sucedido, centrándose principalmente en la segunda prueba. Quería que supieran que Nerón se había ofrecido a sacrificar su vida por la de ella, aunque no tuvo mucho impacto. Cuando terminó de contar su historia, el padre Padron se quedó mirando el sendero que tenía delante, aparentemente tan aburrido como siempre. Daerick se mordía la uña del pulgar y miraba a lo lejos. Un gesto de preocupación se dibujó en la frente de Kian, y el general Petros se dio la vuelta y la miró con el ceño tan fruncido que se le formó un hoyuelo en la barbilla.

—Yo habría matado al chico —refunfuñó el general—. Y me cae bien.

—Quién sabe —le dijo Cerise—. Nadie sabe lo que haría en una situación hasta que ocurre. Si hubiera estado ahí y hubiera visto la expresión de su cara…

—Estaría muerto —la interrumpió el general.

—Entonces, los dos lo estarían —le dijo—. Era una prueba de compasión.

El general señaló su propio rostro, tan enrojecido por el sol que su piel casi era del mismo tono que las llamas que tenía tatuadas en la cabeza.

—¿Te parece que este es el rostro de la compasión, mi niña?

Cerise no quería mentirle, así que respondió encogiéndose de hombros.

—Aclárame algo —dijo Kian desde atrás—. ¿Sabías que podrías haber preservado tu vida tomando la de Nerón?

Cerise se volteó hacia él. Comprendió lo que realmente le estaba preguntando, quería saber cómo había podido desobedecer su orden directa de sobrevivir por cualquier medio necesario.

—Los encantamientos no funcionaban, ¿te acuerdas? —le recordó en voz baja—. Las reglas de la magia eran diferentes.

—¿Así que simplemente ibas a morir ahí abajo? —preguntó Kian con las cejas fruncidas—. ¿Ibas a dejarnos a llorar tu pérdida? ¿No pensaste en nosotros cuando decidiste entregar tu vida y ahogarte en ese miserable lugar?

—Pero no me ahogué —le recordó—. Estoy sana y salva... y soy la primera persona en mil años en sostener la Espada de Petros.

—Que sepamos —intervino Daerick.

—Que sepamos —coincidió Cerise—. Pero si hubiera hecho algo diferente, si hubiera matado a Nerón para intentar salvarme, habría arruinado nuestras vidas. Yo estaría muerta, Nerón estaría muerto y no tendríamos la Espada de Petros. Tomé la decisión correcta, la decisión que me permitió volver contigo.

—Pero en ese momento no lo sabías —argumentó Kian—. Cuando el agua te estaba llegando al cuello, no tenías ni idea de que habías tomado la única decisión que te salvaría. Al contrario, todo parecía apuntar a que te ahogarías. —Había una nota oscura de dolor en su voz, como si su confianza en ella hubiera sido traicionada—. Pareces demasiado ansiosa por dejar este mundo, eso me preocupa.

En su interior se agitaban emociones contradictorias. Odiaba ver sufrir a Kian, le dolía su dolor. Sin embargo, aunque comprendía la razón de su dolor, una parte de ella sentía resentimiento hacia él por dejar que su miedo a perderla eclipsara su triunfo. Había logrado algo más importante en un día que la mayoría de la gente en toda su vida. Y lo había hecho confiando en sus instintos, había escuchado a su corazón, y no las órdenes de los hombres. Las órdenes de los hombres la habrían matado. Tenía que agradecerse a sí misma su supervivencia, y tal vez fuera mezquino de su parte querer el reconocimiento, pero así era.

—Me pediste que tuviera fe en mí misma —le recordó—. Eso hice, y eso fue lo que me salvó. No tengo ganas de dejar este mundo, quiero vivir. Pero no es justo que me alabes por tener un alma extraordinariamente pura y luego me critiques por negarme a cometer un asesinato.

Kian refunfuñó en voz baja.

—¿No estás de acuerdo? —le preguntó. Quería oír que lo dijera.

—De acuerdo, sí —le respondió—. Tienes razón, tu empatía es lo que más me gusta de ti. No debería haberte criticado por ser exactamente quién eres. Lo hiciste bien, Cerise.

—Espectacularmente bien —añadió Daerick—. Estamos orgullosos de ti.

—Gracias. —Se enderezó un poco más en su silla de montar y volteó de nuevo para mirar a Kian—. Por favor, trata de no preocuparte por mí —le dijo, aunque sirviera para poco; parecía que la labor principal de un amante era preocuparse. Para aligerar su estado de ánimo, bromeó—: Tengo toda la intención de vivir más que tú.

Kian se rio sin humor.

—Sobrevivir a un primogénito Mortara no es ningún logro. Ninguno ha durado más de veintiún años. Pero entiendo lo que quieres decir. —Bajó la voz para que solo ella pudiera oírlo—. Todavía te ordeno que preserves tu vida, pero estoy dispuesto a eliminar el asesinato de la lista de medios necesarios. Mientras no tengas que matar a un inocente con tus propias manos, te ordeno que hagas lo que sea necesario para proteger tu vida.

Cerise suspiró, esperaba que no deseara que se lo agradeciera. Ella habría querido que le quitara la obligación del todo.

—Me alegra que lo hayan solucionado —dijo Daerick con una sonrisa burlona—. Detesto que papá y mamá se peleen. Ahora hablemos de qué haremos con la Espada de Petros.

Cuando Daerick mencionó la espada, Cerise sintió su peso sujeto a su espalda con un soporte improvisado que el general Petros le había hecho con tiras de cuero viejo. El arma en sí era tan ligera como un sueño, lo que pesaba sobre sus hombros era la urgencia de usarla antes de que se acabara el tiempo. El Día de Atribución de Daerick y el cumpleaños veintiuno de

Kian se acercaban rápidamente, así que tenía que contenerse para no galopar a toda velocidad montaña abajo. Ojalá no necesitaran la sangre de Cole Solon para completar el ritual; el palacio nunca le había parecido tan lejano.

—Creo que deberíamos hacer una ceremonia —dijo Cerise—. Una ceremonia adecuada, algo fastuoso para honrar a la diosa cuando le pidamos perdón por la Gran Traición.

Daerick frunció el ceño.

—¿Es necesario? Ya tenemos poco tiempo. Esperaba que pudiéramos empezar en cuanto dejáramos los caballos en el establo.

—¿En un establo? —preguntó Cerise.

—Bueno, quizás no en el establo —respondió Daerick—. Pero no creo que debamos esperar a planear una ceremonia. ¿Y si no funciona? Tenemos que darnos tiempo de sobra para seguir intentándolo.

Algo en la sugerencia de Daerick parecía inapropiado, casi vergonzoso.

—Piénsalo —le dijo Cerise—. Todas las pruebas que hemos pasado hasta ahora han sido para demostrar que somos fieles, valientes y dignos. ¿Qué mensaje enviaríamos si nos precipitáramos en la parte más importante del proceso? La diosa pensaría que tenemos miedo.

—¿Y no es así? —preguntó Daerick.

—Por supuesto, pero no podemos actuar desde ese lugar. La diosa no respeta la debilidad. Tenemos que ser fuertes, y mi instinto me dice que necesitamos hacer una ceremonia.

—Sus instintos nos han servido bien hasta ahora —le dijo Kian a Daerick.

—Escucha a la niña —añadió el general Petros.

Daerick murmuró un insulto.

—De acuerdo, haremos una ceremonia, y no en el establo.

—No en un establo —coincidió Cerise—. Debería ser en algún lugar sagrado. Tal vez en el santuario del palacio, si Su Excelencia lo permite —miró hacia el padre Padron.

El padre Padron asintió, dando su autorización sin palabras. Su silencio inquietaba a Cerise más que nunca. Casi se había retirado por completo de su vida.

—Gracias —le respondió, sin dejar de observarlo atentamente—. Deberíamos empezar con una oración, y luego tendría sentido hacer una descripción de la función de cada casa noble en la Gran Traición. Así, ustedes cuatro pueden pedir a la diosa que perdone los pecados de sus antepasados.

—¿«Ustedes cuatro»? —El padre Padron la miró por encima del hombro—. ¿Tú no vas a participar en el ritual?

No podía decirle la verdad. Por fortuna, había preparado una excusa para que fuera Cole quien representara a la casa Solon.

—Yo no soy una primogénita como Su Majestad, lord Calatris, y el general Petros. Creo que Cole sería un representante más adecuado para nuestra casa. En cuanto a mí, esperaba dirigir la ceremonia, ya que la diosa me confió las runas y la espada. —Se obligó a añadir—: ¿Qué opina, Excelencia?

El padre Padron levantó un hombro y miró hacia el camino que tenía enfrente.

—Opino que suena bastante razonable. Haz lo que quieras, Cerise.

Su estómago se llenó de pavor. Su silencio era una cosa, pero que cediera el control con indiferencia era otra. Era el sumo sacerdote de la Orden y disfrutaba de la atención que ese papel conllevaba. Además, quien dirigiera la ceremonia potencialmente podía dirigir el resultado. Si realmente codiciaba el trono o si quería que los nobles expiaran un sufrimiento interminable, si le convenía que la ceremonia fracasara, debería haber insistido en participar de algún modo, aunque solo fuera para sabotearla.

Cerise sintió su total despreocupación como un picor entre los omóplatos. ¿Y si él sabía algo que ella ignoraba?

CAPÍTULO VEINTISIETE

El grupo viajó durante dos días más, siguiendo sus huellas montaña abajo hasta que llegaron a la carreta de provisiones que habían dejado atrás. La mitad de la avena y toda la grasa habían sido devoradas por criaturas del desierto, pero los sacos de alimento para los caballos y las bolsas de té de hierbas estaban más o menos intactos, y estaban agradecidos por eso. Con un camino ancho y llano por delante, engancharon la carreta a la yegua de Daerick y la caravana continuó durante tres días más.

Cerise pasaba cada noche en su tienda con Azul, echando de menos la compañía de Kian y su contacto. Por mucho que quisiera seguirlo en las sombras, había hecho el juramento de proteger la espada y, para ello, tenía que permanecer en su cuerpo físico. Sin embargo, eso no le impidió encontrar formas de pasar tiempo con él. En cada campamento, buscaba una entrada de piedra que los llevara a lo Profundo, como Nerón le había mostrado. Un día encontró una, y a la mañana siguiente, al amanecer, le dio a Kian un par de pantalones de lino, lo sacó del campamento donde todos dormían y usó su sangre para transportarse a las cavernas encantadas de lo Profundo.

Kian se apoyó de rodillas, sacudido por el traslado. Después de recuperar el aliento, miró maravillado las paredes brillantes y el suelo alfombrado de musgo.

—Me lo describiste muy bien —le dijo—. Todavía no puedo creer que esto haya estado aquí durante mil años: un reino aparte que nadie conocía.

Ella entendía el sentimiento. Quienes tenían *umbra sangi* eran buenos guardando secretos.

—¿Con qué lentitud pasa el tiempo aquí? —preguntó.

—Las horas en lo Profundo son solo momentos arriba.

Se lo recordó a sí misma mientras esperaba pacientemente a que Kian asimilara lo que los rodeaba. Había fantaseado durante mucho tiempo con llevarlo a la caverna, acostarse en el suelo fresco y musgoso y sentirlo dentro de ella de nuevo, y ahora solo le quedaba ser paciente y esperarlo en calma sin quitarse los pantalones. Se desató la Espada de Petros del pecho y la apoyó en el suelo.

—Entonces, ¿podemos quedarnos todo el tiempo que queramos? —le preguntó Kian.

Ella asintió.

Entonces, por fin sus pensamientos parecieron seguir a los de ella. Sonrió mientras algo pícaro brillaba en sus ojos.

—¿Cómo pasaremos el tiempo, mi señora del templo?

—Pensé que jamás me lo preguntarías —dijo Cerise, deslizando las manos por el pecho desnudo de Kian y entrelazándolas detrás de su nuca. Se puso de puntitas e inclinó su boca hacia la de él.

—No tan rápido —susurró Kian contra sus labios—. Recuerda nuestra regla: no ocurre nada a menos que tú lo ordenes.

No lo había olvidado. En realidad, ya había decidido cuál iba a ser su primera orden. Pero por el momento, solo quería besarlo, reconectar después de varias noches sin verse, así que se puso de puntitas y rozó sus labios con los de él. Se fundieron uno en el otro, saboreándose y explorándose hasta que se les entrecortó la respiración. Cuando se sorprendió a sí misma apretando la cadera contra él, detuvo el beso y volvió a apoyar los talones en el suelo.

—Esta es mi primera orden —le dijo—. Quiero que me enseñes.

—¿Que te enseñe…?

—Todo lo que hay que saber sobre el acto del amor.

Kian soltó una risa ahogada.

—Es posible que necesitemos más de una lección para eso. Hay tantos actos del amor que una persona podría pasarse toda la vida aprendiéndolos. Y me temo que yo no conozco ni la mitad, todavía soy un novato.

Cerise alzó una ceja. ¿Un novato? No le creía, lo que le había hecho en la mañana de su Día de Atribución no tenía nada de novato.

—De verdad —insistió Kian—. Se han escrito libros sobre el tema: cientos de volúmenes en varios idiomas.

—¿Es realmente tan complicado?

—Complicado no. Diverso. Así como hay distintas formas de disfrutar una manzana, mi manera favorita es asada en una tarta, hay muchas formas de darse placer.

—Entonces muéstrame una —consintió Cerise—. Muéstrame tu favorita.

Una sonrisa apareció en el rostro de Kian de inmediato, como si hubiera estado esperando que se lo pidiera.

—Como ordene mi señora.

Se acostó en el suelo y le indicó que se acostara con él. Sobre el suave musgo, se acomodaron de costado e intercambiaron besos durante un tiempo, hasta que volvieron a sentir la misma alteración en la respiración que antes. Ella estaba más que lista cuando él deslizó los dedos por debajo de la cintura de sus pantalones. Rodó sobre su espalda y separó los muslos para que él la tocara; él, por fortuna, no la hizo esperar. Uso su pulgar para trazar círculos en su carne mientras introducía el índice. Ella se abrió más y arqueó la espalda, pidiendo más en silencio. Entonces, él deslizó el dedo más profundamente en su interior y encontró un punto erótico que ella no sabía que existía. Lo masajeó mientras Cerise apretaba los dedos de los pies y lanzaba un gemido animal.

—Me encanta ese sonido —le murmuró Kian al oído—. Pero este sonido me gusta todavía más —y añadió un segundo dedo para amplificar el sonido que conseguía con su excitación—. ¿Oyes lo húmeda que estás?

Ella asintió, meciéndose contra su mano.

—El cuerpo no miente —le dijo Kian—. Cuando goteas así sobre mi palma, sé que me deseas más que tu próximo latido.

Tenía razón, su cuerpo no anhelaba nada excepto a él.

—Me pediste que te mostrara mi acto favorito, y es este. —Retiró los dedos y los chupó—. Tu sabor, la sensación de tu humedad. Quiero ahogarme en ella, me moría por hacerlo desde la primera vez que te besé.

Cerise no entendió lo que él quería hacer hasta que le quitó los pantalones y empezó a besarla desde el ombligo hasta el muslo. Luego, con la cara entre las piernas abiertas, empezó a usar la lengua como había hecho con los dedos. Ella se tensó al principio, pero a medida que se relajaba, descubrió que le gustaba la sensación de su lengua. Primero, él la lamió suavemente, provocando sus delicados nervios hasta ponerla rígida y luego la chupó con más presión. Repitió el ciclo, acelerando el ritmo y bajándolo de nuevo, intensificando la ansiedad en su interior. Cuando se detuvo un momento, ella se acordó de darle una orden.

—Más —murmuró—. Y usa tus dedos dentro de mí, también.

Él hizo lo que ella le pidió. Nada podría haberla preparado para el placer que le provocaron sus dedos, que la acariciaban profundamente, combinados con su lengua. Cerise gimió y dejó caer las rodillas a los lados.

—No pares —le ordenó, aunque la tensión se estaba volviendo rápidamente insoportable. Él siguió acariciándola, elevando su cuerpo. Luego la atrajo hacia su boca con una ligera succión que se sintió tan bien que Cerise se olvidó de respirar. Era casi demasiado intenso. Justo cuando estaba a punto de pedirle que parara, él giró los dedos para encontrar el mismo punto mágico e hizo estallar la presión de su interior. Sintió cómo se tensaban sus paredes internas en torno a los dedos de Kian mientras la inundaban oleadas de placer. El fuego de su sangre pareció aumentar. Ya no encontraba palabras para darle órdenes, pero, de algún modo, él sabía exactamente qué hacer, cómo aligerar su tacto hasta que pasara el último temblor.

Cerise se acostó en el suelo con el corazón palpitante. Si realmente era un novato, no podía imaginarse de lo que sería capaz como experto. Le besó el interior de los muslos y se acostó a su lado. Cerise reconoció la mirada de orgullo en su rostro, pero había algo más detrás de su sonrisa: anhelaba el mismo tipo de contacto que él le había dado a ella.

Entonces supo cuál sería su siguiente orden.

—Recuéstate. Yo también quiero probarte.

No necesitó que se lo dijera dos veces.

Le bajó los pantalones por las piernas y los echó a un lado. Luego se tomó un momento para admirarlo: los planos musculosos de su pecho, sus hombros redondos y fuertes, su cuerpo delgado y el vello oscuro que le rodeaba el ombligo y terminaba en su inconfundible deseo por ella.

—El cuerpo no miente —repitió Cerise mientras cerraba la mano en torno a él.

Ya estaba rígido, pero cuando lo acarició de arriba abajo, sintió que se ponía aún más duro. Una gota de líquido salió a la superficie. La extendió con el pulgar y la notó resbaladiza, como su propia humedad. Se preguntó a qué sabría, así que se inclinó y lamió su punta aterciopelada.

Debió de gustarle, porque soltó un gemido que resonó en la caverna. Su sabor era salado y limpio a la vez. Le encantaba cómo respondía su cuerpo, cómo se tensaban sus músculos con cada movimiento de su lengua, los gemidos guturales que soltaba cuando ella lo acariciaba de arriba abajo. Lo tenía retorciéndose de placer, a pesar de que nunca lo había hecho antes, y eso la hacía sentir más poderosa que el fuego de sus venas.

También despertó una nueva ansiedad entre sus muslos. Volvía a desearlo, esta vez a todo él. Una voz le advirtió que sería codicioso de su parte sentir más placer tan pronto, pero la silenció, era ella quien mandaba. Por una vez en su vida, tomaría lo que quisiera sin avergonzarse.

—No he terminado contigo —dijo mientras se quitaba la blusa. Se sentó a horcajadas sobre la cadera de Kian y deslizó lentamente su centro húmedo y adolorido a lo largo de su extensión.

El gruñido de su pecho le dijo que no le molestaba.

—Como mi señora ordene.

Cerise apoyó las manos en sus hombros y se inclinó para alinearse con él. Luego, centímetro a centímetro, lo hundió en su cuerpo hasta quedar sentada. La plenitud de su interior era tan exquisita como la recordaba, pero ahora no sentía dolor que la retuviera. Así que se balanceó sobre él, suavemente al principio, probando cómo cada movimiento y cada ángulo cambiaban las sensaciones de su cuerpo. Descubrió que le gustaba más cuando se inclinaba hacia delante, e incluso más cuando ondulaba la cadera como si estuviera en la silla de montar.

Kian la agarró por atrás. A ella también le gustó.

—Agárrame más fuerte —le dijo.

Kian hizo lo que ella le pedía, mientras apretaba la mandíbula en busca de recuperar el control. Sus dedos le apretaban la carne, pero no intentaba cambiar el ritmo. Dejó que ella experimentara con él hasta que encontró un ritmo natural y, después de eso, dejó que su cuerpo guiara la acción. Cerise cabalgaba sobre su cadera cada vez más rápido y con más fuerza. Cuando quiso más presión, se jaló de sus hombros para hacer palanca, pero no fue suficiente.

—Más fuerte —le ordenó.

Sus miradas se cruzaron y se sostuvieron. Ella vio su necesidad reflejada en la mirada de Kian, la misma cruda desesperación de cercanía, como si sus cuerpos quisieran fundirse en uno solo. Él la agarró de la cadera y se levantó del suelo mientras ella se hundía en él con todo su peso. El impacto fue exquisito. Ella volvió a chocar con él, y luego otra vez, viendo cómo sus ojos enloquecían. Con un último empujón, la tensión se rompió y gritaron juntos. Ella inclinó la cabeza hacia atrás mientras un escalofrío le recorría la piel y la energía pura le recorría las venas.

Nada en el mundo se había sentido tan increíble.

Después, se acostó sobre su pecho y escuchó los latidos de su corazón mientras él la abrazaba con un brazo y usaba la mano libre para recorrerle la columna vertebral. Cerise esperó a que su respiración se hiciera más lenta antes de alzar la barbilla y mirarlo.

—Estoy lista para mi próxima lección.

El pecho de Kian tembló mientras se reía.

—Mi señora del templo, no puedes hablar en serio.

Ella lo miró moviendo las cejas.

—Quizá un poco en serio.

—Si ahora mismo tienes energía para otra lección, entonces no he de haber hecho bien mi trabajo. Deberías estar agotada, yo lo estoy —dijo Kian.

Extrañamente, no se sentía agotada. En todo caso, se sentía más fuerte que antes. El fuego en su sangre parecía responder al placer, tal vez incluso aumentaba. Sin embargo, solo había hecho el amor dos veces. No tenía forma de saber si la energía que latía en sus venas era permanente o temporal, o si estaba relacionada con el acto del amor.

Necesitaría más experiencia para poner a prueba su teoría.

Se mordió el labio y volvió a mirarlo.

—Estoy lista cuando tú lo estés.

Él respondió con un gemido de cansancio, pero cambió de posición y la acostó boca arriba. Se acomodó sobre ella mientras se formaba en sus labios una sonrisa torcida.

—Como mi señora ordene.

CAPÍTULO VEINTIOCHO

Durante los días siguientes, ella casi siempre encontraba una entrada a lo Profundo, y después ella y Kian se escapaban al amanecer, entraban en la caverna y pasaban horas hablando, abrazándose y haciendo el amor.

Mucho amor.

Fiel a su palabra, él había continuado con sus lecciones mientras insistía en que ella dirigiera cada uno de sus movimientos y caricias. Le enseñó una docena de formas diferentes de unir sus cuerpos y, con cada nuevo y delicioso acto, ella sentía que su magia se hacía más fuerte, no más débil. A veces, sentía que el poder de sus células la haría estallar si no lo liberaba, así que empezó a descargar su energía practicando sus ejercicios de defensa antes de volver con Kian al campamento. Ya no había manera de negarlo: la Orden estaba en un error al decir que el acto del amor debilitaba el don de una mujer, al menos el don de Cerise. ¿Cómo podían estar tan equivocados?

Cuanto más se acercaba la caravana a la base de la montaña, menos entradas a lo Profundo encontraba. Sabía que debía estar agradecida por cada kilómetro que la acercaba al palacio, pero atesoraba el tiempo que pasaba con Kian en lo Profundo. Lo iba a extrañar.

Llegó el último día de su viaje. Esa tarde llegarían al palacio, lo que les dejaba tiempo de sobra para planear y celebrar la ceremonia antes de la puesta de sol. Si fracasaban, Kian tendría otra oportunidad, pero Daerick no. A Cerise le sudaban y le temblaban las manos mientras plegaba su tienda en un bulto.

«Ten fe», se recordó a sí misma. «No pierdas la fe».

Tiempo después, bastante después de haberse subido al caballo, miró por encima de su hombro y vio cómo el Pico Asolado se encogía a la distancia. Una pizca de nostalgia se agitó en su interior y, al principio, no supo por qué. No iba a extrañar el calor del desierto ni el enrarecido aire de la cima. Desde luego, no iba a extrañar los chillidos y aullidos de los depredadores nocturnos consumiendo a su presa. No iba a extrañar el sabor de la liebre ni el dolor de huesos después de un día en la silla de montar. No fue hasta que miró al frente y vio el palacio frente a ella cuando se dio cuenta de lo que la había estado molestando.

No quería volver a su antigua vida.

No quería ponerse el vestido blanco y negro del templo. Se sentía más cómoda con los pantalones de lino y las sandalias de cuero. La holgada ropa de viaje le facilitaba la respiración, así como trepar, estirarse y correr, todas las cosas que se suponía que no debía hacer. Ahora tendría que aprender de nuevo a deslizarse en lugar de caminar, y la idea hizo que sintiera un enorme peso sobre los hombros. No habría más cenas alrededor de la hoguera. Esa noche, si todo salía bien, cenaría en una mesa kilométrica en compañía de gente que no le agradaba, o quizás sola en su habitación, o peor aún, en el santuario en compañía de los sacerdotes.

El santuario. Qué irónico que ese lugar, donde una vez se había sentido segura, ahora fuera la fuente de su mayor temor. Los sacerdotes nunca la habían apreciado, ni siquiera cuando el padre Padron la trataba con respeto. Ahora había perdido su favor, y cuando regresara al palacio y se corriera la voz de que era la amante del rey, los sacerdotes la despreciarían aún más. Tendría que ser el doble de cuidadosa que de costumbre para ocultar sus dones. Su poder había crecido, pero todas las técnicas de defensa del mundo no la salvarían de la energía colectiva de la Orden si decidían atacarla.

Azul debió notar su agitación, porque le puso la nariz en el tobillo para llamar su atención. Ella lo miró y, de repente, sus temores se convirtieron en amor. Los ojos oscuros que le devolvían la mirada rebosaban adoración y otra emoción: una determinación feroz, como si Azul fuera a proteger a su mamá de cualquier amenaza que le preocupara. No parecía saber que todavía era un cachorro y que era trabajo de Cerise protegerlo. Ya no parecía un cachorro, había crecido tanto como un poni y era casi igual de ancho. Su volumen había alisado las arrugas de su pelaje, y ahora podía verse su homónima marca azul de nacimiento. Con lo grande que era, seguro que en el palacio llamaría la atención.

—Eres el mejor chico —le dijo, agachándose para rascarle la cabeza—. El más dulce, el más fuerte...

—¡Ja! —gritó Daerick desde atrás. Justo cuando ella lo miró por encima del hombro, él estalló en una carcajada delirante que le heló la sangre a Cerise—. ¡Ya lo veo! —gritó, balanceándose en la silla mientras señalaba a Azul—. ¡Las partículas de magia de su padre! Me preguntaba cómo era posible que una hiena titán se apareara con un sabueso, ahora lo sé.

Todas sus preocupaciones volvieron de golpe. Era la primera vez que la maldición de Daerick lo afectaba desde que habían abandonado el Pico Asolado. Esperaba que distanciarse de aquel oscuro lugar lo hubiera protegido, y tal vez así fuera, pero no del todo. Al día siguiente era su Día de Atribución, si no podía romper su maldición, Daerick viviría así el resto de su vida, perdido en las insondables profundidades de su propia mente.

«Ten fe», se recordó a sí misma, aunque su pulso no la escuchaba.

—¿Una hiena apareándose con un sabueso? —gritó Kian por encima del hombro, con la misma voz alta y burlona con la que había despertado a Daerick la ocasión anterior—. ¿Estás describiendo la noche de bodas de tus padres, lord Calatris?

La broma funcionó. Daerick parpadeó y volvió en sí, pero esta vez no tuvo ninguna réplica ingeniosa que ofrecer. Su rostro estaba ceniciento e inexpresivo. No dijo nada hasta que volvió a hacer avanzar a su caballo. Montó al lado de Kian y le extendió la mano.

—¿Tienes más de esas pastillas para el estómago?

Kian buscó la pequeña lata en sus bolsillos y se la pasó a Daerick, que se echó varias pastillas a la boca… y luego unas más.

—Oye —se quejó Kian—. Deja un poco para los demás.

Cuando Daerick le devolvió la lata de pastillas, Kian dudó antes de abrirla y comerse una. Miró el cielo, y frotó el pulgar y el índice mientras medía la posición del sol, sin duda calculando las horas que faltaban para el crepúsculo.

Cerise le ofreció su mano y le dio un apretón. Recordó el día que Daerick la había llevado a la ciudad y lo que le había contado sobre la crueldad de la esperanza. Daerick y Kian nunca habían estado tan cerca de romper la maldición, y eso tenía que ser aterrador.

—No falta mucho —les dijo a ambos—. Ya casi estamos en el palacio, y después celebraremos la ceremonia, hoy, más de una vez, si hace falta. Intenten no preocuparse, tenemos tiempo de sobra.

Sin embargo, decirlo no significaba que fuera verdad. El tiempo era lo único que les faltaba, y seguramente Daerick lo entendía mejor que nadie.

Cabalgaron en silencio hasta que llegaron a la puerta y siguieron el camino arbolado y cubierto de hierba que conducía al palacio y a los establos. Con la primera inhalación de aire perfumado de cítricos, Cerise se dio cuenta de lo mucho que el viaje había alterado su sentido del olfato. El olor a sudor, polvo y carne de caballo se había convertido en la nueva normalidad para ella, y ahora el aire le parecía demasiado dulce y, por contraste, se dio cuenta de que su cuerpo necesitaba mucho un baño.

Desmontó y se frotó las nalgas adoloridas antes de controlarse y recordar que debía comportarse como una dama. Nadie pareció darse cuenta, los sirvientes del palacio que habían corrido a las caballerizas para recibirlos estaban más concentrados en el rey. El mayordomo de Kian le dio la bienvenida con una toalla húmeda para limpiarse el polvo de las manos y la cara, y luego el hombre le ordenó a otra sirvienta que preparara un baño para el rey en sus aposentos.

—También para mí, por favor —añadió Cerise.

La sirvienta, una joven morena, asintió, hizo una reverencia y se sonrojó, lo que le recordó a Cerise la reputación que se había ganado tras el incendio del palacio. Parecía que desde entonces hubiera pasado toda una vida, casi se había olvidado de sus «pulmones sagrados»... y también de los repetidos atentados contra la vida de Kian. No se le ocurrió hasta entonces que romper su maldición lo haría más vulnerable que nunca. Era su maldición la que le daba un nuevo cuerpo al amanecer. Sin ella, podía sufrir lesiones permanentes, como cualquier otra persona.

Intentó no pensar en ello; ya tenía suficientes preocupaciones.

Entonces recordó a lady Champlain y cómo Kian había convertido a Delora en su cortesana para librarla de un matrimonio no deseado. ¿Significaba que continuaría con la farsa? No sabía qué pensar al respecto. No habían hablado del tema. Sin embargo, cuando miró a Kian y lo encontró atisbando la posición del sol a través de las puertas del establo, se dio cuenta de que Delora era lo último que tenía en la mente.

Y con razón.

—Faltan casi tres horas para la puesta de sol —anunció Cerise a todos los presentes en el establo. Miró a Kian y luego al padre Padron—. Deberíamos limpiarnos, preparar el santuario y dejar al menos una hora para la ceremonia en sí, así como para cualquier otro intento que tengamos que hacer.

—No te olvides de Cole Solon —añadió Daerick.

—Correcto. Habrá que avisarle —dijo ella.

El padre Padron se quitó el polvo de la túnica.

—No veo nada que lo impida. Mientras se me brinde la asistencia del personal de Su Majestad…

—Toma lo que necesites —le dijo Kian. Señaló a Cerise—. Mi señora del templo, esperaba acompañarte a tu habitación, pero creo que sería más prudente de mi parte quedarme con mi mayordomo y discutir los preparativos de la ceremonia. ¿Me perdonas, mi amor?

Cerise le sonrió mientras hacía una reverencia. Comprendió su gesto: por sutil que fuera, había reconocido su relación públicamente.

—No hay nada que perdonar, Su Majestad. Espero verte en el santuario.

En la sala de su habitación la esperaba una bienvenida tina con agua de lavanda y una bandeja con jabones, champús, toallas y aceites perfumados. Gimió en voz alta por la expectación, pero necesitaba que el baño fuera rápido, solo limpiarse lo suficiente para mostrarle respeto a la diosa.

Se desvistió y se acercó a la tina, con la Espada de Petros todavía en la mano. Deslizó la espada bajo la bañera y se metió al agua, sumergiéndose hasta el cuello.

—Esta noche, tú también te darás un baño —le dijo a Azul cuando se sentó a su lado y olfateó el jabón con curiosidad. El cachorro se quejó y se tapó la nariz con una pata—. No es negociable.

Justo en ese momento, algo le llamó la atención en la habitación contigua: un bulto de tela escarlata que estaba tirado en el suelo junto a su cama. Entornó los ojos y se dio cuenta de que era una maleta de equipaje, pero no era suya. De repente, Azul volteó la cabeza hacia el balcón, levantó las orejas y emitió un gruñido grave desde el fondo de la garganta. Cerise reconoció ese gruñido de las mañanas en que Kian aparecía en secreto en su habitación al amanecer.

Alguien estaba en su habitación, pero esta vez no era el rey.

Cerise recogió una toalla del suelo y se cubrió con ella mientras se ponía de pie en la bañera.

—Muéstrate —ordenó, apoyando una mano en la nuca de Azul—. Sal o soltaré a mi sabueso, y te advierto que es mitad hiena titán y su mordida es peor que su ladrido.

—Me rindo —bromeó una voz familiar, y se hizo visible una figura alta y con velo.

Cerise se quedó boquiabierta. Habría reconocido a su hermana en cualquier parte, incluso ahora que el cuerpo de Nina estaba suavemente redondeado por el embarazo. Azul debió de reconocerla, tal vez por el espejo de corazón roto, porque se relajó y movió su rabo regordete.

Demasiado sorprendida para moverse, Cerise se quedó de pie, agarrando la toalla, mientras escurría en la bañera.

—¿Estoy soñando? ¿De verdad eres tú? —Nina se echó el velo hacia atrás y despejó cualquier duda de que fuera real. Sonrió, levantando las mejillas llenas y sonrosadas que brillaban con más resplandor que nunca. El embarazo había realzado su belleza, algo que Cerise no habría creído posible. No podía respirar, no podía parpadear. Su mirada se llenó hasta la incomodidad al contemplar a su hermana. El resplandor de Nina era casi doloroso de contemplar, pero Cerise se habría arrancado los ojos antes de sacrificar una sola mirada.

Nina bajó el velo y, por primera vez en su vida, Cerise no se quejó.

—Fue muy intenso —dijo, parpadeando para aliviar sus ojos—. Duele de verdad. ¿Cómo le hace tu marido para vivir contigo y no quedarse ciego por mirarte?

Las faldas de seda de Nina crujieron mientras cruzaba la habitación y acercaba una silla a la tina.

—No me quiere tanto como tú. —Se sentó y señaló el agua—. Ahora, Cerise, amor, me alegra que te dé gusto verme, pero vuelve a meterte, por favor. Estás asquerosa.

Cerise sonrió. Todavía aturdida, dejó caer la toalla y se sumergió en el agua hasta la barbilla. Se secó una de las manos y la posó sobre el vientre de Nina. Su panza era pequeña pero más firme de lo que esperaba, como un melón de arena.

—También vas a tener que esconderle tu cara al bebé. No va a querer a nadie como querrá… —Se interrumpió cuando la niebla se disipó de su cerebro—. Espera., ¿qué haces aquí?

Nina se rio.

—A mí también me da gusto verte, Cerise.

—¿Te enviaron mis papás?

Nina no contestó, lo que significaba que no.

—¿Saben siquiera que estás aquí?

Más silencio.

—¿Alguien sabe que estás aquí?

—Pues claro, tontita —dijo Nina—. Llevo dos noches en tu habitación. No me metí a escondidas de los guardias del palacio. Y también lo sabe la sirvienta que me dejó entrar en tu recámara y el chico de servicio que me ha estado trayendo las comidas.

—¿Tres sirvientes? —le preguntó Cerise—. ¿Ellos son todos los que saben que estás aquí?

—Cuatro —corrigió Nina.

Cuatro no era mejor. ¿Y el marido de Nina? Probablemente tampoco sabía de su visita, o la habría acompañado a la corte.

—¿Qué pasa? —le preguntó Cerise—. ¿Encontraste algo en el diario de mi mamá? ¿Algo sobre mi padre?

—No.

—¿Entonces qué me estás ocultando?

—¿Quién dijo que pasa algo malo? ¿Una mujer no puede visitar a su hermana favorita?

—Soy tu única hermana —le recordó Cerise—. Y no soy tonta, así que o me dices la verdad o… —Buscó una amenaza y encontró justo la que buscaba—. O te la sacaré con magia.

Nina se encogió de hombros.

—Justo por eso estoy aquí, para evitar que hagas algo estúpido y que nos maten a todos.

—Estaba bromeando; no puedo obligar a nadie con mi magia, he tenido mucho cuidado con ella.

—No lo suficiente —dijo Nina—. Las paredes tienen oídos, sobre todo las de los palacios. No deberías decir ese tipo de cosas.

Cerise jugueteó con su colgante mientras miraba la puerta de la habitación. No creía haber hablado tan alto como para que alguien la oyera en el pasillo, aunque, por otra parte, no sabía que Nina estaba en la habitación hasta hacía unos minutos.

—No te has quitado mi collar —le dijo Nina—. Bien, por lo menos me hiciste caso en una cosa. —Levantó el colgante para inspeccionarlo y luego negó con la cabeza velada—. Veo que has estado ocupada.

—Sí funciona, me salvó del humo de la hierba del sueño y del ataque de una hiena titán.

—Malditos cuervos. ¿A eso le llamas tener cuidado?

—Ah, y también de caerme por un precipicio —añadió Cerise—. ¿Cuántos usos crees que le queden?

—Uno, tal vez dos. El eslabón ya está desgastado. Una vez que se rompa, dejará de extraer energía de quien… —Nina corrigió enseguida— de su fuente de poder.

—¿Dijiste «de quien»? —repitió Cerise—. ¿Extrae la energía de una persona? —Volvió a tomar el colgante y frotó el metal nudoso con el pulgar, imaginándose que drenaba a algún sacerdote que estaba en alguna parte cada vez que lo había usado—. Podría haberlo matado.

—No, no podrías.

—Tú no entiendes cómo funciona la energía.

—Créeme, nadie estuvo en peligro excepto tú.

No tenía sentido discutir, Nina no le iba a hacer caso.

—Si tú lo dices.

—Sí. —Nina señaló el agua—. Ahora, echa hacia atrás esa cabeza sucia.

Cerise se inclinó para que Nina pudiera lavarle el pelo. Estaba feliz de que su hermana estuviera ahí, aunque solo hubiera ido al palacio a quejarse de ella, la había extrañado mucho. No hacía tanto tiempo que le había prometido romper la maldición por su bebé. Ahora había llegado el momento de demostrarlo. Quizá Nina pudiera verlo por ella misma.

—Habrá una ceremonia dentro de un par de horas —empezó Cerise y después se lo contó todo a su hermana, empezando por el diario de la madre Strout y las pistas que los habían conducido a las montañas, y terminando con la prueba que tuvo que pasar para obtener la Espada de Petros. Omitió la batalla con los cadáveres, para no asustarla, pero no omitió nada cuando le contó a su hermana lo de Kian. Incluso le contó detalles que hicieron que se sonrojara al decirlos en voz alta.

—¿El rey? —le preguntó Nina, quitándole el resto de la espuma del cabello—. ¿En serio, Cerise? Después de que te pedí que no llamaras demasiado la atención, ¿empezaste un tórrido romance con el hombre más importante y detestado del reino?

—Sí, en serio —respondió Cerise—. Y no es un tórrido romance, estamos enamorados.

Para mérito de Nina, no se burló ni resopló.

—Bueno, de alguna manera, lo comprendo. Es bastante agradable a la vista.

—Así es —coincidió Cerise. Se imaginó a Kian preparándose en sus aposentos reales, bañándose, vistiéndose y comiendo pastillas para el estómago como si fueran caramelos. Contaba con ella, todos los primogénitos nobles contaban con ella. Daerick y el general Petros, Nina y su bebé… sus vidas estaban en sus manos.

Sintió un enorme peso sobre los hombros.

—Estás nerviosa —dijo Nina mientras empezaba a secar el pelo de Cerise con una toalla—. Haz lo mejor que puedas. Es todo lo que el rey o cualquier otra persona puede esperar de ti.

—Me sentiré mejor sabiendo que estás ahí —dijo Cerise—. Puedes ponerte hasta adelante, donde pueda verte.

—¿En la ceremonia? —Nina negó con la cabeza velada—. No, Cerise, no puedo ir contigo. Nadie puede saber que estoy aquí.

—Pero el personal lo sabe.

—Nadie de la corte —aclaró Nina—. El velo no me hace invisible, atrae otro tipo de atención. Cuanta más gente me vea, más hablarán, se correrá la voz.

—¿Hasta tu marido?

Nina vaciló, como si se hubiera olvidado de él.

—Sí, hasta mi marido.

—¿Dónde cree que estás?

—Cree que sigo de visita con nuestros padres. Así que ya ves por qué debo tener cuidado. Tú misma lo dijiste: si la ceremonia no funciona la primera vez, seguirás intentándolo hasta la última puesta de sol del rey. Eso podría llevar días, si es que ocurre.

—Espera —dijo Cerise, ignorando la falta de fe de Nina en ella—. ¿Cuánto tiempo piensas esconderte en mi habitación?

—Hasta que rompas la maldición —dijo Nina—. O hasta el último día del rey, lo que ocurra primero. —Se quedó quieta durante una larga pausa—. El carruaje de nuestro padre está estacionado frente a la puerta. ¿Recuerdas cómo es?

—Sí. ¿Por qué?

—Porque si pasa algo, te llevaré a casa.

—¿A qué te refieres? —le preguntó Cerise—. ¿Y a qué casa? ¿Al templo?

—Me refiero a que si no puedes romper la maldición te llevaré a casa —respondió Nina—. Y no, quiero llevarte a mi casa en Calatris, es más segura. Estarás más segura ahí que en cualquier otro sitio.

—Pero el rey… —Cerise negó con la cabeza—. No lo dejaré.

—Si muere, no podrás quedarte aquí. Tienes que saber eso.

—No se va a morir —insistió Cerise—. Pero, aunque lo hiciera, no puedo vivir con ustedes en su casa. Soy una hija segunda; tendría que volver al templo con la Reverenda…

—¡Maldito sea el templo y maldita sea la Reverenda Madre! —la interrumpió Nina bruscamente—. No te voy a llevar de vuelta si no hay nadie que controle a los sacerdotes. —Pareció reponerse y bajó la voz a un susurro—. Alguien de la Orden podría acabar en el trono. ¿Has pensado en eso? ¿En lo que eso significaría para una mujer como tú?

—Claro que sí. —No había pensado en otra cosa. La idea de que un sacerdote fungiera como rey, libre de utilizar toda la fuerza de la Orden para perseguir a las anomalías como ella hasta los límites del reino, le quitaba el sueño algunas noches—. Pero en lo que no he pensado es en fracasar, porque no es una opción.

Nina se levantó de la silla y le ofreció una toalla seca.

—Tienes razón, no hay motivos para entrar en pánico. Todavía.

«¿Todavía?».

—No nos adelantemos —continuó Nina—. Sécate rápido y mientras yo te prepararé el vestido para la ceremonia. Cuando bajes, me quedaré aquí cuidando a Azul para que puedas concentrarte en lo importante. —Tomó aire como si fuera a decir algo más, pero lo soltó y entró a la recámara.

Cerise tenía bastante idea de lo que su hermana había dejado sin decir, porque ella también lo estaba pensando. Si la ceremonia funcionaba, todas sus preocupaciones serían en vano. Kian permanecería en el trono y los sacerdotes seguirían estando obligados con él. La amenaza terminaría, para ella y para todos los demás.

Tenía que romper la maldición: así de sencillo.

Y así de difícil.

CAPÍTULO VEINTINUEVE

La Espada de Petros nunca se había sentido más pesada que cuando Cerise bajó por las escaleras y la llevó al vestíbulo, donde cientos de trabajadores del palacio se habían reunido frente al pasillo que conducía al santuario. Esperaban en silencio para saber si la emisaria del rey podía obrar un último milagro y salvarlos de una maldición mortal y de las fauces de la guerra. Cerise podía jurar que la delgada espada había duplicado su peso bajo la presión de esas miradas optimistas y esperanzadas.

La multitud le fue abriendo paso y mientras se deslizaba lentamente entre ellos, todos bajaban la cabeza en señal de respeto. De vez en cuando, una mano se acercaba para tocar su falda. Ella apresuraba el paso para evitar el contacto. Ahora más que nunca, era peligroso que alguien la tratara de forma diferente. Vio a Delora Champlain, que estaba sola en un rincón tranquilo. Delora se retorcía las manos, pero le hizo a Cerise un gesto de ánimo.

Cuando cruzó el pasillo al aire libre, la puerta arqueada del santuario se abrió y, bajo ella, el padre Padron estaba de pie con sus ropajes dorados y las manos cruzadas delante de él. Las leyes del reino prohibían que los laicos entraran en el santuario sin permiso, así que el rey, Daerick y el general Petros la esperaban antes del umbral. Los tres eran la viva imagen del decoro, con sus sacos y fajas de uniforme sin una arruga ni una bastilla fuera de lugar. Sin embargo, ninguno de ellos podía ocultar el palpitar de su garganta y el movimiento de su manzana de Adán. Y había un hombre ausente: Cole Solon.

Siguiendo la tradición, Cerise primero hizo una reverencia al padre Padron y luego al rey. Kian le dedicó una pequeña sonrisa de aliento mientras ella se inclinaba ante él, pero las pequeñas gotas de sudor que perlaban su labio superior delataban su ansiedad.

Ella también la sentía.

Se enderezó y se dirigió al Padre Padron, lo suficientemente alto como para que todos la oyeran.

—Excelencia, el más Santo entre la Orden de Shiera, y Divino Protector de sus siervos, le pido que conceda a estos laicos la entrada a nuestro santuario, para que puedan inclinarse ante Shiera y expiar los pecados de sus antepasados.

—Los invito a entrar —anunció el padre Padron y, sin más preámbulos, se volteó para abrirles paso mientras Cerise ocupaba su lugar a su lado.

—¿Sabe dónde está Cole? —le susurró.

En lugar de hablarle, el padre Padron hizo algo que ella no sabía que era posible: utilizó magia para responder. Ella se estremeció al sentir que la voz del padre abordaba su mente.

«Probablemente esté preparándose para hacer una gran entrada», dijo. «Cole cree que los ojos mortales solo existen para contemplar su rostro».

Cerise miró al padre Padron, pero él mantuvo la mirada fija al frente e ignoró su reacción de sorpresa. ¿Por qué habría elegido ese preciso momento para hablarle con magia cuando nunca antes lo había hecho? ¿Quería inquietarla? ¿Era una especie de prueba? ¿O una demostración de su poder, un recordatorio de que seguía teniendo el control, a pesar de que ella tuviera la Espada de Petros? Solo podía hacer conjeturas, sin embargo, fueran cuales fueran sus motivos, le había enseñado una valiosa lección. Ahora que había experimentado la magia, sentía que lo único que tenía que hacer era pensar en él y responder. El acto era tan sencillo que había podido responderle fácilmente con la mente, aunque, por supuesto, no lo hizo.

—¿Lo esperamos? —preguntó Cerise.

—¿Cuando falta menos de una hora para la puesta de sol? —susurró él en voz alta—. Creo que no.

El padre Padron la confundía, pero en ese punto tenía razón. Las franjas de luz que entraban por las ventanas acortinadas brillaban de un tono naranja por la proximidad del crepúsculo. Era más seguro comenzar la ceremonia y dejar a Cole para el final.

La vida de Daerick dependía de ello.

—Envié al padre Bishop a buscarlo —agregó el padre Padron—. Por la fuerza, de ser necesario.

Entraron a la sala de oración, donde se habían reunido para el ritual todos los sacerdotes que vivían en el palacio. Los hombres formaron dos grupos con un amplio pasillo entre ellos, y cada sacerdote estaba de pie detrás de un fino cojín en el suelo. Al unísono, se arrodillaron sobre sus cojines y utilizaron su energía para crear cien pequeñas llamas que flotaron por encima de sus cabezas. La luz proyectaba un resplandor sobre los murales animados del techo que representaban la Gran Traición, la razón que los había llevado a todos allí.

A partir de ese momento, Cerise tendría que confiar en sus instintos.

Recorrió el pasillo a paso ligero para dar una impresión de confianza. Cuando llegó al altar, apoyó la Espada de Petros encima, lejos del cuenco de sacrificios y de las llamas que había debajo. Nadie le agradecería si la espada estaba ardiendo cuando la utilizara para pincharles la piel. Le indicó a Kian que se pusiera de pie a su izquierda, mientras que Daerick y el general Petros se situaban a su derecha. El padre Padron permaneció en el pasillo entre sus sacerdotes, pero le hizo un gesto con la cabeza, expresándole que el resto estaba en sus manos.

Comenzó con una oración, seguida por una breve historia de la creación, en la versión aprobada por el templo, sin mencionar amantes de Shiera ni a sus descendientes mortales. Habló despacio para darle a Cole Solon la oportunidad de llegar a la ceremonia, pero cuando llegó a la parte más relevante de la historia, la función que cada dinastía había desempeñado en la Gran Traición, todavía seguía sin aparecer.

Para no demorarse más, levantó la Espada de Petros del altar y tomó la mano de Kian. Empezaría por él.

—Se cree que la casa Mortara —dijo con los dedos tan fríos y entumidos que apenas podía sentir el tacto de Kian— reunió a sus aliados para que mataran a nuestra Santa Creadora. Condujeron a las dinastías nobles a un pecado indescriptible, y por su traición, la casa Mortara fue maldecida con la oscuridad. —Se dirigió al rey—: ¿Tu corazón está lleno de arrepentimiento?

Kian la miró con una sonrisa oculta. Ambos sabían lo que contenía su corazón, y no era amor por la diosa.

—Sí —respondió, sin embargo, y abrió la palma de la mano para que Cerise cortara una línea escarlata en su carne.

En cuanto apareció su sangre, la espada la absorbió y brilló con tanta intensidad que Cerise se tapó los ojos. El resplandor solo duró un instante antes de atenuarse, pero, por primera vez en todo el día, sintió esperanza real. Miró a Kian a los ojos mientras la emoción pasaba entre ellos.

La ceremonia estaba funcionando.

Ansiosa, le hizo un gesto a Daerick para que se acercara.

—La Casa Calatris —dijo, tomando su mano— utilizó su inteligencia superior para idear una estrategia para matar a la diosa. Por su traición, fueron maldecidos con más conocimiento del que la mente mortal puede soportar.

—Mi corazón está arrepentido —aseguró Daerick antes de que ella pudiera preguntarle.

Le cortó la palma y casi lloró de alivio cuando la espada absorbió su sangre y volvió a brillar.

Daerick rápidamente intercambió su lugar con el del general Petros, que le ofreció su carnosa palma.

—La casa Petros, experta en las artes militares, forjó el arma para matar a nuestra creadora. Esa arma es la misma espada que sostengo hoy. Por su traición, la casa Petros fue maldecida con una insaciable sed de sangre. —Inclinó el cuello hacia atrás para mirar al general a los ojos, que brillaban de humedad. Era irónico y, de algún modo apropiado, que su corazón estuviera más lleno de arrepentimiento que el de los demás. Tuvo que presionar un poco más para cortar su piel callosa, pero una vez que lo hizo, la hoja aceptó su sangre y se atenuó para recibir la ofrenda final.

La casa Solon.

Cole seguía sin aparecer. Se volteó hacia el padre Padron y lo encontró al fondo de la sala, enfrascado en una conversación con el padre Bishop. El padre Padron la miró y negó con la cabeza. No había podido encontrar a Cole.

Se le revolvió el estómago. Lanzó una mirada hacia las ventanas, preguntándose cuánto tiempo le quedaba antes de la puesta de sol. Si Cole no llegaba antes de que Kian desapareciera, ¿podría continuar con la ceremonia o tendría que empezar de nuevo al día siguiente?

El general Petros se inclinó para susurrarle al oído.

—Usa tu propia sangre, mi niña. El corazón de Cole es una piedra en comparación con el tuyo.

Cerise no lo dudaba, pero el general Petros no sabía la verdad sobre si ella no era una Solon.

Sin embargo, sabía dónde encontrar una.

—Que nadie se mueva —dijo—. Vuelvo enseguida.

Llevando la Espada de Petros consigo, se levantó la falda y corrió sin miramientos entre los sacerdotes. Pasó a toda velocidad junto al padre Padron y continuó por el pasillo al aire libre, entró en el abarrotado vestíbulo del palacio y subió las escaleras, ignorando el clamor de voces confusas que iba dejando a su paso. Corrió hasta su habitación y abrió la puerta tan rápido que Nina, que estaba bañando a Azul, cayó de sentón.

—¿Estás bien? —le preguntó Cerise.

Nina asintió, frotándose el vientre hinchado. Tenía el velo echado hacia atrás, y ambas mangas mojadas y arremangadas hasta los codos.

—¿Se... se acabó?

—No. —Cerise ayudó a su hermana a ponerse de pie—. Necesito que vengas conmigo.

Nina negó con la cabeza salvajemente mientras se bajaba el velo.

—Escúchame —le dijo Cerise—. El ritual está funcionando, pero necesito un Solon para terminarlo. Iba a usar mi sangre, pero yo no soy Solon.

—¿Qué pasó con Cole? —le preguntó Nina.

—No lo encontramos.

—Debe haber otro Solon en el palacio.

—Quizá, pero no tenemos tiempo de buscar. —Cerise levantó una mano hacia el balcón abierto, donde la luz del día había adquirido un tono rosáceo—. El sol se pondrá pronto. Por favor, por Daerick, por mí.

El pecho de Nina subía y bajaba con la rapidez de su respiración.

—Nadie sabrá que eres tú —le prometió Cerise a su hermana, ofreciéndole la mano—. Tu cara permanecerá oculta y no anunciaré tu nombre. Después de esto, podrás irte a casa con tu marido, y él nunca sabrá que estuviste aquí.

Nina estaba tan tensa que había cerrado las manos en puños. Dio un paso adelante y se detuvo antes de dar otro. Después de un largo suspiro que hizo ondear su velo, se secó las manos en la falda y siguió a Cerise hasta la puerta. Entrelazaron los dedos, dejaron a Azul y corrieron hacia el santuario.

Los dedos de Nina temblaban mientras Cerise la alaba por el pasillo entre los sacerdotes hasta el altar, donde Kian y los demás esperaban con miradas interrogantes. Cerise les hizo un rápido gesto con la cabeza, un mensaje de que les explicaría más tarde.

No había tiempo en ese momento.

Giró a Nina de frente a la habitación y le soltó los dedos. Nina se agarró el vestido con ambas manos, encogiéndose contra el altar como si quisiera desaparecer en su interior.

—Está bien —susurró Cerise—. Dame la mano.

Nina obedeció, con la palma temblorosa.

—La dinastía Solon —dijo Cerise en la sala de oración— presentó al más seductor de todos: un mortal cuyo rostro era tan impresionante que la diosa fue atraída desde los cielos y seducida para que adoptara una forma humana vulnerable. Por su traición, la casa Solon fue maldecida con un encanto autodestructivo. —Apretó la mano de Nina—. ¿Te presentas ante la diosa arrepentida, buscando su perdón?

Nina asintió con la cabeza velada.

—Dilo en voz alta —susurró Cerise.

—Sí —dijo Nina con voz quebrada.

Cerise rozó con el pulgar la delicada piel de Nina y luego rasgó la palma de la mano de su hermana apenas con la fuerza suficiente para romper la carne. Nina ni siquiera se inmutó cuando la hoja absorbió su sangre y brilló tanto que transparentó su velo.

En el momento antes de que la luz se atenuara, Cerise alcanzó a vislumbrar el rostro de su hermana y lo que vio eclipsaba el miedo. Las facciones de Nina estaban paralizadas en lo que solo podía describirse como un grito de muerte silencioso. Cerise recordó al conejo del templo, cuando gritó después de que la serpiente entró a su jaula. Esto no podía tratarse del marido de Nina.

Entonces, si Nina era el conejo, ¿quién o qué era la serpiente?

La pregunta voló al fondo de la mente de Cerise cuando la hoja se oscureció y todos miraron a su alrededor en busca de alguna señal de que el ritual hubiera funcionado. El general Petros estudió sus manos y brazos, flexionándolos como si estuviera probando un miembro herido.

—¿Te sientes diferente? —le preguntó Daerick.

El general se encogió de hombros.

—¿Y tú?

Daerick sondeó su rostro y acarició su barba desaliñada.

—No lo sé, tal vez. Es difícil de decir.

Al unísono, todos miraron a Kian, la única persona que podía eliminar cualquier duda sobre si la maldición se había roto o no. El rey se echó el pelo hacia atrás y miró fijamente a Cerise mientras las ventanas se oscurecían con la llegada del crepúsculo. Un rayo de esperanza pasó entre ellos. Cerise nunca había deseado nada tanto como esto: que él permaneciera completo. «Por favor», suplicó en silencio. «Por favor, que esto funcione».

La sala quedó en silencio; todos los ojos estaban fijos en el rey. Nadie se movió, y si alguien respiró, Cerise no pudo oírlo. Incluso el tiempo parecía haberse detenido. Justo cuando creía que no sobreviviría ni un momento más de espera, el resplandor se desvaneció por completo en las ventanas y la única luz que quedó fue el parpadeo procedente de los encantamientos.

Kian exhaló y mostró una sonrisa temblorosa.

El sol se había puesto y él seguía ahí.

Cerise tomó aire para dar gracias a la diosa, pero apenas había llenado sus pulmones a la mitad cuando las yemas de los dedos de Kian empezaron a convertirse en humo. Levantó las manos frente a su cara y vio con horror cómo se desvanecían ante sus ojos. Miró fijamente a Cerise, como si ella pudiera explicarle qué había salido mal. Ella solo negó con la cabeza. No podía creer lo que estaba viendo, pero eso no impedía que las sombras se lo llevaran, cada vez más rápido hasta que no quedó nada de su cuerpo. Sus ojos fueron lo último que quedó de él, no la mirada gris tormenta del rey, sino la desesperación cruda de los condenados. Esos ojos atravesaron la parte más profunda y tierna de su alma, y luego desaparecieron.

—No —gritó.

Se oyeron murmullos en el santuario y más allá, en el pasillo al aire libre, donde la multitud la había seguido y ahora se enteraba de su fracaso. En medio de la confusión de dolor y conmoción, miró al padre Padron, la única persona que podía ayudarla a comprender lo sucedido.

Sin embargo, él no tenía ninguna respuesta para ella. Extrañamente, se estaba retirando. Ni siquiera parecía alegrarse de que la ceremonia hubiera fracasado. Más bien, mientras avanzaba por el pasillo que conducía a su oficina, parecía un capitán abandonando un barco que se hunde, con sus ojos azules brillando de miedo. Cerise no tenía ni idea de qué podía haberlo asustado, pero si el sumo sacerdote de Shiera no sabía qué hacer, ¿qué posibilidades tenía ella?

—Ven conmigo —instó Nina, apartando las lágrimas de las mejillas de Cerise—. Llevemos el carruaje al muelle, esta noche sale un barco con destino a Calatris.

—No —susurró Cerise—. Todavía hay tiempo.

Daerick se aclaró la garganta. Tenía el rostro ceniciento.

—Para mí, no lo hay.

—No digas eso —le pidió Cerise—. Tenemos hasta medianoche.

—¿Para hacer qué? —preguntó él.

—Para seguir luchando. —Apuntó la espada hacia el altar—. La ceremonia estaba funcionando, todos lo vimos. Algo se nos debe haber escapado, algún paso final. Sea lo que sea, tenemos que descubrirlo.

—Por favor —le dijo Nina, mirando hacia la entrada del santuario, donde los sacerdotes salían para dispersar a la multitud—. Vámonos mientras podamos.

Cerise la ignoró y se concentró en Daerick.

—Ayúdame a resolverlo.

—Los archivos —dijo, con un destello de esperanza en la mirada—, la cámara que el padre Padron no quiso que vieras. Tiene que haber una razón por la que la escondió —bajó la voz a un susurro—. Ahora que puedes usar magia, puedes abrir la pared y ver qué hay dentro.

—¡No! —dijo Nina entre dientes—. ¡Eso está fuera de discusión!

Cerise se volteó hacia su hermana.

—Nina, no me voy a ir a ninguna parte. Por lo menos, hasta que se haya terminado hasta el último segundo y no quede nada que intentar. Así que o vuelves a mi habitación o...

—No te dejaré.

—Entonces ayúdame. —Cerise señaló a Daerick—. En realidad, ayúdale a él.

Daerick alzó una ceja interrogante.

—Solo hay una forma de entrar a los archivos, y es por aquí.

Cerise señaló la pared del santuario.

—Mientras todos los sacerdotes estén distraídos, nadie notará mi energía, pero sí oirán si parto la pared. —Y eso suponiendo que tuviera la capacidad para hacerlo—. Necesito que piensen en una razón para despejar el santuario.

Daerick asintió lentamente.

—Puede ser que tenga una idea.

—Y mantengan a los sacerdotes afuera hasta que termine —añadió Cerise—. Especialmente al padre Padron, me ha estado observando desde mi Día de Atribución, me doy cuenta de que sabe que tengo algo diferente.

Nina apretó la tela sobre su corazón con tanta fuerza que los nudillos se le pusieron blancos. Aun así, asintió.

—Encontraremos la manera de lograrlo.

—¿Segura de que no quieres esperar en mi habitación? —le preguntó Cerise. Lo que fuera que hubiera aterrado a Nina durante la ceremonia, no había desaparecido—. Azul te protegerá. O, si quieres, puedes ir a un lugar seguro en el carruaje de papá.

—Ay, Cerise —dijo Nina con una voz desesperada que rozaba la línea entre la risa y las lágrimas—. No hay ningún lugar en el que pudiera sentirme segura si no estás conmigo. —Se tocó el vientre hinchado y se quedó callada un momento—. No te dejaré, así que no me lo pidas.

Había un trasfondo oscuro en el tono de Nina que no le gustaba a Cerise. Algo que ella desconocía estaba ocurriendo en la mente de su hermana, algo inquietante. Deseó con desesperación poder leer el rostro de Nina sin caer en trance.

—¿Hay algo que quieras decirme? —le preguntó Cerise a su hermana.

—Sí. —Nina cruzó los brazos, tan testaruda como siempre—. Prepárate para hacer tu trabajo, porque yo estoy lista para hacer el mío.

CAPÍTULO TREINTA

Recurrieron a la ayuda del general Petros, que emitió una orden de evacuación con el pretexto de inspeccionar unas grietas potencialmente dañinas que afirmaba haber visto en el techo del santuario durante la ceremonia. A Cerise le preocupaba que el padre Padron se opusiera, pero, extrañamente, seguía tan conmocionado que no discutió. Se dirigió a cenar al comedor con los demás sacerdotes, mientras Cerise aprovechaba la sala de oración vacía.

Con la Espada de Petros atada a la espalda, se colocó frente al enorme muro de piedra e intentó recordar dónde estaba la partición cuando el padre Padron lo abrió. Necesitaba visualizar el acto antes de liberar su energía, como le había enseñado Nerón, pero había pasado tanto tiempo que no podía recordar los detalles. Miró por encima del hombro, seguía sola, pero Daerick y Nina no podrían mantener lejos a los sacerdotes para siempre.

Tendría que intentarlo.

Exhaló larga y lentamente, estabilizó su postura y miró fijamente a la pared con una suave concentración, pensando en el pasillo del otro lado. Dejó fluir su energía y ordenó a la piedra que se abriera. El sabor a cobre cubrió su lengua, y una descarga le produjo escalofríos de placer en la piel y, para su enorme sorpresa, la pared se partió por la mitad con un estruendo que sintió a través de la suela de los zapatos. Sonrió mientras se sacudía el polvo. Lo había conseguido y no se sentía cansada en absoluto. Nerón estaría orgulloso de ella, aunque también un poco celoso.

Entró al pasillo e iluminó las antorchas con un simple movimiento de la mano. Era extraño recordar lo asombrada que se había sentido durante su visita anterior, cuando el padre Padron la había llevado del brazo y le había dicho que no se preocupara por tardar en obtener su don. En aquel momento, ella se había considerado más una hierba mala que una flor. Nunca imaginó que un día su fuerza se asemejaría a la de un poderoso roble cuyas ramas se extendieran hacia el sol, todavía le costaba creerlo.

Se apresuró a llegar al final del pasillo, donde pasó bajo el arco de mármol que conducía al mausoleo. Recordó las paredes del rincón que el padre Padron había abierto para acceder a los archivos. Separó las paredes y pasó por el estrecho hueco, pero después se detuvo, sorprendida. La habitación ya estaba iluminada, alguien había estado en los archivos. Le tembló el pulso. Quienquiera que hubiera encendido las antorchas aún no las había apagado, lo que significaba que esa persona aún podía estar dentro.

Buscó en el suelo polvoriento la huella parcial que había visto la vez anterior. En lugar de un tacón, un rastro de huellas conducía a una pared distante entre dos candeleros parpadeantes. Se agachó para observar las huellas, eran idénticas. Parecía que una persona había estado entrando y saliendo de la cámara oculta; lo más probable era que se tratara del padre Padron. Si estaba en lo cierto, no tendría que preocuparse de que la estuviera esperando del otro lado de la pared.

Si se equivocaba… saldría corriendo.

Abrió la pared y el mármol se deslizó hasta dejar al descubierto un pasillo iluminado. Al asomarse por el pasillo, no detectó ningún movimiento ni sonido alguno. Mientras se deslizaba lentamente dentro de la cámara oculta, el olor a polvo y humedad se mezcló con algo más: había energía en el aire, nubes de energía, junto con el hedor de una letrina. Se tapó la nariz y siguió hasta el final del pasillo, donde se pegó a la pared y echó un vistazo alrededor de la esquina.

Lo que vio le revolvió el estómago.

Del otro lado de una pequeña cámara de piedra, un hombre y una mujer estaban medio desnudos y ensangrentados, ambos extendidos contra la pared y retenidos ahí por alguna fuerza mágica invisible. La cabeza de pelo gris y enmarañado de la mujer caía flácida entre sus hombros, ocultando su rostro. La piel floja le colgaba de los huesos, como si hubiera pasado hambre. Cerise no sabía si la mujer estaba viva o muerta, se le veía el contorno de las costillas, pero el pecho no parecía moverse.

El hombre también tenía la cabeza caída, pero a medida que se acercaba, Cerise se dio cuenta de que respiraba. No debía de llevar mucho tiempo colgado de la pared, porque su cuerpo tenía los músculos fuertes de alguien bien alimentado. Sin embargo, ahí acababa su buena suerte. Tenía la camisa rasgada por delante, lo que dejaba al descubierto un pecho mutilado con cientos de heridas purulentas que parecían demasiado antinaturales como para que las causara otra cosa que no fuera magia de la más cruel.

«¿Piensas que eso es lo que ocurre bajo mi vigilancia? ¿Abusos? ¿Asesinatos?».

El padre Padron se lo había preguntado una vez. Ahora sabía exactamente lo que ocurría bajo su atenta mirada. No sabía qué crímenes habían cometido ese hombre y esa mujer, pero no merecían sufrir torturas, y menos a manos de la Orden. La magia sagrada era un don, y que un sacerdote abusara de su poder era la blasfemia más vil que se podía imaginar. Se lo diría al rey en cuanto saliera el sol. Los sacerdotes seguían obedeciendo sus órdenes, al menos por ahora. Si el padre Padron quería una reforma, la tendría.

Empezando por él mismo.

Se acercó a las víctimas mientras observaba el resto de la habitación. Aparte de la suciedad y los desperdicios, lo único que le llamó la atención fue un montón de ropa y basura que había en una esquina. Normalmente no le habría parecido importante, pero alguien había puesto un escudo de energía alrededor del montón, así que se dijo que no debía olvidar mirarlo más de cerca.

Cuanto más se acercaba a la pared, más fuerte era el olor a putrefacción, lo que no dejaba lugar a dudas de que el alma de la mujer había regresado a Shiera. El pelo de la mujer era gris, su piel marchita por la edad. Cerise comenzó a sospechar quién era, y estaba en lo cierto. Reconoció el rostro de la sirvienta anciana que le había tocado la falda la primera noche que había llegado al palacio: la sirvienta que el padre Padron afirmaba haber despedido de su puesto y trasladado a la ciudad.

La repugnancia y el horror se agolparon en su interior. Cerise no le había creído del todo. Esperaba que el padre Padron hubiera castigado a la mujer, pero no así.

Era más cruel, mucho más cruel, de lo que ella se había imaginado.

Susurró una plegaria de paz por la difunta sirvienta. Sus palabras despertaron al hombre, que gimió y levantó la cara hacia ella... una cara tan hermosa que ni siquiera los golpes podían desfigurarla.

—Cole —dijo con sorpresa.

El hombre se lamió los labios agrietados y suplicó en un ronco susurro:

—Piedad, por favor. Estoy arrepentido. —Tenía los ojos hinchados y soñolientos. No parecía saber quién era ella—. Piedad, por favor —repitió, con la voz entrecortada por un sollozo—. Estoy arrepentido, me dijo que me perdonaría.

—Lord Solon, soy yo, Cerise.

Cole parpadeó. Sus ojos se centraron en ella y se iluminaron al reconocerla.

—¿Mi señora?

—Sí. Dígame quién lo trajo aquí. ¿Fue el padre Padron?

Cole asintió.

—Estoy arrepentido.

—Seguro que sí —dijo Cerise, haciendo una mueca de dolor mientras observaba las heridas de su pecho. Cole no podía llevar más de unas horas colgado en la pared. El padre Padron se había dedicado a una tortura inquietante en el poco tiempo que transcurrió desde su regreso al palacio. Y le había ocultado a Cole, tal vez después de todo sí había intentado sabotear la ceremonia.

—Mi señora —le dijo Cole—. Por favor, ¿me dejaría ir si le confieso mis crímenes?

Cerise iba a liberarlo de cualquier manera, pero sus palabras hicieron que sintiera curiosidad por lo que podría haber hecho.

—Sí, se lo prometo.

—Cometí traición, mi señora —dijo apresuradamente, lanzando una mirada a la entrada del pasillo, como si temiera que el padre Padron fuera a regresar—. Traición y asesinato.

A Cerise le costaba creerlo. La tortura haría que un hombre confesara cualquier cosa. Sin embargo, le pidió que siguiera mientras ella planeaba la mejor manera de bajarlo al suelo sin lastimarlo.

—Yo era amante de la reina —le dijo.

—Eso no es un secreto.

—Además de eso, le daba hierbas, hierba de arpía, para que no concibiera otro hijo con el rey. Así fue durante años, hasta que me descubrió echándolas a su vino. Se puso furiosa, y me ordenó que abandonara el palacio al amanecer, pero yo temía que le contara al rey lo que había hecho, así que los envenené a los dos.

Cerise se quedó helada.

—Los padres de Su Majestad… ¿Fue usted?

—Sí —admitió Cole—. También intenté matar a Su Majestad. Más de una vez.

Cerise dejó de dudar de la confesión de Cole cuando le describió los ataques previos al amanecer en los que había utilizado la pantera del desierto y el incendio con hierba del sueño. Lo que no entendía era la razón que había tenido para hacerlo. Los motivos de Cole no parecían ser la supervivencia, el dinero o la venganza, parecía querer acabar con la línea real.

—Pero ¿por qué? —preguntó Cerise.

—Porque los sacerdotes no pueden hacerlo por sí mismos.

—¿Quiere decir que alguien lo obligó con magia para asesinar al rey?

Cole desvió la mirada hacia el pasillo.

—No, los sacerdotes no pueden obligar con magia a alguien a dañar al rey. Tenía un acuerdo con el padre Padron.

—¿Qué tipo de acuerdo?

—Acordamos que, si le ayudaba a la Orden a tomar el trono deshaciéndome del linaje Mortara, me daría más tierras.

—¿Más tierras? —repitió Cerise, sacudiendo la cabeza con incredulidad—. ¿Me está diciendo que se arriesgó a ser ejecutado, traicionó a su rey y su reino, y cometió asesinato por más tierras?

—No, no lo entiende. Los Mortara llevan años disminuyéndose, eso no es culpa mía. La Orden está destinada a obtener el trono, es solo cuestión de tiempo. Y, cuando llegue ese momento, prefiero estar a su favor que ser su enemigo. Ya sabe lo que harán. —Miró a la mujer muerta—. Sabe lo que ya han hecho. Padron me dio la opción de ser su aliado o su adversario.

—Y mire lo que le ha costado esa elección —le recordó Cerise—. Su aliado no quiere que se arrepienta. No le importa su alma, solo quería usarlo y luego enviarlo a la tumba junto con sus secretos.

—Me equivoqué, lo siento —gritó Cole—. Pagaré por mis crímenes, lo juro, pero no así. Por favor, no así.

—¿Y la vieja emisaria? —preguntó—. ¿También la mató a ella?

—No, lo juro —dijo Cole—. Ella se envenenó a sí misma.

Cerise lo dudaba, ahora más que nunca. La madre Strout había reunido mucha información y solo había podido ocultarla gracias a su astucia. Tal vez, en el curso de sus investigaciones, alguien la había sorprendido haciendo las preguntas equivocadas. Cualquiera de los hombres del padre Padron podría haberla envenenado. Incluso el mismo padre Padron. Podría haberla obligado a beber veneno, como había obligado a Cerise a beber agua cuando estaba enferma.

—Mi señora, por favor, tenga piedad —rogó Cole.

—La tendré —le aseguró—. Solo ayúdeme a entender algo. ¿Por qué el padre Padron se arriesgaría a cometer traición cuando nadie tiene la certeza de qué ocurrirá cuando muera el último Mortara? Los sacerdotes podrían estar obligados con un rey diferente.

Cole negó con la cabeza.

—No será así. No sé cómo ni por qué, pero me dijo que la Orden solo puede estar bajo el control de un primogénito Mortara. Dijo que era parte de la maldición, y que, si los sacerdotes no podían romperla, entonces tendrían que permanecer bajo su control hasta que…

—Espere —lo interrumpió—. ¿Los sacerdotes han estado tratando de romper la maldición?

—Sí, desde hace décadas —dijo Cole—. Es la única otra forma de liberarse.

Cerise sintió que se le caía el corazón al estómago. Si eso era cierto, se había equivocado. Romper la maldición no impediría que la Orden ocupara el trono, sino que les daría a los sacerdotes su libertad incluso antes. Hiciera lo que hiciera, ellos serían libres. Si no lograba romper la maldición, la muerte de Kian los liberaría. Si tenía éxito, entonces Kian perdería su poder para controlar a los mismos hombres que habían estado conspirando durante años para matarlo. Incluso si salvaba la vida de Kian, los sacerdotes fácilmente podrían arrebatársela y gobernar en su lugar.

De cualquier manera, la Orden ganaría.

«Pero no», pensó. Había algo que no tenía sentido: si el padre Padron prácticamente había ganado, ¿por qué parecía tan perturbado después de la ceremonia? Debería estar regodeándose y planeando un golpe con sus hombres, no escondido de miedo.

Cerise sacudió la cabeza. Todavía estaba pasando algo por alto.

—Mi señora, por favor —dijo Cole. Debió confundir su silencio con vacilación de liberarlo—. Por favor, tenga piedad. ¿Me dejará bajar?

—Claro que sí —le dijo.

Estudió las heridas abiertas de su pecho. Moverlo podía provocarle una conmoción por el dolor. Primero tenía que curarlo, una habilidad que no había aprendido aún. Recordó lo que Nerón le había enseñado, cómo imaginar lo que quería, y entonces levantó ambas palmas hacia delante e hizo que la carne de Cole se curara. La magia de sus heridas se le resistió; necesitó dos intentos para eliminar las llagas. Sin embargo, le alivió la piel y luego lo bajó poco a poco de la pared hasta que sus pies descalzos tocaron el suelo. Estaba tan aliviado que no se preguntó cómo era que había hecho magia. No perdió tiempo y se tambaleó hacia el pasillo sobre sus débiles piernas. Ella empezó a seguirlo, pero después recordó el montón de objetos que había en el rincón.

—Adelántese —le dijo. —Yo iré detrás de usted.

Cole no necesitaba que se lo dijeran dos veces, ya se había ido.

Cerise se precipitó hacia el rincón y se agachó para mirar a través del escudo de magia que rodeaba el bulto del otro lado. La punta de un pergamino viejo asomaba entre los pliegues de tela, pero, más allá de eso, no podía discernir qué eran los objetos ni por qué el padre Padron querría protegerlos. Intentó utilizar su energía para dispersar el escudo, pero la protección que había lanzado el padre era demasiado fuerte. Mirando por encima del hombro, pensó en el hueco que había dejado en el muro del santuario. Los sacerdotes terminarían de cenar pronto y Daerick y Nina no podrían mantenerlos lejos mucho tiempo más.

Se concentró en el rincón para un último intento. En lugar de dispersar la energía, se enfocó en crear una abertura lo suficientemente grande como para meter la mano. Y funcionó. Metió la mano y agarró el bulto de cosas, que sacó antes de que volviera a formarse el escudo. Miró el pergamino y descubrió que estaba lleno de texto en un idioma que no podía leer. Necesitaría a Daerick para interpretarlo.

Se metió el pergamino en el bolsillo del vestido y se llevó también la tela, por si le proporcionaba alguna pista. Cuando se dio la vuelta para marcharse, un ruido estrepitoso resonó en la sala, procedente del escudo que acababa de atravesar.

Había activado una alarma.

Atravesó la cámara y salió corriendo por el pasillo sin volver a inspeccionar el resto del bulto que llevaba en la mano. Ni siquiera se detuvo a cerrar las paredes tras de sí cuando abandonó la cámara de tortura y la sala de archivos. Sus zapatos patinaron sobre el suelo polvoriento del mausoleo. Se enderezó y avanzó a toda velocidad por el largo pasillo ascendente que conducía al santuario. Cole, que iba delante de ella, se percató de sus pisadas, la miró por encima del hombro y apresuró sus pasos en respuesta.

Casi estalló de alivio cuando volvió a la sala de oración y la encontró vacía. Inmediatamente se dio la vuelta y utilizó su energía para juntar las dos partes de la pared. Fue entonces cuando Cole se percató de la anomalía de que una joven usara la magia.

—¿Cómo…? —Se quedó perplejo—. Nunca había visto que un oráculo hiciera eso.

—Olvide lo que vio. —Cerise miró a su alrededor en busca de un lugar para esconder la tela que llevaba en las manos. Si los sacerdotes la encontraban con ella, no podría negar que había sido ella quien había activado la alarma—. Váyase tan lejos de aquí como pueda.

—Le estoy agradecido, mi señora.

Cerise asintió distraídamente. Su mirada se posó en las llamas del altar y arrojó la tela sobre ellas. Justo antes de que la tela ardiera, reconoció un patrón de hilos dorados que asomaban entre manchas de sangre seca. Reconoció la prenda, era la túnica que llevaba el padre Padron la noche que eliminó a la manada de hienas titán. Ella la había cortado antes de curarle la espalda lacerada. Pensó que esa noche había quemado toda la ropa ensangrentada, pero estaba claro que se le había escapado una. La túnica se prendió, y la tela manchada de sangre estalló en una ardiente llama negra que se elevó hasta el techo y se mantuvo así, serpenteando de un lado a otro mientras la tela se reducía a cenizas.

Sintió un frío helado hasta los huesos.

Ahora sabía por qué el padre Padron había escondido la túnica, por qué no había querido que la quemara con el resto de la ropa.

Su sangre ardía negra.

Igual que la de ella.

Porque él también tenía *umbra sangi*.

Si había alguna duda sobre la identidad de su padre, se desvaneció en el humo que espesaba el aire. Ya no tenía sentido negarlo, su padre era un monstruo.

—¿De dónde sacaste eso? —le preguntó una voz grave por detrás.

Cerise se dio la vuelta con un grito ahogado.

El monstruo la había encontrado.

CAPÍTULO TREINTA Y UNO

—Olvídalo. Obviamente, él te la dio. —El padre Padron estaba a diez pasos de distancia, inmovilizando a Cole con magia. No había nadie más con él, debió de responder solo a la alarma para ocultar sus secretos a los demás sacerdotes.

Secretos que mataría por proteger.

Aun así, Cerise no salió corriendo. Una necesidad irracional de conexión la obligó a buscar en el rostro de Padron similitudes con el suyo. Las encontró en la forma de los ojos, el izquierdo ligeramente más alto que el derecho, y en la forma como sus labios se extendían un poco más hacia un lado que hacia el otro. Se parecía más a su mamá, pero su padre había completado los detalles.

—Ahora conoces mi vergüenza —dijo con una mirada amarga a las últimas llamas de ébano que quedaban sobre las cenizas—. Mi sangre arde negra porque cometí un pecado tan vil que veinte años de expiación no pueden borrarlo. Rompí mi voto de abstinencia, Cerise. La diosa no me perdona.

Cerise negó con la cabeza, el padre lo había entendido todo mal.

—Rechaza todas mis ofrendas —continuó Padron—. Le di mi sangre y mi dolor. He rezado hasta acabar con la garganta en carne viva. Convertí a los infieles y asesiné herejes por ella, y aun así no es suficiente.

Cerise recordó su espalda lacerada y empezó a comprender qué había torcido la mente del hombre frío y cruel en que se había convertido. Él no sabía que tenía *umbra sangi*, que además de ser sacerdote tenía la sangre de la diosa. Nadie le había dicho nunca que la diosa había deseado que amara para continuar su linaje. Siempre había creído que el acto de amar le estaba prohibido, y por eso pensaba que había cometido un pecado al estar con la madre de Cerise.

Y se había castigado por ello desde entonces.

Cerise no pudo evitar que un destello de compasión se encendiera en su interior. A pesar de todo lo que había hecho, lo comprendía mejor que nadie; la Orden había utilizado la mentira y el miedo para controlarlo, para debilitar su poder, para hacerlo creer que algo tan natural como las mareas era un pecado. Y resultaba irónico que el mismo miedo que el padre Padron había tratado de provocarle, alegando que el acto de amor opacaría su don, también lo había dañado a él. Había creído las mentiras de la Orden, y a partir de ahí su propia culpa y vergüenza se habían acumulado durante veinte años. Había tejido un manto de cicatrices sobre su espalda y había llevado esa carga durante la mitad de su vida. Eso no lo hacía menos monstruo, solo que era un monstruo nacido del dolor en lugar de la maldad. Tal vez algo tierno hubiera sobrevivido bajo las cicatrices, una parte de él que ella pudiera tocar.

Tal vez ella pudiera sacarlo de la oscuridad.

—Se equivoca sobre la llama negra —le dijo—. No es una señal de que la diosa haya rechazado sus ofrendas. Es una señal de que usted es diferente a los otros sacerdotes.

Él se echó hacia atrás, tensando el labio superior.

—No te atrevas a explicarme sus señales a mí, niña sin visiones. Tú no sabes nada.

—Sé que no es pecado que usted haya amado. O que yo ame, o cualquiera que lo desee. La diosa es apasionada, y nos creó a su imagen, para que seamos como ella.

—Ten cuidado, Cerise. Te estás acercando peligrosamente a la apostasía.

—Por favor, escúcheme —le suplicó—. La llama arde negra porque usted no es un sacerdote ordinario. Es descendiente de Shiera, por eso es tan poderoso y puede hacer cosas que otros sacerdotes no pueden. Tiene la sangre de la diosa en sus venas.

En cuanto mencionó a la diosa por su nombre, supo que había sobrepasado los límites de la fe del padre Padron. Debería haber sabido que no le creería. Ella tampoco había creído la verdad la primera vez que Nerón se la contó.

La mirada del padre Padron se volvió tan dura y fría que Cerise se encogió bajo su peso.

—Hereje —murmuró, lanzándole una descarga de energía. Antes de que ella pudiera bloquear el ataque, sus labios se sellaron—. No escucharé una palabra más.

Cerise cerró los ojos e imaginó que el hechizo se desvanecía. Liberó su voz y gritó:

—¡Me va a escuchar! Lo que hizo hace tantos años no fue un crimen. Tiene que perdonarse a usted mismo y dejar de proyectar su culpa sobre los demás.

El padre lanzó dos encantamientos más, pero Cerise los desvió.

Él se quedó boquiabierto.

—¿Cómo lo hiciste?

—La diosa quiere que me escuche.

Padron parecía haber olvidado su encantamiento sobre Cole, que había liberado una pierna e intentaba arrastrarse fuera de la sala de oración. Mientras el padre Padron sacudía la cabeza, desconcertado, se dio cuenta del movimiento. Sin prestar más atención que la que un hombre prestaría a una mosca, agitó una mano y el cuello de Cole se partió por la mitad. Su cuerpo se desplomó en el suelo.

Cerise se tapó la boca.

—Tuvo una muerte más limpia de la que se merecía —dijo inexpresivamente el padre Padron, empujando a Cole con el zapato—. Si te arrepientes, puedo evitarte esto, Cerise.

La mentira salió tan naturalmente de sus labios que ella casi le creyó.

—¿Le hizo lo mismo a la madre Strout? —le preguntó. Se imaginó el diario blanco y negro de la difunta emisaria y por fin comprendió por qué la madre Strout había ocultado el ritual para romper la maldición. Ella sabía que los sacerdotes eran una amenaza y quería retrasar lo más posible su liberación de la esclavitud del rey—. ¿Averiguó la verdad sobre usted y Cole?

El padre Padron no dijo que sí, pero tampoco lo negó.

Era respuesta suficiente. Había asesinado a una vidente, una devota dama del templo, venerada por todos los que la habían conocido y emisaria de dos reyes. Los crímenes del padre Padron iban más allá de la tortura ilícita y el asesinato de laicos. Ni siquiera las hermanas de la Orden de Shiera estaban a salvo de este hombre.

Cerise retrocedió un paso hacia el altar. Todavía llevaba la Espada de Petros a la espalda. No quería usarla, pero a menos que encontrara la forma de lograr que la escuchara, quizá tuviera que hacerlo.

Sabía que no lo conmovería contradiciendo sus creencias; así solo la acusaría de herejía. Tenía que encontrar un método diferente. Sin embargo, antes de que pudiera intentarlo, Nina entró corriendo a la sala de oración y el velo se le pegó a la cara.

Nina se lanzó frente a Cerise.

—¡Aléjate de ella! —Cerise se tensó y se preparó para defender a su hermana, pero Nina no necesitaba su ayuda. El padre Padron se balanceó sobre sus talones como si Nina lo hubiera golpeado físicamente. Entonces Nina se echó el velo hacia atrás y él gritó de angustia, protegiéndose los ojos como una criatura de la noche alejándose del sol.

¿Qué estaba pasando?

Lo único que Cerise podía hacer era mirar a su hermana y al padre Padron alternativamente en busca de alguna señal de qué había hecho que él cayera sobre sus rodillas. No lograba entenderlo. El pecho agitado y las manos temblorosas de Nina expresaban que ella estaba tan aterrada de él como él de ella.

¿Por qué se tenían tanto miedo?

Mientras Nina seguía de pie junto a él, el padre Padron la miraba entre sus dedos. Al principio, sus miradas eran furtivas, breves atisbos que se hicieron más largos y atrevidos hasta que bajó ambas manos y se enderezó hasta recuperar su estatura completa. Una sonrisa torció su boca, una tan llena de veneno que provocó escalofríos en la nuca de Cerise.

—Ya no funciona —le dijo a Nina, que se tocó el vientre redondo mientras retrocedía—. Tu poder sobre mí está muerto. —Le hablaba como si se conocieran, lo que no tenía sentido. Hasta que levantó la barbilla, triunfante, y añadió—: No volverás a seducirme.

Cerise se dio cuenta de lo que pasaba con una fuerza que sintió como un golpe que la dejó sin aliento. Se desplomó frente al altar, pero apenas se dio cuenta de que las rodillas le habían fallado. La verdad era demasiado grande para dejar espacio a sus sentidos. Se había equivocado, y mucho. No había sido su mamá quien había atraído la atención del padre Padron en Solon hacía tantos años.

Había sido Nina.

El suelo pareció inclinarse. Cerise se agarró a las baldosas, pero fue en vano. Todo su eje se había desplazado, y ahora no sabía hacia dónde era arriba. Su mamá era su abuela. Y su padre era su abuelo, lo que significaba que, después de todo, era una Solon.

Y su hermana…

Alzó la mirada hacia el vientre de Nina. Ahí se encontraba su hermano. Vio la cara de Nina el tiempo suficiente para ver un centenar de disculpas escritas en las líneas alrededor de su boca.

«Mi madre». Cerise no podía conciliarlo con la verdad. Su cerebro no se lo permitía. Nina negó con la cabeza para indicarle que el padre Padron no había hecho la conexión, aún no sabía que tenía una hija.

—Da igual que sepas el resto —dijo el padre Padron, con los ojos entornados fijos en Nina—. Esta es la razón de mi pecado, ella utilizó brujería para seducirme.

—No —susurró Nina—. Eso no fue lo que pasó.

—No lo niegues —dijo él con brusquedad—. Nadie más me ha tentado nunca. Incluso, cuando te conocí, no me impresionó tu cara. Pero tú no dejabas de buscarme, de llevarme pasteles dulces, sonriendo y mirándome con esos ojos, haciendo que fuera cada vez más difícil apartarme, hasta que mirarte me consumía. Invadiste todos mis pensamientos. ¿Cómo se explica eso si no es con brujería?

—Con amor —respondió Cerise, levantándose del suelo—. Hace que el encanto Solon sea más fuerte, por eso le fascinaba su rostro, porque la amaba. Pero ya no siente lo mismo, así que el encanto no funciona. —Cerise dio otro paso hacia delante, acercándose a él como si fuera un animal herido. No esperaba que la escuchara, pero cuando él frunció el ceño en señal de considerar sus palabras, ella vio su oportunidad y siguió hablando—. No ocurrió de la noche a la mañana, ¿verdad? La primera vez que la vio, pensó que era hermosa, pero nada más. Luego, a medida que la fue conociendo, se volvió cada vez más impresionante hasta que no podía soportarlo.

Su silencio le dio la razón.

—Conozco ese sentimiento porque yo también la amo —continuó—. Nina no quiere hacerle daño a nadie. Si quisiera, usaría su cara como un arma en lugar de ocultarla tras un velo. —Cerise sacó su collar de debajo del vestido y le mostró el colgante maltrecho que la había estado protegiendo desde su llegada al palacio. Ahora entendía de dónde había salido y por qué el padre Padron parecía tan agotado cada vez que le había salvado la vida: el colgante estaba unido a su energía—. Usted le dio esto, ¿verdad? Hizo un anillo y lo unió a su poder para protegerla. Quería mantenerla a salvo porque la amaba. La diosa no lo culparía por eso.

Durante dos largos latidos, Cerise contuvo la respiración y observó cómo el padre Padron digería sus palabras, sopesándolas contra la certeza a la que se había aferrado durante toda su vida. Conocía de primera mano el miedo a dejarse llevar, como caer hacia atrás sin un lugar seguro donde aterrizar. Sus ojos le daban esperanza, había una ventana abierta en su interior, apenas lo suficientemente amplia para que entrara una brisa de duda.

Sin embargo, al final, la ventana se cerró de golpe y, sin más, lo perdió.

—No lograste engañarme con lo de la llama negra, y tampoco te voy a creer una palabra hacer ca de ella. —Dirigió hacia Nina una mirada capaz de fundir el hierro—. Confesará haberme seducido y después le impondré un castigo.

Cerise miró el cuerpo de Cole, amoratado y ensangrentado por las torturas que había sufrido en la cámara oculta. Ya había atestiguado la idea que el padre Padron tenía de la justicia, y no permitiría que castigara ni siquiera a un insecto, mucho menos a su hermana. O a su madre, lo que fuera Nina en su vida no importaba, porque nada había cambiado. Amaba a Nina más que a la vida, más que a cualquier propósito o doctrina o profecía, e infinitamente más que al hombre que la había engendrado.

Sin dudarlo, Cerise desenvainó la Espada de Petros y se abalanzó sobre él, pero con un movimiento de la muñeca, el padre Padron lanzó la espada del otro lado de la habitación. Ella volvió a atacarlo, esta vez con una ráfaga de energía que lo hizo retroceder veinte pasos. El padre cayó al suelo y se deslizó hasta chocar con la pared posterior. Cuando se enderezó, estaba demasiado aturdido para contraatacar. Inhaló por la boca, pues sin duda podía percibir el sabor de la energía de Cerise y se preguntaba cómo era posible que una mujer controlara la magia.

Cerise no vio ninguna razón para no decírselo.

—No soy una hereje ni una hechicera —dijo y levantó la barbilla—. Pero soy hija de mi padre.

Él parpadeó una, dos, tres veces antes de comprender la verdad. Ver cómo se le iba el color de la cara le produjo una perversa sensación de satisfacción a Cerise. Él le había ocultado muchos secretos, pero en esta ocasión, en algo realmente importante, él era el último en saber.

—Imposible —murmuró Padron, mientras observaba su rostro exactamente de la misma forma como ella había estudiado el suyo momentos atrás.

—A mí tampoco me encanta —le dijo Cerise.

—Imposible —repitió—. Es mentira, tiene que ser mentira. Jamás me acosté con otra mujer. Si fueras hija mía, serías una primogénita, llevarías la maldición de tu madre.

Nina habló con voz temblorosa.

—Eran dos. El primer bebé nació dormido. —Miró a Cerise—. Tú fuiste la segunda.

—Imposible —volvió a murmurar el padre Padron.

Cerise repitió algo que Daerick le había dicho una vez, cuando ella había usado su fe como una venda para taparse los ojos de lo que la asustaba.

—Ignorar el sentido común no es fe, es estupidez.

En un instante, el rostro de Padron se endureció de rabia. Nina gritó una advertencia que llegó demasiado tarde. La energía del padre golpeó a Cerise en el pecho antes de que pudiera prepararse, pero en lugar de derribarla, la carga permaneció en su caja torácica, zumbando como un enjambre de abejas. Una extraña presión le recorrió la piel, como si la magia intentara penetrar en ella, porque así era. Con un grito ahogado, miró al padre Padron, estaba intentando detenerle el corazón. No debería haberla sorprendido, pero lo hizo. Él sabía que era su hija y, aun así, la despreciaba.

El colgante que descansaba sobre su vestido empezó a emanar calor. En un último acto de protección, dispersó la energía y se partió a la mitad. Cuando los trozos de metal cayeron al suelo con un ruido metálico, drenaron una ola de magia de su fuente de energía, y el padre Padron se escurrió contra la pared, debilitado por la fuerza de su propio ataque.

Cerise no le dio oportunidad de recuperarse, la mente del padre Padron ya no tenía salvación. La única forma de protegerse a sí misma y a sus seres queridos era matarlo, ahora que estaba débil. Estiró los brazos e imaginó que su energía rodeaba el pecho de Padron y le aplastaba el corazón, como él había intentado hacer con el suyo. La energía salía de ella a raudales, más rápido de lo que podía controlar. Cerise no estaba preparada para lo rápido que se agotaría su energía; pronto, le temblaron las manos y el labio superior se le perló de sudor. Intentó seguir, pero él bloqueó su magia y se apoyó en la pared para ponerse en pie.

Cuando él se levantó, ella se desplomó.

La habitación giraba a su alrededor. Tuvo fuerza suficiente para conjurar un escudo antes de su próximo ataque, pero tuvo que esforzarse mucho por mantenerlo en medio de una oleada de mareo y náusea. Oyó pasos que corrían y levantó la vista para ver que Nina recogía la Espada de Petros en el otro lado del santuario.

Nina se lanzó contra el padre Padron con un grito de guerra que resonó en los altos techos. Sin embargo, solo dio unos pasos antes de que él la arrojara a un lado, y cayó al suelo con un gemido de dolor, agarrándose el vientre hinchado.

Cerise se puso de pie y, al hacerlo, perdió la fuerza para soportar el escudo. El padre Padron aprovechó el desliz y creó un anillo de fuego a su alrededor. Las llamas se cerraron tan rápidamente que le quemaron la falda un segundo, antes de que volviera a protegerse. El padre Padron había creado un infierno. A través del fuego, ella alcanzaba a ver su rostro mientras las llamas parpadeaban y danzaban. Sonreía con una arrogancia que le apretó el estómago, tenía la mirada de alguien que sabía que había ganado.

—Terminemos con esto. Tengo una oferta para ti. —Separó las llamas lo suficiente como para que Cerise pudiera ver a Nina, que se apretaba la garganta como si la ahorcara un puño invisible—. Entrégate, confiesa tus pecados de herejía y hechicería. Acepta tu castigo y la dejaré vivir. Lucha contra mí y morirá donde está.

Cerise apoyó ambas palmas en el escudo y clavó la mirada en Nina. La respuesta llegó de inmediato. «Sí». Sí mil veces. Sabía cuál era el precio y lo pagaría. Cambiar su vida por la de Nina y el bebé era una ganga. Sin embargo, cuando abrió la boca para hablar, no emitió ningún sonido. Volvió a intentar gritar «¡Sí!», pero sus labios ni siquiera formaron la palabra.

La orden del rey de preservar su vida no permitía que se rindiera. Cerise sabía muy bien que el padre Padron la mataría si se entregaba, y por eso era físicamente incapaz de hacerlo.

Se pasó una mano temblorosa por el pelo, la peineta se le enterró en el cuero cabelludo. Tenía que encontrar una forma de liberarse de la orden de Kian. Cerró los ojos y quiso bajar el escudo, pero no podía controlar su propia magia; emanaba de ella en un torrente constante para alimentar la barrera protectora. Un sollozo brotó de su garganta. Cuando abrió los ojos, la cara de Nina se había puesto roja.

—¡No puedo bajar mi escudo! —gritó Cerise—. La orden del rey no me lo permite.

Padron se burló.

—No te creo.

—¡Es la verdad! Me ordenó que preservara mi vida por cualquier medio. Soy una sacerdotisa, estoy obligada a obedecerlo tanto como…

—¿¡Cómo te atreves a llamarte sacerdotisa!? —dijo Padron entre dientes—. No sé qué clase de abominación eres, pero no vivirás para oscurecer otro día. Ríndete ahora y salva a tu madre, o resístete y reúnete con ella en el infierno. Toma tu decisión.

Nina negó con la cabeza, no quería que Cerise renunciara a su vida. Sin embargo, esa decisión no le correspondía ni a Nina ni al rey. Le pertenecía a Cerise, y ella no quería vivir en un mundo donde no estuviera Nina.

—Juro que estoy diciendo la verdad —rogó Cerise—. ¡Déjala respirar! Está embarazada. Si la matas, el bebé morirá también.

El padre Padron levantó un hombro.

—Un hereje menos del que ocuparse más tarde.

Con los nervios desbordados de pánico, Cerise buscó la Espada de Petros. En cuanto la encontró, utilizó su energía para lanzarla por los aires hacia el pecho de Padron. Sin embargo, su poder estaba dividido, debilitado por sostener el escudo, y él apartó fácilmente la espada con un chasquido burlón de su boca.

—Estás perdiendo el tiempo, Cerise —dijo, señalando a Nina—. Y no le queda mucho.

Nina se hundió en el suelo, con los ojos desorbitados y llorosos. El miedo brillaba en su mirada, pero se llevó una mano al corazón y articuló: «Te amo».

—¡No! —Cerise golpeó con los puños el escudo que se había convertido en su jaula. Su mente buscaba otra solución a toda velocidad. Pensó en Nerón y lo llamó con la mente, pero sabía que sería imposible que llegara a tiempo. Acababa de empezar a concentrarse en Daerick cuando él mismo entró corriendo al santuario, seguido por el general Petros. Mientras abría los ojos al máximo al contemplar la escena, Cerise señaló al padre Padron.

—¡Mátenlo! —gritó.

El general se movió con la gracia del rayo, desenvainando una daga para atacarlo. Sin embargo, no tenía forma de percibir la energía que el padre Padron le disparó, y Cerise no tenía la fuerza suficiente para bloquearla. La daga estalló en la mano del general, y la fuerza del golpe lo lanzó al suelo con tanta violencia que lo dejó inconsciente.

Daerick se cubrió la cabeza.

—¡Ya vienen!

Los sacerdotes.

—¡No los dejen entrar! —gritó Cerise. Sacó el pergamino de su bolsillo, lo miró fijamente para formar una imagen mental de sus marcas, y luego le envió la imagen a Daerick con la mente. «Tradúcelo», le dijo. Rezó por que la información del pergamino le ayudara a romper la maldición. Era la única manera de liberarse de la orden del rey y cambiar su vida por la de Nina.

Mientras Daerick asentía y salía de su alcance visual, Cerise se arrodilló en el suelo para mirar a Nina entre las llamas; yacía de lado, mirándola con lágrimas en los ojos inyectados en sangre. Había una nueva calma en su mirada, la paz que desprende una luz que se consume. Cerise golpeó el suelo y le gritó a Nina que aguantara. Luego invocó la imagen de su última aliada en el castillo y rezó para que respondiera.

«Delora», llamó. «Deja salir a Azul de mi habitación y ven al santuario. Mata al padre Padron si puedes. ¡Hazlo ahora!».

—Esta es tu última oportunidad, Cerise. —El padre Padron se arrodilló para burlarse de ella, y una sonrisa retorció el rostro que alguna vez le había parecido tan apuesto—. El alma de tu madre no se quedará con nosotros por mucho…

Cerise reunió energía suficiente para lanzar un golpe a través del escudo y romperle la nariz, lo que hizo con enorme placer.

Mientras el padre retrocedía a trompicones y juntaba sangre en su mano ahuecada, Cerise escuchó a Daerick gritar.

—¡Los sacerdotes!

—¡Ya sé! —dijo Cerise—. ¡No los dejes entrar!

—¡No, son el elemento que falta! —gritó Daerick—. No fueron solo los Mortara quienes planearon la Gran Traición. Fueron los sacerdotes. Los sacerdotes no querían servir al pueblo, querían gobernar al pueblo. Querían poder, y por eso su maldición fue la esclavitud.

Cerise buscó la Espada de Petros en el suelo. Utilizando hasta la última gota de su energía, invocó la espada con la mano extendida. El arma se deslizó por las baldosas y atravesó el anillo de fuego. La empuñadura le quemó la palma al tomarla, pero ignoró el dolor. Se irguió y se encontró con la mirada del padre Padron mientras deslizaba la hoja sobre su antebrazo.

—Los sacerdotes de Shiera confabularon con la casa Mortara —dijo mientras su sangre resbalaba en la espada— para usurpar su sagrada autoridad y gobernar en su lugar. Por su traición fueron maldecidos con tener que servir a los caprichos de otros. Los sacerdotes siguen siendo indignos, pero esta sacerdotisa está arrepentida.

La espada brilló con la luz de diez soles, obligándola a cerrar los ojos.

La obligación de cumplir la orden del rey se desvaneció.

Lo había conseguido, había roto las maldiciones.

Ahora estaba libre de su vínculo de servicio con el rey, y no necesitó los ojos para soltar el escudo y lanzar un ataque contra su padre. Sintió la conexión con su túnica y volvió a golpear, obligándolo a retroceder. Ahora era más fuerte y controlaba su magia. Apagó las llamas y lo atacó de nuevo. Cuando él gritó y cayó al suelo, Cerise se tomó un momento para mirar a Nina a través del humo.

Sintió que sus brazos se quedaban sin fuerza. Era demasiado tarde.

Nina yacía exactamente en la misma posición que antes: con una mano delgada cerca de su corazón y la otra sosteniendo amorosamente su vientre. Tenía los ojos entornados y sin vista, los labios rojos entreabiertos como si se hubiera dormido, pero no estaba dormida, ni siquiera toda la magia del mundo podría cambiar eso.

«¿O sí?».

Cerise envainó la espada, corrió hacia ella y cayó de rodillas. Puso una mano sobre el pecho de Nina y canalizó su energía hacia su interior, deseando que su corazón volviera a latir. No ocurrió nada. Lo intentó una y otra vez, incluso se inclinó para insuflar aire en sus pulmones.

Nina no se movió.

Cerise se desplomó, mirándose las manos inútiles.

Tanto poder, ¿y para qué?

«¿Para qué?».

Todo este poder, y no pudo salvar a Nina.

En el momento anterior al dolor, se dio cuenta de lo hermosa que se veía Nina muerta. Incluso ahora que había roto la maldición, podía quedarse mirándola durante horas sin saciarse nunca.

Entonces llegó la pena.

Empezó como una punzada de dolor en la base de la garganta y se extendió en ambas direcciones; hacia la cara, donde le oprimió los ojos y le apretó las sienes, y hacia el pecho, donde le estrechó las costillas hasta que temió que se rompieran. Algo se movió y se quebró en su interior. Instintivamente, supo que jamás volvería a estar completa. Una parte de su vida había terminado, la parte más dulce. El tiempo del amor, la luz y la risa había terminado. Ahora existía en la oscuridad, con nada a su alrededor, solo vacío.

No había perdido simplemente a una madre o a una hermana. Había perdido el sol y todas las estrellas del cielo.

CAPÍTULO TREINTA Y DOS

Cerise se apartó del cuerpo de Nina con pasos temblorosos.

—Madre Shiera, señora de los mundos —se oyó decir, pero se le quebró la voz. No pudo terminar la oración por los difuntos, no estaba preparada para recitar esas palabras. Rezar por Nina significaría admitir que estaba muerta, y simplemente no podía hacerlo, todavía no.

Quizá nunca.

La rodearon ruidos y destellos de luz amortiguados, como si estuviera bajo el agua. En el extremo opuesto de la sala de oración, el movimiento de las telas y el ruido de zapatos le indicaron que los sacerdotes habían entrado al santuario. Kian se materializó a su lado, desnudo y sobresaltado por el caos en el que había aparecido: humo, cadáveres, el general Petros inconsciente, el padre Padron herido y los sacerdotes corriendo en su ayuda.

—¿Qué demonios pasa? —le preguntó Kian—. ¿De quién es esta sangre? ¿Qué está pasando? ¿Rompiste la maldición? ¿Por eso estoy aquí?

Sí, había roto la maldición. Junto con su corazón.

Le dio la espalda. No podía mirarlo a los ojos. Su parte lógica sabía que su orden le había salvado la vida. Si hubiera podido rendirse, el padre Padron la habría matado y probablemente también habría matado a Nina. Sin embargo, también sabía que su supervivencia había tenido un precio.

Le había costado el sol.

Kian la volteó hacia él, le rodeó la cintura con ambos brazos y la empujó hacia el suelo. El golpe hizo que volviera en sí.

Alzó la vista y vio que un ataque de magia desgarraba el aire donde estaba parada. El padre Padron se había puesto de pie, tambaleándose visiblemente mientras se apretaba una herida escarlata en el abdomen. La sangre manaba entre sus dedos, el sudor le cubría el rostro, su mirada se desenfocaba, pero, como la bestia salvaje que era, sus heridas lo hacían más peligroso todavía.

Cerise se puso de rodillas y se preparó para defender a su rey. Detrás de ella, escuchó que Kian le ordenaba al padre Padron que se retirara, palabras impotentes que fueron ignoradas. El padre Padron soltó una carcajada amarga; cuando Cerise se dio cuenta, sintió el sabor de la energía y su cuerpo se engarrotó en el suelo, donde estaba arrodillada. No se había defendido a tiempo. Su dolor la había vuelto lenta, pero no al padre Padron. Ya la había paralizado, empezando por las extremidades y yendo hacia los pulmones. Incapaz de moverse o respirar, vio a Kian en su visión periférica, estaba atrapado bajo el mismo encantamiento, congelado bajo la mirada de desprecio del padre Padron.

—Usted no me manda, «Alteza» —espetó el padre Padron—. Nunca más lo harás. Al final de esta noche, haré que desees haberte entregado a las sombras para toda la eternidad.

La pena abrió paso al miedo. A Cerise le dolía respirar, pero no podía llegar a su propia energía. De algún modo, Padron también la había paralizado. Acortó la distancia que los separaba y luego se inclinó hacia ella todo lo que le permitía su herida, para mirarla a los ojos, para saborear su sufrimiento. Apenas empezaba a esbozar una sonrisa cuando algo le golpeó el hombro con la fuerza suficiente para hacerlo girar. Cerise oyó que su carne se desgarraba y el encantamiento se rompió. De repente, Kian y ella eran libres.

Respiró hondo y alzó la mirada por detrás del padre Padrón, donde se encontró con Delora, que sostenía un arco y ya apuntaba una segunda flecha. Dos sacerdotes usaron su magia para desarmarla y, un instante después, ella estaba en el suelo boca abajo con las muñecas en la espalda, entonces, Azul se adelantó, gruñéndole al padre Padron.

Padron alzó un escudo a su alrededor, y Azul se detuvo en seco para rasguñarlo con las patas. Como no pudo penetrar la magia, corrió hacia Cerise y gimió de agitación. La violencia en el aire había despertado sus instintos depredadores y no parecía saber qué hacer consigo mismo. A lo lejos, una campana convocó a la guardia real y Azul echó la cabeza hacia atrás y lanzó un aullido salvaje.

—Suéltenla —les ordenó Kian a los sacerdotes señalando a Delora—. Su sumo sacerdote ha cometido traición. Ayúdenme a ponerlo…

—¡No harán nada de eso! —les ordenó el padre Padron a sus sacerdotes—. ¡Maten a la emisaria, a su bestia y a cualquiera que se interponga en su camino! —Se arrancó la flecha del hombro y la lanzó hacia Cerise—. ¡Cerise Solon es una hereje y una hechicera!

Al instante, Cerise alzó un escudo frente a ella, Azul y el rey. Ocultar su magia ya no era una opción.

Kian había arrancado una tira de tela de las cortinas y se la había atado a la cintura.

—Retírense —les repitió a los sacerdotes—. Y ayuden a la guardia real a…

—Kian Mortara ya no los manda —gritó el padre Padron—. Sus cadenas se han roto. ¡Pongan a prueba su magia y lo verán! No están bajo el control de ningún laico, ¡ni de ningún falso rey! Llegó el día que les prometí. El día en que reclamamos nuestro derecho divino a gobernar después de mil años de opresión.

Daerick gritó desde la entrada del santuario:

—La guardia real está en camino, y también todos los hombres y mujeres del palacio capaces de empuñar una espada. No creo que ninguno de ustedes quiera librar una batalla sangrienta aquí esta noche. Yo sé que yo no, pero a menos de que se arrodillen ante su rey, eso será lo que ocurra. Morirá gente. Y les garantizo que algunos de ellos serán ustedes.

Daerick acababa de terminar su advertencia cuando llegó el primer escuadrón de la guardia real. Decenas de soldados uniformados y armados con espadas y arcos se congregaron a las puertas del santuario, al parecer sin saber si debían entrar. Entre la multitud, Cerise pudo ver sirvientes, mozos de cuadra y cocineros, cada uno con un arma improvisada: una pala, un cuchillo de cocina, un rastrillo. Los trabajadores se miraban unos a otros, confundidos. Kian extendió la mano para detenerlos.

—Elijan cuidadosamente sus próximas acciones —les dijo Kian a los sacerdotes, que superaban en número a su guardia real. Aunque llegaran más guardias, sus espadas y flechas no podrían igualar la magia combinada de la Orden.

Daerick tenía razón, moriría gente si los sacerdotes se volvían contra el rey. El cuerpo de Cerise se entumió cuando su mirada se dirigió de nuevo a Nina. Todos ellos podrían morir si los sacerdotes se volvían contra el rey.

—La pena por traición es la muerte —continuó Kian—. Obedézcanme y reúnanse con mi guardia, y todo será perdonado.

—Su fe es su rey —les dijo el padre Padron a sus hombres—. La diosa les ha dado la libertad para que cumplan su voluntad, permitan que ahora se haga su voluntad. La emisaria es una abominación, pueden ver la magia prohibida que usa para protegerse, nuestro deber es acabar con ella y con cualquiera que se interponga en el camino de la justicia divina.

—¿La justicia divina? —gritó Cerise. Las partes entumidas de su cuerpo empezaron a llenarse de calor. Señaló a Cole y luego a Nina—. Su sumo sacerdote es un asesino y un hipócrita. Mató a una mujer inocente con un niño en su vientre.

—Cole Solon mató a la mujer —mintió descaradamente el padre Padron—, porque ella llevaba a su bastardo. No pude detenerlo, pero lo eliminé por sus crímenes.

La rabia hervía en la sangre de Cerise, cada parte de ella se sentía a punto de arder.

—¡El único bastardo que esa mujer llevó dentro era el tuyo, Padron!

Se produjo un jadeo colectivo.

—Esa mujer era mi madre —gritó Cerise, señalando a Nina—. Y este es el hombre que le robó el corazón y me engendró —señaló al sumo sacerdote.

—¡Mentira! —gritó el padre Padron.

—¡Ojalá fuera mentira! —gritó Cerise—. ¡Odio que tu sangre corra por mis venas! Pero así es. —Para demostrarlo, conjuró una llama sobre su mano—. ¿De dónde creen que viene mi magia?

—De la brujería —espetó el padre Padron—. Te condenas a ti misma con tus palabras.

Ella lo ignoró y se dirigió a los sacerdotes. Por una vez, sabrían a qué clase de hombre servían. El fuego de su furia la envolvía, la consumía.

—Él mató a mi madre para ocultar su secreto. Asesinó a Cole Solon después de utilizarlo para envenenar a los difuntos reyes. Y cuando la madre Strout descubrió su traición, también la envenenó. Su maldad no tiene límites. No puedo detenerlo sola, pero podemos detenerlo juntos, tienen que ayudarme.

—¿Ayudarte? —preguntó el padre Padron, burlándose—. ¿A una hereje que diría cualquier cosa para salvarse?

—No necesito que me salven. —Cerise desenvainó la Espada de Petros—. La diosa me confió el arma más destructiva de toda la creación, a mí, no al padre Padron, porque solo yo soy digna de blandirla. —Mientras hablaba, la hoja empezó a desvanecerse, exactamente igual que las runas del ocaso, y la sostuvo en alto para que todos pudieran ver su último destello—. Shiera me concedió su favor para que pudiera romper las maldiciones de los nobles. Ella guio mi camino y me bendijo a cada paso del viaje. Esa es la voluntad de la diosa. —Cerise hizo una pausa—. Escuchen a sus corazones. ¿A quién creen que ella querría que siguieran? ¿A una sacerdotisa creada a su imagen y semejanza o a un hombre que pervierte su magia sagrada utilizándola para torturar y asesinar a inocentes?

Kian se puso a su lado y la tomó de la mano. Para cualquiera que estuviera mirando, el gesto probablemente parecía un acto de solidaridad. Sin embargo, había amor en su tacto, una manera de decirle «lo siento, y estoy aquí para ti» en silencio, con el calor de su palma y las caricias de su pulgar contra su muñeca. Ella lo apretó a su vez, mientras posaba la otra mano sobre la cabeza de Azul. De no ser por ellos dos, no sabía cómo podía tener fuerzas para mantenerse en pie.

Cuando recorrió con los ojos a la multitud de sacerdotes, se encontró con docenas de miradas frías y duras de los hombres cuya lealtad pertenecía al padre Padron. Incluso en ese momento, sabiendo todo el mal que había hecho, estaban dispuestos a pasar por alto sus crímenes a cambio de lo que les hubiera prometido. Había más tipos como él de lo que ella hubiera esperado. Las palabras de la Reverenda Madre resonaron en sus oídos. «Hombres sin nombre ni rostro que sirven a falsos ídolos». No era la Tríada, era la Orden.

Algunos grupos de hombres intercambiaron miradas cautelosas entre sí, dudando si actuar o no, claramente divididos entre la traición que el padre Padron les había pedido que cometieran y el riesgo que corrían si se negaban a hacerlo. Cerise recordó lo que Cole le había dicho: que había elegido ser aliado del padre Padron en lugar de su enemigo. Solo podía esperar que los sacerdotes fueran más valientes de lo que había sido Cole.

Mientras los hombres luchaban con su moral, un sacerdote retrocedió y caminó enérgicamente para reunirse con la guardia real a las puertas del santuario. Cerise lo reconoció, era el padre

Bishop. Contuvo la respiración y rezó en silencio para que otros hombres siguieran su ejemplo, para que su valentía los animara a hacer lo correcto; pero al final, todos los demás sacerdotes permanecieron en la sala. Uno a uno, cada hombre tomó su decisión hasta que todos se pusieron de pie y juntaron sus manos frente al padre Padron, declarando colectivamente su lealtad a la Orden.

Los sacerdotes habían escuchado a su corazón y habían elegido la cobardía.

Avergonzaban a la poderosa diosa a la que decían servir.

—¡Lucho por el rey y su sacerdotisa! —gritó una joven entre la multitud que se había congregado detrás de la guardia real. Otras voces clamaron en apoyo.

Kian miró a Cerise.

—¿Estás lista, mi amor?

Cerise asintió.

—Si sobrevivimos al Pico Asolado, podemos sobrevivir a esto. —Entonces dejó caer el escudo.

Los sacerdotes formaron un grupo cerrado y trabajaron juntos para alzar su propio escudo, pero Cerise estaba preparada y utilizó su energía para derribarlo. Entonces Kian dio la señal a su guardia real para que atacara, y el santuario estalló en caos. El batallón rodeó a los sacerdotes y atacó a los hombres de la periferia, que se apresuraron a defenderse con su magia limitada. Se podía derrotar a un solo sacerdote, pero colectivamente eran imparables, por lo que Cerise centró sus esfuerzos en impedir que reunieran su energía. Azul ladró y gruñó, tensándose sobre sus patas traseras, casi rogándole que lo soltara entre la multitud.

—Ve —le dijo Cerise, y al instante se lanzó a la refriega y descargó contra su primera víctima.

Daerick corrió al lado de Kian y le entregó una espada, y los dos se unieron a la lucha. En el breve momento en que Cerise los miró y se apartó de la batalla, uno de los sacerdotes mató a un guardia y utilizó magia para duplicar su arma, dos espadas, luego cuatro, ocho, dieciséis, hasta que hubo más sacerdotes armados que desarmados, y entonces el sonido del metal entrechocando llenó el santuario, salpicado de gritos feroces y gemidos de dolor. El sabor de la magia y el olor a sudor espesaron el aire, y entonces Cerise se dio cuenta de una cosa: había perdido de vista al padre Padron.

Buscó su túnica dorada entre el caos del santuario. Al no encontrarlo, se arrodilló y buscó su cuerpo en el suelo. Lo único que quedaba del padre Padron eran unas huellas ensangrentadas que conducían a una puerta lateral.

Cerise respiró esperanzada. Padron jamás habría abandonado la lucha a menos que se encontrara vulnerable, y a juzgar por el rastro de sangre que había dejado, no había podido curar sus heridas. Tal vez la magia infundida en la Espada de Petros lo hubiera impedido. De ser así, significaba que era su oportunidad de acabar con él, de cortarle la cabeza a la bestia y devolver el equilibrio a la sagrada Orden de Shiera.

Cerise miró a Kian cuando clavaba su espada en el pecho de un oponente. No necesitaba su ayuda, al menos por ahora, así que aprovechó el momento y fue tras el padre Padron. Se agachó y siguió el rastro de sangre hasta la puerta lateral, empujó la puerta y la dejó parcialmente entreabierta, lo suficiente para que pudiera seguir viendo la batalla al otro lado.

Cuando sus ojos se adaptaron a la luz de la luna, entró a lo que parecía un jardín privado. La hierba cortada se extendía a lo largo de aproximadamente la mitad de la sala de oración, bordeada por setos altos y frondosos que ocultaban el espacio. Era un jardín sencillo, sin enredaderas en flor ni fuentes. Lo más destacado del espacio era un pequeño carruaje que descansaba en un rincón, atado ya a un par de caballos.

Una figura sombría iba cojeando hacia el carruaje. Sus pasos eran torpes y desiguales, se agarraba el costado con una mano mientras que la otra colgaba inerte del hombro donde había recibido la flecha. Había estado a punto de escapar.

Cerise apretó la mandíbula. El padre estaría decepcionado.

Atravesó el pasto alzando las manos hacia los setos para que extendieran sus ramas y cubrieran las ruedas del carruaje. Una rama tras otra fue brotando, cada vez más gruesas, hasta que no quedó ni un atisbo de madera o metal.

—No irás a ninguna parte —dijo—. Excepto de vuelta con la diosa, ahí ella podrá impartir la justicia que mereces.

El padre Padron se dio la vuelta y se apoyó en los setos. Aunque estaba débil y sangrando, se rio de ella, una reacción que le pareció extraña. Fue entonces cuando se dio cuenta de su error: él había previsto que ella lo seguiría.

La había atraído hasta allí, le había tendido una trampa, y Cerise había caído en ella.

En el espacio que la rodeaba se formó un cilindro invisible y luego se empezó a llenar de tierra desde el suelo hacia arriba. Parecía que el padre Padron no tenía fuerzas para detenerle el corazón, así que pretendía asfixiarla.

Pensando con rapidez, conjuró una burbuja de aire alrededor de su cabeza. La tierra subió hasta su cara, bloqueándole la vista. Cerise se imaginó que el cilindro estallaba. Cuando no funcionó, visualizó que abría un agujero en el fondo del cilindro lo suficientemente ancho como para arrastrarse por él. Tardó dos intentos en atravesar la magia del padre Padron y otros dos intentos antes de conseguir escurrirse hacia el suelo. Se levantó, se sacudió la tierra del cuerpo, y vio que la mitad de las ruedas del carruaje ya estaban al descubierto.

—Te lo dije —gritó—, no irás a ninguna parte.

Volvió a entrelazar los setos, esta vez atrapando al padre entre las ramas. Se le hizo agua la boca con el sabor metálico de la magia. Podía asfixiarlo, hacerlo sufrir la misma muerte que Nina. «Sí», decidió. Sin embargo, cuando quiso que las ramas le rodearan la garganta, un aullido agudo resonó en el interior del santuario y Cerise se volteó hacia el sonido.

«Azul».

Entornó los ojos para mirar a través de la puerta abierta, pero el aire se había vuelto brumoso y no podía distinguir del todo a Azul a esa distancia. Parecía que se estaba retorciendo en el suelo, rodeado por las sandalias de los sacerdotes.

Cerise se preparó para correr hacia él, pero dudó. El padre Padron no volvería a estar tan débil, era su oportunidad de acabar con él, de hacerle pagar por lo que le había hecho a Nina. Si se iba a luchar contra los sacerdotes, tal vez no tendría fuerzas para matarlo cuando regresara.

Todavía estaba indecisa, cuando Azul aulló agónicamente, y la decisión se tomó por sí sola. Rodeó al padre Padron con otra maraña de ramas para mantenerlo donde estaba, se dio la media vuelta y corrió hacia el interior del santuario.

La habitación estaba en ruinas.

Alguien había volcado el fuego sacrificial contra las cortinas, que se habían incendiado, así que el aire estaba lleno de humo. Siluetas corrían de un lado a otro, pero no podía distinguir de quién se trataba. Se arrodilló para mirar por debajo de la bruma y se acercó a Azul a rastras. Contó diez pares de pies a su alrededor, demasiados sacerdotes como para que pudiera luchar contra ellos sola. Entonces se fijó en los rostros de los caídos para reconocer algunos.

Frente a ella estaba el padre Bishop con el cuello roto, y a su lado yacía la dulce Alondra, la joven sirvienta pecosa que le había trenzado el cabello, ahora muerta, con los ojos abiertos y sin luz, exactamente igual que los de Nina. Otra muchacha de no más de quince años yacía tendida bajo el peso de una piedra que un sacerdote había arrojado sobre su pecho. Las sandalias de los sacerdotes pisoteaban a las niñas muertas mientras más hombres se reunían para rodear a Azul y combinar su magia en su contra. Cuando uno de los sacerdotes pisó la cara de Alondra, Cerise sintió que el corazón se le partía en dos y comprendió algo que se le había escapado antes.

Alondra no significaba nada para el sacerdote, no valoraba su vida. No la respetaba en la muerte. Y jamás lo haría. Ninguno de los sacerdotes lo haría.

Eso era lo que ocurría dentro de la Orden. Ellos eran los mismos hombres que habían rechazado a Cerise para favorecer a un monstruo de su propia especie. Nunca la aceptarían como sacerdotisa, porque para ellos las mujeres eran objetos que había que domar y controlar o, de lo contrario, eran amenazas que debían eliminar. Ni siquiera la diosa había sido la excepción. Los sacerdotes de antaño habían resentido el poder de Shiera tan profundamente que habían tratado de apagar su llama. Mil años después, la Orden aún no había aprendido, aún no había cambiado, preferían extinguir la llama de una mujer antes que soportar su calor.

«Como es arriba, así abajo. La llama que buscas apagar te consumirá».

Cerise por fin comprendió su propósito. No era restablecer el equilibrio en la Orden, sino arrasarla y construir algo nuevo.

Dirigió la mirada hacia los murales encantados del techo. A través del humo, se encontró con el lado vengativo del rostro de Shiera: un ojo centelleante, el labio superior torcido sobre un colmillo letal. Cerise no se encogió ante la visión, por primera vez en su vida, comprendió el valor de la rabia sobre la piedad.

—Madre Shiera, señora de los mundos —gritó con una voz que igualaba la furia de la diosa—. Tú eres la oscuridad y la luz, el equilibrio en todas las cosas. Predijiste que dar más poder a tu propio sexo crearía inestabilidad, y por eso favoreciste a los sacerdotes con magia. Pero ahora, el equilibrio se ha perdido. El poder los ha podrido. Usan su don sagrado para dominar y asesinar a tus hijas. Escúchame, hazme tu portadora. Castiga a mis enemigos y a los tuyos. ¡Lléname con tu llama, y que sean consumidos!

Del altar en llamas brotó un fuego de ébano. Cerise se arrancó la cadena dorada que Nina le había dado, la arrojó al suelo y le ordenó que se alargara y rodeara el tobillo de todos los sacerdotes que quedaban en pie. Luego alzó una mano hacia el altar en llamas y se imaginó un vínculo entre ella y las flamas. Después, Cerise se abrió como un conducto y canalizó las llamas a través de su cuerpo hasta el collar de metal.

Un calor abrasador fluyó a través de su cuerpo. La llama negra pareció hervir la sangre de sus venas. Gritó de dolor y todos sus miembros temblaron mientras mantenía la conexión. En toda la sala, los cuerpos de los sacerdotes se endurecieron y cayeron. El olor a pelo y carne quemados se elevó por encima del humo. Aun así, Cerise pidió a la diosa que le diera más fuego, más venganza, hasta que cayó el último sacerdote y ella rompió el vínculo.

Se desplomó sobre las baldosas. Tras las muertes repentinas, se oyeron gritos de confusión, seguidos de botas que se retiraban. Cerise se arrastró hasta el cuerpo de Azul y rozó suavemente su piel con la mano. Tenía la lengua derramada hacia un lado y los ojos en blanco. Ni siquiera intentó incorporarse, y eso fue lo que más le asustó. Los sacerdotes lo habían herido en lugares que ella no podía ver.

Lanzó una mirada a la puerta del jardín mientras acariciaba la cabeza de Azul.

—Aquí estoy, mi dulce chico —murmuró—. Ya no pueden lastimarte. —Cerró los ojos y vertió lo que le quedaba de energía en el cuerpo de Azul, imaginándose que sus huesos rotos se arreglaban y sus tejidos cercenados volvían a unirse. Le dio todo lo que tenía y, con su última gota de magia, lo hechizó para que durmiera y no sufriera.

En cuanto curó a Azul lo mejor que pudo, se puso de pie y se balanceó un momento, agarrándose de los muslos para apoyarse. Las cortinas habían terminado de quemarse y, sin nada más en la sala de oración que ardiera, el aire empezaba a despejarse. Siguió su propio rastro de tierra hasta el jardín. En el camino, pasó junto a una espada tirada y la recogió, pero tenía pocas esperanzas de utilizarla. Se había ido demasiado tiempo, el padre Padron era demasiado listo para quedarse donde ella lo había dejado.

Salió y dejó caer los hombros. El carruaje había desaparecido y los setos se habían convertido en montones de hojas. Ni siquiera se molestó en acercarse al muro de setos para otear el horizonte en busca de Padron. Aunque supiera en qué dirección se había ido, estaba demasiado débil para cabalgar tras él. Clavó la espada en la hierba y alzó la cara hacia la luna.

Esa noche, había roto más que una maldición.

Había roto todo lo que importaba.

CAPÍTULO TREINTA Y TRES

El sol salió a la mañana siguiente y la vida continuó. Quienes murieron en la batalla ya habían sido trasladados al templo para preparar su entierro. Quienes sobrevivieron trabajaban en la reparación de los daños. Las sirvientas del palacio aireaban las alfombras ahumadas y tallaban la sangre de las baldosas, mientras los guardias reales fortificaban las ventanas y las puertas ante la posibilidad de un ataque.

El palacio era vulnerable por primera vez en mil años. Su principal fuente de protección había desaparecido, incluyendo al padre Padron, cuyo carruaje abandonado había sido encontrado en las afueras de la ciudad. Nadie sabía adónde había ido desde allí. Kian y el general Petros habían reunido aliados y tropas, y habían enviado partidas de búsqueda con órdenes de matar al padre Padron en cuanto lo vieran. Con respecto a los sacerdotes sobrevivientes de los templos del reino, hombres como el hermano de Daerick, habían sido convocados al palacio para entrevistarse con la suma sacerdotisa de Shiera y determinar su lugar en la nueva Orden.

Suma sacerdotisa de Shiera, ese era el título de Cerise.

Ahora tenía que ganárselo, lo que significaba que tenía que reunir fuerzas para levantarse del piso del santuario. No se había movido del lugar donde se había acurrucado entre Azul, que seguía durmiendo, y Nina, que nunca despertaría. En algún momento de la noche debió quedarse dormida, porque su cabeza estaba apoyada sobre el regazo de Delora, y no recordaba cómo había sucedido.

Delora tarareaba distraídamente mientras acariciaba el pelo de Cerise. Llevaba un rato haciéndolo, y a Cerise le gustaba, tanto por el consuelo como por el ritual que observaba en permanecer quietas. Delora era la única otra persona que se había detenido, que no había seguido con su mañana como si Nina nunca hubiera existido. Kian había venido a verla una o dos veces, pero no se había quedado mucho tiempo. Cerise lo comprendía, sobre todo cuando el palacio esperaba seguridad y liderazgo de él. Daerick estaba investigando algo, y todos los demás se afanaban en sus tareas.

Era un sacrilegio. ¿Nadie se había dado cuenta de que ese día había menos belleza en el mundo? ¿Menos dulzura? ¿No se habían despertado con un poco más de frío bajo sus cobijas?

—No crees que… —Delora se aclaró suavemente la garganta—. Bueno, que tal vez sea tiempo de…

—No. —Cerise extendió la mano y agarró la de Nina. Estaba fría, así que la soltó con la misma rapidez—. Todavía no, por favor.

—Está bien —murmuró Delora.

—Necesito un poco más.

—Está bien —repitió Delora.

Pero no estaba bien. Alguien del palacio había viajado durante la noche como cortesía para notificar a sus padres de la muerte de Nina, pero los restos de Nina le pertenecían a su marido, pronto vendría de Calatris para llevársela. Luego la encerraría en una tumba con su primera esposa, y Cerise ni siquiera tendría una tumba que visitar.

Tan solo de pensarlo le dolía el pecho, con una tensión que no cesaba de aumentar sin tregua. Le recordó lo que Kian le había dicho una vez: «Tienes demasiado amor en ti. Si no encuentra una salida, podrías explotar». Exactamente ese era el problema: todo el amor que sentía por Nina estaba atrapado sin salida en su interior.

—Tenías razón —le dijo Delora, inclinándose ligeramente a un lado para mirar a Nina—. Proyecta una sombra sobre la belleza.

Cerise asintió.

—Se nota que te quería. —Delora reanudó sus caricias—. Lamento mucho que la hayas perdido. Yo sé lo que es perder a una madre.

«Una madre».

El término aún sonaba extraño en los oídos de Cerise. Apenas había tenido tiempo de pensar en Nina como madre antes de que el padre Padron se la arrebatara. Le había quitado mucho a ella, pero a Nina le había quitado aún más. Le había robado su amor, le había quitado su felicidad y su seguridad, había truncado su vida y, al hacerlo, había matado al bebé que ella había deseado durante tanto tiempo. En cierto modo, incluso le había quitado a Cerise. Por su culpa, Nina había tenido que fingir ser hermana de su propia hija.

No era justo.

Cerise apoyó la palma en el vientre redondo de Nina y se preguntó si sería cierto lo que Nina había dicho sobre que eran dos. ¿Su hermano o hermana mayor realmente había muerto al nacer, o Nina había escondido al bebé con otra familia? ¿Padron también le había robado a ese bebé? Cerise les preguntaría a sus padres si sabían la verdad; sin embargo, por lo reservada que había sido Nina, lo más probable era que sus secretos hubieran muerto con ella.

—Siento que apenas la conocía —dijo Cerise—. Y ahora nunca la conoceré, se ha ido. La persona que más me amaba en el mundo se ha ido. —Nina había sido tan valiente al ir al palacio. Se había puesto al alcance de su mayor terror porque su amor había pesado más que su miedo. Y Cerise había la obligado a salir de su habitación, la había obligado a entrar en las fauces de la serpiente.

—Se pasó media vida protegiéndome —susurró—, y yo no pude mantenerla a salvo ni un solo día.

—No digas eso —le pidió Delora—. No conocí a Nina, pero sé que no querría que te culparas, y definitivamente no querría que te sintieras sola. Mucha gente te ama: tu familia, tus amigos y Kian. Él está… —Se interrumpió al oír pasos que se acercaban y terminó la oración con gracia— …aquí otra vez para ver cómo estás.

Dos botas negras y brillantes, y unas piernas con pantalones de montar se detuvieron frente a Cerise, y Kian se arrodilló y le impidió ver a Nina.

—Me temo que llegó la hora, mi amor —le dijo—. Su carruaje está aquí. Tienen que prepararla para el viaje a casa.

—A casa —repitió Cerise. Para eso había ido Nina al palacio—. Quería llevarme a casa con ella, pero yo no quise dejarte.

Kian extendió una mano hacia su cara, pero se detuvo antes de tocarla.

—Ojalá pudiera devolvértela. Si pudiera, cambiaría mi lugar con ella.

«¿Cambiaría su lugar con ella?».

Cerise dirigió la mirada hacia él con brusquedad. Era la primera vez que veía su cara desde la noche anterior, y se veía terrible, tenía los ojos enrojecidos y cansados, rodeados de ojeras de cansancio. A pesar de eso, encendió su ira. Kian sabía que su orden de sobrevivir la había obligado a ver morir a Nina. Entonces, ¿cómo podía desear hacer el mismo sacrificio que no le había dado la oportunidad de hacer a ella?

—No tienes derecho a decir eso—le dijo—. Fui yo la que tuvo que verla morir, no tú. Era yo la que la amaba, no tú. No me hables de cambiar de lugar con ella cuando tú me quitaste esa opción.

—Cerise —intervino Delora detrás de ella.

—No, está bien —dijo Kian, pero no era cierto. Se había puesto pálido y su garganta se agitó al intentar tragar saliva—. Padron te mintió, Cerise, tienes que saberlo. Nina y tú eran la prueba viviente de su secreto más oscuro. Solo podía borrar ese secreto eliminándolas a las dos. Aunque te hubieras rendido, habría matado a Nina de todos modos. Habrían muerto dos en lugar de una, y tú no habrías roto la maldición ni lo habrías obligado a esconderse ni habrías derrotado a la Orden. No habrías sobrevivido para salvarnos a todos.

Una vocecita le decía a Cerise que él tenía razón. El padre Padron no había cumplido su promesa con Cole, y tampoco lo habría hecho con ella. Pero la herida estaba demasiado fresca y el dolor era demasiado intenso, tenía que desahogarse. Endureció la mirada.

—Al menos ya no me controlas.

Los ojos de Kian brillaron de dolor, pero no disminuyó el de Cerise. En todo caso, la presión que sentía en el pecho aumentó al saber que había herido a Kian. El rey pareció encogerse un momento antes de apartarse de ella. Se metió la mano en el bolsillo y se inclinó sobre la cabeza de Nina. Cerise no comprendió lo que estaba haciendo hasta que oyó un ruido de corte y lo vio meter un rizo de cabello castaño dentro de un medallón ovalado que colgaba de una fina cadena dorada.

Todavía de espaldas, Kian le entregó el collar.

—Era de mi madre. Pensé que te gustaría tenerlo. Ahora una parte de Nina siempre estará contigo.

Cerise se quedó mirando el medallón mientras su mirada se llenaba de vergüenza. Había herido a Kian a propósito y, a cambio, él le había dado un recuerdo de su propia madre. Qué rápido había olvidado que él también había perdido a su madre, y a manos del padre Padron.

—Gracias. —Cerise demoró el contacto con Kian cuando aceptó su regalo, incitándolo a mirarla. No hubo necesidad de palabras cuando sus miradas se encontraron. Intercambiaron disculpas con una sola mirada, cada uno comprendiendo al otro. Él lamentaba su pérdida, pero no se arrepentía de haberla obligado a sobrevivir. Ella lamentaba haberlo culpado, pero no estaba dispuesta a admitir que nada podría haber salvado a Nina. Así que, de momento, hicieron las paces.

—De nada —le respondió Kian.

Se apartó para que Cerise pudiera despedirse.

Cerise cerró los ojos. Decidió no recordar a Nina así, con las mejillas descoloridas y el exquisito rostro congelado por la muerte. Después de todo lo que el padre Padron le había robado, se negaba a que también enturbiara su recuerdo de Nina. Invocó la imagen que más atesoraba: la Nina sonriente, de ojos brillantes, que amaba ferozmente. Esa era su Nina, el lado secreto de la belleza velada que pocos habían visto y que nadie podía arrebatarle.

—Adiós, Nina —dijo—. Gracias por amarme.

Buscó a tientas el velo de Nina y lo bajó por última vez. Entonces, se enfrentó por fin a la tarea que había estado evitando. Se puso de rodillas, levantó la cara hacia el techo y recitó la oración por los difuntos.

—Madre Shiera, señora de los mundos —gritó Cerise tan alto y claro como le permitía su voz enronquecida por las lágrimas—, por favor, acoge a tu sierva Nina en tus brazos y concédele misericordia por cualquier ofensa que haya cometido en contra tuya. —Un nuevo sollozo le estrechó la tráquea. La oración estaba completa, pero en lo más profundo de su pecho sentía que se amontonaban las palabras no dichas, una presión que no podía contenerse, así que rompió con la tradición y suplicó a la diosa desde su corazón.

—Sé que la oscuridad es tan sagrada como la luz. Sé que el dolor es tan necesario como el placer. Sé que muchos de tus fieles siervos han muerto de forma cruel e injusta, pero no así. Nina era la mejor de tus hijas. Era fuerte, leal y bondadosa, una mujer hecha a imagen de una diosa poderosa, hasta que un hombre le arrebató la vida. No fue un simple hombre, sino un sacerdote impío e indigno que resentía su llama tanto como los sacerdotes de hace mil años resentían la tuya. Ese hombre no merecía pararse ante el calor de Nina, y mucho menos robárselo. No dejes que gane. Que haya justicia para Nina. Eso es lo que te pido.

—Yo también lo pido —murmuró Kian y la tomó de la mano.

—Yo también —dijo Delora.

Cerise se secó los ojos con la manga. No sabía qué lado de Shiera podía estar escuchándola ese día. Pero fuera por la misericordia o por la ira, esperaba que su plegaria haya sido atendida.

CAPÍTULO TREINTA Y CUATRO

Como ya no quedaba nadie que la reprendiera, ese día Cerise se vistió con una túnica de lino vaporosa y pantalones, y luego se hizo en la nuca una trenza sencilla que era más propia de una sirvienta que de una dama del templo. No le importaba. Ahora era la suma sacerdotisa de Shiera y podía hacer lo que quisiera. No iba a volver al templo, ni entonces ni nunca, y para demostrarlo, sacó sus vestidos blanco con negro del armario y los arrojó por el balcón. Cuando el último vestido cayó tras el barandal, se puso unas sandalias y regresó al santuario para ver si Azul había despertado.

Intentó evitar que su mirada se desviara hacia el lugar vacío dentro de la sala de oración donde había estado el cuerpo de Nina, pero naturalmente ese fue el primer lugar al que miró. Su castigo fue una pulsación profunda. Las baldosas del suelo estaban relucientes, sin rastro de fuego o de muerte. El santuario parecía el mismo de siempre, de no ser por las cortinas que faltaban… y la presencia de un enorme perro que roncaba en medio de la habitación.

Cerise se arrodilló junto a Azul, con una mano sobre su cabeza lo hizo despertar lentamente, para que su mente se reanimara, pero su cuerpo siguiera descansando. Conforme su magia entraba a su cuerpo, aunque sus ronquidos se calmaron, sus párpados se agitaban. Azul abrió y cerró los ojos varias veces antes de estar alerta y enfocar la mirada. Primero miró el suelo y las paredes, como para orientarse. Cuando por fin observó el rostro de Cerise, agitó su rabo regordete con fuerza contra las baldosas con golpes sordos.

Cerise sonrió.

—¿Te sientes mejor?

Los golpes se aceleraron.

—Bien. Vamos a ponerte en pie. —Despertó el resto de su cuerpo y le advirtió—: Levántate despacio, no saltes.

Al instante, saltó sobre sus enormes patas y sacudió su pelaje. Arqueó la espalda para estirarse y luego dio saltos de emoción como si esperara que ella le lanzara un palo. Cerise se rio y se tapó la boca con una mano. Parecía demasiado pronto para reírse, era casi como una traición. Sin embargo, sus costillas seguían temblando y cada carcajada liberaba tanta presión de su pecho que se negó a contenerla. Alborotó la cabeza de Azul y se rio hasta que le dolió el estómago. Entonces, el estómago del perro retumbó lo suficientemente fuerte como para hacer temblar el suelo.

—Curarse es un trabajo duro, no me extraña que tengas hambre. Vamos —dijo, poniéndose de pie—. Si nos apuramos, puede que queden salchichas del desayuno.

Cruzó el umbral hacia el pasillo al aire libre, donde la esperaba un guardia del palacio que se rascaba la quijada y miraba hacia el santuario como si no supiera si podía entrar o no ahora que los sacerdotes se habían ido.

—Mi señora —la saludó—. ¿O debería decir Excelencia?

Cerise negó con la cabeza. Se negaba a que la llamaran Excelencia, le recordaba demasiado al padre Padron o a la Reverenda Madre.

—Mi señora es suficiente.

—Muy bien, mi señora —le dijo el guardia—. Detuvimos a un joven a las puertas del palacio. Dice que ha venido a verla.

—¿Un joven? —preguntó Cerise.

—Sí, un muchacho de la zona, por su aspecto. Alto, fuerte como un toro, no muy hablador. Dice que usted lo convocó.

Cerise respiró hondo. Nerón.

—Es cierto, así es. ¿Dónde está ahora?

—En la puerta principal, mi señora.

—Me reuniré con él ahí —dijo mientras el estómago de Azul gruñía todavía más fuerte que antes—. ¿Podría llevar a Azul a las cocinas y pedir que le den todas las salchichas que puedan? Si no hay suficientes salchichas, pollos crudos servirán.

El guardia echó una mirada cautelosa hacia Azul, que probablemente pesaba diez piedras más que él.

—Se portará de maravilla —prometió Cerise—. ¿Verdad, mi dulce chico?

Azul aulló en respuesta y luego se paró junto al guardia, ansioso por su desayuno. Los dos se fueron hacia las cocinas, y Cerise se dirigió hacia la puerta principal.

Pronto identificó a Nerón a lo lejos, caminando junto a Kian y el general Petros. Observó que el grupo avanzaba por el sendero bordeado de árboles que conducía al castillo. Ninguno de ellos había reparado aún en ella, y la imagen le recordó una tarde que habían pasado cazando conejos en la montaña. Los había visto regresar de la cacería y había sonreído por lo infantiles que le habían parecido entonces, balanceando los brazos, con las pieles sobre los hombros y la cabeza inclinada hacia atrás, riendo.

Ahora no se reían.

Nerón tenía los hombros rígidos y tensos. Estaba claro que se había enterado de la batalla con los sacerdotes y lo que era más importante, de que el padre Padron había escapado a la ciudad. Ahora era libre de usar su magia como quisiera. La amenaza de un sacerdote renegado preocuparía a cualquier persona racional, pero tenía que preocupar a Nerón en particular. Ni él ni otros poseedores de dones «inusuales» estaban a salvo de la persecución. En todo caso, Nerón y las demás personas que tenían sangre de fuego eran más vulnerables ahora que Kian ya no controlaba al padre Padron ni a ninguno de los sacerdotes sobrevivientes que Padron pudiera reclutar.

Cerise odiaba la idea de tener que volver a luchar, pero debía prepararse para eso. Las transiciones de poder no solían ser fáciles, y el padre Padron no era el tipo de hombre que se rinde tranquilamente. Una batalla había terminado, pero pronto comenzaría otra.

Seguramente el general Petros lo sabía. Todavía no se había recuperado del todo de sus heridas, pero estaba en pie, cojeando mientras se apoyaba en la mano izquierda. Iba unos pasos detrás de Kian, que se movía con un andar lento y pausado que expresaba algo más que agotamiento, también debía haberse herido en la batalla.

Cerise los saludó y se reunió con ellos en el jardín del palacio. El general Petros fue el primero en hablar.

—Lo siento, mi niña. Me enteré de lo que le pasó a tu madre y recé por ti cuando visité a mi sanadora en el templo —le dijo tomándola de un hombro.

—Gracias —le respondió ella—. Te lo agradezco mucho.

El general la miró con una sonrisa triste. Era la primera vez desde que había roto la maldición que Cerise le prestaba atención, y notó que su mirada era suave y cálida, y que sus manos ya no temblaban por la rabia contenida. Nunca lo había visto tan libre.

Por lo menos había hecho algo bien.

—Yo también lo lamento —añadió Nerón con una voz que sonaba tan plana e inexpresiva como su rostro—. El sumo sacerdote de Shiera es tu padre, eso explica muchas cosas, pero aún no puedo creerlo.

Cerise tampoco podía creerlo. No quería pensar en Padron como su padre, no era digno de ese papel.

—El antiguo sumo sacerdote —lo corrigió—. Ahora es un fugitivo cualquiera.

—¿Cualquiera? —preguntó Nerón, alzando una ceja.

—No cualquiera —admitió Cerise—. Pero al menos es un fugitivo que sangra.

Kian se puso a su lado y apoyó una mano sobre la parte baja de su espalda. La acarició con el pulgar por encima de la fina blusa, y el consuelo de su tacto hizo que relajara los músculos de los hombros, que no sabía que tenía tensos.

—Hemos estado reuniendo aliados —le dijo Cerise a Nerón—, pero lo que realmente necesitamos es magia. Si estuvieras dispuesto a reclutar a más de los tuyos para luchar con nosotros, tendríamos mejores posibilidades de acabar con Padron con menos pérdidas.

Nerón frunció el ceño y se quedó pensativo un momento.

—Quienes tienen *umbra sangi* son reservados y están dispersos, pero puedo intentarlo. El sumo sacerdote es una amenaza para todos nosotros.

—El antiguo sumo sacerdote —le recordó Cerise—. Los títulos conllevan poder y legitimidad. Padron no merece nuestro respeto, llámale sádico o traidor o lo que quieras, pero no sumo sacerdote.

Nerón asintió y la conversación se dirigió en torno al reclutamiento de personas con sangre de fuego, la duración del viaje que haría Nerón para encontrarlos y las provisiones que necesitaría para el camino. Mientras hablaban, Daerick salió para unirse a ellos. Escuchó un momento antes de hacer una sugerencia.

—Quiero embarcarme en el próximo barco a Calatris y visitar a mi hermano antes de que abandone su templo —dijo Daerick—. Quiero contarle de primera mano lo que ocurrió aquí. No sabemos qué rumores estén corriendo, pero podemos estar seguros de que Padron tergiversará la verdad en su beneficio.

Cerise se dio cuenta de la razón que tenía Daerick.

—Ni siquiera tendría que tergiversar la verdad, lo único que tiene que hacer es contarla sin detalles. Maté a todos los sacerdotes del palacio, lo apuñalé con la Espada de Petros y ocupé su lugar como líder de la Orden. Si esa es la historia que oyen los sacerdotes, pensarán que yo soy el monstruo.

—Tenemos que adelantarnos a los rumores —dijo Daerick—. Mi hermano me creerá, confía en mí, y los demás confían en él.

—Entonces ve con él —le dijo Kian a Daerick—. Contrata un barco privado si es necesario, toma del tesoro lo que necesites.

—Avisemos también a mi antiguo templo —agregó Cerise—. La Reverenda Madre previó algo así. Probablemente sepa lo que se avecina, pero deberíamos avisarle de todos modos.

—Yo me encargo —dijo Daerick.

Kian le dio una palmada en el hombro.

—Buen viaje.

—Pero, primero una cosa —dijo Daerick, dirigiendo su atención hacia Cerise. Le sonrió con cariño y la envolvió con un brazo—. Gracias —le susurró al oído—. Me has salvado de una vida de tormento y sé cuál fue el precio que tuviste que pagar. Jamás podré saldar mi deuda contigo, pero puedo asegurarme de que todas las familias nobles del reino sepan que fuiste tú quien rompió su maldición.

Ella le devolvió el abrazo mientras sus ojos se llenaban de lágrimas de gratitud. Había estado tan concentrada en lo que había perdido que no había visto todo lo que había ganado. Daerick estaba libre de la maldición, y Kian, y el general Petros, y todos los demás nobles primogénitos que habían sufrido por los crímenes de sus antepasados. Todos eran libres gracias a ella, y también el reino, libre de las viejas costumbres de la Orden. Ella había hecho más de una cosa bien.

—No puedo llevarme todos los elogios —le dijo a Daerick—. Tuve un buen maestro.

Tiempo después, Cerise y Kian se adentraron en el laberinto de setos y se escondieron en el patio secreto del centro. Se sentaron uno junto al otro en una banca de piedra frente a la fuente y, mientras Cerise apoyaba la cabeza en el hombro de Kian, pensó en todas las noches que habían pasado en las sombras, sentados en la réplica oscura de esa misma banca de piedra. Extrañaría las horas tranquilas que pasaron juntos, pero no ese lugar. Se estremecía solo de imaginarlo.

—Hay algo que no te he dicho —dijo Kian—. Estaba esperando el momento oportuno, y ahora que tenemos la oportunidad de descansar un poco y recuperar el aliento, creo que te dará alegría oírlo.

—¿Qué es? —preguntó.

—Es algo que vi en el inframundo, justo antes de que rompieras la maldición. Estaba caminando por el laberinto, pasando el tiempo, como cualquier otra noche. Me crucé con las almas de los condenados y no me vieron, nunca lo hacían. Y de repente, de la nada, todas desaparecieron. Hasta la última alma que pude ver se fue, así sin más. —Chasqueó los dedos—. Y luego parpadeé, y estaba de pie a tu lado en el santuario. En ese momento no entendí lo que estaba pasando, pero ahora creo que sí.

Cerise lo miró, con la esperanza agitándose en su pecho.

—¿Sus almas son libres?

—Así parece —respondió Kian—. Libres de mil años de tormento. Te preguntabas por qué podías seguirme a las sombras, ahora sabemos a qué propósito sirvió tu don. Creo que tu presencia ahí tuvo algo que ver con su liberación.

—Me da alegría oírlo —le dijo Cerise. Más que alegría. Las almas de los primogénitos de Mortara no deberían haber quedado atrapadas jamás. Solo los sacerdotes y los nobles con quienes se habían confabulado merecían ser castigados, y ni siquiera para siempre—. Supongo que teníamos razón sobre la réplica del patio en el inframundo. —Miró a su alrededor—. Aquí debió ser donde todo ocurrió hace tantos siglos: donde se reunieron los sacerdotes y los Mortara.

—Sin duda —dijo Kian. Se movió en la banca e hizo una mueca de dolor, masajeándose la rodilla—. Maldición, se me había olvidado lo que tarda en curarse una herida. Podría necesitar tu ayuda con esto, si no te importa. Me duele más que cualquier otra cosa.

—Por supuesto que no me importa. —Se alegraba de que por fin se lo pidiera. Le puso la palma de la mano sobre la pierna e hizo que su energía le curara la carne.

Kian probó su rodilla, moviéndola de un lado a otro.

—¿Mejor? —le preguntó Cerise.

—Mucho mejor. Gracias, mi amor.

Cerise lo tomó de la mano y entrelazó sus dedos.

—Ten cuidado, ya no tienes un cuerpo nuevo cada amanecer. Este tiene que durar, y le tengo bastante cariño.

—¿Sí? —Hizo el gesto de que estaba meditando su consejo antes de alzar una mirada seria, pero de broma—. Pues en ese caso, me temo que tengo que rescindir mi oferta de dejar que me apuñales el corazón.

Eso la hizo sonreír.

—Lástima que perdiera mi oportunidad.

—En efecto —dijo Kian y chasqueó la boca—. Los que dudan, pierden.

Cerise se inclinó a un lado para mirar el cuerpo de Kian en busca de signos visibles de daños.

—¿Estás herido en alguna otra parte? Cada vez soy mejor en curar, creo.

—No quiero drenarte.

—No lo harás —le respondió, y luego le explicó lo que Nerón le había enseñado cómo acceder a su suministro de magia—. Mi magia es como una jarra de agua. La energía está ahí, pero no puedo usarla toda a la vez, solo puedo usar lo que hay en mi vaso. Anoche agoté hasta la última gota, por eso estaba agotada, pero hoy mi vaso está casi lleno de nuevo.

Kian hizo un ruido de reflexión.

—Entonces, ¿cómo es que el amor fortalece tu don? ¿Aumenta el volumen de la jarra o del vaso?

—Creo que ambos, aunque es difícil saberlo.

—Entonces sí, te permito curarme.

Cerise alzó una ceja.

—Ah, ¿me permites?

Él le guiñó un ojo.

—Lo permito.

—Bueno. ¿Dónde te duele?

—En todas partes.

—¿En todas partes?

—En todas partes —repitió Kian—. Quizá me esté muriendo.

Cerise se mordió el labio para no sonreír. Kian realmente no toleraba el dolor. Puso las palmas de las manos sobre su pecho y cerró los ojos, imaginando que su energía recorría su cuerpo y lo curaba, como había hecho con Azul. Cuando terminó, se enderezó y observó la reacción del rey.

Kian gimió de alivio mientras estiraba los músculos y ponía a prueba sus extremidades. Volvió a darle las gracias, le dio un beso en el dorso de la mano y luego le dedicó una sonrisa tan cálida y auténtica que el resto del mundo se desvaneció y, durante un latido suspendido, solo existieron ellos dos.

—Si el acto del amor fortalece tu don —dijo con un brillo travieso en la mirada—, estoy dispuesto a poner de mi parte para ayudarte a convertirte en la más poderosa portadora de magia que jamás haya existido.

Cerise se rio.

—Es muy generoso de tu parte.

—Como siempre, estoy a tus órdenes, mi señora.

—Entonces será mejor que descanses —dijo Cerise, viendo las ojeras de su rostro—. Te ves cansado.

—Estoy cansado —admitió Kian—. Se me había olvidado lo que es necesitar dormir. —Sonrió como si acabara de darse cuenta de una cosa—. Y soñar. Hace siglos que no tengo un sueño como es debido.

Cerise no lo había pensado. Ahora que su cuerpo había vuelto a la normalidad, también cambiarían otras cosas. Pasaría las noches en una cama de verdad en lugar de deambular por el inframundo, y al amanecer se despertaría en esa misma cama en lugar de materializarse a su lado. Ya no pasarían juntos las horas de sueño, al menos eso era lo que pensaba. Supuso que su don de dejar su cuerpo mientras dormía había terminado junto con la maldición.

Suspiró.

—Me acostumbré a que aparezcas a mi lado cada mañana, voy a extrañar nuestros amaneceres juntos.

—¿Los vas a extrañar? —preguntó Kian—. Para nada, todos mis amaneceres te pertenecen. ¿Te quedas conmigo esta noche?

Fingió pensarlo.

—¿Azul está invitado?

—¿Me va a morder otra vez?

—Muy posiblemente.

—Por ti, correré el riesgo.

—Entonces me quedo contigo esta noche.

—¿Y todas las noches siguientes?

Había un trasfondo de seriedad entre sus bromas, una pregunta que ella no estaba preparada para responder porque nunca se había permitido pensar en ello. Siempre había sabido que su tiempo juntos terminaría. Habían cambiado muchas cosas en sus vidas, pero él seguía siendo un rey que necesitaba herederos legítimos, y ella, suma sacerdotisa o no, era una segunda hija al servicio del templo.

Su vida le pertenecía a la diosa.

La garganta de Kian se agitó al tragar. El silencio de Cerise parecía inquietarlo.

—¿Todavía me quieres? —preguntó el rey.

Cerise respiró hondo y le tomó la cara con las dos manos.

—Siempre —le respondió, mortificada de que hubiera sentido la necesidad de preguntar. Recorrió su rostro con la mirada, grabando en su mente los ojos de tormenta que jamás habían dejado de ver directo dentro de su corazón. Lo amaba ahora más que nunca. Moriría amándolo, y en la vida después de la muerte, su espíritu seguiría amándolo—. Siempre —volvió a decirle.

Él la miró con urgencia.

—Entonces, sé mi reina.

—Pero las damas del templo no pueden…

—Las viejas costumbres han caído —la interrumpió—. ¿No crees que las viejas reglas deberían caer con ellas?

Cerise entreabrió los labios, no lo había pensado así.

—Yo soy el rey. Tú eres la suma sacerdotisa de Shiera. Si alguien merece escribir sus propias reglas, somos nosotros. Decidamos por nosotros mismos qué camino queremos tomar.

Un calor dulce se extendió en el pecho de Cerise, un suave resplandor, como un abrazo desde su interior. Reconoció la sensación porque la había sentido cientos de veces antes, en los rincones tranquilos de los templos o en las escarpadas cumbres de la montaña, donde se había arrodillado para rezar.

Shiera le había dado su bendición.

—Sé mi reina —repitió Kian—. Tú tienes mi alma. No compartiré el trono con nadie más que contigo. Mira lo que hemos logrado ya, nosotros dos podríamos hacer cualquier cosa.

Cerise no necesitó pensarlo más.

—Sí —le dijo mientras contemplaba maravillada a su amor, a su futuro marido, a su «medio rey» ahora completo. Nunca se había imaginado que su corazón pudiera sentirse tan lleno.

Kian tenía razón, juntos serían imparables.

EPÍLOGO

La belleza asesinada no escuchó la plegaria de la chica.

En cuerpo y mente, no era más sensible que el carruaje que la transportaba. A su alrededor, el movimiento hacía vibrar los costados del vehículo y estremecía el lujoso cojín de terciopelo sobre el que descansaba. Le habían quitado el velo, mostrando su legendario rostro a cualquiera que tuviera la suerte de verla a través de las ventanas del carruaje. Mientras los caballos avanzaban al trote, las ruedas retumbaban, los cascos repiqueteaban y los ejes rechinaban.

La belleza asesinada tampoco oyó esos sonidos.

Tampoco vio cuando apareció sobre ella un punto de luz ni sintió su calor cuando el diminuto punto se convirtió en una estrella en miniatura que la bañó con su resplandor. Ignoraba que su sangre se diluía y se entibiaba en sus venas, que sus órganos se estaban curando y que su carne dañada se entretejía.

No sintió que el bebé cobrara vida en su vientre. Su primera sensación fue cuando su corazón empezó a latir rítmicamente. Sin embargo, no fue consciente hasta un momento después, cuando respiró con tanta fuerza que rompió el silencio y abrió los ojos.

La belleza asesinada no escuchó la plegaria de la chica.

Pero la diosa sí.

En un extraño giro del destino, aquel día su lado misericordioso y su lado vengativo estaban escuchando, simultáneamente, el equilibrio perfecto de oscuridad y luz, para conceder una plegaria de tan doble filo como la justicia, pues no podía haber cambio sin batalla, ni batalla sin dolor.

Aunque la chica no lo sabía, había rezado por una catástrofe.

Mañana la tendría.

AGRADECIMIENTOS

Escribir un libro es un trabajo solitario, pero publicarlo es un esfuerzo de equipo. Varias personas de talento han colaborado para dar vida a *The Half King. Rey entre sombras* y estoy agradecida con cada una de ellas.

En primer lugar, gracias a mis editoras Molly Majumder y Mary Lindsey: gracias por adorar este libro y por hacerme sugerencias que han mejorado mi trabajo. No podría haberlo hecho sin ustedes. Gracias también a Hannah Lindsey y Rae Swain, cuya aguda mirada captó todo lo que había pasado por alto, también doy las gracias a Britt Marczak, Jessica Meigs, Claire Andress y Aimee Lim por el formato y la corrección estelares.

Muchas gracias a Bree Archer por la impresionante portada, a Elizabeth Turner Stokes por el magnífico diseño de la caja, a Zarin Baksh por las guardas de ensueño y a Amy Acosta por el precioso arte del mapa. Las personas sí juzgan un libro por su portada y todos ustedes lo hicieron genial.

Un agradecimiento especial a Heather Riccio y Curtis Svehlak por mantener el proceso de producción en marcha sin problemas. Y un enorme agradecimiento a Ashley Doliber, Lizzy Mason, Meredith Johnson y Brittany Zimmerman por ser auténticas magas de las redes sociales y del *marketing*. No puedo exagerar lo contenta que estoy por contar con su apoyo. Gracias por difundir este libro.

Estoy muy agradecida con mi agente literaria, Nicole Resciniti, que ha sido mi defensora durante más de una década, también lo estoy con mi inteligente y trabajadora editora, Liz Pelletier, que hizo posible este libro. Ambas son una inspiración para mí.

Un fuerte abrazo a mi amiga, compañera crítica y escritora talentosa Lorie Langdon por tomarse el tiempo de leer y evaluar mi trabajo y, lo que es más importante, por recordarme que escribir es un don. A veces olvido lo lejos que he llegado y la suerte que tengo al ganarme la vida inventando historias. Gracias por mantenerme con los pies en la tierra.

Como siempre, mucho cariño a mi familia y amigos por su apoyo incondicional, especialmente a mi marido, Kevin, que nunca pierde la oportunidad de presumirme a mí y a mis libros con cualquier persona dispuesta (o no) a escuchar. Eres mi mayor admirador y es una de las muchas razones por las que te amo.